AF235886

NANNY BELLS

EIN KINDERMÄDCHEN UNTERM WEIHNACHTSBAUM

KARIN LINDBERG

FSC
www.fsc.org
MIX
Papier aus ver-
antwortungsvollen
Quellen
Paper from
responsible sources
FSC® C105338

Herstellung und Druck über tolino media GmbH & Co. KG,
Albrechtstr. 14, 80636 München. Printed in Germany.
Fragen zu Produktsicherheit an: gpsr@tolino.media.

1

»Keine Panik, alles halb so wild«, murmelte Neles WG-Mitbewohnerin Klara. Leider klang ihre Zimmernachbarin wenig überzeugend, während sie mit spitzen Fingern die sich wellende Tapete von der Wand löste.

Nele wurde mulmig zumute, denn wenn die coole Klara etwas in diesem Tonfall äußerte, gab es ganz sicher einen Grund, unruhig zu werden.

Nele schluckte hart und trat näher, der Magen sackte ihr in die Kniekehlen. Der Anblick der schwarzen Schlieren unter der Tapete ließ sie entsetzt zurückweichen. »Was zur Hölle ist das?«

Klara richtete sich aus der Hocke auf und zuckte ungerührt die Schultern. »Liebes, das ist Stock. Schimmel.«

Nele schniefte, dann putzte sie sich die Nase. Also war es keine Dauererkältung, die sie nun seit ihrer Ankunft in Österreich plagte, sondern eine allergische Reaktion. »Und jetzt?«, quietschte sie.

»Sieht so aus, als hätten wir dein Problem gefunden«, erklärte Klara und stemmte die Hände in die schmalen Hüften.

Ihre blonden Haare hatte sie zu einem unordentlichen Dutt zusammengebunden. In Kombination mit ihrem pinkfarbenen Samt-Hausanzug sah es witzig aus. Ihr Verhalten passte so gar nicht zu der stoischen Gelassenheit, die sie nach der Entdeckung dieses Desasters ausstrahlte. Denn gelöst hatte sich hier gar nichts, außer vielleicht der Tapete. Diesen Kommentar verkniff Nele sich lieber. Klara konnte ja schließlich nichts dafür, dass in ihrer Wohngemeinschaft gesundheitsgefährdende Zustände herrschten.

»Wir hätten in unserer Bude vom letzten Jahr bleiben sollen«, brummte Nele missgelaunt, obwohl sie sehr wohl wusste, dass das keine reale Option gewesen war. Die Vermieterin aus dem Vorjahr hatte nämlich den Preis verdoppelt, was ihr mageres Budget einfach nicht hergab. Das war der große Haken, wenn man in einem Skigebiet wie Lech am Arlberg arbeitete – die Lebenshaltungskosten waren auch für das Personal exorbitant hoch. Viele Hotels hatten aus dem Grund eigene Häuser errichtet, in denen die Angestellten kostenlos wohnen konnten. Aber die Mädels der örtlichen Nanny-Agentur mussten sich selbst um eine Bleibe kümmern, daher hatten sich Klara, Annika und Nele zusammengetan, sie konnten sich gut leiden, und gemeinsam wohnte es sich einfach angenehmer. Nun, normalerweise jedenfalls.

Annika, die dritte im Bunde, trat gerade ins Zimmer und furchte ihre Stirn, sie trug eine Pyjamahose, obwohl es schon Mittag war, denn sie hatte heute frei. Ihre dunkelblonden Haare hingen ihr strähnig ins Gesicht, sie rieb sich müde die Augen.

In den Sommermonaten führte Annika ein kleines Hotel am Wörthersee, und Klara arbeitete auf einem Pferdehof in Island, der Reittouren über das Hochland anbot. Nele ließ sich eher treiben, sie driftete von Job zu Job und von Ort zu Ort, seit sich ihre privaten Zukunftspläne vor einigen Jahren in Rauch aufgelöst hatten. Nur Lech blieb sie in den kalten Monaten treu. Meist ergab sich nach dem Winter dann spontan etwas für den darauffolgenden Sommer. Im Geheimen träumte Nele von einem Häuschen auf einer Insel irgendwo im Süden, wo sie als Selbstversorgerin leben konnte – wo, wusste sie noch nicht genau, und genügend Geld hatte sie dafür auch nicht beiseitegelegt. Vor allem deswegen wäre es extrem ärgerlich, wenn die Investition für dieses Winterquartier nun den Bach runtergehen würde – denn die Miete hatten sie im Voraus bezahlt, das war hier so üblich. Die aktuelle Saison hatte erst vor wenigen Tagen offiziell begonnen, in diesem Jahr recht früh mit Mitte November. Seitdem hatte Nele, sobald sie nach Hause kam, mit verstopfter Nase und tränenden Augen zu tun gehabt – ein eindeutiges Zeichen, dass mit der Bude etwas ganz und gar nicht in Ordnung war. Und jetzt hatten sie den Salat.

»Habt ihr auch gesundheitliche Probleme?«, wollte Nele wissen und überlegte, welche Optionen sie hatten. Sie konnten schlecht über Monate in einer verseuchten Wohnung leben. Schon jetzt hatte sie das Gefühl, ihr Kopf müsste gleich platzen. Der Druck auf die Nebenhöhlen war äußerst unangenehm.

Annika trat näher, dann stieß sie ein angewidertes Schnauben aus, als sie sah, was hier gerade aufgedeckt worden war. »Igitt, das ist ja ekelhaft.«

Neles Bett stand nicht weit von der betroffenen Wand entfernt, in jedem Fall viel zu dicht an diesem schwarzen gesundheitsbedrohenden Schimmel.

»Denkt ihr, dass vielleicht das ganze Zimmer so aussehen könnte, also unter der Tapete, meine ich?«, fragte Annika.

Klara verzog ihr Gesicht. Sogar sie, die sonst nichts erschüttern konnte, wirkte ein wenig verunsichert. »Lasst uns das gleich untersuchen.«

Nele guckte auf ihre Armbanduhr. Sie wollte nur noch eines: weg von hier. Ihr war klar, dass das ihr Problem nicht lösen würde, aber sie hatte einen Termin mit ihrer Chefin und den konnte sie natürlich nicht sausen lassen. Nele stöhnte und verzog ihr Gesicht. »Ich würde ja gern alles mit euch untersuchen, aber ich kann nicht. Ich soll mich um vier bei Tammy melden, sie hat heute noch einen neuen Job für mich. Es klang wichtig am Telefon, wahrscheinlich wieder ein Scheich oder so was Abgefahrenes. Ich kann mich erst heute Abend um das Desaster hier kümmern.«

Weil sie tatsächlich spät dran war, fasste Nele ihre kastanienbraunen Haare mit einem Band zu einem Pferdeschwanz zusammen. Für aufwendige Frisuren hatte sie nichts übrig, außerdem würde sowieso gleich eine Pudelmütze auf ihrem Kopf landen.

Annika guckte skeptisch und nagte an ihrer Unterlippe. »Wir finden nie und nimmer so kurzfristig Ersatz für diese Bude und schon gar nicht zu diesem Preis. Davon mal abgesehen, glaubt ihr, wir kriegen auch nur einen Cent von unserem Geld zurück, wenn wir uns woanders etwas Neues suchen?«

Klara hob ihre Hand. »Mal nicht so vorschnell. Vielleicht ist es ja gar nicht so schlimm, wie es aussieht.«

Nele bewunderte Klara für ihren Optimismus. Sie wollte jetzt nicht daran denken, was es für ihren Geldbeutel bedeutete, wenn sie hier nicht wohnen bleiben konnten. Es grenzte ohnehin an Glück, dass sie diese Bude in letzter Minute ergattert hatten. Nun, das hatte sie bis vor Kurzem jedenfalls gedacht. Jetzt verstand sie, warum die Miete erschwinglich und die Zimmer noch frei gewesen waren. Ein Winter als Nanny in einem noblen Skiort konnte sehr lang – und vor allem sehr einsam werden. Nele hatte einmal die Erfahrung gemacht, allein in einem Fünfzehn-Quadratmeter-Loch zu hausen. Auf dieses Erlebnis konnte sie ein weiteres Mal gerne verzichten. Das befristete Zusammenleben gefiel ihr, mit ihren beiden Mitbewohnerinnen war es unkompliziert, es gab keinen Streit um den Putzdienst oder um Lebensmittel und sonstige Dinge, die das Leben in anderen WGs oft ungemütlich werden ließen.

»O Gott, ich kann es nicht fassen, was machen wir denn jetzt?«, wandte Klara ein, selbst sie hatte mittlerweile ihre Lässigkeit eingebüßt.

Nele hob ihre Hand und unterbrach die beiden. »Wo schlafe ich heute denn nur? Ich muss rausfinden, was man dagegen tun kann!«

»Ja – so kann es jedenfalls nicht bleiben. Geh du erst mal los, ich werde ein bisschen recherchieren«, bot Klara an.

Nele fiel ihrer Freundin vor Dankbarkeit um den Hals, sie fühlte sich mit der Situation heillos überfordert. Nachher mussten sie das vollständige Ausmaß des Schimmelbefalls überblicken. Vielleicht war es ja gar nicht so schlimm, wie es auf den ersten Blick ausschaute. Möglicherweise konnte sie sich davon überzeugen, wenn sie es sich oft genug vorsagte, aber sie glaubte keine Sekunde daran.

»Bis dann, Mädels«, schniefte Nele und wischte sich mit dem Ärmel über die Augen. Sie schlüpfte in ihren Norweger-pullover, schnappte sich den Rucksack und machte sich dann auf den Weg zur Chefin der Nanny-Agentur. Die WG – das verschimmelte Kellerloch, das hübsch als Souterrain ange-priesen worden war – lag in Zürs, Nele musste gleich den Bus nach Lech nehmen. Der fuhr im Winter regelmäßig, tagsüber sogar jede Viertelstunde und war kostenlos. Nachts kam er dann nur noch einmal die Stunde. Das gab manchmal Ärger mit den Eltern, wenn sie nicht zur verabredeten Zeit zurück-kehrten und Nele dann viel Geld für ein Taxi ausgeben musste. Aber auch hier hatte Nele über die Jahre eine gute Strategie entwickelt, obwohl es immer mal wieder Leute gab, die Stress machten. Die meisten Gäste, die Nele ihre Kinder anvertrauten, waren sehr umgänglich, manchmal vielleicht ein bisschen verrückt. Extravagant in sehr vielen Fällen. Sie erlebte einen bunten Blumenstrauß an verschiedenen Charakteren. Das war das, was Nele an ihrer Tätigkeit so gut gefiel. Und wenn jemand mal nicht nett war, dann war sie diese Kunden auch bald wieder los, sie blieben ja nur für die Dauer ihres Urlaubs.

Die Sonne strahlte von einem eisblauen Winterhimmel, der Schnee glitzerte. Es war klirrend kalt, ihr Atem hinterließ kleine weiße Wölkchen in der eisigen Luft. Heute war einer der Tage, an denen es kaum einen Platz auf der Welt gab, den sie zauberhafter fand. Es roch nach Tannen und Winter. Sie atmete tief ein und ein wenig sanken ihre Schultern herab. Der Stress löste sich zwar nicht in Wohlgefallen auf, aber da sie im Moment daran nichts ändern konnte, beschloss sie, sich auf das Schöne zu konzentrieren. Sie seufzte und stapfte den Hang hinab zur Bushaltestelle. Der Schnee knirschte unter den Sohlen, sie liebte dieses Geräusch und das Gefühl ihrer kraftvollen Schritte auf dem verschneiten Weg. Leben, wo andere Urlaub machten, das war die Devise. Sie hatte es noch nie bereut hergekommen zu sein – auch von einem Schimmelproblem würde sie sich diese Freude nicht nehmen lassen.

Nele beeilte sich, um den Bus nicht auch noch zu verpassen. Weil gerade noch Vorsaison war, hielt es sich mit den Gästen in Grenzen, es war ruhig im Ort. Hie und da wedelten ein paar Skifahrer die Pisten nach unten, in wenigen Wochen würde das ganz anders ausschauen. Um Weihnachten und Silvester herum gab es selten ein freies Zimmer am Arlberg, dann hatten auch die Nannys lange Tage und vor allem lange Nächte. Ein Kribbeln stellte sich bei Nele ein, weil es endlich wieder losging. Sie hoffte, dass sie Glück hatte und für ihren ersten Job der Saison eine nette Familie zugeteilt bekam.

Der Bus fuhr gerade in den Kreisel ein, an dem sich die Haltestelle befand, als Nele dort eintraf. Perfektes Timing.

»Grüß dich, Basti«, rief sie dem Busfahrer zu und ließ sich auf einen Sitz fallen.

»Servus, Nele, schön, dass du auch wieder da bist.«

Nach einigen Jahren in Lech und Zürs war Nele keine Unbekannte mehr, es gefiel ihr, wie persönlich und familiär es hier trotz Tourismus zuging. Der Bus rollte los, und sie schaute aus dem Fenster. Nele genoss es, die vorüberziehenden Tannen, Berge und den glitzernden Schnee zu betrachten.

EINE GUTE VIERTELSTUNDE später erreichte Nele Tammys Haus, das zentral in Lech am Hang lag. Im unteren Bereich befand sich der Kinderclub, und in den beiden Stockwerken darüber lebte die Besitzerin selbst mit ihrer Familie. Die Tür zum Büro war nicht verschlossen.

Nele trat ein, und ein Schwall heißer Luft schlug ihr entgegen. Es duftete nach Orangen und Zimt. Sofort zog sie den Reißverschluss ihrer Jacke nach unten und riss sich die Mütze vom Kopf. So eisige Temperaturen draußen herrschten, so gut geheizt war es in Österreich fast überall, wenn man reinkam. »Hallo«, grüßte Nele.

Tammy saß hinter ihrem Schreibtisch, auf dem sich die Papiere, Magazine und alles Mögliche stapelten. Ihre schwarze Brille war auf der Nase nach vorn gerutscht, sie schaute gerade angestrengt auf ihren Computerbildschirm. Als sie Nele entdeckte, lächelte die Australierin und richtete sich auf.

»*Oh, hello my dear*«, begann sie auf Englisch. Auch nach zwanzig Jahren in Österreich merkte man Tammy die australische Heimat sofort an. Sie war einst als Touristin zum Skifahren nach Lech gekommen, hatte sich in einen Mann aus dem Ort verliebt und war geblieben. Als Tammy selbst Probleme gehabt hatte, eine geeignete Betreuung für ihre Kinder zu finden, hatte sie aus der Not heraus schließlich eine Nanny-Agentur gegründet, die heute etabliert und sehr beliebt war. Jedes Hotel rief bei Tammy an, jede Pension, wenn Gäste jemanden benötigten, der sich um den Nachwuchs kümmerte. Dabei waren die Vorlieben sehr unterschiedlich, manche Paare wollten nur einmal ohne ihren Nachwuchs romantisch essen gehen, andere buchten den Service rund um die Uhr, wobei sich Nele dann oft fragte, warum die Leute die Kinder überhaupt mitgebracht hatten. Natürlich behielt sie das für sich, denn es war nicht ihre Aufgabe, die Entscheidungen der Eltern zu hinterfragen, sondern dafür zu sorgen, dass es deren Sprösslingen gut ging.

Man konnte in einem Wintersportort wie diesem so viel mit den Kleinen unternehmen, dass es niemals langweilig wurde. Einen schnöden Bürojob konnte sich Nele nicht vorstellen, deshalb hatte sie auch nach dem Abitur eine Ausbildung zur Erzieherin gemacht. Neben ihrer Leidenschaft fürs Gärtnern liebte sie Kinder über alles – auch, wenn sie keine eigenen hatte und vielleicht nie haben würde. Von dem Gedanken an eine glückliche Beziehung und die dazugehörige Vorstellung von einer Bilderbuchfamilie hatte sie sich nach dem Desaster mit ihrem Ex schon lange verabschiedet. Dieser Traum war ausgeträumt.

»Alles klar bei dir?«, wollte Nele von Tammy wissen und stellte ihren Rucksack auf einem Stuhl ab, der sich vor ihrem chaotischen Schreibtisch befand.

»Aber *sure*.« Tammys australischer Akzent war heute besonders ausgeprägt. »Es gibt sogar zwei Kunden für dich.«

»Gleich zwei?« Nele war überrascht. Es war nicht unüblich, dass sie zu den Feiertagen mehrere Jobs an einem Tag hatte, aber in der Vorsaison hatte sie damit noch nicht gerechnet.

»Beide sind in Oberlech. Einmal im Hotel Montana und dann ein privates Haus, du erreichst es über den Tunnel, nachdem du die Gondel verlassen hast.«

»Gut, und wohin soll ich zuerst?«

Tammy lächelte. »Zuerst das Privathaus. Christoph Maier

hat zwei Mädchen, sie sind vier und zwei Jahre alt. Er möchte dich zunächst in einem Gespräch kennenlernen, ehe er zustimmt. Das dauert nicht lange, um fünf sollst du dich bei ihm zu Hause melden. Der andere Auftrag ist erst ein wenig später.«

»Zustimmt, wozu?« Nele konnte Tammy nicht ganz folgen, obwohl sie ihre Worte verstanden hatte. So ein Vorgehen war absolut unüblich.

»Na, dass du den Nannyjob bekommst.«

Nele lachte. Okay, das war neu. Sie hatte noch nirgendwo zum Bewerbungsgespräch auftauchen müssen, ehe sie Kinder hütete. »Sind es komplizierte Leute?«, wollte sie wissen. Nicht, dass sie etwas dagegen hätte, aber mit mehr Informationen konnte sie sich ein wenig besser darauf einstellen, was sie erwarten könnte. Vielleicht war eines der Kinder gesundheitlich beeinträchtigt, und die Eltern wollten sichergehen, dass Nele dem gewachsen war. Ihr fielen einige Gründe ein, die für ein solches Gespräch infrage kämen.

Tammy schob ihre Brille nach oben. »Nicht wirklich, das denke ich zumindest. Der Vater kommt aus Lech, hat eine Weile im Ausland gelebt und ist jetzt für den Winter zurück im Ort. Es geht also um was Längerfristiges.«

»Oh, das ist also ein Auftrag für die ganze Saison?«

Tammy grinste. »Könnte sein, also streng dich an. Du bist nun mal mein erfahrenstes Pferd im Stall!« Mit ihrer Ausbildung zur Erzieherin hatte sie auch die entsprechende fachliche Qualifikation – den meisten Gästen war das jedoch nicht so wichtig, nur sehr wenige bestanden auf eine pädagogische Fachkraft bei der Urlaubs-Nanny. »Warum braucht die Familie eigentlich ein Kindermädchen, wenn sie aus dem Dorf sind?«

»Die Großeltern haben eine Pension und im Winter natürlich keine Zeit zum Aufpassen. Und er muss wohl selbst arbeiten.«

Das klang so, als ob Herr Maier alleinerziehend war. Nele hinterfragte das nicht, den Rest würde sie vor Ort erfahren. Üblich war es allerdings nicht, dass Einheimische den Dienst buchten, denn die Preise waren dem Tourismus angepasst entsprechend hoch.

Tammy reichte Nele gerade einen Zettel mit der genauen Adresse. *Chalet Schneekristall* stand darauf. Dort war Nele noch nie gewesen, wusste aber, wo es sich befand. Kürzlich hatten die Besitzer einen Neubautrakt an das Hauptgebäude angebaut. Gut, also an Geld dürfte es der Familie schon mal nicht mangeln.

»Und dann? Was sagtest du noch mal? Montana? Aber um welche Uhrzeit?«

Tammy reichte ihr einen zweiten Zettel. »Genau, die Familie hat eine Suite gebucht, sie stammen aus dem Oman, und du bist von sieben bis dreiundzwanzig Uhr heute bei ihnen engagiert.«

»Okay, klar. Wie viele Kinder haben sie?«

»Nur eins, ein Baby. Das Mädchen ist erst acht Wochen alt.«

»Oh, noch so klein.« Das erlebte sie nicht allzu häufig. Jobs mit Säuglingen konnten entweder entspannt oder megastressig werden. Manchmal schliefen sie die meiste Zeit durch, dann konnte Nele lesen. Aber vier Stunden Dauergebrüll konnten einem ganz schön an die Substanz gehen. Nun, wie auch immer, sie freute sich auf den Tag und war auch ein wenig nervös.

»Gut, dann mache ich mich mal auf den Weg. Bis dann, Tammy«, verabschiedete Nele sich von ihrer Chefin.

»Viel Glück, *my Dear*«, rief die Australierin ihr hinterher.

Nele stapfte noch einmal durch den Ort, weil sie Hunger hatte. Es war erst kurz nach vier, aber die Dämmerung hatte bereits eingesetzt. Überall hingen Lichterketten, und die Häuser und Tannen waren wunderschön weihnachtlich geschmückt. Das erwartete man in einem Wintersportort. Die zwei Wochen um Heiligabend und Silvester waren mit die wichtigsten der ganzen Saison, der Dekoration nach müsste es bald so weit sein – was nicht stimmte, die Saison ging gerade erst los. Nele mochte diese Aufregung im Dorf, die gespannte Vorfreude, wie der Winter wohl laufen würde, ehe die Masse an Gästen eintraf. Alle waren nervös und freuten sich auf die kommenden Wochen und Monate.

Viele Fenster waren hell erleuchtet und weihnachtlich dekoriert. Nele kam gerade am Hotel Krone vorbei, das am Fuße der Schlegelkopfpiste lag. Musik tönte aus Lautsprechern im Außenbereich, Heizstrahler leuchteten rot im Bereich der Après-Ski-Bar. Ein paar Skifahrer gönnten sich einen Glühwein, nur noch wenige kurvten auf der Piste. Die Raupen hatten ihre Garage schon verlassen und damit begonnen, den Schnee für den kommenden Tag neu zu präparieren. Das Dröhnen der Schneekanonen hörte man bis ins Tal. Hach, es war schön, wieder hier zu sein. Sie lächelte in sich hinein.

Nele setzte ihren Weg fort und wechselte die Straßenseite auf Höhe der Brücke. Der Bach, der wie der Ort Lech hieß, plätscherte nur noch sanft vor sich hin, viele Stellen waren bereits vereist. Im Frühling, wenn das Tauwetter eingesetzt hatte, verwandelte er sich auch schon mal zu einem reißenden Strom. Bis dahin war es zum Glück noch ewig hin.

Nele schlug den Weg zur Bäckerei ein, sie hatte vorhin im ganzen Schimmelstress vergessen, sich etwas zu essen mitzunehmen. Da der Tag noch lange werden würde, wollte sie sich noch schnell etwas besorgen. Es war nicht davon auszugehen, dass die Gäste aus dem Oman etwas für sie organisierten, das mussten sie auch nicht.

Im Vorbeigehen erhaschte sie einen Blick auf die Dekoration im Schaufenster des bekanntesten und größten örtlichen Mode- und Skigeschäfts. Zwischen Tannengrün, Kunstschnee und Geschenkkartons standen Modepuppen mit teuren Kleidern, den neusten Skimodellen und Pistenausrüstungen. Hier gab es alles, von Helmen bis hin zur Gucci-Kluft. Das meiste lag weit über Neles Preisklasse, aber hübsch anzusehen war es trotzdem.

Sie war guter Dinge und summte leise Jingle Bells vor sich hin, als ihr eine Frau entgegenkam, die ihr schon von Weitem bekannt vorkam. Es war ihre Vermieterin. Nele ergriff die Gelegenheit beim Schopf und sprach sie direkt an. »Grüß Sie, Frau Klinger, haben Sie einen Moment?« Frau Klinger war nicht groß, dafür umso rundlicher. Sie trug einen teuren Lodenmantel und eine Fellmütze auf dem Kopf, die zusammen bestimmt ein Vermögen gekostet hatten. Neben dem Haus, in dem Nele mit ihren Freundinnen untergebracht war, gehörte Frau Klingers Familie noch ein Fünf-Sterne-Hotel in Zürs.

»Ah, grüß Gott, Frau Storm. Was gibt es denn?«, gab ihre Vermieterin zurück. Sie wirkte nicht genervt, aber auch nicht gerade begeistert, dass sie auf der Straße von Nele angequatscht wurde.

Nele wurde warm unter ihrem Anorak. Sie war nicht gut darin, sich zu beschweren oder Dinge einzufordern – auch, wenn sie ihr zustanden. »Es ist so, dass ich heute Schimmel in meinem Zimmer entdeckt habe. Ist Ihnen das Problem bekannt?«, fing sie an und merkte, dass ihr Puls immer höher schlug.

Frau Klingers Gesicht verschloss sich. Sie presste ihre Lippen zusammen, ehe sie antwortete. »Sie müssen sich täuschen. Das kann gar nicht sein.«

Nele atmete ein, ehe sie antwortete. Sie spürte, wie sie sich dabei verkrampfte. Nele glaubte Frau Klinger kein Wort, so viel Menschenkenntnis hatte sie sich über die Jahre angeeignet. »Leider doch, da muss dringend etwas gemacht werden.«

»Ich bin mir sicher, dass mit der Wohnung alles in bester

Ordnung ist. Wenn sie Ihnen nicht gefällt, steht es Ihnen frei, sich etwas anderes zu suchen.«

Nele hasste es, wenn man sie so von oben herab behandelte, und Frau Klinger beherrschte es mühelos, Nele auch ohne weitere Worte klarzumachen, dass sie kein Interesse an einer Fortführung des Gesprächs hatte.

»Ach ja? Zahlen Sie uns dann die Miete zurück?«, erwiderte Nele und reckte ihr Kinn ein Stück nach vorn.

Frau Klinger schüttelte den Kopf, dabei zuckte sie nicht einmal mit der Wimper. »Sicher nicht, gezahlt war im Voraus, und wenn Sie gehen, dann ist das Ihr Problem. Schönen Tag noch.«

Die Vermieterin ließ Nele einfach stehen. Das konnte ja wohl nicht wahr sein! Einen richtigen Vertrag gab es nicht, das war wie mit vielem im Gastronomie- und Tourismusbereich eine Grauzone. Verdammt. Wut brannte in Neles Bauch. Fassungslos starrte sie der arroganten Hotelbetreiberin hinterher. In Neles Magen hatte sich ein dicker Knoten gebildet. Immerhin wusste sie jetzt, dass Frau Klinger sich keinen Deut um die Gesundheit ihrer Mieter scherte. Sie war sich fast sicher, dass Frau Klinger ihnen die Wohnung sogar in vollem Bewusstsein vermittelt hatte, dass baulich nicht alles in Ordnung war –, der Frau war es einfach nur egal, solange das Geld in die Kasse kam. Nele dachte an den Spruch, dass man eine Kuh so lange melken konnte, wie sie noch Milch gab. Aber ihre Milch, das Geld, war alle .... Und da bereits alles gezahlt war, kümmerte Frau Klinger auch das nicht.

»Ich kann es nicht fassen«, brummte Nele und stapfte unzusammenhängende Flüche schimpfend weiter. Sie riss sich die Mütze vom Kopf, weil sie vor Wut schwitzte. Der Drang, der Frau einen Schneeball an den Kopf zu werfen war groß, aber sie wusste, dass so eine kindische Aktion auch nichts bringen würde außer noch mehr Ärger.

Was Nele jetzt dringend brauchte, war Zucker und Fett in Form ihres Lieblingskuchens. Viel davon. Das würde ihre Wohnungsmisere zwar nicht verbessern, aber zumindest ihre Stimmung heben. Nele hatte eine ausgeprägte Schwäche für Marillen-Rahmkuchen mit Streuseln. Allein beim Gedanken daran lief ihr das Wasser buchstäblich im Mund zusammen.

Mit einem Puls von hundertachtzig betrat Nele kurz darauf die kleine Bäckerei und guckte in die Auslage. Es duftete nach frischem Kaffee, Zucker und Gebäck. Gott sei Dank! Es gab noch ein letztes Stück. Es war ihre Rettung. Also war das Glück ihr doch hold! Nele kramte in ihrer Tasche nach Geld und freute sich auf ihre süße Leckerei.

Sie öffnete gerade ihre Lippen, als jemand vor ihr seine Bestellung abgab. Es handelte sich um einen Mann in dunkler Jacke, mit schwarzem Skihelm und verspiegeltem Visier. Seltsam, dass er den hier im Laden nicht abnahm, man konnte sein Gesicht nicht erkennen. Er stand ungefähr einen Meter links von Nele und musste tatsächlich schon vor ihr da gewesen sein – entweder das, oder er drängelte sich vor. Sie war sich nicht sicher, in ihrer Wut war sie mit düsterem Tunnelblick auf die Theke zugestürzt und hatte nichts um sich herum bemerkt. »Ich hätte gern das da.« Er zeigte mit dem behandschuhten Finger auf *ihr* Stück Kuchen. Vielleicht war er ja entstellt, mit Verbrennungen im Gesicht oder so was, überlegte sie, während ihr klar wurde, dass er gerade im Begriff war, Nele das letzte Stück vor der Nase wegzuschnappen. Nele schnappte entsetzt nach Luft. Nein! Auf gar keinen Fall. Das würde sie nicht zulassen. Nicht auch noch das.

»Stopp!«, rief sie und riss die Hand in die Höhe. Sie sprang vor den Mann mit dem Skihelm und brachte sich so zwischen die Verkäuferin und ihn. »Das ist *mein* Marillen-Rahm. Ich war zuerst da.« Sie wusste, dass es womöglich nicht stimmte, aber für ihren Lieblingskuchen lohnte es sich zu lügen. Niemand würde sich wegen eines Gebäcks in die Haare bekommen. Oder?

Die Verkäuferin zögerte, dann guckte sie den vermummten Typen an. Nele ging zur Seite und schaute zu ihm auf.

Er wirkte ungerührt, soweit Nele das ausmachen konnte. Mit dem Helm auf dem Kopf war schwerlich überhaupt etwas von ihm zu erkennen. Er zeigte keine Regung, ging nicht auf Neles Einwände ein – ganz so, als wäre sie Luft – und orderte noch eine heiße Schokolade mit Sahne dazu. Dann warf der Mann einen Zwanziger auf den Tresen und verschwand ins Nebenzimmer, wo sich Tische für Kunden befanden. Dort setzte er sich, um auf seine Bestellung zu warten.

Nele starrte ihm sprachlos hinterher, dann sah sie der Verkäuferin dabei zu, wie sie ihren Kuchen auf einem Teller arrangierte.

Was für ein komischer Kauz – ein Kuchendieb. Nele verzog ihre Lippen und rührte sich nicht, während sie ihn ausgiebig betrachtete. Den Helm würde der Typ zum Essen ja wohl abnehmen. Sie war gespannt, was für eine Art Mensch sich darunter verbarg.

Die Verkäuferin schickte sich an, dem Herrn die Bestellung an den Tisch zu bringen.

Das musste verhindert werden!

Nele handelte kopflos, ihr war völlig klar, dass man sie für verrückt halten musste. Aber die vorausgegangenen Ereignisse des Tages hatten dazu geführt, dass es mit ihrem Nervenkostüm nicht gerade zum Besten bestellt war. Und hungrig war sie auch. Keine gute Kombination. Aber sie wollte dieses Stück Kuchen unbedingt, nicht, um ihren Hunger zu stillen, sie brauchte es als Seelentröster.

Die Chancen standen sehr gut, dass sie diesem Mann nie wieder begegnen würde, also tat sie etwas, was sie sonst nie machen würde, sie lief ihm nach: »Entschuldigung, dieses

Stück Kuchen wollte ich gern kaufen.« Sie räusperte sich und machte vor ihm auf und ab hüpfend auf sich aufmerksam. Das verspiegelte Visier verdeckte noch immer die Hälfte seines Gesichts. Ansonsten konnte sie einen dunklen Dreitagebart auf kantigen Wangen und eine gerade Nase erkennen. Die Lippen des Herrn waren schön geschwungen und öffneten sich jetzt.

»Was wollen Sie?« Seine Irritation war ihm deutlich anzumerken. Der Dialekt klang dem hiesigen ähnlich, der Tonfall war tief und kehlig. Nele bekam eine Gänsehaut. Er musste auf jeden Fall Österreicher sein, schlussfolgerte sie mit rasendem Puls.

Die Körperhaltung des Kuchendiebes war abweisend, dazu musste er nicht einmal sprechen. Er strahlte mit jeder Pore aus, dass er sich von ihr belästigt fühlte. Natürlich wollte er allein sein, Nele konnte ihm das nicht verübeln. Sie wusste selbst, wie verrückt sie wirken musste. Nele kam sich dämlich vor, aber wo sie nun schon mal hier war, konnte sie auch sagen, was sie auf dem Herzen hatte. »Könnten Sie mir nicht diesen Kuchen überlassen? Es ist sozusagen ein Notfall, ich bitte Sie!«

Die Mundwinkel des Kerls kräuselten sich zu einem spöttischen Lächeln. »Sie meinen diesen herrlichen Marillen-Rahmkuchen?«

Himmel. Diese Stimme!

Es war peinlich, aber sie bettelte ja förmlich darum. Nele wurde zunehmend nervös, auch weil sie das, was sie von dem Mann erkennen konnte, wirklich attraktiv fand. Nele nickte ganz langsam, ihre Wangen brannten. Sie wusste, dass sie vermutlich feuerrot angelaufen waren. Er musste sie für durchgeknallt halten. »Ähm. Ja?«, erwiderte sie wenig geistreich.

Der Mann lehnte sich im Stuhl zurück und zuckte die Schultern. »Na schön. Setzen Sie sich. Nehmen Sie auch meine heiße Schokolade, Sie sehen aus, als könnten Sie die gebrauchen.«

Nele blinzelte, dann kramte sie in ihrem Rucksack nach Geld. Er stand langsam auf, dann legte er ihr eine Hand auf den Oberarm. »Lassen Sie es gut sein.« Seine samtige Stimme in Kombination mit der federleichten Berührung löste ein seltsames Kribbeln in ihrer Magengrube aus.

Ehe sie etwas sagen konnte, verließ er die Bäckerei mit langen Schritten, ohne sich auch nur noch einmal umzusehen.

Nele guckte ihm konsterniert hinterher, dann ließ sie sich auf den Stuhl sinken und atmete zittrig aus. Erst jetzt bemerkte sie die Verkäuferin, die mit Tasse und Teller etwa einen Meter entfernt stand und sie anglotzte, als hätte Nele soeben einen Mordanschlag auf einen der Gäste verübt.

Nele kam sich auch so schon reichlich dämlich vor, sie brauchte nicht noch das abwertende Starren der Frau. »Nun geben Sie schon her, es ist wirklich ein Notfall«, knurrte Nele und schaute weg.

»Na, wenn Sie das sagen!« Die Bedienung sprach mit sächsischem Akzent. Dann murmelte sie irgendwas Kryptisches von wegen »So was macht man doch nicht, schon gar nicht bei so einem prominenten Kunden« und trollte sich zurück hinter ihren Verkaufstresen.

Nele konnte sich keinen Reim darauf machen, also dachte sie nicht weiter darüber nach. Sie verspeiste den Kuchen im Rekordtempo und trank ihren Kakao dazu. Danach fühlte sie sich etwas besser. Ihr Gewissen plagte sie zwar noch immer, aber nun war es ohnehin zu spät, und so verärgert hatte der Mann am Ende auch nicht gewirkt. Eher ein bisschen wie auf der Flucht. Was dazu passen würde, dass er ein Promi war, der nicht erkannt werden wollte. Sie ging im Geiste alle bekannten Österreicher durch, aber ihr fiel niemand im Speziellen ein, den sie unter einem verspiegelten Skihelm vermuten würde. Wenn sie sich für Klatsch interessieren würde, könnte sie es vielleicht wissen, aber sie scherte sich wenig darum. Gerade bereute sie das ein bisschen.

Es war jedoch kein Wunder, dass er so einen flotten Abgang aufs Parkett gelegt hatte, wenn er unerkannt bleiben wollte. Wahrscheinlich tat er alles dafür, um nicht extra Aufmerksamkeit auf sich zu ziehen. Nele schloss kurz die Augen und hoffte, dass sie ihm nicht noch mal begegnete. Gleichzeitig war sie fast ein bisschen traurig darüber, denn obwohl sie nur die Hälfte seines Gesichts gesehen hatte, fand sie, dass er eine faszinierende Ausstrahlung gehabt hatte. Irgendwie geheimnisvoll und sexy. Selbst unter dem Anorak hatte sie breite Schultern ausmachen können. Sportlich war er also in jedem Fall. Sie seufzte leise. Was für ein Tag!

Nele schob ihren leeren Teller von sich und stand auf, es war an der Zeit, zur Gondel zu laufen, damit sie pünktlich nach Oberlech kam und nicht noch ihr Vorstellungsgespräch vermasselte. Heute war auch so schon der Wurm drin …

2

Christoph tippte die Zahlenkombination auf dem elektronischen Schloss ein, damit öffnete er die Tür zum Skikeller mit einem leisen Klick. Aufgebaut auf einem fünfhundert Jahre alten Fundament hatte er das Chalet in den letzten achtzehn Monaten komplett umbauen und modernisieren lassen. Nicht nur das, es war auch ein Anbau errichtet worden. Das Anwesen hatte damit einen zweiten Flügel erhalten. Den brauchte er für sich und seine Kinder, denn in seinem Fall ließ sich Berufs- und Privatleben nicht strikt trennen. Zum Glück, ihm kam es sehr gelegen, dass er alles miteinander verbinden konnte.

Das Licht ging automatisch über einen Bewegungssensor an. Christoph schob das Visier seines Helmes nach oben. Danach stellte er seine Skier in die Abtropfrinne und hängte die Skistöcke darüber. Er tapste über die Gummimatte zur Sitzbank und ließ sich mit einem Ächzen darauf nieder. Während er die Verschlüsse seiner Stiefel öffnete, spürte er jeden Knochen. Obwohl er super in Form war, war es doch etwas völlig anderes, wieder über österreichische Pisten zu brettern, als in seinem Studio zu trainieren. Er fühlte sich wundervoll erschöpft und gleichzeitig erfrischt. Zu Hause zu sein hatte was, definitiv.

Christoph war noch nicht ganz aus den Skistiefeln heraus, als sich die Tür zum Flur öffnete und Simon mit grimmiger Miene eintrat. Sein Bodyguard hatte die Augenbrauen zusammengezogen, seine Lippen waren schmal. »Mensch, Boss«, knurrte der Deutsch-Amerikaner und stellte sich mit vor der Brust verschränkten Armen in den Raum. Simon war breit gebaut und groß gewachsen. Er war eine imposante Erscheinung, was ihm in dem Job auch zuträglich war. Aus praktischen Gründen hielt Simon sein dunkelblondes Haar sehr kurz. Er trug ein enges T-Shirt, das seinen muskulösen Oberkörper betonte. Christoph wusste, dass hier keine künstlich aufgepumpten Muskeln zur Schau gestellt wurden, an seinem Bodyguard war alles echt. Als ehemaliger Elitesoldat war Simon auch heute noch topfit.

»Simon«, erwiderte Christoph mit einem schuldbewussten Lächeln. Er wusste genau, warum sein Mitarbeiter schlecht gelaunt war, aber er ging nicht darauf ein.

»Das können Sie doch nicht machen! Wozu bezahlen Sie mich?«, murrte sein Beschützer, der sich mal wieder darüber aufregte, dass Christoph auf eigene Faust losgezogen war.

Christoph kümmerte sich weiter um seine Füße und ignorierte Simons Frage, während er sich mit einem Ächzen aus dem linken Skistiefel stemmte. »Keine Sorge, niemand hat mich erkannt. Ich habe aufgepasst, außerdem sind kaum Leute auf der Piste gewesen. Im Lift war ich immer allein«, erklärte er schließlich in versöhnlichem Tonfall, irgendwie konnte er seinen Bodyguard ja verstehen, aber Skifahren zu gehen, war wirklich absolut ungefährlich.

Simon wirkte trotzdem noch unglücklich über die Tatsache, dass sein Chef – mal wieder – ohne ihn aus dem Haus gegangen war. Verschlafenes Skiörtchen hin oder her. Christoph konnte es ihm nicht weiter verübeln, aber manchmal brauchte er einfach Zeit für sich allein. Wo, wenn nicht hier auf der Piste, sollte das möglich sein?

»Beim nächsten Mal sage ich Bescheid«, beteuerte Christoph jetzt, und beide wussten, dass er es nicht tun würde. Hauptsächlich hatte er Simon im Haus, damit er für Amys und Skys Wohlergehen sorgte. Seine Töchter waren das Wichtigste auf der Welt. Was die Sicherheit der beiden anging, war Christoph streng, deutlich strenger als wegen der Schutzmaßnahmen, die ihn selbst betrafen.

Christoph hängte seine Skistiefel auf die Heizungsstäbe und klopfte Simon väterlich auf die Schulter. »Ich muss duschen, habe gleich noch einen Termin. Du holst die Mädchen um sechs bei meinen Eltern ab, falls ich nicht fertig sein sollte?«

»Natürlich, Boss.«

»Gut, danke.« Simon guckte ihn direkt an, Christoph merkte sofort, dass sein Bodyguard ihm noch etwas mitteilen wollte, aber unschlüssig war, ob er es wirklich aussprechen sollte.

»Was ist?« Christoph ermutigte ihn mit einem aufmunternden Nicken.

Simon trat von einem Fuß auf den anderen, dann blickte er seinen Arbeitgeber direkt an. »Mir ist bewusst, dass Sie Ihre Freiheit lieben, aber ... Ihnen ist auch klar, dass Ihnen laut Vertrag verboten wurde, Ski zu fahren?«

Christoph atmete geräuschvoll aus. Natürlich wusste er das, aber er wollte sich nicht alles, was Spaß machte, verbieten lassen. »Was die Produktionsfirma nicht weiß, macht sie nicht heiß.« Er grinste und ging leise vor sich hin pfeifend aus dem Skikeller in den Flur. Seine Oberschenkel brannten, er würde morgen Muskelkater bekommen. Und er hatte Hunger. Das hatte Gründe, mit einer heißen Schokolade und Kuchen im Bauch würde ihm der Magen nicht bis in die Kniekehlen hängen, aber seinen süßen Imbiss hatte er an diese seltsame Frau abgetreten. Christoph dachte an die Begegnung in der Bäckerei zurück. Zuerst hatte er gedacht, dass sie ihn erkannt hätte und ihn mit Selfies und dem ganzen Quatsch belästigen wollte, bis er begriffen hatte, dass sie es wirklich nur, geradezu verzweifelt, auf sein Stück Kuchen abgesehen hatte.

Witzig irgendwie. Gleichzeitig dachte er an ihr hübsches Gesicht und die ausdrucksstarken graublauen Augen. Ihre vollen Lippen hatten gebebt, während sie ihn angebettelt hatte. Schon lange hatte keine Frau mehr sein Interesse geweckt, was ihn faszinierte und gleichermaßen erschreckte. Daraufhin hatte Christoph ihr den Kuchen überlassen und war aus der Bäckerei geflüchtet. Mehr oder weniger. Anders konnte er seinen Abgang nicht bezeichnen. Was für eine skurrile Situation, so was hatte er bisher nicht erlebt, und das wollte was heißen.

Seine Reaktion sah ihm gar nicht ähnlich, schließlich war er kein Teenager mehr. Es lag nicht daran, dass er keine Angebote hatte. Im Gegenteil, die Damenwelt lag ihm weltweit zu Füßen, auch wenn er es nicht herausforderte. Seine Libido lag nach dem ganzen Stress mit Summer jedoch unter einer meterdicken Eisschicht. Das hatte Christoph zumindest geglaubt, bis heute Mittag.

Egal, sagte er sich. Er würde die Frau bestimmt nie wiedersehen, und selbst wenn, würde sich daraus nichts ergeben. Nichts lag ihm ferner als Verwicklungen in eine Liebschaft. Die einzigen weiblichen Wesen, die ihm derzeit wichtig waren, lebten mit ihm unter einem Dach, und das waren seine Töchter. Ihr Wohl war alles, was zählte. Und wenn die beiden eines nicht brauchten, dann einen Vater, der sich mit fremden Frauen zwischen den Laken wälzte.

Christoph wollte nicht an die Scheidung denken, tat es aber

doch. Solange die Tinte nicht trocken war, konnte er sich auch gar keinen Fehltritt erlauben. Er schüttelte den Kopf über seine wirren Gedanken und setzte seinen Weg fort. Mit einer heißen Dusche würden sicher auch diese seltsamen Anwandlungen fortgespült.

Nele war froh, dass sie eine Mütze auf dem Kopf hatte. Es war wirklich eisig an diesem späten Nachmittag. Nach einer kleinen Odyssee erreichte Nele den Haupteingang des Chalets, atmete erleichtert aus und sortierte sich kurz, ehe sie nach der Klingel suchte.

Bis sie, nachdem sie aus der Gondel ausgestiegen war, hier angelangt war, hatte sie es wie üblich über die Tunnelanlage, die unter dem Dorf angelegt worden war, versucht. In Oberlech gab es im Winter keine Autos, die verschneiten Wege standen ganz den Skifahrern und Fußgängern zur Verfügung. Der komplette Verkehr zu den Wohnhäusern und Hotels fand unterirdisch statt. Durch den Tunnel war sie zu einem Tor gelangt, das man nur mit einer Fernbedienung oder einem Code öffnen konnte. Das hatte ihren Zeitplan ein wenig durcheinandergewirbelt, denn beides stand ihr nicht zur Verfügung. Tja. Deshalb hatte sie umkehren und es oberirdisch versuchen müssen, weswegen Nele jetzt heftig schnaufte. Sie war die letzten Meter über den verschneiten Weg gerannt, um nicht zu spät zu kommen. Es war wichtig, dass man als Nanny zuverlässig war, dazu gehörte selbstverständlich auch Pünktlichkeit – vor allem beim ersten Treffen.

Nele schob sich eine Strähne aus dem Gesicht, die unter der Mütze hervorgequollen war. Ihr Hals war von der eisigen Luft rau. Das Thermometer an der Gondel hatte bei der Ankunft vor ein paar Minuten schon minus zehn Grad angezeigt. Das war nicht ungewöhnlich für diese Jahreszeit, aber sie musste sich erst wieder daran gewöhnen.

Nele straffte sich und betätigte den Klingelknopf. Nach wenigen Sekunden nahm sie das Surren einer Kamera wahr, dann klickte es, und eine weibliche Stimme ertönte. »Ja, bitte?«

»Guten Abend, ich bin Nele Storm von der Nanny-Agentur.«

»In Ordnung, einen kleinen Augenblick bitte.« Es klickte erneut.

Nele trat einen Schritt zurück. Obwohl sie schon vielen stinkreichen, einflussreichen und auch berühmten Leuten begegnet war, beeindruckte sie dieses Haus über die Maße. Die Fassade war mit Holz verkleidet, die Fenster bestanden aus einem verspiegelten Glas, man konnte nicht hineinblicken. Vermutlich irgendein Sicherheitsglas. Es wurde schon von außen klar, dass jemand richtig viel investiert hatte, um aus einem bestehenden Gebäude ein noch größeres, imposanteres herzurichten, das Altes mit Neuem verband. Sie war gespannt auf diese Familie.

Das Dach war, wie alle anderen in der Umgebung, mit einer dicken Schneeschicht bedeckt. Es gab eine Sonnenterrasse, von der aus man auf die Piste gucken konnte, während sie von unten aus nicht erreichbar war, weil sie zu hoch lag. Daraus schloss Nele, dass die Besitzer Wert auf gewissen Abstand legten, was auch die Tatsache mit der fehlenden Klingel im Tunnel erklärte.

Sie hatte auch nicht den vollen Einblick, da ein Teil der Terrasse durch einen Sichtschutz verdeckt war, es dampfte daraus hervor, daher schlussfolgerte Nele, dass es eine Art Whirlpool oder Außenschwimmbecken geben musste.

Weiter kam sie nicht mit ihrer Bestandsaufnahme, denn die Eingangstür wurde geöffnet. Eine rundliche Frau mit roten Pausbacken, grauem Haar und einer Schürze tauchte auf.

»Grüß’ Sie«, wandte sie sich im örtlichen Dialekt an Nele und winkte sie herein. »Kommen’s rein.«

»Guten Abend, ich bin Nele Storm, das Kindermädchen. Also vielleicht ...« Nele lächelte verlegen und merkte, wie nervös sie auf einmal war. Das konnte nur daran liegen, dass ihr eine Art Bewerbungsgespräch bevorstand. Ein Prozedere, dem sie in Lech sonst nicht ausgesetzt war. Nele trat ein, und die Frau schloss die Tür hinter ihr.

Der Eingangsbereich wurde von dunklem Marmor dominiert. Eine indirekte Beleuchtung schaffte eine angenehme Atmosphäre, nicht zu hell, aber auch nicht düster. Dicke Kerzen flackerten in Glaszylindern. Es duftete nach Zirbenholz und Bergamotte.

»Bitte, legen Sie doch ab«, forderte die Frau sie jetzt auf und streckte ihre Hände aus, um Neles Jacke in Empfang zu nehmen.

Nele schlüpfte aus dem Anorak und reichte ihn ihr. »Danke.«

»Ich bin übrigens Theresia, Haushälterin und guter Geist im Haus.« Theresia öffnete eine Tür, die zu einem Garderobenzimmer führte. Dort waren Schuhe, Jacken und Skihosen fein säuberlich untergebracht.

»Freut mich, Theresia. Soll ich die Stiefel ausziehen?« Nele bemerkte einen Übergang, der weiter ins Haus führte, wo Marmor zu einem edlen Holzboden wechselte. Den wollte sie nicht mit ihren nassen Sohlen besudeln.

»Ja, gern. Wir haben auch Hausschuhe für Besucher. Moment.« Die nette Frau hängte ihre Jacke auf und zauberte sodann Filzpantoffeln hervor, die sie vor Neles Füße platzierte, bevor sie sich lächelnd wieder aufrichtete.

»Danke.« Nele war befangen, es war ganz und gar nicht üblich, dass man sie bediente. Es fühlte sich seltsam an.

»Gern, nun kommen’s mal mit. Er erwartet Sie schon.«

Obwohl Theresia sehr nett und offen wirkte, war klar, dass hier alle nach einer Pfeife tanzten. Theresia hatte voller Ehrfurcht von ihrem Arbeitgeber gesprochen: *Er.* Wie *er* wohl sein mochte? Nele bekam eine Gänsehaut.

Ihre Nervosität nahm zu. Dem Haus nach zu urteilen, waren die Besitzer in jedem Fall stinkreich, aber das hatte sie auch schon vorher gewusst. Vom Alter könnten sie vielleicht Ende vierzig sein, man musste schon einiges erreicht haben, ehe man so viel Kohle zusammenhatte, aber noch nicht zu alt für kleine Kinder. Ihre Aufregung wuchs mit jedem Schritt, den sie weiter ins Haus machte. Die Deckenhöhe war nicht außergewöhnlich hoch, die Wände hatte man im Zuge der von Tammy angesprochenen Renovierung grau verputzt. Hie und da hing ein abstraktes Gemälde. Es gab keine Fotografien, keine Familienbilder, nichts Persönliches. Das war ungewöhnlich, vor allem bei zwei kleinen Kindern.

Nele trottete Theresia hinterher und schaute sich dabei verstohlen um; links ging es zum Wohnzimmer, wo große Fensterfronten dominierten, rechts konnte Nele einen langen Esstisch ausmachen und einen Kinderhochstuhl. Nele vermutete die Küche ganz in der Nähe, wahrscheinlich um die Ecke, was auch den langen Mittelgang erklären würde, den sie gerade hinter sich gelassen hatten. Sie erreichten eine Flügeltür, die Theresia für sie aufhielt, von dort kamen sie ins Treppenhaus, das gleichzeitig eine Art Verbindung zum zweiten Gebäudeteil darstellte. Links und rechts führte je eine Treppe nach oben und unten. Die Stufen waren offen und aus Holz, das Geländer wirkte futuristisch, aber kindersicher durch geschlossene Seiten. In den Wänden waren bei jeder zweiten Stufe quadratische LEDs eingelassen, die ein angenehmes Licht verbreiteten und jeden Tritt sicherer machten.

»Das hier ist die Verbindung zum neuen Flügel«, erklärte Theresia und bestätigte damit Neles Vermutung. »Die linke

Treppe gehört zum alten Teil, die rechte zum neuen. Oben gibt es aber auch eine Verbindung der Gebäudeteile über einen Flur.«

Abgefahren, dachte Nele. Nicht nur, dass alles außer den Grundmauern anscheinend komplett modernisiert worden war, es war auch irrsinnig gut durchdacht. Nele lugte am Treppengeländer nach unten, weil sie ein Plätschern hörte. Was sie dann sah, ließ sie offen staunen. Die Treppe schlängelte sich um die Felsen des Berges, daraus entsprang eine Quelle, es gab ein kleines Becken, in dem sich das Wasser sammelte. Verrückt.

»Schön, nicht? Der Brunnen ist knapp fünfhundert Jahre alt, ich liebe die Verbindung zur Natur.«

»Wahnsinn«, murmelte Nele.

»Kommen Sie«, drängte Theresia. »Er wartet nicht gern.«

Ja, das konnte sich Nele lebhaft vorstellen. Es handelte sich bei *ihm* bestimmt um einen kompromisslosen Geschäftsmann, der nebenbei mehrere Bildschirme mit Aktienindizes laufen hatte. Ein Banker vielleicht oder ein Private Equity Fonds Manager, jedenfalls jemand, der Kohle im Überfluss hatte.

Nele machte es nichts aus, wenn andere mehr hatten als sie. Sie hatte, was ihren eigenen sozialen Status betraf, keine Minderwertigkeitskomplexe. Dennoch durchlief ihren Körper ein merkwürdiges Kribbeln, als sie den Übergang passierten und den Anbau erreichten. Ordentlich sortierte Bücherregale teilten den Raum, rechts von ihr befand sich eine Glaswand, dahinter ein voll ausgestatteter Fitnessraum. Laufband, Gewichte, Crosstrainer, Sprossenwand, Übungsmatte, Ringe, Spinning-Fahrrad und eine Massage-Liege konnte sie im Vorbeigehen erkennen, ehe Theresia sie mit einer Geste nach links bat. Bibliothek und Arbeitszimmer schienen sich zu vereinen, es roch auch hier angenehm nach Zirbenholz, Bergamotte und einem offenen Kaminfeuer.

»Nele Storm ist hier«, erklärte die Dame ihrem Chef und

zog sich dann zurück, dabei schenkte sie Nele ein aufmunterndes Lächeln. Nele blieb mitten im Raum stehen und sah sich nach ihrem Gesprächspartner um, entdeckte ihn jedoch nicht sofort.

Es gab eine cremefarbene Sitzgruppe mit einem Sofa auf der einen Seite, auf der anderen befand sich der Arbeitsbereich. Da es dunkel war, konnte sie durch die großen Fenster nicht viel sehen, sie erkannte nur ihr eigenes Spiegelbild, aber sie wusste, dass man hier sonst einen atemberaubenden Ausblick über die nahe gelegene Piste, Tannen und die Berge hatte. Neles Augen blickten ihr groß aus dem Fenster entgegen, sie sah blass und unsicher aus. Genau so fühlte sie sich auch. Sie atmete einmal durch und richtete sich gerade auf.

Als Nächstes fiel ihr das flackernde Feuer im Kamin auf. Auf dem Sims standen eine Vase und noch mehr Kerzen in Windlichtern. Der Schreibtisch wirkte ordentlich aufgeräumt, sie konnte ein Notebook ausmachen. Die Person im dunklen Ledersessel hatte ihr den Rücken zugedreht und verstaute gerade einige Papiere oder Unterlagen in einem geöffneten Wandschrank. Langsam drehte der Mann sich um und stand auf. Er war groß, breitschultrig und sah mit seinem schwarzen Pullover zur dunklen Jeans irgendwie sexy aus. Definitiv noch keine vierzig, schoss es ihr durch den Kopf.

»Guten Tag, ich bin Nele Storm, ich komme von der ...«, begann Nele mit ihrer Vorstellung. Weiter kam sie nicht, weil ihr Mund aufklappte. Sie starrte den gut aussehenden Mann entgeistert an, der jetzt auf sie zukam. »... Nannyagentur«, schaffte sie es doch noch, ihren Satz zu beenden. Nele glaubte zu träumen, sie blinzelte hektisch. Die Erkenntnis, einem Superstar gegenüberzustehen, brachte sie aus dem Konzept.

»Guten Abend.« Der Klang seiner Stimme jagte kleine Schauer an ihrer Wirbelsäule entlang.

Christoph Maier, wie sich Nele an den Namen, den

Tammy ihr genannt hatte, erinnerte, war groß, breitschultrig und dunkelhaarig. Er hatte einen durchdringenden, offenen Blick. Seine grünen Augen funkelten amüsiert, während sich seine sinnlichen Lippen zu einem wissenden Lächeln verzogen.

Oh. Mein. Gott.

Christoph Maier war schon aus der Ferne attraktiv, aber aus der Nähe fand sie ihn gefährlich sexy. Er wirkte souverän und gleichzeitig lässig. Und er hatte jeden Grund dazu, denn schließlich war er Österreichs heißester Hollywood-Export. Allerdings lautete sein Künstlername nicht Christoph Maier, sondern Chris May.

Heilige Mutter Gottes. Er war es wirklich. In Person. Live und in Farbe.

Vor ihr stand der *Sexiest Man Alive*. Gleich zweimal, 2020 und 2021 hatte eine Jury ihn dazu gewählt – aus gutem Grund. Ihm in Fleisch und Blut gegenüberzustehen, gab Nele den Rest. Sie wurde geradezu überflutet von seiner maskulinen Energie, die den ganzen Raum ausfüllte. Er sah in echt und in Farbe noch viel besser aus als auf der Mattscheibe.

Sie wollte etwas sagen, aber ihr Kopf war wie leergefegt. Komplett leer.

Da sie ihren Blick nicht abwenden konnte, entging ihr auch nicht, dass er sie mit einem Ausdruck musterte, der sie bis ins Mark erschütterte. Sie merkte, wie ihr Brustkorb sich schneller hob und senkte.

Christoph Maier ließ seinen Blick über Nele wandern, als hätte er alle Zeit der Welt, als könnte er unbegrenzt über sie verfügen. Nun, sie befand sich hier in seinem Auftrag, aber trotzdem. Das grenzte schon ein wenig an Arroganz. Oder war es nur Neugier?

Nele keuchte auf und berührte die kleine Kuhle am Hals mit ihren Fingern. Sie wollte sich den Pullover vom Leib reißen, weil ihr furchtbar heiß geworden war. Aber sie konnte sich nicht rühren. Sie war buchstäblich vor Ehrfurcht erstarrt.

Und dann bemerkte sie etwas, das ihr bis dahin entgangen war. Sie erinnerte sich an das markante Kinn, die sinnlichen Lippen und den Dreitagebart. Bäckerei, klingelte es in ihrem Kopf und – endlich konnte sie eins und eins zusammenzählen.

Als ob es nicht schon schlimm genug wäre, dass sie wie ein Häufchen Hormonsalat vor diesem göttlichen Kerl erzitterte, wurde ihr jetzt klar, dass sie ihm vor weniger als zwei Stunden schon einmal begegnet war. Nicht nur das, sie hatte sich mit ihrer Kuchennummer absolut lächerlich gemacht.

Das war's, dachte Nele, während sie begriff, dass ihr Bewerbungsgespräch vermutlich sehr bald enden würde. Kein normaler Mensch würde jemanden wie sie danach engagieren. Er hielt sie garantiert für verrückt und das konnte sie ihm nicht verübeln. Und er war nicht mal ein durchschnittlicher Typ, er war ... ein Star. Nele wusste nicht, was sie tun sollte, also lächelte sie, aber es fühlte sich irgendwie verkrampft an.

»Du bist ja ganz blass«, hörte sie seine dunkle Stimme. Er hielt sie am Oberarm fest, sie hatte gar nicht gemerkt, dass er an sie herangetreten war. »Ist alles okay? Darf ich du sagen?«

»J-ja«, stammelte sie.

Nele wollte es nicht, aber das samtige Timbre seiner Stimme und die Wärme seiner Hand verstärkten diese Wirkung noch. Ihre Beine fühlten sich wie Gummi an, also widersprach sie nicht, als er sie zur Sitzgruppe führte und sie in einen der bequemen Sessel drückte.

»So, und jetzt fangen wir noch mal von vorn an.« Mit einem sexy Grinsen ließ er sich auf einen anderen Sessel fallen. »Ich bin Christoph. Freut mich.«

Er hielt ihr nicht die Hand hin, ein Glück, sie wollte ihn lieber nicht noch einmal berühren. Ihr Herz schlug auch so schon viel zu schnell. Stattdessen griff er zu einer Karaffe mit Wasser und goss schweigend in zwei Gläser ein.

»Bitte«, erklärte er schließlich und bot ihr eines an.

Nele griff mit zitternden Fingern danach und trank einen Schluck. Kühl rann es ihre trockene Kehle herunter und verschaffte ihr ein wenig Zeit. »Ich schätze, ich muss mich entschuldigen«, begann sie schließlich und schaute ihn direkt an.

Er war ihr so nah, dass sie sein herbes Aftershave riechen konnte. Durchaus angenehm. Es passte zu ihm. Der dunkle Pulli mit V-Ausschnitt schmiegte sich wie eine zweite Haut an seinen definierten Oberkörper, die Jeans spannte um seine langen Schenkel.

»Wieso?« Er wirkte lässig, so entspannt.

Ganz im Gegensatz zu ihr. Sie wollte im Erdboden versinken. Nele schüttelte den Kopf und fuhr sich nervös mit der Hand über die Stirn, in der anderen hielt sie das Glas fest. Sie wusste nicht, wo sie anfangen sollte. Also atmete sie kurz durch. »Bevor Sie etwas völlig Falsches von mir denken ...«

»Du«, korrigierte er sie. »Nenn mich bitte Christoph.«

»Ähm, ja Entschuldigung, also, Christoph.« Es fühlte sich seltsam an, seinen Namen auszusprechen. So persönlich. Intim geradezu.

Sie holte zittrig Luft. Nele war immer noch irrsinnig heiß. Gott, konnte nicht mal jemand die Heizung abstellen?

Bewerbungsgespräch, erinnerte sie sich. Das half ihr sich ein wenig zu beruhigen. Nele räusperte sich und rutschte auf ihrem Sessel hin und her, dann fasste sie sich ein Herz und sprach aus, was gesagt werden musste. »Normalerweise klaue ich Leuten nicht ihren Kuchen vor der Nase weg, das müssen Sie, äh, das musst du mir glauben. Ich hatte einfach einen sehr schlechten Tag. Und wenn du mich deswegen nicht als Nanny engagieren willst, dann verstehe ich das natürlich.«

Ihr Herz hämmerte gegen ihre Rippen. Gott, war sie total bescheuert?

Christophs Mundwinkel zuckten, er wirkte amüsiert. »Nele, das ist schon okay, wirklich. Es ist ja nichts passiert.«

Trotzdem war es ihr ein Bedürfnis, klarzustellen, dass sie keine Verrückte war, der er seine Kinder nicht anvertrauen konnte. »Wie gesagt, ich hatte zuvor ziemlich schlechte Nachrichten bekommen und deshalb ein bisschen überreagiert – außerdem war ich hungrig und unterzuckert, über den Stress hatte ich vergessen, etwas zu essen ...«

So ein Käse. Sie redete sich gerade um Kopf und Kragen. Nele merkte, wie sich Schweißperlen zwischen ihren Brüsten sammelten. Sie zupfte an ihrem Pullover, aber das half natürlich nicht. Vorsichtig lugte sie zu Christoph. Er hatte ein Bein über das andere geschlagen und schien nicht beunruhigt oder genervt zu sein. Im Gegenteil, er folgte interessiert dem Gespräch und sah aus, als ob es ihn gar nicht stören würde, dass sie den totalen Bockmist verzapfte.

Er winkte mit einer saloppen Geste ab. »Also, Schwamm drüber, Nele. Vermutlich sollte ich dir danken, dass du mich vor siebentausend Kalorien gerettet hast, ich versuche nämlich gerade für einen neuen Film in Form zu kommen.«

Sie hob eine Braue und neigte ihren Kopf. Er sah nicht aus, als ob er das nötig hätte. Ganz und gar nicht. Nach ihrem Dafürhalten könnte er sofort wieder für den *sexiest man alive* kandidieren. Unter diesem weichen Pullover musste sich ein perfekt definierter Six- oder sogar Eightpack befinden. Sie schluckte. Dann atmete sie bebend aus. »Danke«, war alles, was sie hervorbrachte.

»Deiner Reaktion nach zu urteilen, nehme ich an, dass du schon mal von mir gehört hast?«

Er grinste. O Mann. Dieser Kerl wusste genau, wie er auf

Frauen wirkte, und Nele stellte da ganz und gar keine Ausnahme dar.

Gut, sagte sie sich. Nachdem das ja jetzt geklärt war, konnte sie aufhören, ihn anzuhimmeln. Sie wusste nur noch nicht, wie ihr das gelingen sollte. Christoph war unglaublich attraktiv, einem Mann mit einer solchen Ausstrahlung könnte sie mit Haut und Haaren verfallen – und das hatte nichts mit seinem Promi-Status zu tun. Seine Aura berührte etwas in ihr. Was dachte sie denn da? Niemals hätte sie es für möglich gehalten, dass je wieder ein Mann auf Anhieb so einen Eindruck auf sie machen würde. Und das würde sie keinesfalls zulassen, schon gar nicht, weil der Mann ein möglicher Arbeitgeber war. Unmerklich schüttelte sie den Kopf. Sofort blendete sie alles Persönliche aus, denn hier war der Punkt: Nele war die Nanny – vielleicht – und er zwar der heißeste Boss, den man sich vorstellen konnte, aber eben wahrscheinlich ihr zukünftiger Chef. Sie rief sich daher eindringlich in Erinnerung, dass sie beide, wenn überhaupt, ein professionelles Verhältnis verbinden würde. Hotnessfaktor zehntausend hin oder her, davon durfte sie sich nicht beeindrucken lassen. Und das würde sie auch nicht. Auf gar keinen Fall.

»Ja, natürlich habe ich schon mal von dir und deiner imponierenden Karriere gehört, also bitte!« Nele wusste nicht, was sie sonst hätte erwidern sollen. Leugnen war in dem Fall absolut zwecklos und gar nicht nötig.

Er schmunzelte noch immer. »Ich wurde in St. Anton beim Filmdreh zu einem James-Bond-Streifen entdeckt, damals war ich als Komparse vorgesehen, der bei einer Szene auf der Piste eine kleine Nebenrolle spielen sollte. Tja, der Regisseur hat sofort mehr in mir gesehen, und *voilà*, hier bin ich heute.« Er zuckte die Schultern, als könne er seinen Erfolg selbst nicht fassen. Das machte ihn nur sympathischer.

Obwohl Nele irgendwo einmal gelesen hatte, dass Hollywoods Darling zufällig entdeckt worden war, hatte sie andererseits nicht gewusst, dass Christoph Maier alias Chris May aus Lech stammte. Tja, nun war sie schlauer.

Gott, das war so krass! Sie konnte es noch immer nicht fassen, dass sie für ihn arbeiten würde.

Üblicherweise hatte sie kein Problem mit Stars und Promis, vor zwei Jahren hatte sie sich mit den Allüren eines Popsternchens herumschlagen müssen. Aber in seiner Nähe fühlte sie sich befangen – was auch mit der Kuchennummer zusammenhängen könnte oder mit der Tatsache, dass er einfach absolut *oberheiß* war. Mehr als das.

In seiner Nähe schmolz vermutlich auch der größte Eisberg im Rekordtempo dahin. Nach wie vor hatte sie den starken Drang, sich Luft zuzufächeln, was sie natürlich nicht tat. Stattdessen trank sie einen großen Schluck Wasser.

Ihr Gehirn war, entgegen ihrer Vorsätze, das Ganze einfach professionell zu sehen, noch immer blank. Sie konnte keinen klaren Gedanken fassen.

»Das ist wirklich eine tolle Geschichte«, hörte sie sich sagen.

Scheiße, klang das hohl.

Das war ja beinahe noch schlimmer als das berühmte »Ich habe eine Wassermelone getragen«.

Christoph neigte seinen Kopf und betrachtete sie ruhig. »Ich habe bis vor Kurzem in Los Angeles gelebt, aber aus persönlichen Gründen bin ich mit meinen Töchtern hergekommen, um einen ruhigen Winter in der Heimat zu verbringen, ehe ich mein nächstes Filmprojekt angehe. Ich bereite mich hier auf die Hauptrolle in einem Polit-Thriller vor, den ich ab April in Tansania und den USA drehen werde. Meine Mädels sind mir sehr wichtig, sie sind das Beste, was mir je passiert ist. Deshalb wollte ich dich zunächst kennenlernen, ehe ich dich mit ihnen bekannt mache.«

Nele schluckte. Gleichzeitig musste sie zugeben, dass sie es extrem sexy fand, wenn ein Mann seine Vaterrolle so ernst nahm. Sie kaufte ihm jedes Wort davon ab.

Was war mit der Mutter? Sie wagte nicht, nach ihr zu fragen.

Waren sie getrennt? War sie gestorben? Jetzt bereute sie es, dass sie selten bis nie die Neuigkeiten in der Regenbogenpresse las.

Wie jemand, der trauerte, wirkte er jedoch nicht. Aber was wusste sie schon, immerhin war er ein Schauspieler, sicher konnte er seine Gefühle verbergen und auch bei schlechter Laune gute Stimmung vortäuschen. Vielleicht waren sie getrennt, aber meist blieben die Kinder doch bei der Mutter?

Oder sie war verreist. Oder hatte geschäftlich irgendwo zu tun.

Neles Überlegungen drehten sich im Kreis, aber eines war klar: Ihr behagte der Gedanke an eine Ehefrau nicht. Es fühlte sich fast wie Eifersucht an, was lächerlich war.

Gott, sie musste doch verrückt geworden sein.

»Mhm«, machte Nele und verschränkte ihre Finger in ihrem Schoß, weil sie nicht wusste, wohin damit. Sie wartete ab. Besser, sie hielt die Klappe, ehe sie sich um Kopf und Kragen redete. Sicher schätzte er es nicht, wenn seine potenzielle Angestellte ihn mit lästigen Fragen löcherte.

»Meine Eltern leben im Ort, sie betreiben eine kleine Pension, die wollen sie auch nicht aufgeben, obwohl sie nicht länger arbeiten müssten. Ich habe das Gefühl, es ist ihnen ein bisschen peinlich, dass mich die halbe Welt von der Kinoleinwand kennt.« Er schmunzelte und zuckte wieder die Achseln.

Auf Nele wirkte das alles sehr authentisch. Nett – im positiven Sinne. Hatte der Mann gar keine Staralüren?

»Wohl eher die ganze Welt«, murmelte sie, bis sie kapierte, was sie gesagt hatte.

Christoph lachte. »Ich will nicht hören, ob du schon mal

einen Film von mir gesehen hast. Hier bin ich der private Christoph, und so soll es auch bleiben. Eines musst du aber wissen: Ich lege größten Wert auf Verschwiegenheit. Dazu haben wir auch noch einige Formalitäten zu klären, keine große Sache, aber da ich schon mal schlechte Erfahrungen gemacht habe, lege ich das lieber schriftlich fest. Meine Familienangelegenheiten sind Privatsache, und das müssen sie auch bleiben. Dann, zweitens, wenn du mit Amy und Sky irgendwohin gehst, wird dich Simon begleiten. Er ist unser Personenschützer. Man weiß nie, welche verrückten Leute unterwegs sind. Grundsätzlich ist es mir lieber, wenn ihr hier im Haus seid, es gibt alles im Chalet, ein Spielzimmer, einen Pool, ein Becken draußen und auch ein eigenes Kino. Ich zeige dir gleich alles.«

Das klang ganz so, als würde er noch immer in Betracht ziehen, ihr den Job zu geben. Nele war verblüfft, wie sehr sie sich darüber freute.

Sie nickte langsam, um ihre Erleichterung zu verbergen. »In Ordnung. Das habe ich verstanden.«

Außerdem nahm sie seine Hinweise ernst, ihr war längst klar geworden, dass das hier kein normaler Nannyjob war. Anscheinend hatte Christoph in der ein oder anderen Form schon einmal erlebt, dass manche Menschen keine Grenzen kannten. Wahrscheinlich machte sie sich keine Vorstellung davon, wie schwierig es für jemanden wie ihn war, sich aufdringliche Fans vom Hals zu halten. Sie würde nachher mal eine Suchmaschine befragen, ob sie etwas über ihn und seine Familie herausfinden konnte. Sofort meldete sich ihr Gewissen, eigentlich sollte sie ihn selbst nach Einzelheiten fragen, aber sie traute sich nicht.

»Von den beiden werden keine Bilder geschossen, außer ich bitte dich darum«, fuhr er mit seiner Aufzählung über die Regeln in dieser Familie fort.

Sie verdaute das eben Gesagte und hob eine Braue. Was dachte er denn, wer sie war! »Natürlich.« Sie hörte selbst, dass ihre Stimme ein wenig verschnupft klang.

Verdammt.

Christoph betrachtete sie einen Moment schweigend, dann fuhr er fort. Sein Blick war wachsam, aber nicht feindselig. »Ich habe keinen festen Zeitplan, aber ich brauche einige Stunden am Tag, um zu trainieren, und eine gewisse Zeit nutze ich für Recherchen und Charakteranalysen. Ich muss mich durch das Drehbuch arbeiten, um mich auf meine Rolle vorzubereiten. Das Projekt nehme ich sehr ernst, und dabei brauche ich meine Ruhe. Ich liebe meine Kinder, aber wenn sie um mich herumspringen und mit mir spielen wollen, kann ich nicht arbeiten. Hier kommst du ins Spiel.« Christoph lächelte schwach, und Nele stellte mit Entsetzen fest, dass es in ihrem Bauch kribbelte.

»Natürlich«, krächzte sie und nickte. Dann atmete sie einmal durch und wiederholte seine Punkte. Das half ihr, das Nervenflattern in den Griff zu bekommen.

Solange es um die Arbeit ging, konnte sie ausblenden, dass der heißeste Kerl des Planeten – vielleicht – ihr Boss sein würde. »Kein fester Plan also, wann soll ich mich dann zur Verfügung halten?«, wollte sie wissen.

»Zunächst wäre da noch die Frage, ob du anderweitige Verpflichtungen hast. Familie? Einen Freund? Einen Hamster, der versorgt werden muss?«

Nele machte große Augen, dann lachte sie. »Äh, nein.«

Kurz hatte sie den Eindruck, dass sich die Wangen ihres Gegenübers ein wenig verfärbten, dann stieß er einen leisen Seufzer aus und wirkte wieder so lässig wie zuvor. »Gut. Ich würde dich gern morgen meinen Kindern vorstellen. Wenn ihr miteinander zurechtkommt, können wir es versuchen. Wenn das alles klappt, würde ich dich für den ganzen Winter buchen oder am liebsten gleich fest einstellen. Wir hatten eine gute

Nanny in Los Angeles, aber sie wollte nicht mit nach Österreich kommen. Mir ist es wichtig, dass meine Mädchen eine feste Bezugsperson haben, sie haben eine Menge durchgemacht.«

Hui. Das ging aber fix. Fest einstellen? Nele wusste nicht, wie ihr geschah. Das hieß wohl, dass sie die erste Hürde genommen hatte. »In Ordnung. Ich nehme an, die beiden gehen nicht in den Kindergarten?«

Christoph wirkte kurz betroffen, dann schüttelte er den Kopf. »Nein, das ist mir nicht sicher genug.«

Aha, dachte sie. Das ist also seine Macke, andererseits, er hatte natürlich gute Gründe, seine Töchter nicht der Öffentlichkeit preiszugeben. Sein Vermögen allein war vermutlich für viele Kriminelle Grund genug, die Familie zu bedrohen. An seiner Stelle würde sie vielleicht genauso handeln. Die Mädchen taten ihr trotzdem ein bisschen leid. Isolation war für Kinder nie gut. Und was war mit der Mutter?

3

---

*C*hristoph schloss die Haustür hinter Nele und lehnte seine Stirn von innen gegen das Holz.

Gott, was war nur in ihn gefahren? *Hast du einen Freund?*

Er musste verrückt geworden sein. Schritt für Schritt trat er zurück und fuhr sich mit beiden Händen durch die Haare. Dann schüttelte er ganz langsam seinen Kopf. Egal, wie er es drehte und wendete, diese unangebrachte Frage war einfach aus ihm herausgesprudelt, und der Grund dafür lag offen auf der Hand: Er hatte sie nicht nur als mögliches Kindermädchen für seine Mädels betrachtet. Das war ein Fehler, ein ganz großer Fehler, trotzdem würde er Nele einstellen, wenn die Kinder sie mochten. Denn für seine kurze Schwäche konnte Nele ja nichts. Der wichtigere Grund war jedoch, dass er sie für geeignet hielt.

Christoph hatte in den letzten Jahren gelernt, gutherzige Menschen von Blendern zu unterscheiden. Und Neles Reaktionen waren allesamt natürlich und absolut authentisch gewesen.

Er erinnerte sich noch lebhaft, wie sie während ihres

Gesprächs immer mal wieder schneller geatmet hatte, wie sie sich häufig unbewusst die Lippen befeuchtet hatte.

Christoph war sich darüber im Klaren, dass er allgemein als sexy und begehrenswert angesehen wurde. Zu seinem Erstaunen gefiel es ihm, dass Nele offenbar auch zu den Frauen gehörte, die ihn attraktiv fanden. Eine freudige Erregung erfasste ihn, als er daran dachte, dass er sie bald wiedersehen würde.

»Verdammt«, murmelte er und kehrte in sein Arbeitszimmer zurück. Es sollte ihn nicht interessieren. Vor allem nicht bei ihr.

Christoph wusste nicht, warum er heute so schräg drauf war, aber in Zukunft würde er Nele nur noch als Angestellte betrachten und nicht mehr als die attraktive Frau, die sie zweifelsohne war.

Vor allem würde er eins tun: sich auf seinen Job konzentrieren und nicht über etwas anderes nachgrübeln, wie etwa ihre sinnlichen Lippen, ihre strahlenden Augen oder ihren angenehmen Duft.

Christoph rieb sich über das unrasierte Kinn. Arbeit, sagte er sich. Als ob er nicht genug zu tun hätte. Er hatte vorhin bereits das frisch eingetroffene Drehbuch ausgepackt und nach Neles Ankunft kurz in den Schrank gelegt. Jetzt zog er es wieder hervor und strich mit den Fingerkuppen über den Deckel der gebundenen Seiten. Es war dick, weil auch detaillierte Regieanweisungen speziell für ihn darin aufgeführt waren. Christoph ging bei seinen Projekten ins Detail, er wollte wissen, was geplant war, und sich nicht erst am Set überraschen lassen. Vor allem, weil er es gewohnt war, seine Stunts nur im Notfall von einem Double ausführen zu lassen. Er lächelte in sich hinein, und das vertraute Kribbeln stellte sich ein, die Vorfreude auf die neue Rolle. Er schlug die erste Seite auf und war gespannt, was ihn erwartete.

Nach fünf Minuten stellte er fest, dass er keine Ahnung hatte, was er eben gelesen hatte. Obwohl er schon darauf gewartet hatte, sich endlich einen Eindruck verschaffen zu können, worauf er sich einstellen musste, fand er nicht die nötige innere Ruhe und Konzentration dafür.

Immer wieder dachte er an Neles graublaue Augen zurück, die ihn so offen und ehrlich angeblickt hatten. Mit Interesse, aber auch mit Ehrfurcht. Er schnitt sich selbst eine Grimasse.

Gut, an diesem Punkt musste er noch arbeiten, er wollte nicht, dass Leute in seiner Gegenwart den Mund nicht aufbekamen, weil sie in ihm den Hollywoodstar sahen. Der war er nur auf der Leinwand, er sah sich selbst nicht als etwas Besonderes an, nur als einen Mann, der Glück gehabt hatte, von den richtigen Menschen entdeckt zu werden. Seine eigenen Pläne hatten damals ganz anders ausgesehen. Nach seiner Ausbildung als Zimmermann hätte er im Sommer auf den Baustellen gearbeitet und als Skilehrer im Winter, wie sein Bruder Raphael.

Gegen die spektakuläre Wendung in seinem Leben hatte er natürlich auch nichts gehabt. Er liebte es, in verschiedene Rollen zu schlüpfen – wie sehr, hatte er erst festgestellt, nachdem man ihm die Chance dazu gegeben hatte. Dass er über Nacht weltberühmt werden würde, hatte niemand erwartet, er am wenigsten. Aber das Leben als Promi hatte auch Schattenseiten, eine Menge sogar, die Außenstehende selten als solche erkannten. Und er selbst machte keine große Nummer daraus, jedenfalls nicht vor anderen. Persönlich wusste Christoph jedoch, dass vieles, was früher selbstverständlich gewesen war, heute nicht mehr möglich war. Ein Bier trinken zu gehen, ohne erkannt zu werden, zum Beispiel. Einfach in einem Laden eine Packung Milch kaufen, ohne Selfies mit Fans knipsen zu müssen. Beklagen wollte er sich darüber nicht, dafür hatten sich ihm viele neue Türen geöffnet, aber diese alte Freiheit fehlte ihm an manchen Tagen sehr.

Christoph lehnte sich im Stuhl zurück und blickte gedankenverloren zu der Sitzgruppe, wo Nele vorhin mit ihm gesessen hatte. Ihre Gläser standen nach wie vor dort, nachher würde sie jemand abräumen, wenn er die Kinder abholte. Neben Theresia gab es ein anderes Paar aus dem Ort, sie kümmerten sich um alles Mögliche, was das Haus betraf, sie hielten sein Zuhause sauber und intakt, lebten aber nicht im Chalet.

Weil er erst seit zwei Wochen mit den Mädchen hier war, hatten sie ihren Rhythmus noch nicht gefunden. Aber langsam hatten Sky und Amy wenigstens den Jetlag hinter sich, bei den beiden hatte es länger gedauert. Kein Wunder, neun Stunden Zeitunterschied waren eine Menge für kleine Kinder. Hauptsächlich war Christoph froh, dass sie endlich in der Heimat angekommen waren, auch wenn nicht alle Probleme gelöst waren. Die Scheidung war noch nicht durch, die ganze Angelegenheit schwebte wie ein Damoklesschwert über ihm.

Er seufzte und stand auf. Es hatte keinen Sinn, er konnte sich jetzt nicht auf das Drehbuch konzentrieren. Er schob es auf die Veränderungen, die hatten ihm auch zugesetzt. Ein Lächeln schlich sich auf seine Lippen, wie immer, wenn er an die beiden dachte. So schrecklich sich seine Ehe mit Summer auch entwickelt haben mochte, er war froh, dass daraus Amy und Sky hervorgegangen waren. Er liebte seine Kinder mehr als alles andere auf der Welt und vermisste sie schon wieder. Er beschloss deshalb, gleich zu seinen Eltern zu gehen, auch wenn eigentlich verabredet war, dass Simon die beiden allein zurückbringen würde.

Christoph packte das Drehbuch weg und machte sich auf den Weg. Er zog sich die Mütze tief ins Gesicht, schlang sich den Schal ein paarmal um den Hals und genoss die eisige

Abendluft in den Bergen. Der Schnee knirschte unter seinen Stiefeln, aus den Fenstern eines nahe gelegenen Hotels strömte ein verführerischer Duft von gedünsteten Zwiebeln und gebratenem Fleisch. Sein Magen knurrte, und er beschleunigte seinen Schritt. Wenn er sich beeilte, kam er vielleicht rechtzeitig zum Abendessen in Mutters Küche.

Christoph erreichte die Gondel gerade noch, ehe sie nach unten fuhr. Außer ihm befanden sich zwei Pärchen darin. Christoph drehte ihnen den Rücken zu, er wollte nicht angesprochen werden. Ein Vorteil war auch, dass man sich hier dick einmummeln konnte und er schon allein dadurch seltener erkannt wurde. In Los Angeles hatte er sich kaum irgendwo hinbegeben können, ohne ausgespäht zu werden. Hier in Lech war es anders, zum Glück. Die Einheimischen kannten ihn natürlich und grüßten meist, ohne ihn mit ihren Handys zu überfallen. Die meisten Touristen im Ort waren selbst froh, ihre Ruhe zu haben, und dachten nur selten daran, einen Schauspieler anzuquatschen. Ein Vorteil, wenn man in einem Dorf lebte, das hauptsächlich Klientel ansprach, die sich wenig für Hollywoodstars interessierten. Hier machten viele Reiche und Schöne Urlaub, dazwischen fiel der ein oder andere Promi nicht so sehr auf. Er schaute von oben auf die mit Flutlicht angestrahlte Schlittenbahn, auf der sich heute nur wenige Kinder mit ihren Bobs tummelten. In den Weihnachtsferien sah das anders aus, dann konnte man bis zweiundzwanzig Uhr mit vielen anderen um die Wette nach unten sausen. Er kannte jede Kurve, jeden Winkel dieser Rodelbahn und hatte als Kind früher selbst viel Spaß darauf gehabt. Gerade juckte es in seinen Fingern, sich direkt einen Bob zu besorgen, um zu schauen, ob er noch so schnell war wie früher ...

.   .   .

DIE FAHRT von Oberlech ins Tal nach Lech dauerte nur ein paar Minuten. Nachdem Christoph die Gondelstation verlassen hatte, machte er sich auf den Weg zur Pension *Schneekristall*, die seinen Eltern gehörte. Er überquerte die Hauptstraße und stapfte den steilen Anstieg nach oben, das Haus lag direkt neben der Übungspiste Schwarzwandlift, wo auch Tammys Kinderclub einen kleinen Bereich mit einem Mini-Lift hatte. Der Lift-Teppich, auf den man die Kids mit ihren Mini-Skiern stellte, lief jetzt natürlich nicht mehr. Er nahm sich trotzdem einen Moment Zeit, sich das Areal anzusehen. Der Hügel war kaum als solcher zu bezeichnen, für die ersten Steh- und Fahr-versuche war er jedoch bestens geeignet. Er wünschte sich für seine Mädchen, dass sie ebenso viel Spaß an diesem Sport finden könnten wie er selbst. Wie er das möglich machen konnte, wusste er nur noch nicht. Die Sehnsucht nach der Heimat war aber nur ein Grund dafür gewesen, warum er das sonnige Kalifornien hinter sich gelassen hatte, jedoch definitiv einer, der ihm auch jetzt ein Lächeln entlockte.

Christoph setzte seinen Weg fort, trat sich die Schuhe vor dem Haupteingang ab und ging dann durch den öffentlichen Flur mit der Rezeptionstheke weiter zum Privatbereich seiner Eltern. Es gab bereits einen geschmückten Tannenbaum mit einer bunt blinkenden Lichterkette. Im Vorbeigehen stopfte er sich ein Linzer Stangerl, Christophs Lieblingskekse von seiner Mutter, in den Mund. Die Tür zur Wohnung war nicht verschlossen, also drückte er die Klinke herunter und trat ein. Nachdem er sich aus seiner Wintermontur gepellt hatte und nur noch in Pulli und Hose im Flur stand, ging er in die Küche. Es roch nach Kasspatzen, die andernorts Käsespätzle genannt wurden, und frischem Apfelstrudel.

Im Wohnzimmer dudelte der Fernseher, ein Kinderpro-gramm lief, das er nicht kannte. Amy und Sky lagen in eine Decke eingekuschelt mit dem Opa auf dem Sofa. Christophs

Herz ging auf. »Servus, Papa, hallo, meine Süßen.« Er trat kurz zu ihnen und gab ihnen jeweils ein Küsschen auf die Stirn, dann ging er in die Küche zu seiner Mutter. »Guten Abend«, grüßte er und gab seiner Mutter einen Kuss auf die Wange. Sie stand am Herd und wischte gerade das Glasfeld mit einem Lappen ab.

»Hallo, mein Junge, willst du noch was essen?«, erkundigte sich seine Mutter. »Setz dich doch, es ist einiges übrig.« Ihre grünen Augen leuchteten auf, die Wangen waren von der Küchenarbeit gerötet. Ihre dunkelblonden Haare trug sie zu einem kinnlangen Bob. Sie hatte rundliche Hüften, ohne dick zu sein. Der Alltag als Pensionswirtin hielt sie auf Trab, nicht nur das, sie war selbst auch sportlich unterwegs und entweder auf ihren Langlaufskiern oder den Alpinbrettern am Berg zu finden, nachdem die Gäste nach dem Frühstück das Haus verlassen hatten. Abendessen gab es in der Pension keines, damit hatten seine Eltern um einiges mehr Freiheit als die Hotelbetreiber, wo die Urlauber neben dem Frühstück auch noch ein Abendmenü erwarteten. Apropos andere Leute ... Wo zur Hölle steckte eigentlich Simon? Wofür bezahlte er den Kerl, wenn er nicht mal dafür sorgte, dass die Tür verschlossen war und dann abtauchte?

Christoph kniff die Augen zusammen und wollte gerade schimpfen, als sich die Tür des Badezimmers öffnete und sein Bodyguard herauskam.

Simon nickte seinem Chef zu, dann ließ er sich auf einen Stuhl am Fenster nieder und las in einem Buch weiter.

»Ähm, ja, gern, Mama.« Christoph quetschte sich auf seinen alten Stammplatz auf der Eckbank und merkte, dass er sich sofort entspannte. Hier hatte sich seit seiner Kindheit nur wenig verändert, was er begrüßte, denn seit seiner Entdeckung als Filmstar war sein Leben auf den Kopf gestellt worden. Was zwar großartig, aber eben auch anstrengend sein konnte.

45

»Warte, ich wärme es dir auf.« Seine Mutter Antonia stellte die Pfanne wieder auf den Herd.

»Brauchst du nicht«, wandte Christoph ein, aber die Mama ließ sich nicht reinreden. Er hatte kein Problem damit, die Reste kalt zu essen, das hatte ihn noch nie gestört, und gerade war er so hungrig, dass er sich kaum zurückhalten konnte.

»Das kommt überhaupt nicht infrage«, gab sie im örtlichen Dialekt zurück. »Schau, hier habe ich erst einmal etwas Salat für dich.« Sie kratzte den Rest vom Gurkensalat aus einer Schüssel und schob ihm einen Teller zu. Als nächstes folgten Besteck und ein Glas Leitungswasser. Während sie in der Pfanne rührte, drehte sie ihm den Rücken zu.

»Muss das mit dem Bodyguard wirklich sein?«, fragte sie irgendwann.

Sein Stichwort. Christoph setzte sich ein wenig aufrechter hin, was auf der Bank gar nicht so leicht war, denn es war ziemlich eng. Er war eben keine zehn mehr.

»Gut, dass du es ansprichst, ich finde, ihr solltet eure Tür nicht offen lassen. Jeder kann hier hereinspazieren, Mama.«

Seine Mutter furchte die Stirn, dann schüttelte sie konsterniert den Kopf. »Du bist hier in Lech, Christoph, vergiss das nicht. Das ist unser Zuhause, ich will mich nicht einsperren lassen. Und offen gesagt, Simon, nichts gegen dich, ich finde das Theater völlig übertrieben, das hier veranstaltet wird. Das ist doch nicht New York, hier gibt es keine kriminellen Gangs, vor denen man sich mit einem Bodyguard schützen muss.«

Einerseits war Christoph froh, dass seine Mutter in diesem Punkt eher naiv dachte, andererseits war genau diese unbedachte Einstellung vielen Menschen schon zum Verhängnis geworden. Er hatte nicht vor, seine Lieben in Gefahr zu bringen. »Nein, Mama, da gibt es keinen Kompromiss mit mir. Wenn du Simon nicht hier haben möchtest, dann wartet er eben vorne. Es gibt überall auf der Welt Verrückte.«

Unbewusst strich er sich mit der linken Hand über seine Rippen, seine Eltern wussten nicht, dass er vor drei Jahren nur knapp einem Messeranschlag entgangen war. Ein Fan war durchgedreht, hatte ihn zuerst verfolgt und ihn dann sogar umbringen wollen. Christoph schluckte und schob die Erinnerungen beiseite. Es war alles gut gegangen, der Mann war hinter Gittern und stellte für niemanden mehr eine Gefahr dar, aber der Gedanke daran ließ ihn auch heute noch erschaudern. Wenn er sich vorstellte, dass jemand Amy oder Sky auch nur ein Haar krümmte, wurde ihm ganz anders.

Seine Mutter schnaubte und holte ihn gedanklich zurück in die warme Küche in Lech. »Gott, du bist ja herzlos. Dann muss der Arme am Ende Wache stehen? Dann würde ich mich ja noch mehr wie im Knast fühlen. Nein, mein Lieber. Wenn Simon schon hier sein muss, dann als Teil der Familie, ich weigere mich, das anders zu sehen.«

Simon rutschte auf seinem Stuhl hin und her, es war ihm sichtlich unangenehm, dass über ihn und seine Anwesenheit diskutiert wurde. Aber er war so klug, sich weder auf die eine noch die andere Seite zu schlagen, denn letztlich war klar, dass Christoph sein Chef war und dass Simon eine Aufgabe hatte, die er sehr ernst nahm. Zum Glück.

Christophs Mutter guckte sauertöpfisch drein, während sie die aufgewärmten Kasspatzen auf einen Teller füllte und ihrem Sohn anschließend vor die Nase stellte. »Bitte schön.«

Dann setzte sie sich ihm gegenüber und sah ihm beim Essen zu.

Christoph ließ sich davon nicht beeindrucken. In diesem Punkt würde er nicht nachgeben. Er wollte gerade etwas sagen, als die Tür aufging und sein Bruder Raphael hereinschneite. Simon hatte die Lage sofort überblickt, es drohte keine Gefahr, also kümmerte er sich wieder um seine Lektüre.

Raphael war drei Jahre jünger als Christoph und wie er

selbst bestens in Form. Im Winter arbeitete er als Skilehrer und im Sommer als Bergführer und Zimmermann, wäre Christoph nicht entdeckt worden, würde sein Leben sicher ähnlich aussehen wie das seines Bruders.

»Grüß euch«, rief der Zweitgeborene in den Raum und ließ sich mit Schwung auf einen Stuhl fallen. »Kann es sein, dass du gerade mein Abendessen verputzt?«

Christoph grinste breit. »Wer zu spät kommt ...«

Raphael zuckte die Schultern. »Nicht so schlimm. Ich war in der *Schneggarai* zum Après Ski, da kannst du jetzt noch hingehen, in vier Wochen quillt die Hütte über. Komm doch mal mit.«

Christoph hob eine Braue, früher war er selbst gerne mal in den Bars, Kneipen und Clubs der Gegend aufgetaucht, aber das war für ihn heute nicht mehr angesagt. Irgendwie fand er es witzig, dass bei seiner Familie offenbar noch nicht angekommen war, dass er nicht mal eben so in einer Bar abfeiern konnte, ohne dass mindestens zwei Frauen ihr Höschen auf ihn warfen. Zumindest war es in Los Angeles so gewesen. Er hatte da schon ein paar krasse Dinge erlebt und derzeit keinen Bedarf, nicht mal an Gesprächen mit Fans. Alles, was er wollte, war, mit seiner Familie zusammen zu sein.

»Ja, vielleicht«, wich Christoph aus und fing den skeptischen Blick seines Bodyguards auf. Christoph ging nicht darauf ein, sondern verputzte einfach sein Abendessen. Er konnte Simon später erklären, dass er nicht vorhatte, feiern zu gehen.

Als Christoph mit den Kasspatzen fertig war, genehmigte er sich ein Stück Apfelstrudel mit Sahne. Danach kalkulierte er schuldbewusst, wie lange er dafür morgen aufs Laufband musste. Entweder das oder er stahl sich erneut davon und verbrannte die Kalorien heimlich auf der Piste. Definitiv die bessere Option, dachte er und plante im Geiste, wie er seine morgige Tour am besten vor Simon geheim halten konnte. In

Skimontur fühlte er sich sicher, immerhin wurde er so nicht erkannt. Außerdem war er schnell, sehr schnell, die meisten Menschen achteten gar nicht auf einen einzelnen Mann auf der Piste. Er freute sich darauf, morgen wieder seine Oberschenkel zum Brennen zu bringen. »Danke für das Essen«, sagte er zu seiner Mutter, stand auf und packte das Geschirr in die Spülmaschine. Er gab ihr einen Kuss auf die Wange. Seinem Bruder zerwühlte er das Haar, bis der ihn ächzend von sich schob. »Hör auf, du Idiot«, schimpfte Raphael. Christoph lachte, dann ging er zu seinen Kindern und dem Opa ins Wohnzimmer.

Amy und Sky guckten wie gebannt auf die Mattscheibe. »Hey, meine Süßen, ich glaube, es ist Zeit, nach Hause zu gehen.«

»Noch nicht, Daddy«, meinte Sky verschlafen. Amy nuckelte an ihrem Schnuller, die Zweijährige blinzelte langsam, so müde war sie.

Er grinste. »O doch, ihr zwei, jetzt geht es ab nach Hause.« Obwohl sie deutsch mit ihm sprachen, hatten sie sich das amerikanische Dad oder Daddy angewöhnt. Christoph hatte glücklicherweise vom ersten Tag an darauf bestanden, die beiden zweisprachig zu erziehen. Jetzt war er froh, dass sie nach dem Umzug zumindest sprachlich keine Nachteile hatten. An seine Noch-Ehefrau Summer wollte er jetzt nicht denken, auch nicht an das Desaster ihrer Ehe und den nervenaufreibenden Scheidungskrieg.

Christoph seufzte leise und nahm Amy hoch. »Sky, Schätzchen, komm, wir müssen los.«

Der Opa stand auf. Im Gegensatz zu seiner sportlichen Gattin hatte er sich ein Wohlstandsbäuchlein zugelegt und verbrachte die Freizeit lieber im Sessel als in der Natur. »Ich helfe dir, komm, meine Kleine.« Opa Lorenz nahm seine Enkelin auf den Arm und trug sie in den Flur, Simon war schon dabei, die Jacken und Schuhe herzurichten, während die Oma noch eine Keksdose mit Weihnachtsplätzchen befüllte. Christoph achtete auf eine gesunde Ernährung für sich und seine beiden Prinzessinnen, daher würde er Sorge tragen, dass nicht gleich zum Frühstück alles verputzt wurde. Vor allem Sky liebte Süßigkeiten über alles. Amy konnte man noch mit einer Banane und einem Fruchtquetschi glücklich machen. Seine Kleine würde garantiert auch bald herausfinden, dass Vanillekipferl besser schmeckten als Dinkelstangen.

Eine Viertelstunde später parkte Simon den Range Rover in der Tiefgarage in Oberlech neben den anderen beiden Fahrzeugen. Dann half der Bodyguard Christoph dabei, die schlafenden Kinder nach oben zu tragen.

»Ich habe noch etwas für dich«, kündigte Simon an, nachdem er Sky vorsichtig in ihr Bettchen gelegt hatte. Das Zähneputzen hatte heute ausnahmsweise deutlich verkürzt stattgefunden. »Es geht um die Nanny.«

Christoph horchte auf. »Dein Kontakt ist wie immer schnell, gut, komm doch bitte mit in mein Arbeitszimmer.«

Während er mit seinem Bodyguard die Treppe nach unten lief, überlegte Christoph, was ihn gleich erwarten würde. Ein Backgroundcheck war normal, er sollte kein schlechtes Gewissen deswegen haben. Auch wenn Tammy ihm versichert hatte, dass Nele ein guter Mensch war, so lohnte es sich oftmals doch, ein paar Nachforschungen anzustellen. Er erinnerte sich an seine blöde Frage, ob sie einen Freund hätte. Unangenehme Hitze flammte in seinen Wangen auf. Das hätte er sich wirklich sparen können und müssen!

»So«, verkündete er und ließ sich in seinen Stuhl fallen. »Was hast du für mich?«

Simon zückte sein Handy, kurz darauf begann der Drucker zu arbeiten, im Chalet war alles drahtlos vernetzt.

Christophs Herzschlag beschleunigte sich, während er

wartete. Dann schnappte er sich die Papiere und überflog den Bericht.

Erleichtert atmete er aus, als er die Seiten gelesen hatte. Alles, was Tammy ihm erzählt hatte, stimmte. Die Eltern lebten in einem kleinen Reihenhäuschen in einem Vorort von Hannover.

Nele hatte keine teuren Hobbys, war im Internet nicht präsent, nicht einmal einen Facebook- oder Instagram-Account hatte sie. Nele hatte nach dem Abitur eine Ausbildung zur Erzieherin in Hannover absolviert, in der gleichen Zeit hatte sie sich mit ihrem langjährigen Freund verlobt. Kurz darauf erfolgte die Trennung, weil der Typ sich in Neles beste Freundin verliebt hatte. Wie schrecklich, nicht nur den Freund, sondern gleichzeitig auch noch die beste Freundin zu verlieren. Nicht nur das, so einen Verrat steckte man nicht so leicht weg.

Christoph empfand Mitleid mit Nele, diese Erfahrung klang nach einer sehr schmerzhaften Zeit für sie. Kurz nach der Trennung hatte Nele zufolge dieses Reports ihre Sachen gepackt, den Job in der Kita gekündigt und arbeitete seitdem den Winter über in Lech und im Sommer an verschiedenen Orten als Nanny. Es gab auch Informationen zu ihren Finanzen, die er sich jedoch schenkte. Ihr Kontostand interessierte ihn nicht, er wusste alles, was er über sie wissen musste: Nele war zuverlässig, nicht vorbestraft und hatte Erfahrung in ihrem Beruf. Zufrieden legte Christoph den Bericht in eine Schublade seines Schreibtischs und ignorierte die leisen Stiche seines Gewissens. Er schob sie beiseite, das Wohl seiner Kinder ging nun mal vor, es war nicht illegal gewesen, sich diese Informationen über Nele zu besorgen. Gleichzeitig war er sehr erleichtert, dass diese kleine Durchleuchtung keine negativen Punkte zum Vorschein gebracht hatte. Sein Bauchgefühl hatte ihn also nicht getrogen, Nele war vertrauenswürdig. Jetzt mussten nur noch Sky und Amy sie akzeptieren. Deswegen machte er sich nicht so viele Sorgen, die beiden waren immer dankbar für Spielpartnerinnen, er war beinahe sicher, dass sie Nele in ihr Herz schließen würden.

∿

NELE GÄHNTE LAUTSTARK und rieb sich die Augen. Sie hatte kaum geschlafen, aus verschiedenen Gründen. Zum einen belastete sie die Schimmelsituation in der Wohnung und die damit einhergehende laufende und verstopfte Nase. Zum anderen hatte sie der Gedanke an den Superstar wach gehalten, der bald ihr Chef sein könnte – falls auch das Treffen mit seinen Kindern gut lief. In ihrem Bauch kribbelte es schon wieder, sie war aufgeregt, obwohl sie sich nach der kurzen Nacht wie gerädert fühlte.

Müde schwang Nele ihre Beine aus dem Bett und tapste im Flanellpyjama in die Miniküche der WG, die Kaffeemaschine blubberte bereits. Klara und Annika saßen am Küchentisch und löffelten Müsli. »Morgen«, grüßte Nele und rieb sich erneut die Augen. Das musste auch mit dieser blöden allergischen Reaktion auf den Schimmel zu tun haben. Dann ließ sie sich auf einen der wackeligen Stühle fallen und seufzte leise.

»Unsere Zimmer sind in Ordnung«, erklärte Klara, als könnte sie Neles Gedanken lesen.

Gestern hatte sie die beiden nicht mehr gesehen, da sie erst spät von ihrem Job bei den Gästen aus dem Oman nach Hause gekommen war. Nele war froh zu hören, dass ihre Freundinnen nicht dem gleichen Mist ausgesetzt waren wie sie.

»Und jetzt?«, fragte Nele. Sie konnte ja schlecht eine der beiden bitten, mit ihr das Zimmer zu tauschen.

Annika schob ihr eine Schüssel vor die Nase und dann die Müslipackung. »Jetzt isst du erst mal was.«

Klara holte inzwischen Milch aus dem Kühlschrank und

reichte sie Nele. »Bitte. Also, pass auf. Wir könnten dein Bett bei mir oder Annika mit reinstellen.«

Das wäre nur eine Notlösung und kein Dauerzustand. Ein bisschen Privatsphäre war wichtig und notwendig. Sie waren zwar alle drei Single, aber das hieß ja nicht, dass nicht mal eine von ihnen jemanden mit nach Hause bringen würde ... »Okay, ja, das wäre eine Möglichkeit. Aber das kann ja nur eine Zwischenlösung sein. Es muss was unternommen werden, das kann keinesfalls so bleiben.«

Klara schnaubte zustimmend und zog drei Kaffeebecher aus dem Oberschrank. Sie waren teilweise angeschlagen und hatten ihre besten Tage lange hinter sich. »Da sehe ich schwarz. Wir haben gestern Frau Klinger angerufen, sie hat sich natürlich geweigert und uns stattdessen angeboten auszuziehen – ohne uns das Geld zu erstatten.«

Nele verzog ihre Lippen. Genau die gleiche Erfahrung hatte sie auch gemacht, kurz erzählte sie den beiden, dass sie die Vermieterin gestern zufällig auf der Straße getroffen hatte und dass sie sich wohl oder übel anders arrangieren mussten. Neles Nase lief schon wieder. Genervt stand sie auf und holte sich ein Taschentuch. Das waren die Nachwirkungen der letzten Nacht in der Schimmelhölle. Verärgert und auch erschöpft ließ sie sich wieder auf den Stuhl sinken. Nele blies in ihre Kaffeetasse und nippte dann vorsichtig daran.

»Ihr ahnt nicht, bei wem ich babysitten soll«, meinte sie schließlich und guckte ihre Freundinnen an. Schon beim Gedanken an Christoph kribbelte es erneut in ihrer Magengrube. Sie ignorierte es. Oder versuchte es zumindest. Ganz abstellen ließ es sich leider nicht.

Annika hob eine Braue und goss sich sehr viel Milch in ihre Tasse. »Gib uns doch mal einen Tipp.«

Klara stellte ihre Schüssel in die Spüle und lehnte sich dann mit der Hüfte gegen die Arbeitsfläche. »Deinem Gesichtsausdruck nach zu urteilen ist es einer, den wir alle kennen, und es dürfte sich um jemanden handeln, den du großartig findest.«

Nele war überrascht, wie gut Klara ihr Verhalten deutete. »Äh, ja, da hast du recht. Passt auf, weil ich sonst gleich platze, sag ich es direkt: Es ist Christoph Maier, alias Chris May – ist das nicht krass?!« Nele schaute von Annika zu Klara, die beide große Augen machten.

»Nicht dein Ernst! Es ist bei mir noch gar nicht angekommen, dass er hier Urlaub macht«, hakte Annika nach.

»Er ist auch nicht für Ferien hier, sondern hat ein Haus in Oberlech umgebaut, er stammt aus Lech.«

Klara stieß einen anerkennenden Pfiff aus. »Na, da guckst du. Wieso weiß ich das eigentlich nicht?«

»Vermutlich, weil er die letzten Jahre kaum hier war, keine Ahnung ... Ich wusste immerhin, dass er Österreicher ist. Cool, wie ist er denn so, also als Mensch?«, wollte Annika wissen.

Nele wurde warm unter ihrem Flanellpyjama. Die ersten Gedanken, die sie hatte, behielt sie für sich: heiß, attraktiv, anziehend.

»Ähm«, stammelte sie. »So gut kenne ich ihn auch wieder nicht, also ich würde sagen, er wirkt ziemlich auf dem Teppich geblieben.«

Annika furchte ihre Stirn. »Langweilig also?«

»Nein, das meine ich nicht.« Nele winkte ab. »Was ich sagen will: Er kam mir nicht wie ein Superstar vor, er hat – soweit ich das beurteilen kann – keine Allüren, außer dass er sehr um die Privatsphäre seiner Kinder besorgt ist, aber das finde ich eher normal und logisch, ich meine, hallo? Der Mann ist weltberühmt!« Ihre Stimme überschlug sich förmlich, genau wie ihr Puls. So viel zum Thema cool bleiben.

»Wie sind seine Kinder?«, erkundigte Klara sich und goss Kaffee nach.

»Will noch jemand?«

Nele und Annika schüttelten den Kopf. »Die habe ich bislang nicht kennengelernt, er wollte erst mich treffen und dann entscheiden, ob ich überhaupt infrage komme. Den ersten Test habe ich bestanden.« Nele merkte, dass sie rot wurde, während sie sich daran erinnerte, wie seltsam sie sich in Christophs Nähe gefühlt hatte. So lebendig und ... erregt. Ja, das musste sie sich leider eingestehen. Christoph Maier hatte eine einzigartige Wirkung auf sie. Nicht nur auf Nele, vermutlich auf alle Frauen des Planeten. Sie unterdrückte ein Seufzen. Langsam atmete sie ein und wieder aus und spürte erst jetzt die interessierten Blicke ihrer Mitbewohnerinnen auf sich. »Was denn?!«, quietschte sie.

Klara grinste breit. »Mensch, du stehst ja so was von total auf ihn!«

Annika lachte. »O ja, du bist ganz rot geworden – ich wette, du hast dich längst gefragt, wie es wäre, ihn zu küssen oder sich mit ihm in seinem Bett zu wälzen.«

Nele verzog ihre Lippen. »Äh, hallo? Habt ihr euch mal einen Film mit ihm angesehen oder auch nur ein Foto? Christoph ist so was von heiß – er ist im realen Leben noch charismatischer als auf dem Bildschirm, das war ein Schock für mich! Und ich bin ab sofort die Nanny. Also liege ich höchstens im Bett der Kinder ...was auch richtig so ist!«

Gut, dass sie sich selbst noch einmal daran erinnerte. Denn natürlich hatten ihre Freundinnen recht – sie hatte sich ausgemalt, wie es wohl wäre, Christophs Mund auf ihrem zu spüren, und das durfte nicht passieren.

»Christoph«, wiederholte Klara säuselnd und schürzte ihre Lippen, um einen Kuss nachzuahmen, dann klatschte sie in die Hände. »O Mann, Nele. Du wirst dein Herz an diesen Mann verlieren, ich weiß es genau.«

Nele riss ihre Augen auf. »Hä? Nein! Werde ich nicht.«

Neles Herz hatte schon lange nichts mehr zu melden,

jedenfalls nicht in Bezug auf Männer. Davor war sie gefeit. Hier ging es nur um sexuelle Anziehung. Und nicht mal der würde sie nachgeben. Nicht, dass es überhaupt gefährlich würde, jemand wie Christoph Maier hatte es bestimmt nicht nötig, sich mit der Nanny abzugeben. Als ob ein Mann wie er auf eine Normalo-Frau wie sie abfahren würde. Sicher nicht.

Annika und Klara tauschten einen Blick aus, dann wurde Annika plötzlich sehr ruhig. »Okay, Süße, im Ernst. So hast du noch nie auf einen Kunden reagiert, in all den Jahren nicht – und du hast noch nicht mal angefangen, für ihn zu arbeiten. War er nicht verheiratet? Wo steckt seine Frau eigentlich?«

Nele hatte keine Ahnung, und obwohl es ihr in den Fingern gejuckt hatte, ihn zu googeln, hatte sie es nicht getan. Das war etwas, das Klara jetzt für sie nachholte. Sie guckte gespannt auf ihr Handy, dann fing sie an zu sprechen: »Hier steht es: Seit 2016 ist er mit Summer Stone verheiratet, sie haben zwei Töchter ... und sie sind offiziell seit dem Frühling dieses Jahres getrennt, aber noch nicht geschieden.«

Annika räusperte sich. »Oha, das kann alles bedeuten. Getrennt und nicht geschieden, so eine Hollywoodliebe kann jederzeit wieder aufgewärmt werden – wo steckt sie denn?«

Nele schüttelte den Kopf. »Das weiß ich nicht, ihr könnt auch mit dem Unsinn aufhören. Ich soll auf seine Kinder aufpassen, nicht auf ihn. Dass ich ihn attraktiv finde, heißt noch lange nichts. Ich kenne *keine* Frau, die ihn nicht großartig findet. Oder streitet ihr das etwa ab? Eben. Der Typ ist so was von unerreichbar. Das wäre ja so, als ob ich einen Posterstar anschwärmen würde! So was Albernes habe ich noch nie gehört. Man wird doch mal ein bisschen aufgeregt sein dürfen, wenn man für einen bekannten Schauspieler arbeitet ... Mehr ist das nicht.«

Leider konnte Nele nicht leugnen, dass sie sich ein bisschen darüber freute, dass Christoph offenbar seit kurzem Single war.

Halt, rief sie sich innerlich zur Räson. Sie musste aufhören, über Christoph als Mann nachzudenken. Er war ihr Arbeitgeber und fertig.

Klara machte eine beschwichtigende Geste. »Süße, wir wollen dich nicht ärgern. Es hat mich jedenfalls nur überrascht, wie verklärt dein Blick bei seinem Namen geworden ist. Da sollten deine Alarmglocken schrillen – du wärst nicht die erste Nanny, die im Bett des Vaters landet. Meistens wird aus der Affäre aber nur eines: Du bist den Kindermädchenjob los.«

Nele nagte an ihrer Unterlippe. Klara hatte da einen Punkt angesprochen, über den sie nachdenken musste. Tatsächlich hatte sie noch nie auf einen Kunden derartig reagiert. Trotzdem glaubte Nele nicht, dass es etwas zu bedeuten hatte. Sie war professionell genug, was auch immer sie in seiner Nähe kurz gespürt hatte, zu ignorieren. »Vielleicht mögen mich die Kinder ja gar nicht«, wandte sie ein.

Annika stand auf, stellte ihr Geschirr in die Spüle und sagte dann zu Nele: »Das kann ich mir kaum vorstellen, Nele, das wäre das erste Mal. Sei einfach auf der Hut, okay? Wir wissen ja gar nicht, ob er ein frauenverschlingender Macho ist. Und – wie ist sein Haus? Musstest du so was wie eine Geheimhaltungsvereinbarung unterschreiben?«

Nele lachte. Er war kein Macho, im Gegenteil, er hatte so zuvorkommend und bodenständig gewirkt, nicht mal wie ein Star. Aber das behielt sie für sich. »Du bist witzig, das ist doch kein Film, ich bin vieles, nur kein verängstigtes Reh. Er hat allerdings tatsächlich etwas von einem Vertrag erwähnt, der mich zur Geheimhaltung verpflichtet. Das kann ich auch sehr gut nachvollziehen, wer will schon Personal einstellen und dann Gefahr laufen, dass die Regenbogenpresse Privates erfährt? So weit sind wir noch nicht, schauen wir mal, wie es mit den Kindern läuft. Sein Chalet ist jedenfalls der Hammer, echt krass, hochmodern und doch gemütlich und auch urig irgendwie«, plapperte sie, ohne Luft zu holen.

»Hat vermutlich ein Vermögen gekostet«, mutmaßte Klara mit einem Seufzen. »Dagegen ist unser Loch hier ... na ja. Das sind zwei Paar Schuhe. So, ich muss los, ihr Lieben. Wir sehen uns. Viel Glück, Nele.« Damit schwirrte Klara aus der Küche.

Nele umfasste ihre Tasse mit beiden Händen und fragte sich, warum ihre Freundinnen so überzeugt davon waren, dass ihr Herz in Gefahr sein könnte. In den Jahren in Lech hatte sie sich kein einziges Mal verliebt. Es hatte Affären gegeben, nicht mit Kunden, aber mit anderen Gästen, Kollegen oder Saisonarbeitern. Dabei hatte sie stets aufgepasst, keine Gefühle zu investieren. Dass Klara und Annika sie jetzt vor Christoph warnten, war ungewöhnlich und gleichzeitig ein Grund, wirklich auf der Hut zu sein. Wenn schon nach einer Begegnung für ihre Freundinnen offensichtlich war, dass sie im Begriff sein könnte, sich unglücklich und hoffnungslos in jemanden zu verlieben, sollte sie den Job vielleicht gar nicht erst annehmen.

4

---

*C*hristoph freute sich, Nele wiederzusehen. Ihre Wangen waren noch von der Kälte gerötet, sie trug heute nur ein dünnes Longsleeve zu einer einfachen Jeans. Ihre kastanienbraunen Haare waren zu einem Knoten im Nacken zusammengefasst. Nele lächelte schüchtern. Sie war eben von Theresia in sein Arbeitszimmer begleitet worden. Amy und Sky saßen bei ihm und spielten mit Bauklötzen auf einem Teppich vor dem Kamin. Er genoss diese Zeit mit den Mädchen sehr.

Christoph stand auf und begrüßte Nele. »Hallo, schön, dass du gekommen bist.«

Sie nickte schüchtern, und er merkte an ihrer Reaktion, dass sie aufgeregt war. Ihr Mund war leicht geöffnet, und ihre großen Augen blickten ihm erwartungsvoll entgegen. Seltsamerweise löste das ein ungewöhnliches Flattern in seiner Magengrube aus, das er nur auf das fehlende Mittagessen schieben konnte.

»Hallo«, erwiderte sie, ihre Stimme klang atemlos.

»Sky, Amy, schaut mal, wer da ist. Das ist Nele, und sie möchte euch gern kennenlernen. Kommt doch bitte mal her.«

Die Mädels blickten auf. Sie freuten sich immer über Besuch und Aufmerksamkeit. Mit etwas Wehmut musste Christoph feststellen, dass er seinen Kindern eben nicht alles bieten konnte, was für andere normal war: gleichaltrige Freundinnen und viele soziale Kontakte. Das versuchte er mit seiner Liebe auszugleichen und hoffte, dass es ihm gelang.

Nele schaute Christoph fragend an. Er nickte ihr zu. »Du kannst ruhig zu ihnen gehen, das ist okay. Nur zu, Nele!«

Jetzt lächelte sie. Erleichterung zeichnete sich auf ihren klaren Zügen ab. Ihm war es lieber, jemand war erst ein wenig zögerlich, als zu aufdringlich und stürmisch.

Sky lächelte, Amy war zurückhaltender, sie fremdelte stärker, was auch an ihrem Alter lag.

»Hallo ihr beiden«, fing Nele an und trat einen Schritt auf sie zu, dann ging sie in die Hocke. »Ihr habt ja tolle Bauklötze. Ich heiße Nele und bin zweiunddreißig Jahre alt.«

Sky neigte ihren Kopf zur Seite und dachte angestrengt nach. Christoph musste schmunzeln, sein Herz quoll über vor Liebe für seine Mädchen. »Ich bin vier, oder, Daddy?«, fragte das Mädchen.

»Ja, das bist du, Schatz«, bestätigte er. »Amy, wie alt bist du?«, sprach er seine andere Tochter an.

Die verzog ihre Lippen und kräuselte ihre Nase, während sie die rechte Hand hob und sehr umständlich drei Finger verbog, um zwei in die Luft zu halten.

Nele lächelte. »Ah, super, du bist zwei Jahre alt. Und du vier. Es freut mich sehr, euch kennenzulernen. Darf ich mich ein bisschen zu euch setzen und zugucken?«

Sky blinzelte, dann nickte sie. »Ja, du kannst mitspielen. Ich will einen Turm bauen, aber Amy macht ihn immer kaputt.«

»Mach iss nisst«, gab Amy in ihrer kindlichen Sprache zurück.

»Sie vertragen sich eigentlich ganz gut«, erklärte Christoph. »Aber eben nicht immer.«

Nele lächelte ihm zu, es war ein offener, ehrlicher Ausdruck, der ihn berührte. »Das ist okay, alles andere wäre überraschend.«

Christophs Nervosität verflog, als er sah, wie unvoreingenommen und sympathisch Nele mit seinen Töchtern umging. Er merkte erst jetzt, wie angespannt er gewesen war. »Ich würde euch einen Augenblick allein lassen, damit ihr euch kennenlernen könnt. Ist das okay?«

Nele nickte. »Ja, natürlich. Für mich schon. Sky und Amy, darf Daddy mal kurz in ein anderes Zimmer gehen?«

»Ich gehe Kekse holen, na, wie klingt das Amy? Sky?«, versuchte er einen Anreiz zu schaffen.

Seine Töchter jauchzten. »Ja, Kekse!«

Er musste grinsen. Das Eis war gebrochen, wenn sie Nele nicht leiden könnten, wären keine Süßigkeiten der Welt gegen seinen Beistand einzutauschen gewesen.

Christoph zuckte die Schultern und lächelte entschuldigend. »Ich fürchte, die beiden haben sehr schnell mitbekommen, wie gut die Oma backen kann. Jetzt ist der Standard gesetzt, und ich kann mir die drögen Dinkelkekse zukünftig sparen ...«

Nele grinste. »Das ist doch in der Weihnachtszeit völlig okay.« Dann konzentrierte sie sich wieder auf die Bauklotzlandschaft und half Amy mit einem Tiergehege, damit Sky endlich ihren Turm bauen konnte. Christoph war abgemeldet.

Er nahm sich noch einen kleinen Moment, um den Dreien zuzuschauen. Nele ging behutsam vor, nicht bedrängend, das gefiel ihm sehr gut. Gleichzeitig schien sie genau zu wissen, womit man das Interesse von Kindern wecken konnte. Ja, natürlich, das war ihr Job, den sie schon seit Jahren machte, trotzdem ... Selbstverständlich war es nicht, dass das gut lief.

Er war guter Dinge, als er in die Küche schlenderte, um die Keksdose zu holen. Nur mit größter Willenskraft hatte er es geschafft, selbst noch nichts davon zu naschen, seit er sie gestern von seiner Mutter bekommen hatte. Er konnte beim Filmdreh im Frühling schlecht mit Winterspeck aufkreuzen.

Theresia war gerade dabei, alte Semmeln mit heißer Milch zu übergießen.

»Oh, was sehen meine Augen da?«, wandte er sich an seine langjährige Mitarbeiterin, die ihm sogar nach Los Angeles gefolgt war. Weil Summer nicht in einem deutschsprachigen Land hatte leben wollen, war er damals nach Los Angeles gezogen. Nun, seitdem war eine Menge passiert, und jetzt wollte er nicht an Summer denken. Auch nicht an die E-Mail, die er heute Vormittag von ihrem Anwalt bekommen hatte. Ihre Forderungen waren einfach zu absurd.

Er schob den Ärger beiseite und kehrte zu Nele und seinen Kindern zurück. Sie waren jetzt in die Aufgabe vertieft, einen sehr hohen Turm aus Bauklötzen zu bauen. Amy stand auf ihren wackeligen Beinchen und streckte sich mit einem blauen Quadrat nach oben. Sky schimpfte. »Nein, lass es, du wirst ihn umwerfen ...«

Hier war Neles Fingerspitzengefühl zum ersten Mal gefragt, er war gespannt, wie sie dieses Dilemma lösen würde – oder auch nicht. Aus eigener Erfahrung konnte er sagen, dass Amy losbrüllen würde, wenn man sie nicht ließ, und Sky würde anfangen zu weinen, wenn Amy den Turm umstieß. Da konnte es keinen Sieger geben ... eines der Kinder würde sich schlecht fühlen.

Er schaute gespannt zu, wie Nele Amy etwas ins Ohr flüsterte, woraufhin sie nickte. Nele nahm Amy auf den Arm und hob sie hoch, sodass sie nur noch das Klötzchen auf den obersten legen musste. Das tat sie auch, angestrengt und sehr konzentriert. Christoph musste lächeln, sie war so niedlich mit ihren süßen Korkenzieherlocken und der Stupsnase. Der Turm wackelte zwar bedenklich und Sky schrie entsetzt auf, aber er blieb stehen. Nele hatte Amy in der Zwischenzeit wieder auf den Boden gesetzt. Neles Wangen röteten sich, als sie Christoph entdeckte. Ihre Mundwinkel bogen sich leicht nach oben, als wäre sie selbst glücklich, dass die Interessen beider Kinder hatten gewahrt werden können.

»Bin wieder da«, verkündete er und schwenkte die Keksdose.

Amy und Sky kamen kreischend und mit ausgestreckten Armen auf ihn zugelaufen, ihre Augen funkelten. Er hob den Deckel an und ließ jedes Kind einen Keks herausnehmen. Als Amy sich gleich noch einen zweiten in den Mund stopfen wollte, schüttelte er den Kopf. »Iss den erst mal, Schatz. Aber sagt mal«, lenkte er vom Thema Kekse ab. »Sollen wir Nele unser Haus zeigen? Sie wird jetzt öfter herkommen, um mit euch zu spielen. Wie findet ihr das?«

Sky guckte zu Nele, einen Moment lang rührte sie sich nicht, dann schaute sie zu ihrem Papa auf. »Ist okay, ich spiele gern mit ihr.«

Christoph spürte einen Stich. Manchmal hatte er bei Sky das Gefühl, dass sie viel zu ernst war, sie hatte die Trennung von der Mutter natürlich bewusster wahrgenommen und war seitdem vorsichtiger geworden. Zum Glück hielt diese Stimmung meist nur ganz kurz an, jetzt lächelte sie wieder und bettelte nach einem weiteren Keks. »Na gut, jeder darf noch einen. Nele, möchtest du nicht auch? Sie sind köstlich, und das behaupte ich nicht nur, weil meine Mutter sie gebacken hat.« Er zwinkerte Nele zu.

Die neue Nanny wirkte unschlüssig, griff schließlich aber doch zu. Sie wählte ein Vanillekipferl und steckte es sich nicht ganz in den Mund, sondern biss erst ein kleines Stückchen ab. Sie war also eine Genießerin. Das gefiel ihm. Christoph hing mit seinem Blick an Neles Lippen und konnte sich von dem Anblick gar nicht lösen.

Verdammt.

So viel dazu, dass er sich am Riemen reißen wollte.

Christoph packte den Deckel energisch zurück auf die Dose und stellte sie auf seinen Schreibtisch. »Ähm, ja, also, dann lasst uns mal loslegen.« Er nahm Amy auf den Arm, sonst wären sie morgen noch nicht mit der Hausbesichtigung fertig. Sky protestierte zwar, dass sie auch getragen werden wollte, aber er konnte sie davon überzeugen, dass eine Vierjährige schon selbst gehen könnte.

»Wenn du möchtest, kann ich dich auch huckepack nehmen«, bot Nele an. »Wenn das okay für dich ist, Christoph.«

Sky hüpfte aufgeregt. »Ja, ja!«

»Natürlich, nimm sie ruhig, Nele.« Er war überrascht, dass Sky zustimmte, sie war gegenüber Fremden sonst nicht so aufgeschlossen. Und auch wenn das erste Eis zwischen Nele und den Mädchen gebrochen war, so war doch klar, dass sie sich besser kennenlernen mussten, um eine gewisse Vertrautheit und Routine zu entwickeln.

»Hier haben wir den Fitnessraum«, erklärte er gut gelaunt. »Ist ja offensichtlich bei den vielen Geräten.«

Sie gingen weiter, Amy machte komische Verrenkungen auf seinem Arm und zupfte immer wieder an seinem Ohr. Er kommentierte es mit einem Grinsen und gab ihr einen Kuss auf die Stirn. Sie gingen durch den Flur in den anderen Flügel. »Hier ist das Wohnzimmer«, verkündete er und ließ Nele einen Moment, um sich einen Überblick zu verschaffen. Hier befand sich eine riesengroße Sitzlandschaft mit vielen Kissen. Der helle Stoff war bei kleinen Kindern sehr gewagt, aber die Bezüge waren allesamt waschbar. Nur weil er Vater war, wollte er nicht auf schöne Dinge verzichten und lediglich Stoffe im Haus haben, die pflegeleicht und gedeckt waren. Gab es mal ein Malheur, wurde eben gewaschen oder ein neues Kissen besorgt ... Das Gleiche galt für den wollweißen Flokati. Der Fernseher war nur klein; wenn sie Filme ansehen wollten, konnten sie das im Heimkino tun, das sich im Keller befand.

»Es sind Kinder im Haus«, erklärte er Nele. »Also keinen Stress, wenn mal ein Missgeschick passiert, das meiste kann man waschen ... Wir wohnen hier nicht nur, wir leben hier auch. Dass wir uns wohlfühlen, ist die Hauptsache, was nicht heißt, dass sie eine Ketchuporgie auf dem Sofa abhalten dürfen.« Er zwinkerte Nele zu und bemerkte, dass sie rot wurde.

Christoph wollte nicht mit ihr flirten, aber irgendwie hatte er genau das eben getan. Er würde sich von jetzt an mehr Mühe geben, professioneller und distanzierter zu sein.

Sky wollte von Neles Rücken herunter, also setzte Nele sie sanft auf dem Sofa ab. Sofort begann das Mädchen auf den Polstermöbeln zu hüpfen, was zur Folge hatte, dass Amy ebenfalls turnen wollte. »Nicht jetzt, Süße«, erklärte Christoph seiner jüngeren Tochter. »Besser, wir gehen mal weiter, wir wollen Nele doch zeigen, wo alles ist.«

Er schaute kurz aus dem Fenster, der Himmel war heute bedeckt, die Piste nur wenig befahren. Es war Schneefall angekündigt, die ersten Flocken tanzten auch schon vor den Scheiben, vielleicht schaffte er es nachher noch, ein paar Abfahrten zu machen.

Dann setzten sie ihren Weg fort. »Nebenan ist das Esszimmer.« Nele, Sky und Amy folgten ihm wie eine Gänsefamilie. Vom Esstisch aus konnte man die Küche überblicken. Die Fronten waren in Weiß gehalten, die Granit-Arbeitsfläche in einem zarten Grau, an der Theresia werkelte. Die beiden Frauen begrüßten sich kurz.

Es gab dort eine große Insel, an der man sitzen, kochen und vorbereiten konnte. »Mir ist es wichtig, dass wir als Familie auch wissen, wie man Essen zubereitet, wo es herkommt. Ich kenne viele, die haben eine Köchin und wissen selbst nicht, wo sich der Kühlschrank befindet. Manche Kinder wissen nicht mal mehr, wo die Milch herkommt. Das halte ich für falsch, deswegen habe ich es bei uns hier anders einrichten lassen. Die Küche ist offen gestaltet, obwohl Theresia hier die gute Seele im Haus ist, koche ich aber auch gern mal selbst. Oft fehlt mir trotzdem die Zeit dazu. Jedenfalls ...« Er räusperte sich und hielt Amy davon ab, die Süßigkeitenschublade zu öffnen. »Nicht jetzt, Schatz, du hattest gerade erst ein paar Kekse.«

»Is' hab aba Hunga ...«, protestierte sie mit zusammengekniffenen Brauen. Sie sah so niedlich aus, dass er kurz davor war nachzugeben. Aber er blieb stark, weil es nicht gut für sie wäre, und nutzte die Gelegenheit, um Nele zu erklären, warum es manchmal besser war, der Böse zu sein. »Wenn sie zu viel Zucker isst, überdreht Amy total, da muss man aufpassen.«

Er hob Amy wieder auf seine Arme und wandte sich an die Nanny. »Fühl dich bitte wie zu Hause, Nele. Wenn du etwas möchtest, brauchst du nicht zu fragen, Getränke sind immer im Kühlschrank und ... du findest dich sicher zurecht, ansonsten ist Theresia tagsüber auch meist irgendwo anzutreffen.«

Theresia nickte mit einem Lächeln. »So ist es, sie kommt bestimmt klar.«

Nele stimmte schüchtern zu. »Ja, ist gut, danke. Darf ich mit den Kindern vielleicht auch irgendwann mal etwas backen oder kochen?«

Er war überrascht, seine bisherigen Nannys hatten so etwas nie gemacht. Aber wieso eigentlich nicht? »Ja, klar, gerne. Wenn die beiden Lust dazu haben.«

Nele wirkte kurz irritiert, dann lächelte sie. Vielleicht hatte er sich getäuscht. »Ich werde natürlich versuchen, den Interessen der beiden gerecht zu werden. Aus Erfahrung kann ich sagen, dass die meisten Kinder supergerne Kuchen oder Kekse backen. Das ist für alle ein Heidenspaß.«

»Ja, Kuchen«, stimmte Sky mit einem heftigen Kopfnicken, das ihre Korkenzieherlocken zum Fliegen brachte, zu.

»Ehe wir gleich alle noch Hunger bekommen, sollten wir mal weitergehen«, schlug er mit einem Lächeln vor.

Im Gänsemarsch ging es weiter in den Keller, wo es einen Pool, eine Sauna, den Weinkeller und das Heimkino gab. Nele machte große Augen, mit diesem Luxus hatte sie vielleicht nicht gerechnet. »Ich glaube, ich muss nicht erwähnen, dass Amy und Sky noch nicht schwimmen können. Wenn du vorhast, mit den beiden baden zu gehen, solltest du das bitte mit mir absprechen und in jedem Fall auch noch eine weitere Person dabeihaben, Simon, meinen Bodyguard, zum Beispiel. Ich stelle dich ihm nachher vor.«

»Selbstverständlich, das ist klar. Ich bin sehr vorsichtig und werde immer darauf achten, dass die Tür verschlossen ist.«

Christoph nickte. Mit einem leichten Schaudern dachte er an eine befreundete Familie, die einen Sohn verloren hatten, weil er im Pool der Nachbarn ertrunken war. So schön mancher Luxus auch sein mochte, so vorsichtig musste man diesbezüglich sein. Er konnte sich nicht vorstellen, wie er es verkraften sollte, wenn seinen Kindern etwas passieren würde.

»Hier haben wir noch den Wirtschaftsraum – in dem ich mich ehrlicherweise sehr selten aufhalte. Die Wäsche erledigen Theresia oder Monika für uns.«

Nele furchte die Stirn. »Monika?«

»Sie und ihr Mann sind weitere gute Geister, die uns unterstützen.«

»Klar, ich kann mir vorstellen, dass es hier richtig viel zu tun gibt, so ein Chalet in Schuss zu halten, bedeutet bestimmt eine Menge Arbeit.«

Christoph ging nicht weiter darauf ein. »Komm, ich zeige dir jetzt die Kinderzimmer und das Spielzimmer.«

»Ein Spielzimmer gibt es auch?«

»Ja, ich hoffe, dass ich an alles gedacht habe, ich möchte, dass es den Mädchen an nichts fehlt.« Amy und Sky turnten schon durch den Gang, Christoph lief neben Nele.

Sie schien einen Moment zu zögern, er wollte wissen, was sie irritierte. »Was ist?«, fragte er daher ganz direkt.

Sie schaute ihn von der Seite an. »Es ist offensichtlich, dass sie dir sehr am Herzen liegen, das finde ich schön.« Nele lächelte zaghaft.

»Aber?«, hakte er nach, weil er spürte, dass da mehr war.

Sie atmete leise aus und schien mit sich zu ringen.

»Spuck es einfach aus, Nele, es ist okay, ich beiße nicht ...«, ermutigte er sie in scherzhaftem Tonfall.

»Ich verstehe, dass es für jemanden, der so berühmt ist, schwierig ist mit dem Privatleben und der Öffentlichkeit. Trotzdem glaube ich, dass für Kinder Spielpartner im gleichen Alter wichtig sind, um soziale Kompetenzen zu entwickeln.«

Christoph zögerte. »Für die sozialen Kompetenzen haben sie mich, dich und sich gegenseitig als Geschwister, was willst du mir erzählen? Dass ich sie in den örtlichen Kindergarten stecken soll?«

Neles Körperhaltung veränderte sich, sie wirkte auf einmal verspannt. Und Christoph wusste auch wieso, sein Tonfall war schärfer gewesen als beabsichtigt.

»Nein, das sage ich nicht«, gab sie jetzt zurück. »Ich wollte nur zum Ausdruck bringen, dass man das nicht vollkommen außer Acht lassen sollte.«

»Mir ist durchaus bewusst, dass ich ihnen eben nicht alles bieten kann, was andere haben, dafür gibt es umgekehrt auch vieles, was ich ihnen ermöglichen kann. Ich denke, in der Summe kommen meine Kinder ganz gut dabei weg.«

Sein Herz klopfte wild. Christoph wollte sich nicht aufregen, tat es aber doch. Ihm war bewusst, dass Nele einen wunden Punkt bei ihm getroffen hatte. Langsam atmete er ein und wieder aus. »Entschuldige bitte, lass uns doch erst einmal die Besichtigung beenden, ehe wir über Strategien für die Zukunft sprechen.«

Nele nickte, in ihrem Gesicht konnte er nicht erkennen, was in ihrem Inneren vor sich ging.

»Natürlich«, war alles, was sie erwiderte, und ein befangenes Schweigen breitete sich zwischen ihnen aus.

Kurz darauf erreichten sie das obere Stockwerk. »Hier sind die Kinderzimmer.«

Sie waren vom Architektenensemble geschmackvoll, dem Alter entsprechend, eingerichtet worden. Amy hatte ein rosafarbenes Himmelbett mit einem Vorhang in ihrem Reich, das einer Disney-Prinzessin würdig war. Sky mochte es hingegen sportlicher, ihr Bett hatte eine Rutsche und eine kleine Kletterwand. Dafür waren auf dem Boden dicke Matten befestigt worden, um die Vierjährige bei Stürzen vor Verletzungen zu bewahren, auch wenn das Bett samt Wand und Rutsche kaum mehr als einen guten Meter hoch war. »Es gibt hier nur wenig Spielzeug, da sich das meiste im eigens dafür eingerichteten Spielzimmer befindet. Kommt doch gerne mit, dann gehen wir gleich weiter. Amy, Sky, wollt ihr ein bisschen spielen?«

Die beiden stimmten zu und stürmten schon durch den Flur, das hieß, Sky rannte und Amy tapste auf ihren noch etwas wackeligen Beinen hinterher. »Hier drüben ist mein Schlafzimmer und daneben noch zwei Gästezimmer, jedes hat ein eigenes Bad. Die Kinderzimmer liegen, wie du siehst, direkt gegenüber. Meistens schlafen die beiden bei mir, obwohl sie manchmal – sehr selten – in ihren eigenen Betten einschlafen. Irgendwann in der Nacht ändert sich das dann meist aber noch.« Er grinste und schielte gespannt zu Nele. Er hatte

Freunde und Bekannte, die ihre Kinder in einem separaten Trakt untergebracht hatten, bei denen auch nachts eine Nanny nach dem Nachwuchs guckte. Damit die Eltern den benötigten Schlaf bekamen oder weil sie viel unterwegs waren. Christoph hielt davon nichts, auch weil er es liebte, seine Mädchen um sich zu haben. Er und Summer hatten deswegen oft und viel gestritten – was das betraf, war er froh, dass seine Noch-Ehefrau nicht mehr in ihrer aller Leben herumpfuschte. Wegen seiner Arbeit war er oft genug von ihnen getrennt – auch bei seinem nächsten Projekt wusste er nicht genau, wie er es organisieren sollte oder konnte. Noch waren sie in einem Alter, in dem er sie bequem überallhin mitnehmen konnte. Aber was, wenn sie in die Schule gingen? In den USA war auch das kein Problem gewesen, da dort keine Schulpflicht bestand und er einfach Privatlehrer engagieren konnte. In Österreich war es damit nicht so leicht. Nicht jetzt, sagte er sich, dafür hatte er noch Jahre Zeit ... Er kehrte ins Hier und Jetzt zurück und schaute sein neues Kindermädchen an.

Nele wirkte überrascht, offenbar hatte sie nicht mit so viel Offenheit gerechnet. Christoph merkte, dass es ihn störte, dass Nele anscheinend anderer Auffassung war als er, was die Sache mit dem Kindergarten betraf. Warum, wusste er selbst nicht so genau. Klar war jedoch, dass ihm sehr viel an Neles Meinung gelegen war. Und das wunderte ihn, denn er kannte sie erstens kaum, und zweitens war sie eine Angestellte. Ihm sollte es gleichgültig sein, was sie von ihm hielt, solange sie ihren Job gut machte.

Christoph räusperte sich und zückte sein Handy. »Ich schaue mal, wo Simon steckt, damit ich ihn dir vorstellen kann. Ihr werdet eine Menge miteinander zu tun haben.« Er rief Simon an und wartete auf das Freizeichen.

»Der Bodyguard?«, hakte Nele nach.

»Ja, genau. Einen Moment. Ah, Simon, was machst du

gerade? ... Ja, gut, komm bitte mal ins Spielzimmer. Danke.« Er wandte sich wieder an Nele. »Er war in der Garage und hat nach den Autos geguckt, er kommt gleich hoch.«

ZWANZIG MINUTEN später waren sie mit allem durch –, Christoph hatte Nele mit Simon bekannt gemacht, Amy malte und Sky war mit einem Puzzle beschäftigt. »Simon, kannst du kurz hierbleiben?«, bat er seinen Sicherheitsmann, der nickte nur und ließ sich im Schneidersitz auf den Teppich sinken. Es sah witzig aus, der starke Mann zwischen den süßen Mädchen. Christoph konnte sich glücklich schätzen, dass er Simon hatte – er war nicht nur ein äußerst fähiger Bodyguard, er kam auch mit den Kindern bestens zurecht – selbst in schwierigen Zeiten. Die hatte es zu häufig gegeben, vor allem, ehe die endgültige Trennung von Summer stattgefunden hatte.

Christoph wandte wieder an Nele.

»So, Nele. Jetzt hast du erst einmal alles gesehen. Hast du Fragen? Kann ich dir noch etwas erzählen? Schieß los!«

Er lächelte und bat sie mit einer Geste aus dem Zimmer. Sollte etwas mehr zu besprechen sein, wollte er das nicht vor den Ohren seiner Töchter klären. »Möchtest du vielleicht einen Kaffee?«, bot er ihr deshalb auf dem Flur an.

Nele guckte auf ihre Armbanduhr und blickte dann zu ihm auf. Ihre Wangen färbten sich leicht rosa. »Nein, danke, ich habe gleich noch einen Job im Hotel Montana. Die Familie aus dem Oman ...« Sie trat von einem Fuß auf den anderen, als ob es ihr unangenehm wäre, dass sie nicht noch bleiben konnte. Entweder das oder etwas anderes hatte diese plötzliche Unruhe ausgelöst. Christoph war unsicher, und das störte ihn.

»Verstehe. Klar. Hast du denn überhaupt noch Fragen?« Er zupfte einen Fussel von seinem Ärmel und nahm eine gewisse Nervosität an sich wahr, wusste aber nicht, wieso.

Nele neigte ihren Kopf zur Seite. Er hatte keinen Schimmer, was in ihr vor sich ging. Es war zumindest offensichtlich, dass sie geübt darin war, ihre Meinung nur kundzutun und zu zeigen, wenn sie gefragt wurde. Etwas, was er normalerweise bei Angestellten schätzte. In ihrem Fall war es anders, stellte er verwundert fest.

»Gibt es schon einen ungefähren Plan, wann ich immer hier sein soll? Oder wird es spontan von Tag zu Tag entschieden? Ich bin mit beidem einverstanden, Tammy teilt meine Jobs ja immer für mich ein und gibt mir dann Bescheid. Es ist nur … aus Interesse.«

Auf einmal wirkte sie verlegen, ihre Wangen röteten sich noch mehr. Also war sie doch nicht so abgeklärt wie eben vermutet. Christophs Mundwinkel bogen sich leicht nach oben. Nele war so sympathisch, er mochte sie wirklich. Zu schade, dass sie keine Zeit mehr für einen Kaffee hatte. Auf ihre Frage hatte er jedoch keine Antwort parat, daher zuckte er die Schultern.

»Offen gestanden, ich weiß es nicht. Wir haben unseren Rhythmus noch nicht gefunden. Ist es in Ordnung, wenn ich dir das in den kommenden Tagen mitteile?«

Sie lächelte unverbindlich. »Natürlich«, entgegnete sie mit einem professionellen Lächeln.

Ein eigenartiges Schweigen breitete sich zwischen ihnen aus, nur die Geräusche aus dem Kinderzimmer durchbrachen die Stille. Christoph schaute Nele in die Augen und versuchte in ihrem Gesicht zu erkennen, was sie dachte. Aber alles, was er damit erreichte, war, dass sich sein Herzschlag beschleunigte und er sich fragte, warum eine Frau wie Nele noch immer Single war und, statt eine eigene Familie zu haben, die Kinder anderer Leute hütete. Er wusste nach seinem Backgroundcheck auch wieso. Ihm selbst war es ähnlich ergangen, obwohl Summers Verrat nicht ganz vergleichbar war. Christoph glaubte, dass jedem eine zweite Chance auf die Liebe gewährt wurde. Die Richtung, in die sich seine Gedanken bewegten, irritierte ihn.

»Ähm.« Er fuhr sich durch die Haare. »Dann ... begleite ich dich nach unten, du hattest ja erwähnt, dass du gleich noch zu einer anderen Familie musst.«

»Ich finde auch allein hinaus«, gab sie höflich zurück, ihre Stimme klang ein bisschen rau. Er wurde nicht schlau aus ihr, in einem Moment kam es ihm so vor, als ob sie sich in seiner Nähe wohlfühlte, in der anderen war sie meilenweit von ihm entfernt.

»Keine Widerrede, Nele«, scherzte er. »Ich möchte dich noch verabschieden, also komme ich mit nach unten.«

Das war eine Lüge, eigentlich wollte er, dass sie blieb. Aber das behielt er für sich.

5

_N_ele zog den Reißverschluss ihres Anoraks nach oben, der Schneefall war heftiger geworden. Am Himmel hing eine graue Suppe aus dichten Wolken, bald wurde es vollständig dunkel. Hinter vielen Fenstern brannte Licht, auch die üppige Weihnachtsdekoration an fast allen Gebäuden sorgte dafür, dass der Weg zur Gondel hell beleuchtet war. Sie schlenderte über den schneebedeckten Weg und dachte nach. So eilig, wie sie es Christoph vorgespielt hatte, hatte sie es nicht. Sie musste erst um neunzehn Uhr bei ihrem nächsten Job auftauchen, sie hatte sich schlicht seiner unwiderstehlichen Ausstrahlung entziehen wollen.

Nele war noch immer ein wenig schwindelig, wenn sie an den Luxus dachte, in dem die kleine Familie schwelgte. Sie hatte schon viel gesehen und viel erlebt, aber das Chalet war eine Nummer für sich. Ein eigener Pool! Ein Heimkino .... Wie krass.

Gleichzeitig musste sie zugeben, dass es ihr gefiel, wie eng Christophs Bindung trotz allen Ruhms und Reichtums zu seinen Mädchen war. Es war ihm sogar ein wenig peinlich gewesen, dass die beiden oft bei ihm im Bett schliefen. Nele fand es schön, denn dieser Zug machte ihn menschlicher. Noch immer schwankte sie in ihren Gedanken.

Er war und blieb nun mal ein Superstar – diese kleinen Details aus dem Alltag der Familie halfen ihr, nach und nach etwas von ihrer Ehrfurcht loszuwerden. Letztendlich war auch er nur ein normaler Mensch. Ihr Kopf wusste das, aber der Rest von ihr anscheinend nicht. Sonst würde sie in seiner Nähe ja nicht immer vor was-auch-immer zerfließen. Andererseits, ihre Reaktion rührte nicht daher, dass sie Respekt vor seinem Promistatus hatte, es war eher die männliche Anziehung, die ihr Sorgen bereitete.

Neles Atem hinterließ weiße Wölkchen in der eisigen Luft. Sie schüttelte den Kopf, weil sie auch jetzt nicht fassen konnte, wie heftig sie auf Christophs Nähe reagierte. Es war glasklar: Sie himmelte ihn an. Die Frage war nur, wie gefährlich das für sie und ihr Seelenheil werden könnte. Diese Gedanken irritierten sie, denn bis zu der Begegnung mit Christoph war sie sicher gewesen, dass alles, was sie sich vom Leben noch erträumte, ein einsames Häuschen mit einem Garten und ein paar Tieren war, um nicht noch einmal verletzt zu werden. Und jetzt das? Hatten ihre Freundinnen womöglich recht, und ihr Herz stand auf dem Spiel? Den Gedanken fand Nele lächerlich, denn es war anzunehmen, dass ein Mann wie er niemals auch nur einen romantischen Gedanken an sie verschwenden würde. Nele war eine normale Frau aus einem kleinen Kaff bei Hannover, kein Hollywoodstar, kein Model, keine berühmte Musikerin, kein superheißer Feger .... Leute wie Christoph suchten sich Partnerinnen aus dem Umfeld der Reichen und Schönen, nicht aus ihrem Angestelltenpool.

O Gott.

Sie blieb stehen. Jetzt fing sie schon damit an, sich zu überlegen, warum er sie nicht als mögliche Partnerin betrachtete?

Das war gefährlich, sehr gefährlich. Und es bewies, wie recht ihre Freundinnen hatten.

Ihr Handy bimmelte, und Nele hob ab, als sie erkannte, dass Tammy dran war. »Hey, Nele«, flötete ihre Chefin ins Telefon.

»Hallo, Tammy.«

»*Good to hear your voice.* Wie war es bei Chris May, unserem Actionstar?«

Sie wollte Tammy korrigieren, ließ es aber sein. In ihrem Kopf war er nur Christoph. Es war ihr wichtig, das zu unterscheiden, sonst würde sie die ganze Zeit den Leinwandhelden in ihm sehen. Ihn wie ein Teenie aus der Ferne anzuhimmeln, war nicht angebracht. So nervös, wie sie ohnehin schon war, half ihr sein bürgerlicher Name, sich in seiner Nähe einigermaßen im Griff zu haben. Na ja. Mehr oder weniger.

Sie schnitt sich selbst eine Grimasse, ehe sie antwortete. »Es war okay, er hat mir das ganze Haus gezeigt und alles erklärt.«

»*Wonderful*, kannst du kurz bei mir im Büro vorbeikommen? Ich möchte *something* mit dir besprechen.«

Oh. Das klang ernst. Nur wenn sie nervös war, brachte sie so viele englische Wörter in ihren deutschen Sätzen unter. Tammy zitierte sie zudem nur selten in ihr Reich – vielleicht hatte Nele einen großen Fehler begangen und die Australierin wollte ihr persönlich den Kopf waschen. Sofort war Nele in Alarmbereitschaft. »Äh, ja, klar. Ich kann in zwanzig Minuten bei dir sein.«

»Gut, bis gleich.« Tammy legte auf.

Nele trottete weiter. Das war nicht gut. Wenn das Gespräch nicht mal bis morgen Zeit hatte, lag definitiv etwas im Argen.

NELE SCHWITZTE, als sie kurz darauf bei ihrer Chefin im Büro eintraf, sofort pellte sie sich aus Anorak und Mütze. Es roch nach Orangenöl und Kerzen. Nele hatte es sogar in Rekordzeit ins Tal geschafft, weil sie erfahren wollte, was los war. Tammy saß wie üblich hinter ihrem Schreibtisch, auf dem Fensterbrett stand eine Duftlampe mit Teelicht. Das Chaos war seit Neles letztem Besuch nicht weniger geworden.

»*Hello, my Dear*«, grüßte Tammy und schob sich die Brille ins Haar. »Setz dich doch einen Moment.«

Mit mulmigem Gefühl im Bauch nahm Nele Platz. Die Mütze hatte sie in den Ärmel ihrer Jacke gestopft, die sie auf die Lehne hinter sich hängte. Dann wickelte sie sich langsam den Schal vom Hals, während sie gespannt darauf wartete, was Tammy ihr mitteilen würde.

Nele befürchtete, dass sie Christoph auf die ein oder andere Weise verärgert hatte und er sich daraufhin bei Tammy über sie beschwert hatte. Nele war bereits auf dem Weg hierher jedes Gespräch noch einmal im Geist durchgegangen, und ihr fiel nur eine Sache ein, die ihn gestört haben könnte. Ach, was wusste sie schon, wie diese reichen Leute reagierten oder was ihnen missfallen könnte. Gar nichts!

Dabei hatte er gar nicht so kompliziert oder empfindlich gewirkt, nur ... er war Schauspieler. Nein, der Gedanke war absurd. Christoph war privat nicht der, den sie von der Leinwand kannte. Er hatte zwar den Körper des Actionhelden, war aber, soweit sie das bisher einordnen konnte, als Familienvater ein Mensch mit ganz anderen Bedürfnissen und Ansprüchen. Natürlich. Er würde doch nicht wegen eines kleinen Missverständnisses die Chefin anrufen und sich beschweren wie ein Kind bei der Mama?

O Gott, sie war so nervös, dass ihre Hände klamm und eiskalt waren.

»Nele, *Darling*, Chris hat mich eben angerufen.«

Aha. Also doch.

Sie schluckte. Enttäuschung spülte über sie hinweg wie ein Kübel eiskaltes Wasser. Er musste direkte bei Tammy durchgeklingelt haben, nachdem sie sein Chalet verlassen hatte. Und weil Tammy sie sofort im Anschluss an das Gespräch mit ihm kontaktiert hatte, musste die Unterhaltung zwischen dem Star und ihrer Chefin sehr kurz gewesen sein. Das konnte eigentlich nur eines bedeuten: Er hatte sie gefeuert, ehe sie bei ihm angefangen hatte. »Ja?«, krächzte Nele, während sie das Blut in ihren Ohren rauschen hörte. Enttäuschung und auch Ärger rangen in ihr um die Oberhand.

Einerseits traf sie die Neuigkeit, dass Christoph bei Tammy »gepetzt« hatte, hart – immerhin attestierte er ihr damit Unfähigkeit vor der Australierin. Andererseits war Nele irgendwie erleichtert, denn so musste sie sich nicht ständig der Gefahr aussetzen, dass sie sich unglücklich in ihren unerreichbaren Auftraggeber verliebte.

Sie mochte die Kinder, es tat ihr leid, dass sich nun vermutlich eine andere Nanny um sie kümmern würde. Für Neles Seelenheil war es aber definitiv die bessere Variante, wenn sie nicht für Christoph Maier tätig war. Letztlich konnte sie Christoph also dankbar sein ...

Gut. Sie kräuselte ihre Nase. Vielleicht würde sie das irgendwann mal so sehen. Jetzt überwog das Gefühl der Ablehnung und die Enttäuschung darüber, nicht gut genug zu sein.

Hilfe, ihr war ganz schlecht. Nele riss sich zusammen, als sie begriff, dass Tammy noch gar nichts gesagt hatte und sie die ganze Zeit nur anstarrte.

Hitze schoss in Neles Wangen.

Tammy setzte sich ein wenig aufrechter hin. »Chris hat mich angerufen, weil er möchte, dass du exklusiv für ihn arbeitest – die ganze Saison. Das heißt, dass du keine anderen Jobs mehr annehmen darfst, um dich intensiv um die Mädchen kümmern zu können. Er zahlt das Doppelte dafür, dass du nur für Amy und Sky da bist.«

Nele kniff die Augen zusammen. Sie musste sich verhört haben. »Äh, was?!«

Tammy neigte ihren Kopf. »Du wirkst überrascht?«

Nele behielt die Wahrheit für sich. »Wie hat er sich das vorgestellt?«, fragte sie stattdessen. Ihr Puls lag über der gesunden Grenze, damit hatte sie nun wirklich nicht gerechnet. Exklusiv? Die ganze Saison?

»Nun, konkret meinte er, dass du ein Zimmer im Chalet bekommen würdest. In deiner Freizeit stünde es dir frei, wo du dich aufhältst. Aber aus praktischen Gründen, so erklärte er mir, hielte er es jedoch für sinnvoll, dass du dort einziehst, um flexibel zu sein. *It is a lot of money*, Nele, ich würde dir natürlich die Lohnsteigerung eins zu eins weitergeben.«

Nele musste das Gehörte erst einmal sacken lassen, ehe sie reagieren konnte. Sie saß wie erstarrt auf ihrem Stuhl und dachte wieder an ihren Traum von einem eigenen kleinen Häuschen irgendwo im Süden, wo sie später einmal ihr Einsiedlerleben weiterführen könnte. Vielleicht am Meer, mit Schafen, Ziegen und einem Esel mit langen Ohren und einem ausgeglichenen Gemüt ...

Blöderweise tauchten jetzt auch andere Gesichter in ihrem Traum auf, die bis vor wenigen Tagen noch nicht darin zu finden gewesen waren. Sie war entsetzt.

»Hm«, machte Nele nur, weil ihr die Worte fehlten.

»Du zögerst?«, wollte Tammy wissen. »*Why?*«

Nele kratzte sich am Kopf und dachte nach. Einerseits sollte sie sich freuen, sich geschmeichelt fühlen – andererseits klang es sehr herrisch. Chris May duldete wahrscheinlich keinen Widerspruch. Und bei ihm einzuziehen, bedeutete natürlich, dass sie sich permanent in seiner Nähe aufhalten würde und so die Gefahr, sich doch emotional zu verstricken, exponentiell stieg. Nicht nur, was ihn betraf, auch wegen der Mädchen. Sie wusste, dass sie die beiden sehr schnell in ihr Herz schließen würde. Und mit dem Frühling und dem Saisonende wäre alles vorbei.

Vielleicht war sie verrückt, aber irgendwie wollte sie das nicht.

Nele schüttelte den Kopf. »Nein.«

Tammy furchte die Stirn. »Was soll das bedeuten?«

»Ich weiß, du denkst bestimmt, ich bin bescheuert, aber ich möchte das nicht. Exklusiv nur für diese Familie arbeiten? Hast du niemanden, den du an meiner Stelle schicken kannst?«

Tammy quietschte entsetzt auf. »Nele, *Dear*, wie sieht das denn aus? Du hast schon zwei Tage mit ihnen verbracht – mehr oder weniger – und dann sagst du *No*? *That's impossible.* Es sei denn ...«

»Es sei denn, was?«

»Ist er dir irgendwie zu nahegetreten?«

»Nein! O Gott, überhaupt nicht. Ich möchte einfach nicht nur für eine Familie arbeiten, okay?« Ihr Herz hämmerte hart gegen ihre Rippen. Es war ihr unangenehm, weil sie Tammy natürlich nicht die volle Wahrheit sagen konnte. Im Kern stimmte ihre Begründung jedoch: Nur eine Familie zu betreuen hatte Vorteile, aber auch viele Nachteile. Vor allem, wenn man so sensibel und verletzlich war wie Nele. Sie konnte sich nicht erlauben, ihr Herz zu riskieren. Das war schon einmal schiefgegangen. Dass es in Gefahr war, stand außer Frage, so viel hatte sie mittlerweile kapiert.

»Willst du nicht noch einmal darüber nachdenken? Gib mir morgen Bescheid, er erwartet nicht sofort eine Antwort.«

Nele schüttelte den Kopf. Es war besser, es gleich zu klären, ehe sie sich doch noch anders entschied, was sie später ganz bestimmt bereuen würde. »Du musst einen Ersatz für mich finden, sag ihm, dass ich andere Verpflichtungen habe.«

»*No, Darling*, ich werde nicht für dich lügen. Das geht niemals gut. Ich werde bei der Wahrheit bleiben und sagen, dass du nicht im Chalet einziehen möchtest, und auch, dass du nicht nur für eine Familie exklusiv da sein willst. Kann sein, dass ich danach meine Agentur zumachen kann, wenn er das herumposaunt, aber so schätze ich ihn nicht ein.« Tammy schob sich die Brille nervös aus dem Haar zurück auf die Nase. »Puh, das war jetzt eine *surprise*.«

Nele zuckte entschuldigend mit den Schultern. »Nützt es was, wenn ich ihm das selbst erkläre?«, bot sie an, hoffte aber, dass Tammy nicht darauf zurückkommen würde.

»Nein, *it's alright*. Ich mache das schon. Du hast jetzt Feierabend, ins Montana habe ich schon jemand anderen geschickt, weil ich dachte, du würdest das Angebot annehmen. Vielleicht überlegst du es dir ja noch.«

Sie schüttelte den Kopf. »Nein, ich bin mir sicher. Du kannst ihm Bescheid geben, je eher, desto besser, denke ich.«

Obwohl Nele nicht erfreut war, dass ihr heutiger Auftrag nun von jemand anderem erledigt wurde, war sie doch froh, dass sie Zeit hatte, um nachzudenken. Sie war sich nicht sicher, ob sie sich freuen oder heulen sollte. Langsam stand sie auf und zog sich an. Vermutlich würde es darauf hinauslaufen, dass sie es ewig bereuen würde, dass sie gerade den Job ihres Lebens abgelehnt hatte.

Nele saß in ihrem Zimmer vor der schimmeligen Wand und betrachtete das Muster aus schwarzen Schlieren. In den letzten zwei Stunden hatte sie sich quer durchs Netz geklickt und sich über das Thema Schimmel informiert. Da das Problem nur hier bei ihr bestand, war quasi auszuschließen, dass das ganze Haus von Feuchtigkeit betroffen war, was darauf hoffen ließ, dass es womöglich doch nicht so gefährlich war. Stock, der wegen beispielsweise falsch gestellter Möbel entstand, konnte relativ leicht beseitigt werden, hatte sie gelesen. Zwar war es immer noch aufwendig und nicht ganz billig, aber besser als jede andere Option, die ihr gerade zur Verfügung stand.

Du hättest das Angebot von Christoph annehmen können, stichelte immer wieder dieses Stimmchen in ihrem Kopf. Nele schnaubte und brachte es trotzdem nicht fertig, diese Gedanken vollständig zu vertreiben. Weil sie genug davon hatte, tatenlos herumzusitzen, fing sie an, ihr Zimmer umzuräumen. Alles weg von der einen verseuchten hinüber zur trockenen Wand. Sie war gerade dabei, das Bett zu verschieben, als es an der Haustür klopfte.

Bestimmt hatte Klara mal wieder ihren Schlüssel vergessen. Sie hatte einen Spruch auf den Lippen, als sie die Tür öffnete. Die Worte blieben ihr jedoch im Halse stecken, als sie statt in das Gesicht ihrer Freundin in Christophs blickte. Er trug eine dunkle Daunenjacke und eine Mütze auf dem Kopf. Er schien nicht erfreut, sie zu sehen, sondern wirkte stocksauer.

Nele blinzelte ein paarmal. Das hier konnte doch unmöglich gerade passieren. Vermutlich lag sie in einem Schimmeltraum auf dem Boden und war bewusstlos geworden, während ihre Fantasie ihr einen Streich spielte. Oder sie hatte einfach nur Halluzinationen ... Beides schien unrealistisch, denn in ihren Träumen würde er sie an sich reißen und küssen, anstatt sie so finster anzustarren.

»Hallo«, brummte Christoph, und der Klang seiner dunklen, offenkundig verärgerten Stimme löste eine Gänsehaut bei Nele aus. Ihre Hormone spielten bereits verrückt, obwohl er gerade mal ein paar Sekunden vor ihr stand.

Neles Mund öffnete sich und schloss sich dann wieder. Sie brachte noch immer kein Wort hervor. Sie war buchstäblich sprachlos darüber, diesen berühmten und verteufelt attraktiven Mann vor ihrer Tür anzutreffen.

»Darf ich kurz reinkommen?«, bat er und guckte sich nach hinten über die Schulter um.

Sie begriff, dass er nicht erkannt werden wollte. »Klar«, murmelte sie.

Noch immer fassungslos darüber, dass ein Hollywood-Star vor ihrer Tür stand, überlegte Nele, was sie tun oder lassen sollte. Aber das Denken fiel ihr sehr schwer. Der kleine Flur war zu eng für sie beide. Christophs männliche Präsenz füllte den Raum vollständig. Neles Herz klopfte wie verrückt, ihre Knie waren so weich wie zu lange gekochte Spaghetti. Sie fühlte sich einer Ohnmacht nahe, was an Peinlichkeit kaum mehr zu überbieten wäre.

»Wasser?«, krächzte sie und räusperte sich. »Möchtest du ein Glas?«

Sie standen sich jetzt gegenüber, er rührte sich nicht. Christoph starrte sie nur mit einer Intensität an, die sie überwältigte. Er roch so gut, männlich herb und frisch. Einfach berauschend.

Nein, sagte sie sich und erinnerte sich daran, dass es keine gute Idee war, sich in seiner Nähe von ihren durchdrehenden Hormonen leiten zu lassen.

Gleichzeitig fragte sie sich, was er hier überhaupt wollte.

»Nein, danke. Ich möchte nur kurz mit dir sprechen«, erwiderte er knapp.

Christoph zog weder Jacke noch Mütze aus, was zusätzlich verdeutlichte, dass er nicht lange bleiben würde. Natürlich nicht. Aber wieso war er überhaupt gekommen? Woher wusste er, wo sie wohnte? In ihrem Kopf drehte sich alles, und sie musste sich an der Wand abstützen. Sie erkannte sich selbst nicht wieder, und es gefiel ihr nicht, dass sie sich wie ein schwaches Mäuschen aufführte.

»Nele«, fing er an, und der Blick aus seinen ausdrucksstarken Augen brachte die Schmetterlinge in ihrem Bauch zum Flattern.

Oje. So weit war es also schon um sie bestellt. Das war nicht gut. Es war entsetzlich. »Ja?« Ihre Stimme klang so zittrig, wie sie sich fühlte.

Ein Glück, dass sie nicht vorhatte, in seinem Metier eine Karriere zu starten. Als Schauspielerin wäre sie ein absolut hoffnungsloser Fall.

»Warum möchtest du nicht für mich arbeiten?« Endlich verriet er, warum er gekommen war. Dabei schaute Christoph sie noch immer eindringlich an, gleichzeitig wirkte er ein wenig verunsichert.

Hm. Mit dieser Frage hätte sie natürlich rechnen können, trotzdem fehlte ihr in diesem Moment die Konzentration, um eloquent antworten zu können. Sie neigte ihren Kopf zur Seite und lehnte sich mit dem Rücken gegen die Wand. Er war ihr so nah, dass Nele immer wieder sein Aftershave in die Nase stieg. Er roch unfassbar gut. Wenn sie sich nicht bald zusammenriss, würde er gehen und vermutlich froh darüber sein, dass sie nicht auf seine Kinder aufpasste.

Der Gedanke half ihr, sich ein wenig zu beruhigen. Nele holte tief Luft, dann befeuchtete sie sich ihre trockenen Lippen. »Es hat nichts mit dir oder den Mädchen zu tun, es ist einfach so, dass ich das Gefühl habe, dieser Job wäre zu viel für mich und irgendwie falsch.«

Mein Gott. Sie verdrehte innerlich die Augen über sich selbst. Das klang wirklich dämlich und inkompetent.

Christophs Brauen zogen sich zusammen, seine Lippen wurden schmal. »Was sollte *falsch* daran sein? Es gibt keinen Grund, außer du magst meine Töchter oder mich nicht?«

Er trat einen Schritt rückwärts, Christoph wirkte auf einmal beleidigt und verärgert. Nele fühlte sich elend, denn es stimmte nicht, dass sie ihn oder die Mädchen nicht mochte. Das Gegenteil war der Fall, aber das konnte sie ihm ja schlecht erzählen.

Sie befürchtete, sie würde die professionelle Distanz zu ihm und seinen Kindern verlieren, vor allem, wenn sie den ganzen Winter über auch noch mit ihnen unter einem Dach wohnen sollte. Aber selbst wenn er dafür ein anderes Arrangement finden würde: Am Ende würde die kleine Familie abreisen, und sie würde mit einem gebrochenen Herzen allein zurückbleiben.

»Nein, das ist es nicht. Ich mag die Mädchen, sie sind toll.« Es klang selbst in ihren eigenen Ohren lahm. Ihn mochte sie auch. Ein bisschen zu sehr vielleicht. Aber das durfte sie ihm nicht erzählen, außer sie wollte sich noch lächerlicher machen als ohnehin schon.

In seinem Leben als Superstar gab es zu viele weibliche Wesen, die bei seinem Anblick dahinschmolzen und willenlos wurden. Sie wollte keine von ihnen werden.

Nele ärgerte sich, dass sie anscheinend dazugehörte. Sie hatte gedacht, dass sie stärker wäre, weniger beeinflussbar – obwohl er gar nichts getan hatte, um sie zu beeindrucken. Es waren seine Aura, seine Ausstrahlung – seine ganze Persönlichkeit, die Nele geradezu magisch anzog. Dabei kannte sie ihn kaum, sie machte sich also bestimmt nur etwas vor. Egal was, in jedem Fall wäre es besser, gar nicht erst näher herauszufinden, ob es stimmte, dass er liebenswert und wundervoll war – oder ob er einfach nur ein unnahbarer Superstar war, eine Projektionsfläche, die alle anhimmelten, sie eingeschlossen.

Christoph schwieg, es war deutlich auf seinem Gesicht abzulesen, dass er auf eine Antwort wartete.

Nele wollte wieder Herrin über ihre Sinne werden. Bisher war sie in ihrem Job, den sie seit Jahren zuverlässig und zur Zufriedenheit der Familien ausübte, noch nie überfordert gewesen. Gut, hier hatte sie einen Punkt, nur wie sollte sie ihm das erklären? Nele schob sich eine Strähne hinters Ohr. »Ich habe das Gefühl, dass ich euren besonderen Anforderungen nicht gerecht werde«, verkündete sie und blickte zu ihm auf.

»Besondere Anforderungen?«, wiederholte er mit zusammengezogenen Brauen.

»Machen wir es kurz: Deine Berühmtheit ist ein Problem für mich. Dass ich mit den Kindern nicht das unternehmen kann, was ich sonst mache, auch. Schlittenfahren, auf die Skipiste, in die Backstube, mit anderen Kindern im Kinderclub spielen. Eine Busfahrt –, die lieben seltsamerweise alle ... verstehst du? Ich fühle mich nicht kompetent genug, deine Mädchen zu hüten. Auf der anderen Seite kann ich mir nicht vorstellen, immer nur im Chalet mit ihnen zu sein, das klingt für mich eher nach einem Gefängnis als nach einem Traumschloss.«

Neles Herz pochte wild, ihr Atem kam schnell, als hätte sie einen Sprint hinter sich. Trotz ihres Unwohlseins wich sie seinem Blick nicht aus. Christoph wirkte betroffen. Nachdenklich. Er war blass geworden und legte sich eine Hand an die Stirn, als bekäme er Kopfschmerzen. Dann schob er sich die Mütze ein Stück nach oben. Er sah aus, als hätte ihm jemand einen Schlag verpasst. Das tat Nele leid, trotzdem bereute sie ihre Worte nicht, weil sie der Wahrheit entsprachen.

Sie hatte gerade wieder ein Stück ihrer Fassung zurückerlangt, als sie einen Niesanfall bekam. Beim achten Mal hörte sie auf zu zählen, ihre Augen tränten, die Nase kribbelte noch immer.

Irgendwann ging es wieder, nachdem sie eine halbe Packung Taschentücher verbraucht hatte.

»O Gott, Nele, was ist los? Bist du krank?« Er klang aufrichtig besorgt.

Allein dafür hätte sie ihn küssen können.

Nele ohrfeigte sich gedanklich für diesen Impuls. »Nicht wirklich, ist so eine Art allergische Reaktion.«

Er hob eine Braue. »Eine allergische Reaktion? Auf mich?«

Kurz starrten sie einander an, bis Nele und er gleichzeitig in heftiges Gelächter ausbrachen. Es war wundervoll und befreiend. Sie liebte das Gefühl, mit ihm lachen zu können, bis ihnen die Bäuche wehtaten.

Langsam beruhigten sie sich wieder. Nach einem Moment des angespannten Schweigens wurde er ernst und sprach sie noch einmal an. »Was für eine Allergie?«

Es gefiel ihr, dass er so fürsorglich war. Zwar war es ihr unangenehm, über die Bruchbude hier zu sprechen, aber sie wollte auch nicht lügen. »Es gibt ein Problem in meinem Zimmer, leider – aber ich bin gerade dabei, das zu lösen.«

»Wo ist dein Zimmer?«, wollte er wissen und wirkte so entschlossen, dass sie es nicht wagte, ihm zu widersprechen.

Nele zeigte mit der Hand darauf; ehe sie etwas dazu erklären konnte, war er mit langen Schritten darin verschwunden. »Scheiße«, murmelte sie und stöhnte.

So hatte sie sich das nicht vorgestellt. Niemand würde ihr *das* glauben: Ein Superstar tauchte unangemeldet vor ihrer Tür auf und prüfte dann auch noch ihre Wohnsicherheit.

Das hatte ja so was von Pretty Woman!

Na ja, nicht ganz. Denn sie war keine Prostituierte, und Christoph war nicht Richard Gere, der sich hoffnungslos in sie verliebte. Er war nur ein Mensch, der sich um andere sorgte. Wobei »nur« das falsche Wort war. O Gott, sie war so was von fertig mit den Nerven. Nele folgte Christoph und wusste nicht, was sie sagen oder tun sollte.

Christoph stand in der Mitte ihres Schlafzimmers, das durch ihre Räumaktion nur noch chaotischer wirkte.

»Mensch, Nele! So geht das nicht.« Er drehte sich zu ihr um, und der Ausdruck auf seinen Zügen ließ sie alles vergessen, was sie hatte sagen oder erklären wollen.

Sie konnte nichts tun, außer ihn anzusehen, sich einzuprägen, wie attraktiv er war, wie fürsorglich und herzlich. Sie wollte sich auf ewig daran erinnern, denn nach dem heutigen

Tag würde sie ihm ganz sicher nie wieder so nahekommen. Dann sah sie ihn nur noch auf der Leinwand und würde sich jedes Mal fragen, ob sie sich richtig entschieden hatte, den Job sausen zu lassen.

»Du kannst hier nicht wohnen«, erklärte er ihr, und sein Tonfall machte deutlich, dass er keinen Widerspruch duldete.

Sie hob eine Braue. »Äh, doch. Das kann und werde ich.« Zu allem Übel musste sie erneut niesen. Wütend schnaubte sie in ein Taschentuch.

Er schüttelte den Kopf, dann guckte er sich die Wand noch einmal an. »Ich bin gelernter Zimmermann, weißt du?«, erklärte er mit dem Rücken zu ihr.

Nele wusste nicht, was sie mit dieser Information anfangen sollte. »Okay«, war alles, was sie erwiderte.

Er tastete die Wand ab, dann guckte er sich auch den Rest des Raums an. Christoph wirkte so konzentriert, dass sie nicht wagte, ihn anzusprechen. Gleichzeitig konnte sie nicht verhindern, dass sie fasziniert von ihm war. Sogar bei einer Tätigkeit wie dieser schaffte er es, kompetent zu erscheinen. Der Mann sollte es mal als Staubsaugervertreter probieren, er würde sicher alle Verkaufsrekorde sprengen.

Der Gedanke erheiterte sie. Trotzdem war sie nach wie vor irrsinnig nervös.

Und dann nieste sie schon wieder.

Christoph guckte sie böse an, dann seufzte er. »Also, du willst nicht für mich arbeiten, weil du findest, dass ich meine Kinder zu sehr vor der Welt behüte?«, wechselte er so abrupt aufs Ursprungsthema zurück, dass sie zusammenzuckte.

Nele wollte ihn nicht verletzen. Sie begriff gleichzeitig, dass sie das tun würde, wenn sie ihm diese Aussage bestätigte, die sie selbst getroffen hatte. Lügen wollte sie jedenfalls nicht. »Ich beanspruche nicht alle Weisheit für mich, Christoph. Ich verstehe, warum du sie so behütest, wirklich. Trotzdem ... Ich glaube, dass ich unter diesen Umständen nicht die Richtige für den Job bin.«

»Aber Sky und Amy mögen dich, Nele. Sie haben sich auf dich gefreut.« Er schaute ihr direkt in die Augen, sie konnte nicht wegsehen. In diesem Moment passierte etwas mit ihr, das sie nicht näher beschreiben konnte. Aber sie begriff, dass er verzweifelt war, weil er sie im Leben seiner Kinder wollte, weil er ihr vertraute. »Ich habe mich gefreut, dass du für uns da sein würdest, Nele.« Seine Stimme war leise geworden, er traf sie damit mitten ins Herz.

Sie schluckte hart, und ihr Puls geriet aus dem Takt.

Es war einfach zu glauben, dass er an ihr als Mensch interessiert war. Sein Blick war offen und seine Körperhaltung ihr zugewandt. Nele atmete langsam ein, verschiedene Gedanken schossen ihr durch den Kopf. »Es tut mir leid«, murmelte sie und meinte jedes Wort davon ernst.

Christoph guckte zu Boden, man sah ihm die Enttäuschung deutlich an. Als er wieder aufschaute, lächelte er traurig. »Bitte überleg es dir noch mal, Nele. Darf ich dir hier trotzdem helfen? Ich kann nicht mitansehen, dass du dir deine Gesundheit ruinieren willst, wo du ganz offenkundig so stark darauf reagierst.«

»Wer hat gesagt, dass ich meine Gesundheit ruinieren will?«

Er grinste, seine Augen funkelten amüsiert. Auf einmal wirkte er viel jünger.

In ihrem Magen kribbelte es.

»Du hättest ja eine Alternative ... aber ich akzeptiere deine Entscheidung – vorerst.« Er warf ihr einen strengen Blick zu. »Und jetzt lass mich dir helfen.«

Sie wollte ihm nicht widersprechen. Oje. Ihr hormonelles System arbeitete auf Hochtouren, in ihrem Kopf schrillten die Alarmglocken. Sie stand so was von auf ihn. Es war hoffnungslos, und sie hörte endlich auf, sich dagegen zu wehren. Jetzt, wo klar war, dass sie den Nannyjob nicht annehmen würde, war es okay zu akzeptieren, dass sie gegen seine Ausstrahlung machtlos war. Vielleicht wusste er nicht mal, dass er jede Frau auf dem Planeten mit einem Lächeln wie diesem für sich gewinnen konnte.

Christoph trat einen Schritt näher, für eine Sekunde glaubte sie, dass er sie küssen wollte, doch dann betrachtete er sie nur eindringlich. »Darf ich?«

Sie wusste gar nicht, wie ihr geschah. Nele schaute zu ihm auf und verlor sich in seinen grünen Augen. Er war so dicht bei ihr, dass sie die goldenen Sprenkel darin erkennen konnte. Die Umgebung verschwamm in Bedeutungslosigkeit. Die Luft zwischen ihnen flirrte, sie war überzeugt, dass es ihm genauso ging wie ihr. Was einerseits absurd war, andererseits – er war ein Mann, sie eine Frau. Wieso also nicht? Sie hörte auf, sich diese Fragen zu stellen – ihr Gehirn hatte schon lange nicht mehr das Sagen.

Nele wartete gespannt, konnte sich nicht rühren. Sie genoss jede Sekunde in der Nähe dieses wunderbaren Mannes. Er kam näher, noch näher. Er lächelte nicht, er wirkte angespannt, nervös vielleicht. In seinem Blick spiegelte sich ihre eigene Sehnsucht. Sie sah auch einen so tiefen Schmerz darin, dass ihr der Atem stockte.

Christoph hob eine Hand und strich ihr eine Strähne aus der Stirn. Seine Fingerspitzen auf ihrer Haut zu spüren, ließ sie erschaudern. Sein Gesicht kam näher.

O Gott. Er wollte sie küssen.

Er würde sie küssen.

Auf einmal wusste sie es, es war so unausweichlich, wie der Tag auf die Nacht folgte. Neles Herz klopfte bis zum Hals hinauf, Hitze pulsierte durch ihre Adern.

Gleich, gleich würde es geschehen. Sie ahnte, dass er gut

küssen konnte. Sie wollte seine Lippen auf ihren fühlen. Alles andere spielte keine Rolle mehr.

Ein Krachen ließ sie auseinanderfahren.

»Halloooo!«, rief jemand aus dem Flur. »Nele, bist du da?«

Nele fasste sich erschrocken an den Hals und machte einen Satz zurück, sodass sie beinahe stürzte, sie konnte sich gerade noch fangen. Sie wusste gar nicht, wie ihr geschah. Sie musste sich sammeln. Christoph sah auch ein wenig mitgenommen aus, aber er hatte sich deutlich schneller im Griff als sie.

In der nächsten Sekunde tauchte Klaras Gesicht im Türrahmen auf. »Hi, Nele ... Oh! Du hast Besuch!« Klaras Augen wurde so groß wie Untertassen, als sie erkannte, wer in Neles Schlafzimmer stand. »Heilige Scheiße! Ist er das wirklich?«

Christoph grinste breit. Dann nickte er ihr zu. »Hallo, freut mich, dich kennenzulernen.«

»O mein Gott. Ja, mich auch! Herzlich willkommen bei uns ...« Klara begrüßte Christoph, dann ließ sie sich mit dem Hintern aufs Bett plumpsen. »Puh. Ich muss mich einfach setzen, meine Beine halten das nicht aus. Passiert ja nicht alle Tage, dass ich im Schlafzimmer meiner Freundin einen Star treffe. Moment mal. Wieso hat er eine Daunenjacke an? Wollte er etwa gerade gehen?«

»*Er* kann für sich selbst sprechen«, witzelte Christoph.

Nele betrachtete ihn verstohlen, ihm schien die Situation nicht peinlich zu sein. Vermutlich ging es ihm häufiger so.

Nele dachte daran, was passiert wäre, wenn Klara nicht aufgetaucht wäre.

Oder hatte sie sich das alles nur eingebildet?

Diese Spannung? Das Kribbeln? Die ... Lust?

Nein. Oder doch?

Auf einmal war sie sich ganz und gar nicht mehr sicher.

Denn Christoph wirkte nicht im Geringsten so verwirrt, wie sie selbst sich fühlte.

Klaras Gesicht wechselte erneut die Farbe. Sie wurde so rot wie eine Tomate. »Äh, 'tschuldigung. Natürlich!«

Nele wusste nicht, was sie zu dieser merkwürdigen Unterhaltung beitragen konnte, also hielt sie die Klappe.

Christoph schaute zwischen den Freundinnen hin und her. »Ich bin hergekommen, weil Nele nicht für mich arbeiten möchte. Ich wollte sie vom Gegenteil überzeugen, aber wie mir scheint, ist sie ziemlich stur, wenn sie mal eine Meinung gefasst hat.«

Klara guckte schockiert zu Nele. Sie fühlte sich selbst dämlich, jetzt, wo sie es aus seinem Mund hörte. »Aber ich respektiere ihre Entscheidung natürlich, auch wenn es mir leidtut. Dann bekam sie einen Allergieanfall, und ich habe gesehen, was das Problem ist, und jetzt kann ich nicht anders, als mich darum zu kümmern. Wenn es okay für euch ist.«

Nele kam sich immer noch wie im falschen Film vor. »Er ist Zimmermann«, erklärte Nele Klara, die sich langsam wieder gefangen hatte. Ihre Freundin grinste wissend.

Oje, da würde Nele sich nachher noch einiges anhören können. Sie interpretierte das hier völlig falsch.

Christoph schlüpfte aus seiner Daunenjacke, dann machte er ein paar Telefonate, in denen er um gewisse Baumaterialien bat. Als Nächstes krempelte er die Ärmel hoch und legte los.

»Christoph, was machst du da?«, wollte Nele wissen.

»Ich reiße die Tapete ab, ist ja ohnehin schon lose.«

Klara und Nele schauten sich an, beide wagten nicht zu sprechen. Aber klar war, sie dachten das Gleiche: Wie kam ein Mann wie er dazu, in Neles Schlafzimmer herumzuwerkeln? Christoph bekam es entweder nicht mit oder er ignorierte es. Seine Handgriffe waren geübt und seine Bewegungen geschmeidig. Nach einer halben Stunde traf ein »Notfall-Team« ein, das die Lage sondierte.

Christoph trat neben Nele. »Ich muss jetzt leider los, ich habe den Mädchen versprochen, dass wir heute Pancakes backen. Bevor ich gehe, möchte ich noch einmal klarstellen, dass ich deine Bedenken ernst nehme. Aber wir würden uns freuen, wenn du dich doch für uns entscheidest. Ja? Bitte ruf mich an, wenn du es dir anders überlegst. Fühl dich wegen der Handwerker nicht genötigt – das eine hat nichts mit dem anderen zu tun, okay? Wenn du unsere Nanny wirst, dann aus freien Stücken und nicht aus einem Gefühl der Verpflichtung heraus.«

Nele überlegte, dann nickte sie. »Es fühlt sich komisch an, das alles, das muss ich zugeben. Aber ich bin dankbar, dass du hergekommen bist.«

Christoph zog eine Visitenkarte aus der Gesäßtasche seiner Jeans. »Hier kannst du mich jederzeit erreichen, aber bitte, gib sie nicht weiter.« Er grinste breit und zwinkerte.

»Natürlich nicht.«

»Es war ein Witz, Nele, ich weiß, dass du das nicht tun wirst.«

Nele atmete erleichtert aus; ehe sie noch etwas sagen konnte, war er aus dem Zimmer getreten. Er drehte sich wieder zu ihr um. »Es war schön, dich wiederzusehen, Nele. Bis bald, hoffentlich. Tschüss, Klara.«

Ohne auf eine Antwort zu warten, verschwand er aus der kleinen Wohnung.

»Also der hat ja einen Narren an dir gefressen«, flüsterte Klara ihr ins Ohr.

Nele erschrak, sie hatte ihre Freundin gar nicht gehört oder wahrgenommen. Sie wollte widersprechen, aber es gelang ihr nicht. Zu viel war heute passiert.

»Vergiss alles, was ich vorher über ihn gesagt habe. Du *musst* für ihn arbeiten. Er ist der absolute Wahnsinn.«

Nele seufzte und schloss für einen Augenblick die Lider. »Ja, das ist er. Genau das ist der Grund, warum ich es nicht tun sollte.«

»Du bist irre, wenn du dir das entgehen lässt.«

»Ihr habt mir doch beide davon abgeraten? Und jetzt? Schnee von gestern?«

Klara lachte. »Da kannte ich ihn ja noch nicht.«

Nele verdrehte die Augen. »Aber ich soll doch mein Herz schützen?«

Klara schüttelte den Kopf. »Er ist wunderbar, er wirkt so ehrlich und zugänglich. Der Kerl verarscht dich nicht. Und es geht hier ja immer noch um den Job, oder?«

»Ja, klar. Der Job«, erwiderte Nele.

Sie wollte gerade etwas erwidern, als es an der Tür klopfte. Sie glaubte, dass es vielleicht noch einmal Christoph wäre, stattdessen standen Handwerker vor der Tür – und Frau Klinger.

Sie lächelte süßlich.

Nele fiel aus allen Wolken. Was wollte *die* denn hier?

»Servus«, flötete sie. »So, die Herren, dann gehen Sie mal hinein.«

Nele trat zur Seite und wechselte einen Blick mit Klara.

»Wir wollen ja nicht, dass Sie hier Probleme haben«, erklärte die Vermieterin.

Klara beugte sich zu Nele und flüsterte in ihr Ohr: »Jede Wette, Christoph hat angerufen, und als sein Name fiel, war die Alte ganz schnell überzeugt, was zu tun ist.«

In Neles Kopf herrschte ein heilloses Durcheinander.

»Was ist denn hier los?« Annika traf gerade ein. Sie trat sich den Schnee von den Schuhen und wickelte den Schal vom Hals ab.

»Eine Menge.« Klara grinste breit, und Nele ahnte, dass sie mit den beiden später noch ein längeres Gespräch über Christoph führen würde. Sie dachte an ihn und diesen kurzen Moment vorhin. Sie konnte sich das doch nicht eingebildet haben. Oder? Nein. Nele war froh, dass Klara den Kuss verhindert hatte – und irgendwie war sie gleichzeitig auch schrecklich enttäuscht.

6

Christoph saß in seinem Arbeitszimmer. Im Kamin prasselte ein Feuer, leise Weihnachtsmusik tönte aus den Lautsprechern. Er brütete über dem Drehbuch, dessen Story er in Grundzügen bereits kannte. Er war noch nicht weit mit dem Lesen gekommen, aber schon im ersten Drittel des Politthrillers bahnte sich eine toxische Liebesbeziehung zwischen dem männlichen Hauptdarsteller und der weiblichen Antagonistin an.

Christoph lehnte sich im Stuhl zurück und rieb sich über die Nasenwurzel. Es war noch nicht klar, mit wem die weibliche Hauptrolle besetzt werden würde. Soweit er informiert war, standen drei Stars in Verhandlungen mit der Produktionsfirma. Wer genau es war, wusste er nicht. Er hatte nur einen Wunsch geäußert, der auch in seinem Vertrag mit aufgenommen worden war: Seine Noch-Ehefrau durfte diese Rolle nicht erhalten. Es wäre ohnehin unwahrscheinlich gewesen, denn ihre Karriere war ins Stocken geraten. Christoph bedauerte das für Summer, aber es war ihre eigene Schuld, und er hatte zum Glück nicht mehr viel damit zu tun.

Abgesehen von dem Risiko, seiner Ex beruflich wieder zu begegnen, wäre es schön für ihn zu wissen, auf wen er sich während der Dreharbeiten einlassen sollte. Ein Text übte sich zudem um einiges besser, wenn er ein Gesicht vor seinem geistigen Auge hatte.

Christoph seufzte leise, beugte sich wieder über das Skript und versuchte, sich zu konzentrieren. Was gar nicht so leicht war, denn ihm ging zu viel durch den Kopf, was nichts mit diesem Film zu tun hatte.

Er hatte nichts mehr von Nele gehört, seit er gestern von ihrer Wohnung aufgebrochen war. Christoph bedauerte, dass sie sich gegen ihn und seine Mädchen entschieden hatte, konnte aber nach ihrer Erklärung auch ein wenig nachvollziehen, was ihr missfiel. Nein, nicht ein wenig, sondern sehr gut. Ihn störte es auch, aber es war leider trotzdem notwendig, das hatte er aus der Erfahrung gelernt. Lieber Vorsicht als Nachsicht. Wenn seinen Töchtern etwas zustieß, weil er nicht ausreichend für ihre Sicherheit gesorgt hätte, würde er nicht damit leben können.

Er knirschte mit den Zähnen und fuhr sich zum wiederholten Mal mit der Hand durch die Haare. »Herrgott noch mal, ich muss diesen Text lesen«, brummte er, genervt über seine mangelnde Begeisterung für das Drehbuch. Christoph beugte sich wieder über die Zeilen.

»Daddy, Daddy«, kreischten seine Kinder, kamen auf ihn zugelaufen und holten ihn sofort zurück in die Gegenwart. Theresia folgte ihnen und zuckte entschuldigend mit den Schultern.

Amy sprang auf seinen Schoß und ihre Schwester krabbelte hinterher. So hatte er ein Kind auf jedem Schenkel sitzen. Er musste lächeln und gab jeder einen Kuss auf die Stirn. »Na, meine Süßen? Was gibt es?«

»Können wir Pancakes machen?«, fragte Sky mit glänzenden Augen.

Amy nickte und zappelte freudig herum.

»Das ist doch kein richtiges Abendessen. Außerdem hatten wir gestern erst welche.«

»Bitte, Daddy«, flehte Amy.

Er merkte, dass er kurz davor war nachzugeben. Christoph wollte gerade etwas erwidern, als sein Handy bimmelte. Er guckte aufs Display und sein Lächeln fror ein.

Summer blinkte darauf.

Er hatte keine Lust, mit ihr zu sprechen. Nicht jetzt. Nie mehr.

Sie hatte genug in ihrer aller Leben angerichtet.

Aber solange die Scheidung nicht durchgestanden war, konnte er den Kontakt nicht abbrechen, auch wenn das vorläufige Sorgerecht ihm zugesprochen worden war.

Alles, was er wollte, war, seinen Kindern Leid und weiteren Kummer zu ersparen.

Es war eine lange Geschichte, seine Ex hatte sie alle zu oft und zu heftig enttäuscht.

Christoph drückte den Anruf nicht weg, aber stellte sein Telefon lautlos. Sollte sie sich doch die Finger wund wählen.

Theresia schaute ihn erwartungsvoll an, und Christoph gab nach. Er konnte jetzt nicht mit seinen Mädchen kämpfen. »Na schön, aber Theresia wird die Pancakes mit euch zubereiten. Und bitte, benutzen Sie wenigstens Dinkel-Vollkornmehl für mein ohnehin schon schlechtes Ernährungsgewissen.« Er lächelte schwach, und seine Haushälterin nickte mit einem Schmunzeln auf den Lippen.

»Aber gern, das machen wir. So, kommt, Mädchen, lassen wir euren Vater in Ruhe arbeiten.«

Theresia nahm Amy auf den Arm und legte Sky eine Hand

auf die Schulter, um sie sanft aus Christophs Arbeitszimmer zu bugsieren.

Die drei waren kaum verschwunden, als er erneut Schritte hörte. Christoph war überrascht, als Raphael um die Ecke rauschte.

»Hey, Bruderherz«, grüßte Raphael mit funkelnden Augen. Er hatte seine zerzausten Haare etwas mit Gel in Form gebracht, trug ein frisch gebügeltes Hemd und dunkle Jeans.

»Heute mal nicht in Skikluft?«, witzelte Christoph, während Raphael sich auf einen Stuhl pflanzte, der vor dem prasselnden Kamin stand. Er überschlug seine langen Beine und lehnte sich lässig zurück.

»Hast du mal rausgeschaut? Es ist schon lange dunkel.«

Tatsächlich, Christoph hatte die Zeit vergessen. Er zuckte die Schultern. »Was dich sonst auch nicht davon abhält, mit ein paar Leuten beim Après Ski zu feiern.«

Raphael grinste und entblößte dabei eine Reihe gerader weißer Zähne. »Stimmt. Deswegen bin ich auch hergekommen.«

Christoph ahnte, dass Raphael gleich mit einem Vorschlag kommen würde, den er ablehnen musste. Er hob eine Augenbraue. »Aha?«

»Tobi feiert Geburtstag, es wird ganz urig, nett und vor allem eine sehr kleine Runde.«

Christoph atmete langsam ein und wieder aus. Tobias war ein alter Schulfreund der beiden. Die meisten Lecher hatte es nach der Ausbildungs- und Unizeit nicht in die Ferne gezogen. Viele seiner alten Freunde lebten noch immer im Ort. Christoph hatte bisher keine Zeit gefunden, auch nur einen von ihnen zu besuchen. Sein Gewissen meldete sich. Schon wieder. Das schien zum Dauerzustand zu werden. Er hasste es, dass er ständig das Gefühl hatte, niemandem wirklich gerecht zu werden. Vermutlich dachten die meisten im Dorf, dass er ein abgehobener Schnösel geworden wäre, mit dem man nichts mehr anfangen konnte, oder schlimmer, sie nahmen an, dass er nichts mehr mit ihnen zu tun haben wollte. Was definitiv nicht der Fall war.

»Ähm.« Christoph räusperte sich, als er Raphaels prüfenden Blick auf sich spürte. »Und warum bist du jetzt genau hier? Ich habe zu tun, ich muss ein Drehbuch lesen.«

Vielleicht half es ja, wenn er sich dumm stellte, überlegte er und ärgerte sich zugleich über sich selbst.

Raphael ging zum Glück nicht darauf ein, sein Bruder schien ganz gut zu wissen, mit welchen Problemen und Sorgen sich Christoph herumschlagen musste. »Ja, ist klar. Du musst ein Drehbuch lesen. Mensch, Christoph, das läuft doch nicht davon. Also kommst du heute Abend einfach mit. Das ist die perfekte Gelegenheit, um mal wieder unter normale Leute zu kommen.«

»Raphael ...«, fing Christoph an, und auch ohne die Worte auszusprechen, wusste sein Bruder, was er erklären und einwenden wollte.

Raphael furchte seine Stirn und beugte sich leicht nach vorn. »Du musst endlich damit aufhören, dich hier drin zu verschanzen, als wäre es eine Festung ohne Ausgang. Es ist auch nur eine kleine Feier mit Freunden, eine geschlossene Veranstaltung. Nimm halt deinen Wauwau mit und stell ihn vor die Tür.«

Christoph verdrehte die Augen. »Simon ist kein Hund, sondern unser Personenschützer, der für die Sicherheit meiner Familie sorgt. Es nervt, wenn du mich wie einen Idioten behandelst.«

Raphael stand auf. »Hör auf, dich wie ein Depp zu benehmen.«

Christoph biss die Zähne zusammen, dann knurrte er. »Und was sollte ich mit den Kindern machen? Ich kann sie nicht jeden Tag bis spät in die Nacht der lieben Theresia aufdrücken. Wie du weißt, habe ich noch keine Nanny.«

»Alles nur faule Ausreden«, bügelte sein Bruder ihn mit einer unwirschen Handbewegung ab. »Weil ich wusste, dass du die Babysitterfrage als Ausrede benutzen würdest, ist Mama auf dem Weg. Sie müsste jede Minute hier eintreffen.«

Christoph ließ sich nicht anmerken, dass er überrascht war. Raphael hatte wirklich an alles gedacht. Bei seiner Mutter waren die Mädchen gut aufgehoben. Die beiden liebten ihre Oma, die sich unendlich viel Zeit nahm, um Geschichten vorzulesen, die Locken zu bändigen oder einfach nur an ihren Seiten zu sitzen und die Wangen ihrer Enkelkinder zu streicheln.

Christoph gingen die Argumente aus, und wenn er ehrlich war, dann wollte er auch mal wieder unter Leute. Trotzdem fing die Angst an, in ihm zu brodeln. Ihm war bewusst, dass es unwahrscheinlich war, dass bei einer kleinen Feier in seinem Heimatort ein Stalker auf ihn wartete, der ihm gefährlich werden konnte. Aber seinem limbischen System war das egal – es meldete: Pass auf und sei vorsichtig, dass es nicht noch einmal passiert.

»Okay«, stieß Christoph hervor und gab sich einen Ruck.

Er wollte sich nicht von seinen schlechten Erfahrungen leiten lassen, und Raphael hatte recht, Simon konnte mitkommen und vor dem Etablissement aufpassen, dass die Feier auch wirklich privat blieb. »Wo geht die Reise hin?«, fragte Christoph deshalb und beendete damit die Diskussion.

Raphael stutzte kurz, dann grinste er zufrieden. »Wir feiern im *Pfefferkorn*, keine Sorge, es ist wirklich geschlossen.«

»Ja, ist ja gut. Darf ich mich noch umziehen und den Mädchen gute Nacht sagen?«, neckte Christoph seinen Bruder, stand auf und boxte ihm spielerisch gegen den Oberarm.

»Was willst du dir denn anziehen? Ein Superheldenkostüm? Für mich würde es so auch reichen.«

»Mein Gott, ich habe fast vergessen, wie nervig du sein kannst. Ich bin gleich zurück.«

Christoph schüttelte lachend den Kopf und eilte nach oben, wo er seinen gemütlichen Pulli gegen ein sauberes Hemd und die Yogahose gegen eine Jeans tauschte. Im Bad verpasste er seinen Wangen noch einen Hauch Aftershave, und seinen Haaren rückte er mit Gel zu Leibe. Er war nicht eitel, aber ordentlich wollte er schon aussehen, wenn er nach so langer Zeit endlich mal wieder auf alte Bekannte traf.

Zufrieden und mit einem Kribbeln im Bauch ging er kurz darauf in die Küche, wo sich mittlerweile seine Mama, Raphael, die Mädchen und Theresia aufhielten. Sie erzählten und machten dabei Faxen, woraufhin alle lachten, bis sie ihn entdeckten.

Sky schaute ihn mit großen Augen an. »Wann kommst du wieder?«, fragte sie, der Klang ihrer kindlichen Stimme schnürte ihm das Herz zusammen. Wenigstens hatten Raphael und die Oma schon erzählt, dass er heute Abend unterwegs sein würde.

Beide Mädchen hatten mit Verlustängsten zu kämpfen, was nach allem, was sie erlebt hatten, nur verständlich war. Er trat zu Amy und Sky, die gerade am Tisch saßen und ihre Pancakes mampften, gab jeder von ihnen einen Kuss und ging in die Hocke. »Daddy geht mit Onkel Raphael ein paar Freunde besuchen, ich bin nicht allzu lange weg, ja?«

»Freunde?«, piepste Amy. »Du hast Freunde?«

»Ja, Süße, ich habe Freunde, auch wenn ich sie schon lange nicht mehr gesehen habe. Aber gute Freunde vergessen einen nicht, auch wenn man mal eine Weile fort war.«

»Dann ist Sue noch meine Freundin?«, hakte Sky nach.

»Natürlich, Mäuschen. Sue wird immer deine Freundin

sein«, erklärte er und hoffte, dass es glaubwürdig klang. Er brachte es nicht übers Herz, ihr zu sagen, dass sie und Sue in ein paar Jahren vermutlich keinen Kontakt mehr haben würden, auch wenn sie jetzt noch alle paar Tage über Facetime redeten. Eine Kindergartenfreundschaft hielt eine Entfernung über einen Ozean sehr wahrscheinlich nicht allzu lange aus. Er begriff, dass auch seine Kinder einsam waren, nicht nur er.

Er schluckte den Kloß in seinem Hals hinunter und setzte ein Lächeln auf. In diesem Moment war er froh, ein guter Schauspieler zu sein. Er riss einen Witz, über den seine beiden Engel immer lachen konnten, dann gab er ihnen einen Kuss und stand auf. »Oma passt gut auf euch auf«, erklärte er mit sanfter Stimme. »Vermutlich hat sie auch irgendwo noch eine Dose mit Keksen hereingeschmuggelt.«

Seine Mutter grinste schuldbewusst und guckte ihm nicht in die Augen. Also stimmte es, die Oma wollte ihre Enkel eben verwöhnen, auch wenn sie wusste, dass er sonst Zucker aus dem Speiseplan verbannte ...

Sky und Amy jubelten. »Ja, Kekse!«

Christoph atmete leise aus und sagte sich, dass sie auch nach Weihnachten damit anfangen konnten, weniger Süßigkeiten zu essen.

Raphael drängelte. »Gute Nacht, Mädchen! Und vielleicht wollt ihr ja bald mal mit Onkel Raphael Ski fahren oder rodeln gehen, was meint ihr?«

»Ja, ja! Ich liebe Schnee«, jauchzte Sky.

Ein Schritt nach dem anderen. Christoph wusste, dass er ganz langsam mit dem Loslassen beginnen musste. Aber nicht heute Abend, deswegen kommentierte er den gut gemeinten Vorschlag seines Bruders nicht und verließ die Küche mit ihm in Richtung Ausgang.

. . .

Schon lange hatte er sich nicht mehr so wohlgefühlt. Christoph war froh, dass er sich von seinem Bruder hatte überreden lassen, mitzukommen. Natürlich war es keine winzige Feier, sondern es hatten sich deutlich mehr als nur eine Handvoll Leute versammelt. Aber fast alle kannte er, und dementsprechend viel gab es zu plaudern. Loungemusik dudelte im Hintergrund, die Lichter waren heruntergedimmt, und der Gin Tonic schmeckte heute Abend ausgezeichnet. Er hatte seine Drinks nicht mitgezählt, von irgendwoher kam immer jemand mit einem neuen Glas, und er sagte nicht Nein. Simon hatte er tatsächlich mitgebracht, hin und wieder suchte er ihn mit dem Blick. Sein Aufpasser machte einen guten Job, ganz dezent saß er in einer ruhigen Ecke und verfolgte alles mit stoischer Gelassenheit. Christoph kam sich nicht albern dabei vor, denn er vermittelte ihm eine gewisse Sicherheit, die er ohne seine Anwesenheit vermutlich nicht verspürt hätte. Die Sache mit dem Stalker saß anscheinend tiefer, als er gedacht hatte.

Nicht jetzt, sagte Christoph sich. Er wollte nicht daran denken und sich schon gar nicht die Stimmung vermiesen lassen. Aber dafür musste er mal einem Bedürfnis nachgehen, für das er Simon ganz sicher nicht brauchte. »Entschuldige mich bitte kurz«, bat er seinen Gesprächspartner Moritz, einen alten Schulkollegen. »Bin gleich wieder zurück.«

Christoph stellte sein leeres Glas am Tresen ab und schlängelte sich durch die Feiernden. Hie und da wurde er angesprochen, bekam ein freundliches Schulterklopfen oder ein »Schön, dass du wieder zurück bist« zugerufen.

Christoph lächelte vor sich hin und genoss es, unter guten Bekannten zu sein. Auf der anderen Seite des runden Tresens glaubte er, Klara zu entdecken, Neles Mitbewohnerin. Im nächsten Moment schob sich jemand vor sie und verdeckte ihr Gesicht. Vielleicht hatte er sich getäuscht, andererseits, wieso sollte sie nicht hier sein? Jeden einzelnen Gast kannte Christoph auch nicht, also mussten ein paar Auswärtige zur Feier eingeladen worden sein.

Er dachte nicht weiter darüber nach, ging eine kleine Treppe nach oben und verließ den Gastraum der Bar, um zu den Toiletten zu gelangen, die man über einen Flur und eine weitere Treppe erreichte. Er fühlte sich zurückversetzt in seine jungen Jahre. Er hatte hier schon manches Fest gefeiert, im Keller befand sich ein Club, mit dem sich die Bar die Sanitärräume teilte. Der Club war heute geschlossen, also brauchte er sich deswegen keine Sorgen zu machen. Er war noch nicht weit gekommen, als er Simons Stimme hinter sich hörte. »Alles okay, Boss?«

Er drehte sich um. »Ja, ich muss nur mal aufs Klo, das schaffe ich alleine. Geh wieder rein, es ist alles okay.«

Obwohl es nur eine kleine Sache war, fühlte sich Christoph mutig. Vielleicht lag es auch am Alkohol, aber er grinste zufrieden in sich hinein, als er seinen Weg fortsetzte. Hier war es angenehm kühl, geradezu eine Wohltat nach der stickigen Luft in der Bar. Es war doch tatsächlich so, dass im *Pfefferkorn* noch geraucht werden durfte. Unfassbar für jemanden, der gerade aus den Staaten zurückkehrte. Wo gab es denn heutzutage so was noch?

Christoph erreichte die Treppe und wäre um ein Haar mit jemandem zusammengestoßen, er konnte gerade noch bremsen. Ein blumiger Duft stieg ihm in die Nase, dann erkannte er Nele.

Sie trug ein schwarzes T-Shirt mit V-Ausschnitt, das sich eng um ihren Oberkörper schmiegte. Als sie begriff, wen sie vor sich hatte, riss sie ihre hübschen graublauen Augen weit auf. »O Gott«, stieß sie entsetzt hervor, als hätte sie den Leibhaftigen persönlich vor sich stehen.

Christoph konnte nicht anders, er musste lachen, gleichzeitig freute er sich wahnsinnig, sie zu sehen. Obwohl er es nicht zugeben würde, so musste er sich doch eingestehen, dass er in den letzten achtundvierzig Stunden öfter an sie gedacht hatte, als nötig gewesen wäre ... »Servus, Nele, schön, dich zu sehen.«

Er sah, dass sie hart schluckte, ihre Wangen waren gerötet, ob vom Feiern oder seinetwegen konnte er nicht ausmachen. Sie stand nur einen knappen Meter von ihm entfernt, ihr Brustkorb hob und senkte sich schnell. Obwohl er es nicht wollte, ertappte er sich dabei, wie sein Blick von ihrem bezaubernden Dekolleté zu ihren vollen Lippen wanderte, die sich ein wenig geöffnet hatten.

Nun fiel auch ihm das Atmen schwerer, wo war auf einmal der Sauerstoff hin?

»W-was machst du hier?«, fragte sie leise.

Er neigte seinen Kopf und betrachtete sie einen Augenblick stumm. Neles Gesicht hatte klare, ebenmäßige Züge, und aus ihrem Blick sprach eine Ehrlichkeit, die ihm ans Herz ging. Nele war keine aufgedonnerte Schönheit, sie war natürlich und authentisch, was Christoph besonders mochte. Nele hatte etwas ganz Eigenes an sich, das ihn faszinierte. Er war nie ein Typ gewesen, der sich sonderlich auf Äußerlichkeiten beschränkt hatte. Gerade in Hollywood konnte das fatal sein. Es gab zu viele gut aussehende Menschen, die innerlich alles andere als hübsch waren. In Summer hatte er sich getäuscht, aber an sie wollte er nicht denken.

Jesus, der Alkohol musste ihm wirklich zu Kopf gestiegen sein, er konnte keinen klaren Gedanken mehr fassen. »Eigentlich wollte ich gerade zur Toilette ...«, meinte er mit einem Augenzwinkern.

Der lapidare Satz löste ein wenig von der Anspannung. Nele lächelte und ihre Augen funkelten amüsiert. »Ja, das dachte ich mir, aber was machst du hier auf der Feier?« Im nächsten Moment hob sie ihre Hand und schüttelte den Kopf.

»Okay, vergiss es, vermutlich kennst du Tobi? Ich rede dummes Zeug, entschuldige.« Sie senkte ihre Lider und wirkte auf einmal verlegen.

Christoph wollte nicht, dass sie sich seinetwegen schlecht fühlte. Er spürte, dass sie gerade nur noch den Star in ihm sah. Das störte ihn. Es störte ihn immens.

Sanft hob er ihr Kinn mit dem Zeigefinger an. Er wollte ihr klarmachen, dass er ein normaler Mensch war, der aus Fleisch und Blut bestand. Niemand, zu dem man aufschauen müsste. Was für ein Unsinn! Nur, weil ihn viele Leute kannten, hieß das nicht, dass er nicht ganz menschliche Bedürfnisse und Träume hatte. Im Gegenteil, gerade jetzt sehnte er sich mehr denn je nach einer weiblichen Schulter, an die er sich anlehnen konnte.

»Nele«, fing er leise an. Seine Stimme klang rauer als sonst.

»Ja?«, wisperte sie und erwiderte seinen Blick.

Er trat einen Schritt näher und bemerkte, dass ihren Körper ein Beben durchlief. Sein eigener reagierte mit einem lustvollen Schauder.

Das hier war echt.

Zwischen ihnen glomm ein Funke. Er spürte es, und er war sicher, sie spürte es auch.

Das lodernde Verlangen war vielleicht nicht erwünscht, aber nicht zu leugnen. Christoph war an diesem Abend mutig genug, sich einmal nicht den Kopf zu zerbrechen, sondern dem nachzugeben, was ein anderer Teil von ihm – den er lange unterdrückt hatte – wollte.

»Was ist das hier zwischen uns …?«, flüsterte er heiser. Eine ungeahnte Hitze brannte in ihm.

»Ich weiß es nicht …«, murmelte sie.

Sie atmete zittrig aus und wieder ein. Dann befeuchtete sie ihre Lippen mit der Zunge. Christoph holte geräuschvoll Luft. Wusste sie eigentlich, wie elektrisierend er diese Nähe zu ihr empfand? Seine Mundwinkel bogen sich leicht nach oben. »Ich liebe es, dass ich jede Empfindung von deinem Gesicht lesen kann. Sag mir, wenn ich falschliege, Nele. Sag mir, ob du es auch spürst, diese Hitze, die Aufregung. Wenn ich daran denke, wie es wäre, dich zu küssen, klopft mein Herz schneller.«

Nele rührte sich nicht, aber sie nickte langsam, beinahe ängstlich. »Ja, ich spüre es auch …«

Christoph ließ seine Finger in ihren Nacken gleiten und trat einen Schritt näher an sie heran. »Hör auf zu denken«, sagte er sich, schloss die Augen und legte seinen Mund auf ihren. Es gab keinen Konflikt, sie war nicht die Nanny seiner Kinder. Alles, was hier eine Rolle spielte, war, dass sie gegenseitige Lust füreinander empfanden.

Nele schmeckte köstlich, ihre Lippen waren weich und passten perfekt zu seinen. Es war ein sanfter Kuss, beinahe ehrfürchtig. Eine zarte Liebkosung, um nicht den sinnlichen Moment zu zerstören oder zu gefährden. Nele bog ihren Kopf zurück und drängte sich gegen ihn. Ihre Kurven schmiegten sich an seine Muskeln.

Es war der perfekte Augenblick, als ob sie sich schon ein ganzes Leben lang kennen würden, als ob alles, was er vorher erlebt hatte, keine Rolle mehr spielen würde, weil es nur eine Vorbereitung auf das hier gewesen war.

Christoph unterdrückte ein Stöhnen, als Nele ihre Hände an seinem Rückgrat auf und ab gleiten ließ.

»Oh, Entschuldigung, ich wusste nicht …«, riss Christoph eine bekannte männliche Stimme jäh in die Realität zurück.

Nele löste sich von ihm, und Christoph blinzelte verwirrt in die Richtung, aus der die Stimme gekommen war.

Es hätte keinen blöderen Zeitpunkt für seinen Bodyguard geben können, um das Wohlergehen seines Arbeitgebers zu überprüfen. Einen Vorwurf konnte Christoph ihm deswegen jedoch kaum machen. Ehe Christoph etwas von sich geben konnte, zog Simon sich bereits mit gesenktem Blick zurück.

Nele und Christoph waren wieder allein. Sie schaute ihn durchdringend an und sah so aus, wie er sich fühlte: Durcheinander und benebelt von den wundervollen Küssen.

Aber der intime Moment war dahin, daran gab es nichts zu rütteln. Christoph war auf einmal befangen, er wusste nicht, was er sagen oder tun sollte, wünschte sich aber, dass er wieder ihre Nähe spüren und fühlen durfte. Sein Herz klopfte sehnsüchtig.

Nele fand als Erste die Sprache wieder. »Ich sollte gehen«, murmelte sie mit belegter Stimme.

Eine eiskalte Dusche hätte nicht effektiver sein können. Christoph erstarrte. »Wieso?«

Sie strich sich durch die Haare und räusperte sich, ein Ruck ging durch ihren Körper. »Das hier war keine gute Idee. Es tut mir leid.« Sie zuckte hilflos mit den Schultern.

»Es tut dir leid?«, wiederholte er zutiefst irritiert.

Neles Stirn legte sich in Falten. »Denkst du vielleicht, es ist angebracht, mit dem Boss zu knutschen? Das hätte nicht passieren dürfen.«

»Boss?«, konnte er nur im erneuten Echo von sich geben. »Was redest du da? Du hast den Job doch abgelehnt.«

Nele schlug sich eine Hand vor den Mund, sogleich ließ sie sie wieder sinken und blinzelte irritiert. »Also hat Tammy sich noch nicht bei dir gemeldet?«

Konsterniert schüttelte er den Kopf und fischte dann das Handy aus seiner Hosentasche. Tatsächlich. Es gab vier verpasste Anrufe der Australierin und eine Sprachnachricht. Christoph wusste nicht, was er sonst tun sollte, also hörte er die Mailbox ab.

»Hello, Chris, hier ist Tammy, es geht um deine Nanny. *Listen*, ich bin sehr *happy,* dir sagen zu können, dass Nele ab morgen bei dir anfängt. Alles ist *solved*, *my Dear*. Gib mir einen Anruf, okay? Freue mich, *cheers,* Tammy.«

Dabei hatte er die ganze Zeit Nele betrachtet, die unruhig umherschaute. Er war überrascht und wusste nicht, wie er jetzt reagieren sollte.

Verdammt.

Was hatte er getan?

Christoph stieß leise die Luft aus und befeuchtete sich dann die Lippen, ehe er sprach. »Okay, ich freue mich, dass du den Job doch annimmst, Nele.«

Sie hingegen wirkte niedergeschlagen. »Ich, ähm. Wenn du jetzt lieber nicht möchtest, dass ich …«

Er hob eine Hand, um sie zu unterbrechen. Es war offensichtlich, dass sie den Kuss bereute, weil er offiziell ihr Boss war. Weil es absolut unangemessen war, seine Angestellte zu küssen. Weil sie hier gerade jedes Klischee der Erde erfüllten, das es gab. Nun, vielleicht nicht jedes, aber eine ganze Reihe davon.

Reue spülte über ihn hinweg. Da war noch mehr, viel mehr. Aber das durfte nicht sein. Hätte er nur gewusst, dass Nele den Job doch angenommen hatte!

Er hätte sie nicht einfach küssen dürfen. Verdammt! Nur Bedauern konnte er es nicht, dass er sie geküsst hatte und das war vermutlich das Schlimmste an der ganzen Sache.

In seinem Kopf herrschte ein heilloses Durcheinander, damit nicht genug stand sein Körper nach dem sinnlichen Kuss noch immer unter Strom. Das Denken fiel ihm schwer, dennoch riss er sich zusammen. »Sag nichts weiter, Nele. Bitte. Ich … ich bin betrunken, es tut mir leid, ich … Das hätte gar nicht passieren dürfen. Das ändert nichts zwischen uns. Vergessen wir es, ja? Wir freuen uns, wenn du morgen zu uns kommst.«

Ehe er sich noch weiter um Kopf und Kragen redete, hielt er besser die Klappe. »Versprich mir, dass du morgen kommst«, fügte er dennoch an, weil er befürchtete, dass Nele einen neuerlichen Grund anführen könnte, warum sie nicht für Sky und Amy als Nanny da sein konnte.

Er sah ihr tief in die Augen, und die Traurigkeit und Sehnsucht, die sich darin spiegelte, berührte etwas in ihm. Sie nickte zögerlich.

Christoph fühlte sich schrecklich. Wie der letzte Arsch. Er musste weg, ehe er noch mehr Dummheiten beging. »Es tut mir leid«, murmelte er und hastete dann die Treppe zu den Toiletten nach unten, wo er sich erst einmal in einer Kabine einschloss, sich mit dem Rücken gegen die Wand lehnte und sich mit der flachen Hand gegen die Stirn schlug.

Da hatte er ziemlichen Bockmist gebaut. Aber es war der beste Kuss seines Lebens gewesen.

Leider würde es dabei bleiben müssen, ab sofort durfte diese Art von Grenze nicht mehr überschritten werden.

7

*N*ele fühlte sich furchtbar nach der unruhigen Nacht mit wenig Schlaf. Sie stand im Badezimmer und tuschte sich die Wimpern, als Klara hereinkam und das Wasser in der Dusche anstellte.

»Morgen«, brummte Klara, dabei waren ihre Augen nur halb geöffnet.

»Hey, guten Morgen«, erwiderte Nele.

»Der letzte Drink war schlecht«, stöhnte Klara mit einem schiefen Grinsen und schlüpfte aus ihrem Pyjama.

Nele lachte halbherzig. Sie selbst hatte nicht so viel getrunken. Umso schlimmer, dass sie sich dennoch auf diesen Kuss mit Christoph eingelassen hatte. Himmel, was hatte sie sich nur dabei gedacht?

Nun, diese Frage ließ sie lieber unbeantwortet, denn es war klar, dass ihre Hormone die Kontrolle übernommen hatten. Und das war etwas, das ihr ganz und gar nicht gefiel. Das war ihr seit der Geschichte mit Marcel nicht mehr passiert.

Der Gedanke war lächerlich, denn Christoph hatte mit

ihrem Ex in etwa so viel gemeinsam wie Hänschen von nebenan mit Justin Timberlake.

Und gleich würde sie Christoph auch schon wiedersehen. Ab heute war er ihr Chef.

Nele war schrecklich nervös, aber damit nicht genug, der gestrige Kuss hatte sie aufgewühlt und etwas in ihr berührt, was sie lange verloren geglaubt hatte. Sie wollte nicht, dass es einen Einfluss auf sie hatte, und schob die Erinnerungen an die letzte Nacht ganz weit weg. Verdrängen war sicher die beste Strategie.

Nele blinzelte, nachdem sie die Wimperntusche aufgetragen hatte, und atmete einmal tief durch.

So eine Scheiße, wollte sie am liebsten herausschreien, was sie natürlich nicht tat. Zudem hatte sie ihren Mitbewohnerinnen nichts von dem Kuss erzählt. Einerseits weil Nele selbst nicht wusste, wie sie ihn einordnen sollte, andererseits weil sie sich dafür schämte, schon vor Antritt ihres Jobs eine Grenze überschritten zu haben. So unprofessionell hatte sie sich im ganzen Leben nicht verhalten.

Aber gut, es würde nicht noch mal vorkommen. Wie Christoph gestern so treffend erklärt hatte, er war betrunken gewesen und der Kuss bedeutete nichts.

Waren das nicht seine exakten Worte gewesen?

Sie erinnerte sich nicht genau, alles verschwamm in einer Art sinnlichem Nebel. Alles, woran sie denken konnte, war, wie es sich angefühlt hatte, von ihm gehalten, liebkost und berührt zu werden. An ihrer Sehnsucht gab es nichts zu rütteln, aber das nützte nichts.

Vielleicht war es normal für ihn, dass alle Frauen ihm jederzeit zu Willen waren. Nele war womöglich nur zur richtigen Zeit am richtigen Ort gewesen. Dass der Kuss für sie einen ganz anderen Stellenwert gehabt hatte, würde sie ihm auf keinen Fall erzählen. Niemals.

Das würde für immer ihr Geheimnis bleiben. Eines, das sie

auch nicht mit Klara und Annika teilen würde. Je eher Nele vergaß, dass dieser intime Moment überhaupt stattgefunden hatte, desto besser.

Nur, wie sollte das gehen? War es doch, seit es geschehen war, das Einzige, woran sie noch denken konnte.

Nele blies ihren Pony aus der Stirn und band sich ihre kastanienbraunen Haare im Nacken zusammen.

»Was stimmt nicht mit dir?«, wollte Klara wissen, ehe sie in die Dusche stieg.

»Hä? Wieso?«

»Du wirkst total aufgelöst. Willst du den Job doch nicht annehmen? Ich dachte, du hättest dich dafür entschieden, weil du Lust darauf hast?«

Nele merkte, dass sie rot wurde. »Es ist alles ein bisschen merkwürdig. Ich kann nicht leugnen, dass ich aufgeregt bin. Ich meine, wer arbeitet nicht gern für einen Hollywoodstar?« Sie lachte. Es klang zu hoch und künstlich.

Klara hob eine Augenbraue. Ihre Freundin realisierte natürlich, dass das nur eine Ausrede war. »Liebes, entspann dich. Es geht um die Kinder, nicht um ihn. Dem Vater kannst du doch gut aus dem Weg gehen, immerhin sollst du nicht ihn hüten, hm?« Sie wackelte anzüglich mit den Augenbrauen und Nele verzog ihre Lippen.

Aber es war ein guter Punkt, den Klara da ansprach. »Ja, da hast du recht, wo immer es möglich sein wird, werde ich einen Bogen um ihn machen.«

Nele würde auf jeden Fall das Angebot ausschlagen, ein Zimmer im Chalet zu beziehen. Zum Glück war das Schimmelproblem in der WG ja nun behoben, und sie musste nicht mehr ständig schniefen, wenn sie hier übernachtete. Kinder hüten und dann weg, ja, so könnte es gehen. Sie merkte, dass sie sich ein wenig entspannte. Und in ein paar Tagen hatte sich ihr Nervensystem bestimmt auch wieder so weit beruhigt, dass sie den Kuss als das abhaken konnte, was er für Christoph gewesen war: unbedeutend und flüchtig.

Nele schluckte. Der Gedanke missfiel ihr, und sie wusste, dass es für sie nicht so einfach werden würde. Ihre Reaktion zeigte ihr, wie verletzlich sie auch heute noch war. Die Vergangenheit hatte tiefe Narben hinterlassen – aber das konnte Christoph nicht wissen und sollte es auch nie erfahren. Sicher schmissen sich ihm die Frauen reihenweise an den Hals. Für ihn war so eine belanglose Partyknutscherei bestimmt normal.

Vielleicht war seine Untreue ja der Scheidungsgrund gewesen.

Der Gedanke ernüchterte Nele ausreichend, um den Nanny-Job als das anzusehen, was er war: eine Tätigkeit, für die sie Geld bekam. Außerdem waren die Mädchen wirklich lieb, und um sie ging es dabei, um nichts sonst.

»So, meine Liebe, ich muss. Wir sehen uns dann später«, verabschiedete sich Nele von Klara, die genüsslich unter dem warmen Wasser seufzte.

ZWANZIG MINUTEN später wurde Nele von Theresia in die Küche des Chalets begleitet. Dort saßen Christoph, Amy und Sky gerade beim Frühstück. Die Kinder hatten Cornflakes in ihren Schüsseln, und der Vater stocherte lustlos in seinem Rührei. Es war ein trüber Tag, vermutlich würde nachher noch einiges an Schnee vom Himmel kommen. Das hatte jedenfalls der Wetterbericht auf Radio Vorarlberg verkündet.

»Guten Morgen«, grüßte Nele und hoffte, dass es unbefangen und fröhlich klang. Innerlich verpasste sie sich eine ganze Reihe an Ohrfeigen, da sie zwar einerseits sauer auf sich war, dass sie sich dem Kuss hingegeben hatte, und gleichzeitig froh, ihn wiederzusehen. Diese verdammten Schmetterlinge sollten wieder dahin verschwinden, wo sie hergekommen waren.

Wenn es nur so einfach wäre …

»Guten Morgen«, erwiderte Christoph den Gruß. Er lächelte nicht, der Ausdruck auf seinem Gesicht war unergründlich. Dann widmete er sich seinem Kaffee.

Ja, klar. Er war gut in seinem Job.

Oder erinnerte er sich gar nicht an den Kuss? Der Gedanke war niederschmetternd, wo sie doch seitdem kaum mehr an etwas anderes denken konnte.

Nein, sagte sie sich. So betrunken war er nun auch wieder nicht gewesen. Er war ihr gestern sogar vorgekommen wie jemand, der genau wusste, was er wollte: sie. Hitze flammte in ihrem Unterleib auf, die sie sofort niederkämpfte. Es war unfassbar intim und sinnlich mit Christoph gewesen. Bis dieser Bodyguard aufgetaucht war.

Nele wusste nicht, ob sie sauer oder froh sein sollte, dass nicht mehr passiert war.

O Gott. Sie wäre leichte Beute für ihn gewesen.

Ein Quickie auf dem Flur zur Toilette.

Nein, zu einem Groupie wollte und würde sie nie werden.

Sie merkte, dass sie die Luft angehalten hatte, und atmete ganz langsam aus und wieder ein. Sky und Amy waren mit ihrem Frühstück beschäftigt, sie guckten aber öfter interessiert zu ihr auf.

Nele lächelte den beiden zu und erinnerte sich vorsichtshalber noch einmal selbst daran, den Kontakt zum Vater von jetzt an auf ein Minimum zu reduzieren. »Ihr Süßen, habt ihr schon eine Idee, was ihr gleich mit mir spielen wollt? Ich freue mich, dass ich heute etwas Zeit mit euch verbringen darf.«

Wie lange das sein würde, wusste sie nicht. Diese Art von Details hatten sie noch nicht abgesprochen. Wie auch? Zwischen zwei Küssen? Wohl kaum.

Nele lächelte weiter, aber es fühlte sich irgendwie verkrampft an.

Sky legte sich ihren Löffel an die Lippen und überlegte angestrengt. »Einen Film, ich möchte einen Film gucken.«

»Ähm, ich bin nicht sicher, ob wir schon vormittags fernsehen sollten, ich denke, wir finden bestimmt noch etwas anderes zu tun«, gab Nele fröhlich zurück.

Christoph schob seinen Teller von sich und stand auf. »Nele, könnte ich dich einen Augenblick allein sprechen? Theresia, schaust du kurz nach Sky und Amy? Ich brauche ein paar Minuten mit Nele.«

Neles Mund wurde trocken, ihr Puls schnellte in die Höhe. Sie konnte es nicht verhindern. Ihre Reaktion auf Christoph war völlig übertrieben, dessen war sie sich bewusst. Sie hatte nur keinen Schimmer, wie sie ihre Hormone niederkämpfen sollte. Sie hoffte darauf, dass sie sich mit der Zeit an Christophs Gegenwart gewöhnen würde, ohne jedes Mal komplett verrücktzuspielen. So was war ihr noch nie passiert. Umso ärgerlicher fand sie es.

»Sicher, macht's ihr nur mal«, gab Theresia in ihrem Dialekt zurück und setzte sich sogleich zu den Mädchen an den Tisch. »Schau mal, Sky, da sind noch Flakes in deiner Milch, magst die nicht mehr essen?«

Nele spürte Christophs Blick auf sich. »Kommst du bitte?«, hörte sie ihn jetzt sagen. Seine Stimme klang emotionslos, gefasst und absolut nicht reuevoll oder befangen. Ein wenig ungeduldig vielleicht.

»Aber ja doch«, erwiderte sie knapp.

Er wies ihr mit einer Geste den Weg, als ob sie nicht wüsste, wo sich sein Arbeitszimmer befand. Nele überlegte, ob sie neben ihm oder hinter ihm gehen sollte. Schließlich hielt sie mit ihm Schritt, sie musste sich nicht vor ihm verstecken oder gar unterwürfig sein. Immerhin befand sie sich nicht in einer historischen Romanze, sondern bei der Arbeit. Der Gedanke erheiterte sie ein wenig, und damit verflog auch die extreme Angespanntheit.

Als sie sein Arbeitszimmer erreichten, ging er schnurstracks zu seinem Schreibtisch. Man konnte fast meinen, dass er sich dahinter verschanzte. So kam es Nele zumindest vor. Das war das einzige Indiz dafür, dass ihm die Ereignisse des gestrigen Abends vielleicht doch ein wenig unangenehm waren.

»Bitte, nimm doch Platz.« Er wies höflich auf einen freien Stuhl. Kein Lächeln, keine aufmunternde Geste.

Nele setzte sich wortlos und schaute ihn abwartend an. Sie war mehr als gespannt, was er zu sagen hatte.

Christoph räusperte sich. »So, Nele, dann ist das heute also dein erster Tag mit Amy und Sky. Ich freue mich, dass du hier bist, und die Mädchen sind schon sehr aufgeregt. Ich habe ein paar Regeln zusammengestellt, die kannst du hier nachlesen.« Er schob ihr einen Umschlag über den Tisch zu.

Für einen kurzen Moment dachte sie, dass er sie veralbern wollte, aber er blieb ernst, also schien es kein Witz zu sein. Sie unterdrückte jede Regung, obwohl sie am liebsten die Augen verdreht hätte. Schriftliche Regeln, als ob es nicht genug wäre, dass sie einen Vertrag unterzeichnen musste, um zu versichern, dass sie keine Interna ausplauderte. Andererseits sollte sie nicht überrascht sein, bei Hollywoodstars war es sicherlich normal, dass sie jeden Schritt in Verträgen festlegten.

»Die Verschwiegenheitserklärung befindet sich auch darin«, fuhr er fort, als könne er ihre Gedanken lesen. »Ich wäre dankbar, wenn du mir das Schriftstück morgen unterzeichnet zurückgeben könntest. Eine Kopie ist natürlich für dich.«

Nele hob keine Braue und lachte auch nicht zynisch auf. Stattdessen nickte sie knapp, professionell und unverbindlich, wie es sich für eine gute Nanny gehörte. »Selbstverständlich. Was ist, wenn ich mit einigen Regeln nicht einverstanden bin?«, wagte sie dennoch zu fragen. Sie konnte sich beim besten Willen nicht vorstellen, warum man das alles schriftlich festhalten musste, aber sie ahnte, dass er sie und die Kinder ans Chalet fesseln wollte. Sah er denn nicht, dass die Mädchen auch mal an die frische Luft mussten? Es gab so viel zu entdecken in den Bergen, was absolut kindersicher war.

Christoph erstarrte, dann furchte er die Stirn, als hätte er das noch gar nicht in Betracht gezogen. Vermutlich kam es nicht allzu oft vor, dass ihm jemand widersprach. Er räusperte sich. »Dann diskutieren wir das und passen gegebenenfalls etwas an.«

Gegebenenfalls ... Ha, dachte sie. Er wird niemals seine Regeln verändern.

Vielleicht sollte sie direkt wieder kündigen. Aber dann dachte sie an die Mädchen, und die konnten nun wirklich nichts dafür, dass Nele ihre Hormone nicht im Griff gehabt hatte –, hatte sie immer noch nicht –, und deswegen ein Haar in der Suppe suchte.

Und den doppelten Lohn hatte sie natürlich auch nicht vergessen, was definitiv ein schlagkräftiges Argument war gewisse Eigenarten hinzunehmen. Irgendwann war auch die längste Saison zu Ende, und dann war sie ihrem Traum vom eigenen Häuschen ein ganzes Stück näher gekommen.

Zufrieden, zumindest etwas von ihrer inneren Ruhe wiedergefunden zu haben, zog sie den Umschlag vom Tisch. »Gibt es zu den Arbeitszeiten noch etwas zu sagen? Wann soll ich morgens hier sein und wie lange bleiben?«

Christoph kritzelte etwas auf ein Stück Papier, ehe er sich ihr wieder zuwandte. »Ich würde sagen, wenn du gegen zehn hier sein könntest, so wie heute, wäre das in Ordnung. Generell hättest du gegen achtzehn Uhr Feierabend, es sei denn, ich habe Termine oder muss verreisen. Du hast hier, wie schon mal erwähnt, ein Zimmer zur freien Verfügung für dich. Über freie

Tage müssen wir noch mal sprechen, möchtest du das klassische Wochenende freihaben?«

»Grundsätzlich arbeite ich in der Saison durch, sollte ich doch einmal einen freien Tag benötigen, würde ich auf dich zukommen. Ich werde jedoch nicht im Chalet einziehen oder übernachten. Es sei denn natürlich, du bist auf einer Geschäftsreise oder ... anderweitig verhindert.« Sie schluckte. Gott, wie dämlich das klang. Egal, sagte sie sich und fuhr fort. »An normalen Tagen werde ich also in meiner eigenen Wohnung schlafen, ein wenig Abstand ist mir wichtig.«

Gut, dass sie das noch erwähnt hatte. Höflich. Distanziert. Professionell. Genau so hatte sie es ausdrücken wollen. Tja, schade, dass ihr das gestern Abend nicht eingefallen war ...

Nele betrachtete Christoph, seine Miene war verschlossen. Es kam ihr so vor, als wollte er etwas sagen, aber dann presste er nur die Lippen aufeinander und schwieg.

Eine merkwürdige Stille breitete sich im Raum aus, Nele ließ sich davon nicht beirren. Sie hatte ihre inneren Mauern wieder errichtet und fühlte sich nicht mehr so angreifbar wie vor einigen Minuten. »Gab es noch etwas Grundsätzliches, das ich wissen muss?«, hörte sie sich sagen, ihre Stimme klang ruhig und gefasst.

Christoph strich sich mit einer fahrigen Geste durch die Haare. Auf einmal wirkte er nicht mehr so souverän. Er richtete sich stocksteif in seinem Stuhl auf. »Nele, ich möchte mich für mein unpassendes Verhalten von gestern entschuldigen, ich hoffe, das steht jetzt nicht zwischen uns.«

Sie war überrascht, dass er den Kuss ansprach – denn er war in der Nacht zuvor deutlich genug geworden. Sie winkte ab. »Schon vergessen. Unsere Begegnung gestern hatte keine Bedeutung und wird keinen Einfluss auf meine Arbeit mit den Kindern haben.«

Es fiel ihr schwer zu lügen, aber es musste sein, und vielleicht war sie ja nach einer Weile in der Lage, es wirklich so zu betrachten. Auch wenn ihr der Gedanke momentan noch völlig abwegig erschien. Nele schaute Christoph direkt in die Augen, ein Muskel an seiner Wange zuckte. Sie hasste es, dass sie keine Ahnung hatte, was in ihm vorging. Christoph rührte sich nicht, bis er schließlich seinen Stuhl nach hinten schob und aufstand. »Wunderbar, Amy und Sky freuen sich schon.«

»Genügt es, wenn ich die Regeln zu Hause lese? Zusammen mit der Geheimhaltungsvereinbarung?«

Ob sie einen Anwalt um Rat fragen musste? Was, wenn exorbitant hohe Summen ins Spiel gebracht wurden, falls sie ihr Schweigen brach? Das würde sie natürlich nicht tun, aber man wusste ja nie, wo mal was an die Presse durchsickerte – und sie wollte dann garantiert nicht dafür an die Kandare genommen werden.

»Selbstverständlich. Für heute würde ich dich bitten, erst einmal die Mädchen besser kennenzulernen. Alles Weitere besprechen wir dann morgen.«

Nele fand es nach wie vor traurig, dass sie nicht einfach mit den beiden im Schnee – außer auf der Terrasse – spielen konnte. »Gut, vielleicht gibt es ja die Möglichkeit, etwas zu basteln? Ich sehe, dass ihr noch gar nichts weihnachtlich dekoriert habt.«

»Deko?«, wiederholte er, als hätte er daran noch nie einen Gedanken verschwendet.

Aha, dachte sie. So anders als normale Männer ist er also doch nicht.

Beim Thema Ambiente hatten ihm vermutlich eine ganze Armada an Innenarchitekten und Designern mit Rat und Tat zur Seite gestanden – dabei aber vergessen, dass Weihnachten für Kinder etwas ganz Besonderes war.

»Ja, klar. Weihnachtsbaum, Strohsterne und alles Mögliche, es gibt so viele tolle Sachen.«

Christoph rieb sich über das Kinn und schien zu überlegen, ehe er antwortete: »Schreib einfach eine Liste, Simon besorgt dann, was du brauchst.«

Nele konnte nicht anders, sie musste lächeln. Es fühlte sich wie ein kleiner Sieg an, auch wenn das womöglich albern war. »Das mache ich gern. Vielleicht kann ich den Kindern im Internet ja auch erst einmal zeigen, was man alles basteln kann. Da gibt es viele Anregungen, und sie entscheiden dann, was ihnen gefällt?«

»Ja, im Wohnzimmer liegt sicher irgendwo ein Tablet herum, lass dir bitte von Theresia alles zeigen.«

Den Wink verstand sie sofort, für ihn war die Unterredung beendet. Woher der plötzliche Wandel kam, blieb ihr jedoch ein Rätsel, aber Nele nahm es einfach so hin. Bei weiteren Fragen sollte sie sich an das übrige Personal wenden. Gut, das würde sie tun. Ihr kam es ohnehin gelegen, wenn sie so wenig wie möglich mit Christoph persönlich zu tun hatte, und Theresia wirkte wie die gute Seele des Hauses.

»Sehr gern. Dann mache ich mich mal auf die Suche nach den Mädchen.« Sie versuchte sich ihre Verwirrung nicht anmerken zu lassen. Nele hielt den Umschlag vor ihrer Brust und wandte sich zum Gehen.

»Nele, einen Moment noch«, rief er ihr hinterher.

Nele drehte sich überrascht um. »Ja?« Ihr Herz klopfte schneller.

Mist, das hatte seltsam hoffnungsvoll geklungen. Wie albern. Sofort straffte sie sich und schüttelte diese blöden Anwandlungen dorthin zurück, wo sie hingehörten.

»Um eins gibt es Mittagessen, Theresia bereitet es für uns zu. Bitte lass Sky und Amy nichts zwischendurch naschen, sonst essen sie nachher nichts Vernünftiges.«

Beinahe hätte Nele nun doch noch die Augen verdreht. Sie mochte es nicht, bevormundet zu werden. Als ob sie nicht selbst abwägen konnte, wann es sich bei Kindern um echten Hunger oder um eine lange Nase handelte. Das behielt sie jedoch für sich, immer im Hinterkopf, dass ihr gewisse Bemerkungen als Nanny einfach nicht zustanden. In diesen Fällen war es ratsam, möglichst die Klappe zu halten. Ob sie das in Zukunft schaffen würde?

8

*E*s fiel Nele leicht, sich im Haushalt der kleinen Familie einzuleben, nachdem sie sich mit seinen festen Regeln vertraut gemacht hatte. Nach einigen Tagen kam es ihr so vor, als würde sie die Mädchen schon seit Ewigkeiten kennen. Amy und Sky waren süß. Und sie hatten beide auch ein ausgesprochenes Talent dafür, zu bekommen, was sie wollten. Materiell lebten sie im absoluten Überfluss, dabei spielten sie nur mit einem Bruchteil der zigtausend Teile im Chalet. Aber zum Glück konnten Amy und Sky sich auch über die kleinen Dinge des Lebens freuen. Verstecken zu spielen oder fangen oder einfach nur herumzualbern, klappte mit ihnen ganz wunderbar. Nele war erleichtert, hatte sie sich anfangs gerade deswegen doch eine Menge Sorgen gemacht. Nur eine Sache beschäftigte sie immer wieder: Sie hatte noch nicht heraushören können, warum gar kein Kontakt zur Mutter zu bestehen schien.

Nur einmal hatte sie mitbekommen, wie Sky etwas von ihrer Mom erzählte. Nele fragte sich, woran das liegen mochte. Vielleicht war es normal. Womöglich teilten sich die Eltern das

Sorgerecht, und für diesen Winter war bestimmt, dass die Mädchen beim Papa in Österreich blieben? Aber müssten sie ihre Mama dann nicht vermissen?

Nele seufzte und half Amy dabei, ein Bauklötzchen auf das andere zu setzen, während Sky in einem Bilderbuch blätterte. Das Spielzimmer des Chalets war wunderschön eingerichtet. Es gab ein üppig bestücktes Bücherregal, ein rosafarbenes Plüschsofa, unzählige beschriftete Kisten mit Spielen, Puzzeln, Puppen, Plüschtieren, Lego und sonstigem Kleinkram.

Sky lag auf dem Bauch und hob immer wieder einen und dann den anderen Unterschenkel in die Luft und wippte abwechselnd. Nele dachte an den Vater der Kinder. Christoph hatte sie zum Glück immer nur mal kurz zu Gesicht bekommen. Wenn die Familie zu Mittag aß, nahm sie sich selbst eine Auszeit und marschierte über die wunderschönen Winterwanderwege Oberlechs und mampfte irgendwo eine mitgebrachte Jause. Dabei ärgerte sie sich jeden Tag aufs Neue, dass Christoph sich nicht hatte erweichen lassen, als Nele vorgeschlagen hatte, sie könnte die Mädchen ja auch einfach mal mitnehmen. Die von ihm aufgestellten Regeln erlaubten keine Ausflüge ohne den Bodyguard. In Realität war es jedoch so, dass Christoph jeden ihrer Vorschläge bislang abgeschmettert hatte, auch wenn sie Simon mitgenommen hätte. Beinahe jeden Morgen hatte Nele bei der kurzen Begrüßung und »Kinderübergabe« Ideen für absolut risikofreie Ausflüge unterbreitet, zu denen der Herr Papa jedes Mal nur den Kopf geschüttelt hatte. Die Diskussion war für ihn damit beendet gewesen.

Es war geradezu absurd. Immerhin, auf der Terrasse konnten die Kinder etwas im Freien spielen, hier hatten sie sich vorhin eine Schneeballschlacht geliefert. Aber das war nun mal nicht dasselbe. So konnten die Mädchen die Welt, die Natur und die wunderbare Gegend nicht kennenlernen.

»Gut gemacht, Amy«, lobte Nele die Kleine gerade und

wuschelte ihr über das Köpfchen. »Noch einen Klotz für dich? Wie wäre es mit dem Zylinder hier, das ist dieses runde Ding.«

Amy nickte und schob die Zunge ein wenig über die Lippen, weil sie so konzentriert war. Nele hörte Schritte auf dem Flur zum Spielzimmer, sie klangen zu dynamisch und schnell, als dass es sich dabei um Theresia handeln könnte.

Nele merkte, dass sie die Luft anhielt, als Christoph auch schon um die Ecke bog. Er wirkte gehetzt. Sie fragte sich, was er hier wollte, es war gerade kurz nach drei. Eigentlich war er zu der Zeit sonst stets in seinem Büro und arbeitete – was auch immer so ein Schauspieler zu tun hatte. Drehbücher lesen vielleicht? Dialoge üben? Gesichtsausdrücke?

Sie wollte nicht ständig an ihn denken, aber es interessierte sie leider brennend, was er da so machte. Das hatte sich auch nach der ersten Woche im Chalet nicht gelegt.

»Hallo, meine Süßen«, grüßte er, ging in die Hocke und küsste erst Amy, dann Sky auf die Stirn.

Sky umarmte ihren Papa, als käme er von einer langen Reise nach Hause. »Daddy, Daddy, bist du fertig mit Arbeiten?«, wollte die Älteste von ihm wissen.

Ein Schatten huschte über Christophs Gesicht, nur für eine Sekunde, dann lächelte er wieder wie zuvor. Nele schaute weg, sie fühlte sich auf einmal fehl am Platz. Warum, wusste sie auch nicht so genau.

»Äh, ja, so ungefähr. Ich wollte euch sagen, dass Besuch gekommen ist ...« Weiter kam er nicht, dann flatterte eine Frau im langen Seidenkleid mit wehenden goldenen Locken an Nele vorbei. Mit sich brachte sie eine süßliche Duftwolke, irgendein teures Parfum, das für Neles Geschmack zu schwer war. Was sollte das denn? Nele traf beinahe der Schlag. Mit seiner Ehefrau hatte sie beim besten Willen nicht gerechnet. Sie hoffte, dass ihr nicht alles aus dem Gesicht fiel, aber zugegebenermaßen war sie fassungslos über diese Besucherin.

»Määädchen«, trällerte die Frau auf Englisch. »Seht mal her! Mami ist da!«

Neles Mund klappte auf, während sie beobachtete, wie die fremde Frau die Kinder an ihre üppige Brust drückte, die so gar nicht zum Rest ihres sehr schmalen Körpers passte.

Nele wollte unvoreingenommen sein, aber die Erscheinung war so künstlich, dass sie sich fragte, was an der Mutter der Mädchen überhaupt echt war. Nun, die Oberweite jedenfalls nicht.

Amy und Sky waren so überrascht, dass sie zuerst nicht mal einen Piep von sich gaben. Sie ließen sich zwar von ihrer Mutter drücken, aber Nele bemerkte, dass Sky verunsichert den Blick ihres Vaters suchte.

Das war merkwürdig.

Es vergingen einige Sekunden, in denen sich niemand rührte, dann entdeckte die Frau Nele. Ihr wurde mulmig zumute. Warum, wusste Nele selbst nicht. Sicher war die Mutter der Kinder verschiedene Nannys im Haus gewohnt. Nele wünschte dennoch, sie wäre unsichtbar. Sie fühlte sich unbehaglich. Mehr denn je fragte sie sich, in welchem Verhältnis die Eltern und auch die Kinder zueinander standen.

»Das ist Nele, die Nanny«, erklärte Christoph ebenfalls auf Englisch. »Nele, das ist Summer, die Mutter meiner Töchter.«

Summer lächelte Nele an, aber es erreichte ihre Augen nicht. Ihr Gesicht war faltenfrei und relativ unbewegt. Nele musste keine Kosmetikerin sein, um zu erkennen, dass Summer Unmengen an Botox in ihren Gesichtsmuskeln haben musste. »Schön, dich kennenzulernen«, sagte Summer, und ohne Nele die Chance zu geben, etwas zu erwidern, wandte sie sich wieder ihren Kindern zu. Nele wollte sich nicht über die mangelnde Wertschätzung ihrer Person ärgern, aber es fiel ihr schwer. Besonders viele Sympathiepunkte hatte die Frau jedenfalls damit nicht bei ihr gesammelt.

Die Mutter nahm Amy auf den Arm und Sky an der Hand, dann führte sie sie zu dem kleinen rosafarbenen Plüschsofa neben dem Bücherregal und setzte sich mit den beiden auf den Teppich. »So, erzählt mal, was habt ihr heute so gemacht?«, fragte Summer, als wäre sie nicht ewig von den Kindern getrennt gewesen, sondern nur kurz zum Einkaufen gefahren.

Amy und Sky wirkten noch immer überrumpelt, aber immerhin liefen sie nicht weg. Herzlich ging anders, überlegte Nele und wandte sich ab. Sie spürte Christophs Blick auf sich und sah zu ihm hinüber.

Etwas Merkwürdiges geschah: Zum ersten Mal, seit sie in diesem Haus arbeitete, ließ er Nele hinter seine Fassade blicken. Christoph wirkte verloren, in seinen Augen lag ein trauriger Glanz. Nele musste schlucken, aber in der nächsten Sekunde war die Melancholie auch schon wieder verflogen.

Christoph räusperte sich und trat einen Schritt näher zu Nele. »Sie spricht kein Deutsch«, erklärte er; es klang nicht genervt, aber irgendwie resigniert. »Und ihre Anreise war nicht geplant«, fügte er hinzu. „Bedauerlicherweise waren zudem alle Hotels ausgebucht.“

Nele wusste nicht, wie sie auf diese Information reagieren sollte. Sollte es eine Erklärung sein? Eine Rechtfertigung? Es kam ihr beinahe so vor.

Was auch immer es war, ihr fiel keine passende Erwiderung ein. Deswegen sagte sie gar nichts und schaute ihn nur aufmerksam an. Bedauerlicherweise rührte sich sofort ein verdächtiges Flattern in ihrer Magengrube.

Wie unangebracht.

War nicht gerade seine *Ehefrau* ins Zimmer gekommen?

Nele ärgerte sich über sich selbst, aber blieb regungslos stehen.

»Soll ich gehen?«, fragte sie dennoch.

War es das, was er ihr mitteilen wollte? Dass von jetzt an wieder die Mama nach ihren Töchtern sah?

Das glaubte Nele nicht, aber ... was wusste sie schon?

Christoph hob eine Augenbraue. »Nein.« Das war so direkt und nachdrücklich gekommen, dass Nele kurz zusammenzuckte.

»Entschuldige«, fügte er etwas leiser an. Dann rieb er sich über die Stirn. »Ich werde dir später alles erklären, für den Moment musst du nur eins wissen: Behalte die Mädchen im Auge, während sie hier ist.«

Oje. Das klang gar nicht gut. Was dachte er denn? Dass sie seine Kinder entführen wollte?

Vermutlich sah man Nele ihre finsteren Gedanken an. Christoph trat näher und legte ihr eine Hand auf den Oberarm. Als er merkte, wie vertraulich seine Geste war, zog er seine Finger ruckartig zurück, als hätte er sich an ihr verbrannt.

Er räusperte sich. »Glaub mir, ich habe meine Gründe, warum ich darauf bestehe. Egal, was sie sagt, bitte halte dich daran, was wir beide vereinbart haben, okay?«

Wie stellte er sich das eigentlich vor? Dass sie sich in die Ecke setzte wie ein Anstands-Wauwau? Und wie lange wollte Summer überhaupt bleiben? Einen Tag? Eine Woche? Für immer?

»Ich kenne eure Verhältnisse nicht, aber wenn sie mich wegschickt, was soll ich darauf erwidern? Ich meine ... Sie ist die Mutter.«

Christoph atmete langsam ein und wieder aus. »Tja, kommt drauf an, wie man es definiert. Ein DNA-Test würde es jedenfalls bestätigen. Aber sonst ... na ja, das führt zu weit. Pass auf, Nele, ich erkläre es dir später genauer, fürs Erste sollte das aber bitte reichen. Du lässt die Kinder nicht mit ihr alleine. Auf keinen Fall und unter keinen Umständen! So, und jetzt muss ich mit meinem Anwalt sprechen. Ich zähle auf dich.«

Sein Blick war so eindringlich und verzweifelt, dass sich Neles Magen zusammenzog. Es fühlte sich merkwürdig an, gleichzeitig kam sie sich noch immer völlig fehl am Platz vor. Deswegen nickte sie nur und erwiderte: »Du kannst dich auf mich verlassen.«

Sie hörte, wie er geräuschvoll ausatmete. Oje. Wenn er so reagierte, musste ihm der Spontanbesuch – so sah es jedenfalls aus – mehr zusetzen, als Nele zunächst angenommen hatte.

»Danke«, murmelte er und rauschte aus dem Zimmer.

Summer guckte ihrem Ehemann kurz hinterher. Dann lächelte sie ihre Töchter an und plauderte auf Englisch mit ihnen, während sie sie immer wieder küsste.

Das Verhalten der Mama wirkte absolut übertrieben, aber Nele war natürlich nicht ganz frei von Vorurteilen. So wenig sie es wollte, so deutlich spürte sie den Stachel der Eifersucht. Es war absurd und absolut sinnlos, trotzdem konnte sie dieses Gefühl nicht abschütteln. Als ob es auch ohne Summer nicht schon kompliziert genug für Nele gewesen wäre.

Andererseits, vielleicht konnte sie dem Ganzen ja etwas Positives abgewinnen. So konnte sie definitiv damit aufhören, ständig an den vermaledeiten Kuss zu denken oder daran, dass es wieder passieren könnte. So wenig sie es wollte, so machtlos war sie gegen ihre Sehnsüchte. Aber damit war jetzt definitiv Schluss. So tief würde Nele nicht sinken, von einem Mann zu träumen, dessen Ehefrau mit im Haus lebte. Womöglich log Christoph ja, und die Beziehung war gar nicht vorbei. Vielleicht war Summer hier, weil sie um Christoph kämpfen wollte.

Nele wurde schlecht.

Unsicher fing sie an, ein paar Bauklötze zurück in die Kiste zu werfen.

. . .

In den darauffolgenden Stunden kam sich Nele immer überflüssiger vor. Summer ließ sie mit Gesten und kurzen Kommentaren deutlich spüren, dass ihre Anwesenheit nicht erwünscht war. Schon deshalb sehnte Nele ihren Feierabend herbei, obwohl es bis dahin noch ein Weilchen dauerte. Sie hatte natürlich nicht vergessen, was Christoph ihr aufgetragen hatte, und daran würde sie sich auch halten. Ihr Kopfkino konnte sie dabei leider nicht abschalten, sie wollte unbedingt wissen, warum er so vehement auf ihre Anwesenheit bestand.

»Du kannst uns jetzt gerne etwas zu trinken holen«, erklärte Summer gerade in zuckersüßem Tonfall.

Nele hätte ihr gern entgegengeschleudert, dass sie die Nanny und kein Zimmermädchen war. Stattdessen lächelte sie mechanisch und wandte sich auf Deutsch an die Kinder. »Mädchen, sollen wir vielleicht eine leckere Limonade selbst herstellen? Wie wäre das? Ich weiß, dass Theresia Zitronen eingekauft hat.«

»O ja, Limo«, jubelte Sky und sprang auf. Amy tapste ihrer großen Schwester hinterher.

Summer war keine ganz so gute Schauspielerin wie Christoph, man konnte ihr deutlich ansehen, dass sie Nele am liebsten erwürgt hätte. Nele ging nicht darauf ein und lief den Mädchen mit einer gewissen Genugtuung in die Küche hinterher.

Während sie unterwegs war, fragte sie sich, was zur Hölle Christoph eigentlich machte und wo er steckte. Er würde sie doch hoffentlich nicht die ganze Zeit mit der Mutter allein lassen? Summer hatte was Unheimliches an sich mit ihrem glatten Gesicht, der unnatürlich wirkenden Figur und dem flatternden Gewand.

Vielleicht übertrieb Nele auch. Fakt war jedenfalls, sie konnte Summer nicht leiden. Außerdem brannte sie darauf, den Grund für Christophs Haltung zu erfahren.

Andererseits, vielleicht war so ein Zirkus normal, wenn reiche Leute sich scheiden ließen. Ein Ränkespiel? Ein Ehekrieg?

Nein, Christoph würde seine Kinder da nicht mit hineinziehen. Aber was wusste sie schon? Sie war nun mal nicht unbefangen. Sie hatte den Kuss und die Gefühle, die er in ihr ausgelöst hatte, nicht vergessen. Alles andere als das.

Meine Güte! Jetzt dachte sie schon wieder *daran*.

Ich muss damit aufhören, ermahnte sie sich, während sie mit den Kindern in der Küche eintraf. Am Kühlschrank hing jetzt auch Weihnachtsdeko, eine kitschige Plastikranke mit blinkenden Lichtern. Nele fand es herrlich, die Mädchen auch, der Papa hatte sich noch nicht dazu geäußert, aber der hatte gerade auch andere Sorgen. Nele hob Amy und Sky auf den Küchentresen und zauberte Zitronen aus dem Gemüsefach hervor. Gleichzeitig fragte Nele sich, wo die Mutter auf einmal abgeblieben war. Nun, vielleicht mochte sie keine Küchenarbeit. Der Gedanke ließ Nele schmunzeln. Sollte sie eine Art Kochphobie haben, wusste Nele schon, was für die Mädchen von jetzt an häufiger auf dem Plan stehen würde.

Während sie ein Schneidebrett aus der Schublade zog, spekulierte Nele erneut, wie lange Summer wohl bleiben wollte.

»Kommt eure Mama öfter zu Besuch?«, fragte sie beiläufig.

Amy reagierte nicht, die hatte nämlich eine Zitrone in der Hand und wollte hineinbeißen. »Amy, ich denke, dass man die Schale nicht essen sollte, sie schmeckt sicher nicht gut«, warnte Nele, dann lächelte sie und ließ das Kind machen. Man musste nicht alles verbieten, und solange kleine Experimente ungefährlich blieben, würde Nele sie experimentieren lassen. Es waren Biofrüchte, also konnte kein schlimmer Schaden entstehen. Amy würde ohnehin bald selbst merken, dass die Schale nicht schmeckte. Sky schaute Nele aus großen Augen an, aber auch sie beantwortete die Frage nicht.

So viel dazu.

Nele würde also abwarten müssen, bis der Papa sich äußerte – oder auch nicht. Im Grunde ging es sie nichts an. Das änderte aber wenig an ihrer Neugierde. Leider.

Amy spuckte gerade das abgebissene Stück Schale aus. »Igitt, bäh. Trinken!«, forderte sie.

Nele reichte ihr ein Glas Wasser und unterdrückte ein Grinsen. »Bitte, trink das, Amy.«

Und dann machten sie sich daran, ein paar Zitronen auszupressen, vermischten den Saft mit Mineralwasser und braunem Zucker. Dazu gaben sie ein paar Blättchen frische Minze in die Karaffe und fünfzehn Minuten später saßen sie mit ihrer Limonade am Esstisch. Die drei schlürften sie mit Pappstrohhalmen aus hohen Gläsern.

»Smeckt bessa als die Sale«, erklärte Amy zufrieden in ihrer kindlichen Sprache.

Sky nickte. »So schön süß!«

Nele freute sich mit den beiden. Sie wollte gerade etwas sagen, als Summer um die Ecke kam, ihr folgte ein grimmig dreinblickender Christoph. Er glättete seine Mimik, sobald er den Blick seiner Kinder auf sich spürte, und lächelte.

Gott, wie oft hatte er schon gute Miene zum bösen Spiel machen müssen?

Auf einmal kam ihr der Gedanke abwegig vor, dass eine Affäre der Trennungsgrund gewesen sein könnte.

Nele setzte sich aufrecht hin. Sie musste damit aufhören, sich Dinge zusammenzureimen, die sie nichts angingen.

Vielleicht konnte sie ja etwas aus Theresia herausbekommen.

Himmel. Am liebsten hätte sie sich eine Ohrfeige verpasst.

So viel zum Thema, sich nicht in Familienangelegenheiten

einzumischen. Da musste sie wohl etwas an sich arbeiten. Und wie!

CHRISTOPH FÜHLTE sich wie im falschen Film. Als ob er nicht schon genug zu tun hätte, musste auch noch Summer hier auftauchen. Gerade hatten sie sich in seinem Arbeitszimmer heftig gestritten. Summer hatte natürlich nicht einsehen wollen, dass sie nicht einfach hier aufschlagen durfte, dann hatte sie ein paar Krokodilstränen darüber vergossen, wie sehr sie ihn und die Mädchen vermisst hätte. Er glaubte ihr nicht, zu oft hatte sie genau das getan und ihm im nächsten Augenblick das Gegenteil bewiesen. Heute wusste er, dass Summer nur eine Person liebte: sich selbst.

So traurig es auch war, aber alles andere wären Illusionen, denen er sich nicht mehr hingeben wollte. Die Mädchen hatten genug gelitten.

Hätte er bloß die Anrufe der letzten Tage nicht ignoriert, dann hätte er ihr Auftauchen vielleicht verhindern können.

Jetzt war es zu spät und ein *Hätte, hätte, Fahrradkette* half ihm auch nicht weiter.

Er ärgerte sich schwarz, dass er Summer nicht direkt an der Tür abgewiesen hatte, aber das hatte er einfach nicht über sich gebracht. Gut, er hatte es versucht, aber es waren tatsächlich alle Hotels ausgebucht und er hatte daraufhin befürchtet, dass Summer ihre Möchte-Gern-Promi-Karte ziehen würde, um sich doch irgendwo einzuschleusen. Und Presserummel und Schlagzeilen wollte er dringend vermeiden, er hatte keine Lust darauf, dass in der Regenbogenpresse neue Gerüchte über ihn und Summer gestreut würden. Also musste er in den sauren Apfel beißen und sie hier unterbringen, aber mit einem guten Gefühl tat er es nicht.

Verdammt. Nun hatte er Summer wieder am Hals. Und eines war so sicher wie das Amen in der Kirche: Summer würde ihrer aller Leben erneut durcheinanderbringen.

DAS VORAUSGEGANGENE STREITGESPRÄCH saß ihm noch in den Knochen, als er die Küche hinter seiner Noch-Ehefrau betrat. Summer bildete sich doch allen Ernstes ein, dass sie einfach so in ihr Leben schneien konnte, als sei nichts gewesen, als gäbe es die richterliche Entscheidung nicht. Dass das Sorgerecht allein bei ihm lag und sie nur nach Absprache Treffen vereinbaren konnte – nicht, dass Summer sich bis dahin jemals um ihre Töchter gesorgt hätte.

Er wollte nicht an die Vergangenheit und die vielen Enttäuschungen denken. Als er Kinder bekommen hatte, hatte er sich das Familienleben wunderbar ausgemalt. Es war anders gekommen. Ganz anders.

Statt sich um die Mädchen zu kümmern, hatte Summer es damals krachen lassen, keine Party hatte ohne sie stattgefunden, bis es an jenem Tag zur Katastrophe gekommen war.

Christoph fühlte sich schrecklich, er wollte die Mutter nicht von den Kindern fernhalten, aber in der Vergangenheit hatte sie zu oft bewiesen, dass es besser war, wenn sie sich nicht in deren Nähe aufhielt.

Er spürte Neles Blick auf sich, er war auch ihr eine Erklärung schuldig. Oder nein, keine Erklärung, aber eine Aufklärung. Sie musste wissen, warum Summer ein Risiko für seine Kinder darstellte und weshalb er sie so schnell wie möglich wieder loswerden musste. Je eher, desto besser. Nur, warum war Summer überhaupt gekommen? Wenn er ihren Sprüchen, die sie zuvor im Arbeitszimmer geäußert hatte, glauben wollte, so hatte sie sich auf die Fahne geschrieben, wieder eine heile Familienwelt herzustellen.

Sie hatten dieses und ähnliche Gespräche bereits geführt. Unzählige Male. Herausgekommen war am Ende immer das Gleiche: Summer hatte ihre Versprechungen nicht gehalten. Christoph war zu oft auf Summers Floskeln reingefallen, der Zug war heute aber abgefahren, damit konnte sie ihn nicht mehr locken. Als Summer ihm verkündet hatte, dass sie ein Verhältnis zu ihren Mädchen aufbauen wollte, weil ihr Therapeut ihr das geraten hätte, war er schwach geworden. Ein Teil von ihm wünschte sich immer noch, dass Summer sich für Amy und Sky erwärmte – auch wenn seine Liebe für sie erloschen war. Das war vorbei. Ein für alle Mal.

Aber Summer war noch immer die Mutter seiner Kinder, auch wenn sie sie nicht selbst ausgetragen hatte, weil sie sich die Figur nicht hatte ruinieren wollen.

Lächerlich klang es heute in seinem Kopf, worauf er sich da eingelassen hatte. Dennoch war er unglaublich dankbar und froh, dass es Amy und Sky in seinem Leben gab – egal, ob sie per künstlicher Befruchtung und mithilfe einer Leihmutter entstanden waren. Das spielte keine Rolle, auch wenn er heute vieles anders machen würde.

Das sagte vermutlich jeder, der sich scheiden ließ.

Summer hob Amy aus ihrem Kinderstühlchen und drückte sie an sich. Amy wirkte nicht begeistert, aber auch nicht erschrocken. Sie erinnerte sich also vielleicht doch noch dunkel an diese Frau, die sich selbst Mom nannte. Es zerriss ihm schier das Herz, dass er seinen Kindern nicht die heile Familie bieten konnte wie in der Welt, in der er selbst aufgewachsen war. Aber mit manchem musste man eben leben, auch wenn man es sich anders wünschte.

»Nele, du kannst jetzt gehen, ich denke, für heute schaffen wir den Rest alleine«, erklärte er seinem Kindermädchen. Er wusste nicht, was er sonst sagen oder tun sollte.

»Wirklich? Ich kann noch bleiben«, bot sie an.

Er war hin- und hergerissen, einerseits wünschte er sich, dass sie ihn unterstützte – er traute Summer nicht über den Weg, andererseits hatte es für heute Aufregung genug gegeben, und sie mussten sich hier erst einmal neu sortieren.

»Danke, aber ich denke, in den kommenden Wochen gibt es noch genug zu tun. Mehr als genug.« Seine Stimme klang unheilvoll, und genau so fühlte es sich auch an.

Summer riss das Zepter an sich und bespaßte die Kinder mit seltsamen Grimassen. Nele wirkte irritiert. »Soll ich noch bleiben...?«

»Nein, lass mal. Mach gern Feierabend. Heute ist alles durcheinander, wir finden einen neuen Rhythmus.« Außerdem musste er demnächst für zwei Tage nach Zürich, einen der Drehorte besichtigen, das hatte er eigentlich noch mit Nele besprechen wollen. Wie er das jetzt handhaben sollte, war ihm schleierhaft. Er würde Summer niemals mit den Kindern allein lassen. Oder er nahm seine gesamte Entourage mit – was alles deutlich erschweren würde. Andererseits – Summer würde sicherlich weniger Ärger machen, wenn sie viele Boutiquen, Restaurants und Spas zur Auswahl hatte.

Es hatte keinen Zweck, sich jetzt den Kopf darüber zu zerbrechen, das konnte er auch später noch tun.

Er hörte jemanden mit einem Staubsauger näherkommen, das musste Theresia sein. Es war verrückt, dass er seiner Noch-Ehefrau keinen Millimeter vertraute, aber für einen Moment würde es in Ordnung sein, Summer mit den Mädchen allein zu lassen, während er Nele zur Tür begleitete.

»Bleibt es bei den Uhrzeiten?«, wollte Nele auf dem Weg zum Ausgang wissen.

»Ja, wie gehabt.« Christoph stakste neben ihr her und half ihr dann in die Jacke. Neles Duft stieg ihm in die Nase, und eine Gänsehaut breitete sich auf seinem Körper aus.

Es war absolut unangebracht und absurd, besonders jetzt,

wo seine Ehefrau mit den Kindern in der Küche saß. Aber er war machtlos dagegen, vielleicht bildete er sich das auch alles nur ein. Leugnen konnte er jedenfalls nicht, dass er sich in Neles Gegenwart zum ersten Mal seit langer Zeit, wieder wie ein normaler Mensch vorkam. Mit ihr fühlte er sich wohl.

Seine Noch-Ehefrau dagegen hatte in ihm immer jemanden gesehen, der er nicht war oder nicht sein wollte. Ja, natürlich, er war berühmt, und damit war auch Reichtum in sein Leben eingezogen, aber dass er sich nach den einfachen Dingen sehnte, hatte Summer nie verstanden oder akzeptiert. Für sie hatte alles immer mehr, weiter und exklusiver sein müssen.

Gott, was machte er da eigentlich. Nele und Summer zu vergleichen, war das Blödeste, was ihm einfallen konnte. Er schob es auf die unerwarteten Ereignisse des Tages, während er die Haustür öffnete. »Es tut mir leid, wenn dein Job schon nach so kurzer Zeit so kompliziert wird«, begann er und schaute sie direkt an.

»Kompliziert? Wieso?«

Fragte sie das gerade wirklich? Er atmete leise aus. »Wir sind noch verheiratet, aber nur auf dem Papier. De facto ist es so, dass ich das vorläufige Sorgerecht habe. Summer ...« Er wusste nicht, wie er es formulieren sollte, ohne gemein zu klingen. Deshalb schwieg er. Trotzdem lag es ihm am Herzen, diesen Punkt klarzustellen. Es war ihm wichtig, was Nele von ihm dachte – auch wenn er sich wie ein Idiot benommen hatte, als er sie geküsst hatte. Er sollte es bereuen, aber das tat er nicht, im Gegenteil, momentan bereute er eher, dass unter diesen Umständen nie etwas aus ihnen werden konnte. Sagte das nicht einiges über ihn aus?

Himmel. Christoph wünschte sich ein Loch, in das er sich zumindest für ein paar Minuten verkriechen könnte. Er war nach Österreich gekommen, damit sein Leben einfacher würde, gerade hatte er das Gefühl, dass das Gegenteil der Fall war.

Nele trat unbehaglich von einem Fuß auf den anderen. »Du musst mir nichts erklären, Christoph. Wirklich nicht. Ich bin deine Angestellte, nicht ihre. Dein Haus, deine Regeln, das ist okay für mich.«

Beim Wort Angestellte war er ein wenig zusammengezuckt. Hoffentlich hatte Nele es nicht bemerkt. Er sah längst viel mehr in ihr, auch wenn er das nie beabsichtigt hatte. »Ja, gut. Dann ... einen schönen Abend für dich«, erwiderte er, seine Stimme klang belegt. Er schluckte hart, aber der Kloß in seinem Hals wollte einfach nicht verschwinden.

9

———————

*D*as Abendessen kam Christoph endlos vor. Theresia hatte Spaghetti Bolognese gekocht, woraufhin Summer einer Ohnmacht nahe gewesen war. Nicht nur, dass sie neuerdings Kohlenhydrate komplett von ihrem Speiseplan gestrichen hatte, sie verzichtete auch auf Nachtschattengewächse. Um Fleisch machte sie ohnehin einen großen Bogen. Nicht, dass Christoph etwas gegen spezielle Vorlieben oder Abneigungen hatte, aber das, was Summer hier abzog, ging weit über kleine Eigenheiten hinaus und war, wie alles an ihr, nur ein Schauspiel. Er fragte sich zum wiederholten Mal, wie er das in den ersten Jahren ihrer Beziehung nicht hatte sehen können.

Er schob den Gedanken von sich und ließ sein Besteck sinken. Ihm war der Appetit vergangen. Sky rieb sich müde die Augen, und Amy spielte mit einer Nudel, während sie auf ihrem Stuhl herumzappelte.

»Ich denke, es ist Zeit, dass ihr Hübschen ins Bett kommt«, sagte er mit einem Lächeln. Wie immer, wenn er seine Töchter betrachtete, ging sein Herz auf und der Ärger auf Summer relativierte sich. Immerhin das hatten sie zustande gebracht, seine Kinder waren großartig und wundervoll.

»Iss bin nisss müde«, widersprach Amy und reckte ihr spitzes Kinn nach vorn.

»Natürlich nicht«, gab er amüsiert zurück. Ihre blasse Gesichtsfarbe sagte etwas anderes, aber das würde er nicht mit ihr diskutieren. Deshalb stand er auf und hob seine Tochter aus ihrem Stuhl.

Summer guckte ihn irritiert an, sie hatte natürlich nichts verstanden. Seine Ex hatte sich in den Jahren ihrer Beziehung nicht die Mühe gemacht, ein paar Brocken Deutsch zu lernen. Früher hatte es ihn gestört, heute war es ihm egal. »Sky, kommst du auch mit, Liebes? Wenn ihr wollt, lese ich euch gleich noch etwas vor.«

Er fragte Summer nicht, ob sie die Kinder ins Bett bringen wollte. Darum hatte sie sich noch nie gerissen. Wenn sie mal zu Hause gewesen war, hatte sie diese Aufgabe der Nanny oder ihm überlassen.

»Was machst du?«, fragte seine Noch-Ehefrau jetzt in ihrer Muttersprache und stand ebenfalls auf.

»Ich bringe die Kinder ins Bett«, erwiderte Christoph. Als ob das nicht offensichtlich wäre.

»Oh, mein Lieber«, säuselte Summer und strich sich das Seidenkleid glatt. »Das kann ich doch machen. Ich habe meine kleinen Schätzchen so lange nicht gesehen.«

Christoph hob eine Braue und versuchte seine Überraschung zu verbergen. Sky hatte noch keine Anstalten gemacht mitzukommen, daher tippte er ihr liebevoll auf die Nasenspitze. »Mäuschen, komm mit«, versuchte er seine Tochter freundlich zu animieren.

»Na gut. Aber ich will, dass du uns ins Bett bringst«, erklärte Sky knapp und beachtete Summer überhaupt nicht.

Er wunderte sich nicht darüber, die Mädchen hatten nun

mal keine Beziehung zu Summer aufbauen können. »Ja, ist gut«, sagte er daher nur und nahm Sky an der Hand. Amy legte ihre Ärmchen um seinen Hals und bettete ihre Wange auf seiner Schulter. Von wegen, sie wäre nicht müde. Christoph schmunzelte und machte sich auf den Weg nach oben. Summer rauschte hinter ihm her. »Gib sie mir«, forderte sie, oben angekommen. Ihre perfekt manikürten Nägel glänzten im gedimmten Licht.

Amy machte keine Anstalten, auf die Arme ihrer Mutter zu klettern, und klammerte sich nur umso kräftiger an ihrem Papa fest. »Ich denke, wir sollten es langsam angehen lassen«, wandte er sich an Summer, während er mit den Kindern in Richtung Badezimmer weiterging. »Du siehst doch, dass sie Zeit brauchen.«

Summers Miene verzog sich nicht, sie schnalzte jedoch missbilligend mit der Zunge. Kurz herrschte Schweigen zwischen ihnen, während Christoph Amy auf den Badezimmerboden setzte und begann, sie auszuziehen. Sky nutzte die Gelegenheit und tanzte mit einem Handtuch auf dem Kopf über die beheizten Fliesen, dabei tat sie so, als wäre sie ein Gespenst. Immer, wenn Summer versuchte, sie zu erwischen, huschte Sky davon.

»Sky, das ist nicht witzig«, tadelte Summer streng. »Komm sofort her!«

Christoph wusste genau, dass sie bei Sky so niemals ans Ziel kommen würde. Kapierte Summer denn nicht, dass das Mädchen erst einmal Vertrauen aufbauen musste? Bei diesem herrischen Ton würde Sky bestimmt nicht nach ihrer Pfeife tanzen. Gleichzeitig fragte Christoph sich, ob es nicht grundsätzlich falsch gewesen war, Summer ins Haus zu lassen. Wie viele Enttäuschungen konnten seine Mädchen noch ertragen? Sicher verstanden sie überhaupt nicht, was hier gerade los war.

Seinen Anwalt hatte er vorhin auch nicht erreicht. Immer, wenn man den Kerl mal brauchte, war er unterwegs.

»Summer, ich denke, es ist das Beste, wenn ich das heute selbst übernehme«, fing er so sanft wie möglich an. Er hoffte, dass Summer nicht jähzornig wurde, weil sie ihren Willen nicht bekam. Auf eine Szene konnte er nach dem Tag gut verzichten. Das Wohl seiner Kinder ging vor, und wenn er eines nicht leiden konnte, dann Theater kurz vor dem Schlafengehen – egal von welcher Seite.

»Du enthältst sie mir vor«, schnarrte Summer, und Amy zuckte zusammen.

Christoph seufzte. Er strich seiner Tochter über den Kopf, dann bat er sie, auf die Toilette zu gehen. Amy bekam danach eine Höschenwindel an, mit zwei Jahren war sie zwar tagsüber trocken, aber noch nicht nachts.

Christoph überlegte, wie er Stress so kurz vor der Nachtruhe vermeiden konnte. Was er und vor allem die Kinder brauchten, war Frieden und Ruhe.

»Bitte, Summer. Gib ihnen etwas Zeit. Außerdem muss ich noch einiges mit ihnen besprechen.«

»Da kann ich ja wohl dabei sein, immerhin bin ich die Mutter.« Summer versuchte immer noch Sky zu erwischen, die eben noch auf dem Badewannenrand balanciert war, jetzt aber davongehuschte.

»Sky«, ermahnte Christoph seine Tochter, die sich hinter ihm versteckte. »Zieh dich bitte aus.«

»Ich will, dass du das machst«, erklärte seine Große und schlüpfte gerade wieder an der überforderten Mutter vorbei, die hinter Christoph getreten war, um Sky einzufangen.

Christoph merkte Summer an, dass sie innerlich kochte.

»Fertig!«, rief Amy vom Klo.

Gleich würde Summer die Geduld verlieren. Das kannte er

zur Genüge, und hysterisches Gekreische wollte er um jeden Preis vermeiden.

»Ja, Liebes«, wandte er sich ganz ruhig an Sky, während er Amy den Hintern abwischte.

»Summer, es wäre wirklich gut, wenn du ihnen erst die Möglichkeit gibst, sich an deinen Besuch zu gewöhnen. Immerhin habt ihr euch seit etlichen Wochen nicht gesehen, und ich möchte nicht, dass du sie überforderst.«

Er hoffte auf Einsicht.

Für einen kurzen Moment glaubte er, dass Summer einlenkte, doch dann hielt sie Sky am Oberarm fest und zog sie beinahe grob zu sich heran. »Sky, Darling, komm, ich putze dir die Zähne.«

Sky kreischte auf, und der Schreckenslaut aus dem kleinen Mund seiner Tochter tat ihm selbst weh. Christoph war überrascht, wie mühelos es Summer noch immer gelang, seine Wünsche zu ignorieren. Langsam, aber sicher verlor auch er die Fassung. Das, was Summer hier abzog, ging zu weit. Muttersehnsüchte hin oder her. »Lass sie los!«, forderte er ganz ruhig auf Englisch. »Siehst du nicht, dass sie nicht von dir angefasst werden will?«

Summer erstarrte, dann trat sie zurück. Es ging ein Ruck durch ihren mageren Körper, sie setzte ein strahlendes Lächeln auf. »Na schön, also bringt Daddy euch eben ins Bett, meine kleinen Schätze. Gute Nacht. Kuss, Kuss«, säuselte sie und hauchte Schmatzer in die Luft.

Christoph blinzelte und holte tief Luft. Was war das jetzt auf einmal? Sie gab auf? Oder hatte sie einfach eingesehen, dass es ohnehin keinen Zweck hatte? Er verstand sowieso nicht, warum seine Ex auf einmal die Super-Mutti spielen wollte. Und das war doch der Punkt: Sicher hatte ihr Theater hier einen Grund. Zu seinem Bedauern hatte er noch nicht begriffen, was Summer antrieb. Dennoch war er froh, dass die Kuh hier anscheinend für heute vom Eis war und er die Kinder in Ruhe zu Bett bringen konnte.

Halleluja, dachte er, während Sky sich an seinem Bein festklammerte. Die Vierjährige hatte noch immer Sorge, dass die Mutter alles an sich reißen wollte. »Alles gut, Sky, komm, wir ziehen jetzt deinen Schlafanzug an.« Er gab ihr einen Kuss auf die Stirn und half ihr beim Umkleiden.

EINE GUTE STUNDE später kehrte Christoph nach unten in den Wohnbereich zurück. Die Mädchen schliefen in seinem Bett, sie waren zu aufgewühlt gewesen und hatten darauf bestanden, in Papas Zimmer bleiben zu dürfen. Wenn er ehrlich zu sich war, dann fand er es auch besser, die Kinder in seiner Nähe zu wissen, solange Summer im Chalet weilte. Das war bezeichnend genug und brachte ihn erneut zu der Frage, die ihn seit ihrer Ankunft beschäftigte: Was wollte sie hier?

Er fand Summer im Wohnzimmer, sie saß in einem der beiden Lehnstühle vor dem Kamin. Auf einem kleinen Beistelltisch hatte jemand zwei Gläser Rotwein arrangiert, sanfte Piano-Musik dudelte im Hintergrund.

»Da bist du ja«, begrüßte sie ihn mit einem strahlenden Lächeln. Sie lud ihn mit einer Geste ein, sich zu ihr zu setzen. »Komm, leiste mir ein bisschen Gesellschaft.«

Etwas in ihm sträubte sich, aber er wollte weder unhöflich sein noch einen weiteren Grund liefern, sie ausflippen zu lassen.

Letztlich war es gut, dass er in Ruhe mit ihr sprechen konnte. Vielleicht rückte sie ja jetzt mit der Sprache raus. Zuletzt hatte er das Gefühl gehabt, dass sie ihr Single-Leben genoss und auch ihre Mutterpflichten nicht vermisste. Wobei man bei ihr noch nie von Pflichten hatte sprechen können. Egal, das war ein leidiges Thema, das er jetzt garantiert nicht aufwärmen wollte. Also setzte er sich zu ihr und nahm ein Glas Wein in die Hand. »Worauf trinken wir?«, wollte er wissen.

Summer lächelte und blickte ihn aus halb gesenkten Lidern an. Es sollte vermutlich verführerisch aussehen, aber in ihm regte sich nichts. Außer Widerstand vielleicht. Mitleid womöglich. Er konnte es nicht genau definieren.

»Auf uns natürlich.« Sie hob ihr Glas und schlug es leicht gegen seins.

Er war so baff, dass ihm darauf keine Antwort einfiel. »Die Mädchen schlafen«, vermeldete er stattdessen und beobachtete ihre Reaktion genau.

»Wundervoll. Die beiden sind so groß geworden, ich habe so viel verpasst. Das möchte ich jetzt alles nachholen.«

Christoph nahm einen Schluck. Vollmundig und gehaltvoll, vermutlich ein Bordeaux, älterer Jahrgang. Da ließ sich Summer nicht lumpen, mit exklusivem Kram kannte sie sich aus. Sein Weinkeller war gut bestückt, es überraschte ihn nicht, dass sie keine Skrupel gehabt hatte, eine Zweitausend-Euro-Flasche öffnen zu lassen, ohne ihn vorher zu fragen. Sie benahm sich, als wäre das hier auch ihr Haus.

Christoph wusste nicht, wie er es anpacken sollte. Er wünschte sich, dass sie es mit der Mutterliebe ernst meinte. Er hatte früher so hart dafür gekämpft, dass sie sich mehr mit den Kindern beschäftigte, was letztlich – neben vielen anderen Gründen – auch zur Trennung geführt hatte. Sie war nun mal lieber von Party zu Party durch die Welt gejettet. Nicht nur das … ihre Exzesse waren das Zünglein an der Waage gewesen.

Bereute sie es jetzt?

Er betrachtete Summer nachdenklich. Der sanfte Schein des flackernden Feuers spiegelte sich auf ihren ebenmäßigen Zügen. Sie befeuchtete sich die Lippen und beugte sich ein wenig in seine Richtung. »Es ist schön, bei dir zu sein«, hörte er sie säuseln.

Es kam ihm beinahe so vor, als ob sie mit ihm flirten wollte.

Christoph war verwirrt. Viele ihrer Streitgespräche hatten sich darum gedreht, dass sie ihn als nicht mehr reizvoll und unattraktiv beschimpft hatte. Er wäre ein langweiliger Spießer geworden, hatte sie immer wieder behauptet. Fand sie das auf einmal gut?

Er bezweifelte es.

Und doch. Warum sollte sie sonst herkommen? Nur wegen der Kinder? Woher die Hundertachtzig-Grad-Wendung? Was war der Grund? Sollte es wirklich an dem neuen Therapeuten liegen, musste man den Kerl als Wunderheiler bezeichnen. Aber selbst wenn, es kam viel zu spät und gerade bereute er, dass er sie nicht doch bei ihrer Ankunft abgewiesen hatte.

Er trank noch einen Schluck und dachte an Nele. An ihre ehrliche und offene Art. Bei ihr wusste er immer, woran er war. Bei ihr hatte er keine Spielchen zu erwarten, und er war froh darüber.

Christoph sog scharf die Luft ein.

Mein Gott. Wie kam er jetzt auf Nele?

Er musste damit aufhören.

Dass er seine Nanny geküsst hatte, machte die Sache auch nicht einfacher, verdammt.

Summer legte ihm gerade eine Hand auf den Unterarm. »Was ist los, Darling?«

Christoph zuckte zurück, dabei schwappte etwas Wein aus dem Glas auf den Fußboden. Er fluchte unterdrückt. Scheiße. Sein Leben war mit Summer im Haus noch um einiges komplizierter geworden. Was musste Nele jetzt von ihm denken?

Sie glaubte ihm sicher kein Wort – und selbst wenn, wäre es egal. Sie konnte ihn ruhig als Schuft betrachten. Als Ehebrecher. Sie zu küssen, war ein großer Fehler gewesen, auch wenn es sich nicht wie ein solcher angefühlt hatte. Im Gegenteil.

Er war einfach ein Idiot. Er sollte an seine Kinder denken und an nichts anderes.

»Ich bin müde«, erklärte er resigniert. »Außerdem muss ich dir etwas erzählen.«

Summer lächelte noch immer, aber es war etwas weniger strahlend als zuvor. »Ja?« Es klang hoffnungsvoll.

»Ich muss nach Zürich, etwas wegen der Dreharbeiten besprechen. Vielleicht möchtest du mich begleiten?«

O Mist. Das kam total falsch rüber. Aber er konnte ihr ja wohl kaum mitteilen, dass er sie nicht allein mit Nele hierlassen wollte und ihr nur deswegen anbot, mit ihm zu verreisen.

Summer quietschte erfreut. »Wiiirklich?«

Mein Gott, wie nervig sie ist, dachte er zum wiederholten Mal seit ihrer plötzlichen Ankunft. »Ja, genau. Ich müsste dort natürlich arbeiten, aber in Zürich wird es dir schon nicht langweilig.«

Sie stellte ihr Glas ab, sprang auf und ließ sich auf seinen Schoß fallen. »Das ist so süß von dir, Chrissy.«

Er unterdrückte ein Augenrollen. Früher hatte sie ihn manchmal so genannt. Aber das war lange her. Er saß stocksteif da. »Summer, was machst du da?«

»Ich, äh, ich freue mich?«, erwiderte sie leicht irritiert, denn nun bemerkte sogar sie sein Unbehagen. Für große Empathie war sie noch nie bekannt gewesen.

»Bitte steh auf«, forderte er genervt.

Sie schob ihre Unterlippe nach vorn. »Aber ich dachte ...«

Er unterbrach sie. »Warum bist du hergekommen, Summer?« Es war doch alles gut gewesen, wie es war, fügte er im Stillen an.

Sie klimperte mit den Wimpern, und er bemerkte, dass Tränen in ihren Augen schimmerten. Christoph seufzte leise.

Jetzt kam wieder diese Nummer. Auch das hatte er mindestens tausendmal erlebt.

»Ich dachte, du freust dich, mich zu sehen? Ich habe die Mädchen so sehr vermisst.«

»Sie kommen nicht mit nach Zürich«, erklärte er knapp.

»Nicht? Na, okay, es ist vielleicht gut, wenn wir uns mal zu zweit ein paar schöne Tage machen ...«

Christoph knirschte mit den Zähnen. Begriff sie nicht, dass sie mitten in der Scheidung steckten? Oder hatte sie es sich anders überlegt? Momentan machte es den Anschein. Aber dazu gehörten immer zwei, und wenn er eines nicht wollte, dann nur noch einen Tag länger mit ihr zusammen zu sein. Der Zug war abgefahren, und er war froh, dass er darüber hinweg war. Wären die Kinder nicht, hätte es keinen Grund gegeben, sie überhaupt wieder in sein Haus zu lassen.

Er wusste nicht, was er tun oder sagen sollte. Deswegen schwieg er und starrte ins Feuer. Es würde sicher nur ein paar Tage dauern, bis Summer begriff, dass sie das alles doch nicht wollte. Dann würde sie ihre Koffer packen und wieder abreisen. Er hoffte, dass sie die Mädchen bis dahin seelisch nicht noch tiefer verletzte als ohnehin schon.

Warum war das nur so schwer? So hatte er sich das für seine Kinder nicht gewünscht, und er wusste auch nicht, wen er um Rat bitten konnte. Trennungen standen nicht nur bei Stars auf der Tagesordnung ganz oben – die Kinder mussten es mitmachen, ob sie wollten oder nicht. Er hatte so gehofft, dass er nie dazugehören würde, nun war es doch so gekommen.

Aber er war von dieser Frau getrennt, und das würde auch so bleiben. Besser, sie begriff das früher als später und fing nicht an, sich irgendwelche Erwartungen zurechtzuspinnen.

»Summer, ich weiß nicht, was du dir hier erhoffst, aber ich halte an der Scheidung fest.«

Für einen Moment erlosch ihr Lächeln, und ein harter Zug trat um ihre nicht ganz natürlichen, vollen Lippen. Dann schüttelte sie diese Mimik ab und winkte mit einem geradezu albernen Kichern ab. »Ach, bitte, Chrissy. Ich bin doch gerade erst angekommen. Lass uns nicht gleich mit unerfreulichen Dingen anfangen. Komm, schenk mir lieber noch etwas Wein nach.«

Er seufzte und ließ es unkommentiert, aber erfüllte ihren Wunsch. Dann erhob er sich. »Gute Nacht, Summer. Wir sehen uns beim Frühstück. Ich hoffe, das Gästezimmer entspricht deinen Erwartungen.«

Sie betrachtete erst ihre Fingernägel und blickte zu ihm auf. »Natürlich. Das Chalet ist nett eingerichtet. Ein schönes Ferienhaus.«

Seine Ex hatte anscheinend nichts begriffen, und er würde sie jetzt auch nicht darüber aufklären, dass er nicht nach Los Angeles zurückkehren wollte – jedenfalls nicht mit seiner Familie. Für die Arbeit, okay, aber alles andere gehörte der Vergangenheit an. Hier war immer sein Zuhause gewesen, und hier würde es von jetzt an wieder sein.

Während Christoph auf sein Zimmer marschierte und sich dann bettfertig machte, überlegte er fieberhaft, welches Puzzlestück ihm fehlte. Er kapierte nach wie vor nicht, was sie hier wollte.

Das Sorgerecht lag bei ihm und würde auch vom Scheidungsrichter vermutlich noch einmal bestätigt werden – dafür hatte sich Summer zu viele Fehltritte erlaubt. Er nahm ihr außerdem nicht ab, dass sie die Mädchen ernsthaft vermisst hatte. Er hatte zu viel erlebt und gesehen.

Christoph gähnte. Vielleicht kam er morgen darauf, was er nicht zu fassen bekam.

Er schlüpfte vorsichtig unter die Decke und grinste in die Dunkelheit. Super. Er hatte, wie immer, wenn seine Kinder im Bett lagen, genau fünf Zentimeter Platz. Doch der gleichmäßige

Atem seiner Töchter beruhigte ihn, und irgendwann fand auch er in den Schlaf.

$$\sim$$

NELE TRAT am nächsten Morgen mit nassen Haaren aus dem Badezimmer und tapste auf Wollsocken in die Küche. Klara saß mit ihrem Laptop am Tisch und tippte etwas darauf herum.

»Hey, schöne Grüße von deiner Mama«, richtete sie ihr aus, ohne aufzublicken.

»Äh, was? Schreibst du mit ihr?«

Klara lachte und trank einen Schluck Tee. »Nee, du Nase. Dein Handy hat gebimmelt. Echt penetrant.«

»Du bist rangegangen?«

»Hätte ja wichtig sein können.« Klara grinste breit. »Vielleicht dein Superstar.« Sie wackelte anzüglich mit den Augenbrauen.

Nele stöhnte und raufte sich das nasse Haar. »Er ist nicht *mein* Superstar, merk dir das mal. Außerdem ist seine Frau gerade angereist. Ehefrau!«

Klaras Mund klappte auf. »Ich dachte, die wären getrennt. Was macht sie hier? Nicht dein Ernst!«

»Doch, es ist leider kein Witz.«

»Ha, ich wusste es. *Leider!* Du hast eben *leider* gesagt.«

Nele atmete hörbar aus. »Habe ich nicht.«

»Hast du wohl.« Klara zeigte mit dem Finger auf sie, dann winkte sie gönnerhaft ab.

Nele zuckte die Schultern. »Was auch immer. Ex-Partner bedeuten meistens Stress, und diese Frau gleich dreimal.«

Klara neigte ihren Kopf. »Wieso?«

»Ach, nur so ein Gefühl.«

»Nennt man das Gefühl vielleicht Eifersucht?«, wollte Klara wissen und grinste diabolisch.

Nele schaute sich nach etwas um, das sie ihrer Mitbewohnerin an den Kopf werfen konnte, ohne ihren Laptop dabei zu ruinieren, fand aber nichts. Also setzte sie sich und klaute sich stattdessen ihren Tee, denn Klara hatte bedauerlicherweise recht.

»Hey, sag mal, was sind das denn für Manieren?«, schimpfte Klara.

»Kann ich dich genauso fragen. Und jetzt sag, was wollte meine Mutter?«

»Sie lässt fragen, ob du Weihnachten zu Hause sein wirst. Und wenn nicht, ob du dann wenigstens zur großen Feier kommst.«

Große Feier? Nele musste kurz überlegen, dann fiel es ihr wieder ein. Sie hatte wenig bis gar kein Interesse, dabei zu sein, wenn ihr Vater seinen Sechzigsten feierte. Sie hätte zwar nichts dagegen, ihre Familie zu treffen – immerhin hatte ihr Vater Geburtstag –, aber im Dorf wohnte eben auch noch ihr Ex, und dem wollte sie absolut nicht begegnen. Nie mehr. Und auf so einer Feier waren so gut wie alle eingeladen, sogar er – weil es die entfernte Verwandtschaft mit seiner Ehefrau, Neles ehemals besten Freundin gab.

Es war kompliziert und nicht zu ertragen, deshalb wollte sie da nicht hin.

»Nele?«, holte Klara sie aus ihren Gedanken.

»Äh, sorry, ich werde meine Mutter anrufen und sie erst mal vertrösten. Wenn sie jetzt schon erfährt, dass ich nicht komme, geht sie mir nur noch mehr auf den Zeiger, bis ich doch zusage. Ich halte es mir lieber offen und sage dann kurzfristig ab.«

»Auch ganz schön fies.«

»Tja, ich habe keine Wahl. Meine Mutter hört ein Nein nun mal nicht gerne.«

»Sie hat noch von einer freien Stelle erzählt, irgendwas pädagogisch Wertvolles. Ruf sie bei Gelegenheit zurück, ja?«

»Ja, mache ich demnächst. Aber jetzt muss ich erst mal zur Arbeit.«

»Du ziehst ein Gesicht, als wäre das so unerfreulich wie Zahnschmerzen.«

So unrecht hatte Klara damit nicht, aber das behielt Nele für sich. Sie hatte keine Lust, noch eine Diskussion über ihren Arbeitgeber, seine Noch-Ehefrau oder dieses Kribbeln im Bauch zu führen, das sie immer überfiel, wenn sie an ihn dachte.

10

*N*ele fand Christoph mit den beiden Mädchen beim Frühstück in der Küche. Es duftete nach Rührei und gebratenem Speck. Von der Mutter – Gott sei Dank – keine Spur. Theresia stand hinter dem Herd und knetete einen Brotteig, die Lichterkette am Kühlschrank blinkte und aus dem Radio dudelte *Last Christmas* von Wham.

»Guten Morgen«, grüßte Nele fröhlich.

Sky und Amy sprangen von ihren Stühlen auf und umkreisten Nele in einem freudigen Tanz. Nele musste lachen. »So werde ich ja gerne begrüßt. Habt ihr gut geschlafen?« Sie ging in die Hocke und schaute den beiden hinterher.

Amy hüpfte vor Nele auf und ab. »Iss will eine Sneeballslacht!«

Nele lächelte. »Du möchtest eine Schneeballschlacht machen?«

Amy nickte so heftig, dass ihre Locken um ihr Köpfchen flogen. Das Wetter war traumhaft, eisig, aber der Schnee glitzerte bei strahlendem Sonnenschein – perfekt für ein paar Aktivitäten an der frischen Luft. Sky schien von der Idee ihrer kleinen Schwester zunächst nicht so begeistert zu sein. Verständlich für Nele, denn Sky hatte beim letzten Toben auf der Terrasse des Chalets etwas Schnee in den Kragen bekommen und nun schlechte Erinnerungen daran. Das kalte Zeug im Rücken zu haben, war wirklich unangenehm, das wusste Nele aus eigener Erfahrung, es gehörte aber auch irgendwie dazu ...

»Schauen wir mal, was wir heute machen. Ist Simon im Haus?«, wandte Nele sich an den Vater, denn er musste natürlich erst einmal zustimmen. Was das betraf, war Nele nicht sehr zuversichtlich. Sie begegnete Christophs nachdenklichem Blick.

Er hielt seine Tasse mit der rechten Hand umklammert, ein Bein hatte er lässig über das andere geschlagen. Ein bisschen müde wirkte er auf sie, aber vielleicht täuschte Nele sich auch. Sie wollte sich nicht ausmalen, was hier gestern Abend nach dem unangekündigten Wiedersehen vielleicht noch zwischen den Eltern passiert war. Sie wollte auf keinen Fall daran denken, was der Grund dafür gewesen sein könnte, dass der Vater unter Schlafmangel litt.

Neles Magen krampfte sich zusammen. Eifersucht war etwas Gemeines, ein absolut ätzendes Gefühl, auf das sie gut verzichten konnte. Bedauerlicherweise ließ es sich nicht so leicht abschütteln, wie sie gern hätte.

»Simon ist da, ja«, erwiderte Christoph schließlich. Nele las an Christophs skeptischem Gesichtsausdruck ab, dass er sich fragte, was sich die Nanny wieder hatte einfallen lassen. Tja, daran würde er sich gewöhnen müssen, denn mit den Kindern rauszugehen hielt sie wichtig für ihre Entwicklung und Gesundheit. Man konnte doch nicht immer nur drinnen hocken.

»Super, das freut mich. Könnten wir dann heute vielleicht einen Spaziergang machen, zu dem Simon uns begleitet? Es müsste ja nicht weit sein, ich kenne eine schöne Stelle, die sich super für eine Schneeballschlacht oder ein kleines Winterpicknick eignet.«

»Ja, Picknick!« Sky war gleich Feuer und Flamme.

Christoph schüttelte den Kopf und presste die Kiefer aufeinander. »Tut mir leid, daraus wird leider nichts.«

Skys Lächeln erstarb, und das Mädchen ließ die Schultern hängen. Nele merkte sofort, dass die Kleine heute ein wenig sensibler reagierte als üblich. Sicher machte ihr die familiäre Situation mit dem unangekündigten Besuch der Mama zu schaffen. Das konnte Nele gut nachvollziehen, Kinder waren bei so einer Trennung immer die Leidtragenden und konnten doch am wenigsten dafür.

Nele straffte sich. Sie war genervt, dass Christoph mal wieder der Spielverderber und ihrer Meinung nach überbesorgt war. Star hin oder her. Sie wollte gerade ein paar Argumente anbringen, warum so ein Ausflug genau das Richtige wäre, als Christoph weitersprach. Er stand auf und stellte seine Kaffeetasse mit einem Scheppern auf die Tischplatte. »Es gibt noch etwas, das ich mit dir bereden möchte, Nele. Das betrifft auch Simon.« Er umrundete das Möbelstück.

»Ja?« Nele merkte, dass ihr heiß wurde. Das lag natürlich nicht daran, dass Christoph gerade auf sie zukam. Er blieb etwa einen Meter vor ihr stehen und blickte ihr direkt in die Augen.

Ihr Herz klopfte ihr bis zum Hals hinauf, und ihre Knie fühlten sich an wie angetauter Schnee. Weich und nachgiebig.

Nele räusperte sich, während Christoph fortfuhr. »Ich hatte dir ja schon von Zürich erzählt. Nun ist es so, dass ich die Reise gern vorziehen möchte.«

Nele blinzelte und begriff nicht. Sie hatte mit einer Standpauke gerechnet, nicht mit einer Planänderung.

»Ich möchte gerne heute schon fahren. Wenn das für dich in Ordnung ist natürlich nur, du müsstest hier übernachten ...«

Heute schon? Das kam doch etwas überraschend, vermutlich sah man ihr das an. Nele blinzelte kurz und versuchte gelassen zu wirken. »Natürlich. Kein Problem«, erwiderte sie.

»Den Kindern habe ich es gestern Abend schon erklärt, sie freuen sich, dass du hier bei ihnen bleibst. Ich bin zwei Tage unterwegs, Simon begleitet mich. Ich wäre daher froh, wenn ihr der Sicherheit wegen im Chalet bleiben würdet.«

Zwei Tage eingesperrt sein? Das klang nicht gerade verlockend. Und wieso hatte er gestern schon mit den Mädchen gesprochen, aber nicht mit ihr? Was, wenn sie keine Zeit hätte? Es störte Nele, mit welcher Selbstverständlichkeit Christoph davon ausging, dass Nele es schon irgendwie einrichten würde. Andererseits – hatte er nicht genau das beim Einstellungsgespräch klargestellt? Sie war trotzdem irritiert, vor allem, weil sie sich gewünscht hätte, dass er … Ach, egal.

Nele wagte nicht zu widersprechen. »Zwei Tage«, wiederholte sie daher lakonisch. Dann dachte sie an Christophs Ehefrau. Würde sie hierbleiben? Darauf hatte Nele überhaupt keine Lust. Die Frau bedeutete Ärger; sie würde sich garantiert an keine einzige von Christophs Regeln halten und alles durcheinanderbringen. Nele sah sich schon in einen Kampf mit ihr um das Wohl der Mädels verwickelt. Sie schüttelte sich leicht, weil sie diese Bilder aus ihrem Kopf loswerden wollte.

»Summer begleitet mich«, erklärte er in einem beiläufigen Tonfall. Als würde er ahnen, dass Nele an sie dachte.

Nele spürte einen Stich in der Magengrube. Summer begleitete ihn nach Zürich?

Aha. Also doch ein Comeback für die Liebe.

Gut für ihn.

Warum fühlte Nele sich dann, als ob der Himmel über ihr einstürzen würde?

Sie rang sich ein Lächeln ab. »Wir bekommen das zusammen hin, nicht wahr, Mädels?«

Nele wollte nicht daran denken, dass Christoph mit seiner Ehefrau nach Zürich fuhr. Sie stiegen sicher in einem schicken Hotel mit einer bezaubernden Suite und einem weichen Himmelbett ab. So viel zum Thema Trennung.

Nele wandte sich ab. Sie hatte irgendwas ins Auge bekommen. So ein Mist. Nele pustete sich den Pony aus der Stirn. »So, Kinder, worauf habt ihr jetzt Lust? Habt ihr eine Idee für ein Spiel?« Ihre Stimme klang dünn und zittrig. Sie räusperte sich und drehte Christoph den Rücken zu. Das half ihr ein wenig, die Fassung wiederzuerlangen.

»Slittenfahren!«, schlug Amy vor und schaute Nele aus großen, funkelnden Augen an.

Oje. Schlittenfahren. Hitze kroch über ihren Hals in ihre Wangen. Neulich hatte sie mit den Mädchen aus dem Fenster andere Kinder beobachtet, die einen nicht weit entfernten Hang hinuntergerodelt waren. Daraufhin hatte sie ihnen vielleicht Hoffnungen gemacht, dass sie das auch einmal tun könnten ... Nele wagte nicht, dem Vater ins Gesicht zu sehen und war froh, dass er nicht vor ihr, sondern hinter ihr stand. Sie spürte seinen bohrenden Blick im Rücken, aber rührte sich nicht. Auch, weil sie noch immer schockiert darüber war, dass seine Ehe doch nicht beendet war, obwohl er ihr das hatte weismachen wollen.

Wie auch immer. Es ging sie nichts an. Eifersüchtig zu sein, war nicht das, wofür sie bezahlt wurde. Nele war für die Kinder zuständig, und diesen Job würde sie gut machen. Wenn die Mädchen eines brauchten, dann eine zuverlässige Bezugsperson wie sie.

Nele biss sich auf die Lippe, um sich davon abzuhalten, doch noch einen blöden Kommentar loszulassen, der ihr nicht zustand.

Gott, sie wünschte sich ein Stück ihres Lieblingskuchens, um ihre Nerven zu beruhigen. Hätte sie vorhin doch wenigstens noch einen Stopp beim Bäcker eingelegt. Aber dass sich der Tag so entwickeln würde, hatte sie ja nicht ahnen können, und im Chalet mangelte es nicht an Lebensmitteln. Aber dieser Kuchen wäre jetzt doch was Feines, um ihre merkwürdigen Emotionen ein wenig besser kontrollieren zu können, aber für den Moment würde es etwas Schoki auch tun.

Gerade als Nele etwas sagen wollte, kam Simon mit sehr vielen großen Tüten in die Küche, sie wandte sich zu ihm um und fragte sich, was er da anschleppte.

»Guten Morgen«, grüßte Simon. »Wo soll das Zeug hin?«

Christoph lächelte. »Das sind die bestellten Bastelsachen. Für die Weihnachtsdekoration.«

Nele freute sich wie ein kleines Kind. Das alles? »Das ist ja eine Menge.« Sie konnte sich nicht erinnern, so viel auf der Liste notiert zu haben.

Simon zuckte die breiten Schultern. Seine Wangen waren von der Kälte draußen gerötet. »Bei manchem wusste ich nicht, welches es sein soll, dann habe ich verschiedene Varianten gekauft.«

»Was ihr nicht braucht, lasst ihr einfach übrig«, mischte sich Christoph ein.

Nele würde den Teufel tun und deshalb diskutieren Aber gut, beschweren wollte sie sich nicht. Wenn sie hier zwei Tage eingesperrt waren und die Aussicht auf einen kleinen Ausflug in Rauch aufgegangen war, konnten sie genauso gut auch üppig dekorieren. »Super, Mädchen. Wir machen eine Weihnachtshöhle aus dem Chalet«, scherzte sie und lächelte in Richtung Sky und Amy, die neugierig näher kamen.

Amy und Sky klatschten in die Hände und lachten, als sie die ganzen Einkäufe entdeckten. »Was ist eine Weihnachtshöhle?«, wollte Sky wissen.

Nele fing an, den Inhalt der Tüten auf der freien Seite des Küchentischs auszubreiten. »Das, meine liebe Sky, werden wir in zwei Tagen wissen. Sollen wir gleich loslegen?« Dann schaute sie zu Christoph. »Also nur, falls du nichts anderes für sie geplant hast natürlich.«

Er rieb sich über das Kinn, dann ließ er die Hand sinken. »Nein, nichts geplant. Ich wollte eigentlich gleich losfahren, aber Summer schläft wohl noch.« Er wirkte, als ob ihm mehr auf der Zunge lag, er schwieg jedoch.

Nele wollte den Blick abwenden, nur es gelang ihr nicht. Dieser Mann zog sie einfach magisch an. Es klang nicht so, als ob die beiden in heftiger Leidenschaft entbrannt wären, und die Erleichterung, die sie darüber empfand, war auch total unangebracht.

Das Klappern der Backofentür erinnerte Nele daran, dass sie nicht fürs Schmachten bezahlt wurde. »Theresia, gibt es Kaffee?«, fragte sie die Haushälterin, die sich wie immer aus diesen Diskussionen heraushielt. »Ich habe noch immer nicht kapiert, wie man diese Höllenmaschine hier bedient«, fügte Nele mit einem schuldbewussten Augenaufschlag an.

»Ach, geh her, Nele. Ich mach dir einen. Mit Milchschaum?«, erwiderte Theresia gutmütig lächelnd. Ihre Pausbacken waren von der Arbeit gerötet. Sie wischte sich die bemehlten Hände an der Schürze ab.

»Ja, gern. Aber nur, wenn es keine Umstände macht.«

Theresia stieß ein leises Schnauben aus, als ob Nele ihre Haushälterinnenehre damit beleidigt hätte. »Is scho recht«, fügte sie an und machte sich dann an die Kaffeezubereitung. »Für den Herrn Papa auch noch einen?«, wollte sie wissen.

Christoph winkte ab und schob sich die Ärmel seines dunklen Pullovers ein wenig nach oben. Leider machte Nele den Fehler hinzusehen, sogar seine Unterarme waren attraktiv. Sehnig und leicht gebräunt, genau so, wie die Arme eines Mannes sein sollten. Hach.

O Gott.

Hatte sie gerade geseufzt?

Hastig widmete sie sich den Einkaufstüten und hörte Christoph antworten. »Nein, keinen Kaffee mehr für mich. Ich werde die Zeit nutzen, um ein wenig im Drehbuch zu schmökern. Sollte Summer hier auftauchen, gebt mir bitte Bescheid.« Damit verließ er die Küche.

Okay, das hatte jetzt nicht allzu euphorisch geklungen. Wieso nahm er die Frau überhaupt mit?

Mensch, Nele, jetzt reiß dich mal am Riemen, ermahnte sie sich stumm. Sie musste aufhören, an Christoph zu denken, und ihn endlich als ihren Arbeitgeber sehen und nicht als potenziellen Liebhaber.

Simon pellte sich aus seiner Jacke und hängte sie über einen Stuhl. »Ich würde noch einen nehmen, ich habe so eine Ahnung, dass die nächsten zwei Tage für mich ziemlich aufreibend sein werden.«

Nele wollte nicht neugierig sein, aber in ihrem Körper kribbelte es wegen all der Fragen, die nach dieser Aussage in ihr hochsprudelten.

»Aufreibend, wieso?« Sie versuchte es beiläufig klingen zu lassen, während sie übertrieben konzentriert den Inhalt der Tüten ausbreitete. Sky und Amy standen neben ihr und beobachteten mit großen Augen, was Nele zutage förderte: Tonpapier in allen Farben des Regenbogens, Gold- und Silber-Folie, Stroh, Bindfaden, Tannengrün, goldene und rote Kugeln, Mistelzweige, weißer, schwarzer und roter Filz, Tannenzapfen, Engelshaar, Watte, Goldfäden und noch tausenderlei anderen Krimskrams.

Theresia war gerade mit dem Milchaufschäumer zugange, der ein lautes Zischen und Röcheln durch die Küche schickte. »Das willst du gar nicht wissen, Nele. Und hoffentlich gehört dieser Rosenkrieg auch bald der Vergangenheit an.«

Deutlicher konnte man ihr nicht klarmachen, dass sie keine

blöden Fragen stellen sollte. Der Blick, den Theresia dann an Simon hinterherschickte, sprach Bände: Das Personal soll nicht tratschen.

Ja, recht hatte sie.

Nele seufzte in sich hinein. Wenn sie nur nicht so neugierig wäre.

Vermutlich war es besser, sie wusste nicht mehr als unbedingt nötig. Leider heizte das ihre wilden Spekulationen nur noch weiter an.

»So, womit wollen wir anfangen? Wie wäre es denn, wenn wir aus den Tannenzapfen lustige Männchen basteln, die wir dann an den Baum hängen können?«, schlug Nele den Schwestern vor.

»Wie geht das?«, wollte Sky wissen.

Amy drehte einen Tannenzapfen zwischen ihren kleinen Fingern, als hätte sie noch nie einen in der Hand gehabt. Vielleicht stimmte das sogar. Der Gedanke machte Nele traurig, sie nahm sich vor, den Kindern eine wunderbare Zeit zu bereiten und ihnen – im Rahmen ihrer Möglichkeiten – die schönen Seiten der Winterwelt zu zeigen. »Zuerst bringen wir oben einen Faden an, dann schneiden wir uns aus dem weißen Filz Hüte und Bärte zurecht, die wir dem Zapfen dann überstülpen, als wäre es eine Zipfelmütze. Das sieht witzig aus, ihr werdet sehen. Kommt, setzt euch. Ich hole schon mal die Bastelscheren aus dem Spielzimmer. Theresia, es ist doch okay, dass wir hier werkeln?«

»Aber sicher doch.« Theresia befüllte gerade zwei Tassen mit dem perfekten Milchschaum und blickte bei der Antwort gar nicht auf. Man sah der Frau mit jedem Handgriff an, dass sie ihren Job liebte. Nele mochte sie sehr gern, sie hatte so etwas Mütterliches an sich, was der Aura des Chalets guttat.

»Gut, im Spielzimmer sind nämlich die Tischbeine zu kurz, und ich brauche meine Bandscheiben noch«, witzelte Nele und war dann auch schon unterwegs. Als sie um die Ecke bog, rauschte sie direkt in Christoph. Durch die Wucht des Zusammenpralls verlor sie das Gleichgewicht und er fing sie auf. Nele atmete seinen herben und würzigen Duft ein und wusste nicht, wie ihr geschah.

»Hoppala«, stieß er mit einem Lachen hervor und hielt sie an den Schultern fest.

Gott, war das peinlich.

Nele sprang entsetzt zurück. »Verdammt«, fluchte sie leise.

Christoph hob eine Braue, dann grinste er breit. »Ich will doch hoffen, dass du Sky und Amy diese Wörter nicht beibringst«, neckte er sie. »Bist du in Ordnung?«

Neles Gesicht brannte vor Scham. »Entschuldige bitte, ich war so in Gedanken vertieft und habe nicht damit gerechnet, dass jemand im Flur sein könnte …«

»Kein Problem, mir geht es gut, ich halte einiges aus. Ich bin nicht aus Zucker.«

O ja, sie wusste, dass er robust und stark war. Seinen Körper so unverhofft an ihrem zu spüren, hatte sie zutiefst verwirrt, sie bebte noch immer. Nele schluckte und blies sich dann den Pony aus der Stirn. Sie musste bald mal zum Friseur, das wurde langsam zu einer Macke. Sie blickte zu ihm auf und wollte wissen, warum er nicht im Büro war – er hatte doch gesagt, dass er das Drehbuch lesen wollte. Aber diese Art von Fragen blieben Angestellten untersagt, also ließ sie es sein. Es war ja nicht seine Schuld, dass sie so gedankenlos im Haus unterwegs gewesen war.

»Ich wollte Scheren, Kleber und noch ein paar Sachen aus dem Spielzimmer holen, wir möchten in der Küche basteln, da ist der Tisch größer«, plapperte sie schließlich drauflos, um die Stille zu füllen.

»Ja, in Ordnung. Ich helfe dir.«

Nele war so überrascht, dass sie sogar vergaß zu widersprechen. Sie konnte die Sachen eigentlich gut allein tragen. Stattdessen begleitete sie jetzt Christoph. »Du wirst hoffentlich mit den Mädchen zurechtkommen?«, fing er unterwegs an.

Daher wehte der Wind also.

Nele nickte und hoffte, Kompetenz auszustrahlen. Was nicht ganz einfach war, nachdem sie ihn eben gerade beinahe über den Haufen gelaufen hätte – wenn er nicht ein Fels aus massiven Muskeln in der Brandung wäre. Zu schade, dass er vergeben war ... oder was auch immer.

Nein! Moment mal! Wo führten sie ihre hormonverseuchten Gedanken schon wieder hin?

»Wir kommen bestimmt gut miteinander aus. Ich bin mir sicher, dass die Mädchen sich wohlfühlen werden, ich habe mir schon einige Sachen überlegt.« Und dann fiel ihr wieder ein, dass sie gar nichts zum Übernachten mithatte. Trotzdem sprach sie es nicht aus, sie wollte nicht über banale Dinge wie eine Zahnbürste oder ihren Flanellpyjama reden. Eine Frau wie Summer hatte sicher ein Dutzend teure Spitzennegligés im Koffer.

Nele hasste diesen Gedanken. Noch schlimmer fand sie es, dass sie nicht aufhören konnte, sich mit seiner Ex zu vergleichen.

»Bitte zögere nicht, mir zu schreiben oder mich anzurufen, wenn was ist. Sky träumt manchmal schlecht, und Amy mag es nicht, wenn es dunkel im Zimmer ist. Meine Mutter hat leider eine Gemeinderatssitzung, und morgen ist eine Veranstaltung vom Skiclub. Mein Vater ist, was das Babysitten betrifft, vermutlich keine große Hilfe. Aber wenn alle Stricke reißen, kommen sie natürlich her, und Theresia ist ja auch noch in der Nähe.«

Nele spürte, dass Christoph ernsthaft besorgt war, während sie das Spielzimmer betraten. Sie wollte seine Bedenken nicht einfach abtun, indem sie den Kram einsammelte, den sie zum Basteln brauchten, deshalb blieb sie stehen und blickte zu ihm auf. Der Schimmer in seinen Augen berührte etwas in ihr. Nicht nur das, ihr Puls schnellte auch schon wieder in die Höhe.

Aber zur Abwechslung ging es mal nicht um sie, und das half ihr, halbwegs klar zu denken und sich auf ihren Job zu konzentrieren. »Ich habe schon viele Kinder in den Schlaf begleitet und habe oft erlebt, dass die Eltern vermisst werden. Ich werde euch nicht ersetzen, aber ich werde für Amy und Sky da sein und dafür sorgen, dass sie sich wohlfühlen. Gibt es sonst noch etwas, was ich wissen sollte? Also neben den bekannten Regeln natürlich?«

Sie verdrehte innerlich die Augen. Den Kommentar hatte sie sich nicht verkneifen können.

Christoph holte tief Luft und atmete dann wieder aus. »Manchmal schlafen sie lieber in meinem Bett. Also wenn die beiden danach fragen, kannst du es ihnen erlauben. Theresia wird das Zimmer neben meinem für dich fertig machen, im Gästezimmer hat Summer gerade ihre Sachen ausgebreitet. Ich wollte lieber etwas Abstand zwischen ihr und mir haben.«

Er hielt inne und guckte Nele entsetzt an, als ob er selbst nicht fassen könnte, was er da eben ausgeplaudert hatte. Dann zuckte er mit den Schultern und seufzte leise. »Entschuldige, ich wollte dich damit nicht belasten.«

Nele überlegte, was sie darauf erwidern sollte. Da ihr wenig dazu einfiel, nickte sie nur und wartete, ob er etwas ergänzen wollte. Er sagte jedoch nichts mehr, also fing sie an, Scheren, Kleber und noch ein paar Utensilien in eine Box zu packen, die sie dann mit in die Küche nehmen würde.

Nele spürte Christophs Blick auf sich, aber sie gab dem Verlangen, zu ihm aufzusehen, nicht nach. Es war schon so schwierig genug, in seiner Nähe zu sein, ohne ständig in Schnappatmung zu verfallen. Noch vor wenigen Wochen hätte sie jedem, der ihr das prophezeit hätte, einen Vogel gezeigt.

»So, ich denke, das wäre es«, murmelte sie mehr zu sich als zu ihm und richtete sich auf.

Er trat neben sie und nahm ihr die Kiste ab, dabei berührten sich ihre Fingerspitzen. Nele holte scharf Luft, als ihren Körper ein Kribbeln durchlief. Christoph musste es auch gespürt haben, denn er ging einen Schritt zurück und wich ihrem Blick aus.

Dann machte er auf dem Absatz kehrt und verließ das Spielzimmer wie von der Tarantel gestochen. Nele blickte ihm konsterniert hinterher.

Vielleicht war es ganz gut, dass er für zwei Tage weg war. So konnten ihre Hormone zur Ruhe kommen. Hoffentlich.

Als Nele in die Küche zurückkehrte, hatte sich auch Summer eingefunden. »Was soll das hier?«, wollte sie gerade auf Englisch von ihrem Noch-Ehemann wissen. Sie trug eine hauteng, schwarze Lederhose und eine zitronengelbe Bluse mit goldenen Knöpfen. Ihre Haare hatte sie hochgesteckt, und auf ihrem Gesicht lag eine großzügige Schicht Make-up. Der süßliche Duft ihres Parfums überdeckte sogar den Duft des Brotes, das noch im Ofen war.

Simon hatte sich inzwischen verkrümelt, und Theresia war damit beschäftigt, ein Backblech zu reinigen.

»Die Kinder wollen mit Nele etwas basteln«, erklärte Christoph seiner Frau auf Englisch.

Die verzog das Gesicht. »Warum sollen sie das tun? Das kann man doch alles kaufen! Hast du keinen Innenausstatter?«

Nele lag eine Antwort auf der Zunge, dass Kinder basteln liebten, aber sie biss sich lieber noch einmal auf die Lippe und schwieg. Sie hatte nicht vor, der Mutter zu erklären, was gut für ihre Kinder war, obwohl sie es gern tun würde, es ihr aber als Nanny nicht zustand.

Christoph stieß einen resignierten Seufzer aus und strich Amy und Sky über den Kopf. Auf Deutsch sprach er weiter und überging damit Summers Stichelei. »Papa muss jetzt los, Nele passt bis übermorgen auf euch auf, ist das okay?«

Was machte er da? Man sollte Kindern Fragen dieser Art nicht stellen! Was, wenn eine von beiden mit Nein antwortete? Nele hielt die Luft an. Hatte er nicht gesagt, dass er bereits alles mit ihnen besprochen hätte? Sie kapierte nicht, warum der Vater den Mädchen eine Steilvorlage für eine herzzerreißende Abschiedsszene lieferte und hoffte inständig, dass die Kinder die Nerven behielten.

Amy nickte langsam, und Sky schaute erst Nele aus traurigen Augen an, dann wieder ihren Papa.

»Ihr schafft das«, machte er seiner Großen Mut und gab ihr einen Kuss auf die Stirn. »Du kannst mich immer anrufen, Nele hat meine Nummer. Okay, Schatz? Ihr könnt mich immer anrufen«, wiederholte er sein Angebot.

Sky nickte, ein wenig zögerlich zwar, aber sie gab dem Papa damit ihren Segen, der ihm anscheinend sehr wichtig war. Nele begriff gleichzeitig, dass die Kinder Abschiede gewohnt waren und es durch den Job des Vaters vermutlich häufiger vorkam, dass sie getrennt voneinander waren. »Dürfen wir dann im Bett fernsehen?«, wollte Sky wissen.

Christoph grinste. Er war offenbar zu Eingeständnissen dieser Art bereit, und die Kinder nutzten das schlechte Gewissen des Vaters sofort aus. Nele fing wieder an zu atmen. Kinderprogramm war okay, das hätte sie so oder so – in einem gesunden Maß – erlaubt.

»Das muss Nele entscheiden.« Christoph zwinkerte Nele zu, und ihr Magen geriet sofort wieder in Aufruhr.

Verdammt.

Sie war so was von nicht immun gegen seinen Charme. »Äh, ja, klar«, krächzte sie. Ihr Lächeln fühlte sich wie eine Grimasse an.

Nele spürte Summers giftigen Blick auf sich, die natürlich

kein Wort verstanden hatte. Nele schaute weg. Sie wollte der Frau keinen Grund liefern, sie zu hassen. Wenn Nele eines nicht wollte, dann Stress in irgendeiner Form. Die Mutter der Kinder war sicher auf einer Mission hier, und ihr dürfte es nicht gefallen, wenn der Papa nett zur Nanny war. Dabei hatte sie gar keine Ahnung, *wie* nett Christoph schon mal zu ihr gewesen war.

Bei der Erinnerung an seine Lippen auf ihrem Mund wurde ihr ganz anders.

Sie wollte nicht mehr daran denken, aber irgendwie doch.

Das war das Blöde mit verbotenen Gedanken, die sich trotzdem gut anfühlten.

»So, meine Mädchen, kommt mal her«, fing Christoph an und zog Amy und Sky in seine Arme. Er drückte sie fest an sich. Die Verabschiedung war so herzlich und warm, dass Nele die Liebe zwischen den dreien deutlich spürte. Sie kam sich plötzlich fehl am Platz vor.

»Passt auf euch auf, ja?«, murmelte Christoph ins Haar seiner Töchter. Er hatte die Augen geschlossen und atmete tief ein, als wolle er sich den Geruch seiner Kinder genau einprägen. Nele hatte das Gefühl, dass es ihm schwerer fiel, seine Töchter zurückzulassen, als er je zugeben würde.

Ihr Herz weitete sich. Er war ein guter Vater und ein toller Mann.

»Können wir jetzt los?«, unterbrach Summer die Szene ungeduldig. Sie trat zu ihren Kindern und tätschelte ihnen den Kopf. »Tschüss, meine Schätzchen, Mami hat euch lieb.«

Nele nahm ihr kein Wort ab. Die amerikanische dahingeplapperte Liebesbezeugung war einfach nur eine Floskel, es kam ihr so vor, als wüssten die Mädchen das auch. Traurig, dachte Nele. Dabei waren die beiden Kleinen so lieb und wundervoll – das hatten sie anscheinend vom Vater geerbt.

Was der wohl an Summer gefunden hatte? Na, egal, sagte

Nele sich. Wo die Liebe hinfällt, er hat es ja noch gemerkt. Oder auch nicht. Man würde sehen. Vielleicht kamen sie wie ein Herz und eine Seele aus Zürich zurück.

Nele verbot sich jeden weiteren Gedanken daran, und von jetzt an würde sie sich auch daran halten. Basta.

Sky und Amy drückten ihren Papa noch einmal fest. »Bringstu uns was mit?«, plapperte Amy und schaute erwartungsvoll zu ihrem Vater auf.

Er lachte und schüttelte den Kopf. »Mal sehen, ob ich was finde.«

»Bitte, Daddy«, bettelte auch Sky.

»Na schön«, ließ er sich breitschlagen, küsste jede von ihnen noch einmal auf die Stirn und richtete sich dann auf. Er atmete tief durch, dann schaute er zu Nele.

Ihr Herz blieb für eine Sekunde stehen, um dann im doppelten Tempo weiterzuschlagen. »Ruf mich an, ja? Schreib mir, schick mir ein paar Bilder von den beiden, okay?«, bat er sie. Der sanfte Tonfall seiner dunklen Stimme klang wie flüssiger Honig. Eine Gänsehaut breitete sich auf ihrem Körper aus.

Nele nickte. »Aber klar doch«, erwiderte sie, zum Glück hörte man nicht, wie zittrig sie sich fühlte.

»Na, dann wollen wir mal.« Christoph sah sie traurig an, fast so, als bedaure er, gehen zu müssen. Nele kapierte, dass er von ihr erwartete, dass sie die beiden beschäftigte, weil er jetzt das Haus verlassen wollte.

»So, meine Lieben.« Nele ging zu Amy und Sky und streckte ihnen ihre Hände hin. »Wollen wir mit dem Basteln anfangen? Es soll ja schön sein, wenn der Papa wieder nach Hause kommt. Und die Mama natürlich.« Gut, dass sie daran noch gedacht hatte, die Kinder sollten nicht merken, dass es ihr lieber wäre, die Mama flog dahin zurück, wo sie hergekommen war. Der Gedanke, dass das Paar gemeinsam verreiste, löste ein sehr unschönes Gefühl in ihrem Inneren aus, das sie nicht leugnen könnte. Der Stachel der Eifersucht saß tief.

Dummerweise schaute Nele noch einmal zu Christoph. Sein durchdringender Blick verriet ihr, dass er gemerkt hatte, was in ihr vorging. Nele war überrascht, als sie in seinen Augen ihre eigene Sehnsucht gespiegelt sah.

Nein, sie musste sich täuschen.

Nele schaute weg, das hatte sie sich garantiert nur eingebildet.

Warum gingen die beiden denn nicht endlich?

Mit zitternden Fingern faltete Nele den Filz auseinander und wagte erst wieder zu atmen, als die Schritte der Eltern auf dem Flur verklungen waren.

SIE WAREN den ganzen Tag beschäftigt gewesen, das Wohnzimmer sah bereits aus wie eine echte Weihnachtshöhle, auf dem Kaminsims standen viele ihrer Basteleien, die Fenster waren mit goldenen Engeln verziert und aus Wattebäuschen hatten sie Schnee gebastelt und rund um die Engel aufgeklebt. Blinkende Lichterketten hingen an den Regalen. Die Mädchen hatten immer wieder über den Begriff gelacht und sich, soweit Nele das beurteilen konnte, gut amüsiert und wohlgefühlt. Jetzt sah das Wohnzimmer zum ersten Mal so aus, als ob wirklich Kinder im Haus lebten und weihnachtlich war es auch, Nele war sehr zufrieden mit dem Ergebnis und die Mädels auch, sie waren stolz auf ihre Arbeit.

Zum Abendessen hatte Theresia Pancakes gemacht, das Lieblingsessen der Kinder. Im Anschluss hatte Nele sie in ein Schaumbad gesetzt und mit gelben Entchen spielen lassen. Als Abschluss des Tages hatte es noch einen kurzen Disney-Film im Bett gegeben. Jetzt war Schlafenszeit angesagt, und Nele war ein bisschen nervös – die erste Nacht ohne den Papa, nur mit ihr zu verbringen. »Du musst dich hinlegen«, sagte Sky. »Sonst kannst du doch gar nicht schlafen.«

»Iss will nist slafen, bin nist müde!«, protestierte Amy und gähnte herzhaft.

Nele lächelte und streichelte ihr über die Wange. »Dann ruh dich doch ein bisschen aus und mach die Augen zu.«

»Hinlegen«, drängte Sky, der es offenbar wichtig war, dass gewisse Rituale eingehalten wurden. Nele zögerte dennoch. Es fühlte sich komisch an, hier zu sein. Das Zimmer des Vaters war maskulin eingerichtet, es gab keinen Schnörkel oder überflüssige Dinge. Es führte eine Tür zu einer Ankleide und eine zum Badezimmer. Über dem Bett hing ein abstraktes Gemälde, auf dem Eichenboden lag ein heller Wollteppich. Die Deckenstrahler hatte Nele bereits ausgeschaltet, es spendeten nur noch zwei Nachttischlampen ein sanftes Licht. Nele war müde, stellte sie fest und unterdrückte ein Gähnen. Kein Wunder, es war ein aufregender und gleichzeitig sehr schöner Tag gewesen. Sie kam wunderbar mit den beiden Mädchen zurecht, wie gut allerdings die Nacht wurde, würde sich gleich zeigen.

Nele spürte, dass Sky an einer Grenze angelangt war, wo es schwierig werden könnte. Deshalb ließ sie ihre Bedenken hinter sich und legte sich zu ihr ins Bett. Natürlich würde sie nicht hier schlafen, wobei Christoph vermutlich nichts dagegen hätte, wenn es seinen Kindern helfen würde. Er war ja nicht da.

Aber der Gedanke an ihn löste wie üblich ein sehnsüchtiges Ziehen in ihrer Magengrube aus.

Nele wollte nicht am Kissen schnuppern, aber sie tat es doch. Sie war nicht überrascht, dass sie Christophs würzigen Duft einsog, als hätte er vor fünf Minuten noch selbst darin gelegen. Amy suchte nach Neles Hand. Diese kleine Geste berührte Neles Herz, die Fingerchen in ihren zu spüren, war schön. »Sky, ist alles okay bei dir?«, flüsterte Nele.

»Ja«, gab sie leise zurück. Sie klang doch ein wenig traurig, was Nele leidtat.

»Kann ich etwas für dich tun?«, wollte sie wissen.

»Pst, leise, sonst kann iss niss slafen«, schimpfte Amy, die ja angeblich nicht müde war.

Nele war in einer kleinen Zwickmühle, sie hatte das Gefühl, dass sie zu Sky gehen sollte, aber dann würde Amy ausflippen, die in der Mitte lag.

»Ich vermisse Papa«, erklärte Sky so gefasst, wie eine Vierjährige überhaupt klingen konnte, Nele hörte etwas Ernüchterung aus der Kinderstimme hervor.

»Er vermisst dich sicher auch. Sollen wir ihn anrufen?«, bot Nele an.

»Nein. Ich möchte nicht telefonieren. Ich schlafe jetzt.«

Es tat Nele leid, dass Sky es offenbar gewohnt war, so manchen Kummer bereits in ihrem zarten Alter mit sich selbst auszumachen. Sie hoffte, dass das Mädchen im Laufe der Zeit noch ein wenig auftauen würde.

Nele verbot es sich an das Ende des Winters zu denken, wenn sich ihre Wege wieder trennen würden. Stattdessen schloss sie für einen Augenblick die Lider und wartete darauf, dass die Kinder einschliefen.

Es fühlte sich gut an, in diesem weichen, wundervollen Bett zu liegen. Was natürlich nichts damit zu tun hatte, wer hier sonst schlummerte. Nach wenigen Minuten hörte sie das gleichmäßige Atmen der Mädchen, beinahe wäre sie selbst mit eingenickt. Nur noch eine Sekunde, sagte sie sich und merkte, wie sie langsam ins Traumland glitt.

Mit einem Schlag war sie wieder wach, als sie begriff, was hier beinahe passiert wäre.

Sie musste sofort aufstehen und in ihr eigenes Bett gehen. Es wäre absolut nicht ratsam, die Nacht in Christophs Schlafzimmer zu verbringen. Wenn sie sich weiter von seinem nach ihm duftenden Kissen einlullen ließ, würde sie sich womöglich wieder dummes Zeug vorstellen, das niemals wahr werden würde.

Leise erhob sich Nele aus den weichen Daunen und tapste auf Zehenspitzen aus dem Zimmer. Die Nachttischlampen ließ sie an.

Nele lief noch einmal nach unten und holte ihr Handy, um Christoph über den Messenger mitzuteilen, dass die beiden eingeschlafen waren und dass alles in Ordnung war.

Seine Antwort folgte prompt, als hätte er darauf gewartet. *Großartig, dann hoffe ich, dass ihr alle gut schlafen könnt. Ich denke an euch. Gute Nacht, Nele, und danke.*

Nele presste sich das Handy an die Brust und versuchte, nichts in diese Zeilen hineinzuinterpretieren. Aber das war unmöglich, da musste sie sich auch nichts mehr vormachen.

11

———————

Sehnsüchtig schaute Nele immer wieder aus dem Wohnzimmerfenster auf den in der Sonne glitzernden Schnee hinaus. Kein Wölkchen schob sich über den hellblauen Winterhimmel. Dafür wedelten viele Skifahrer auf der Piste nach unten, immer wieder kamen auch Spaziergänger über den Wanderweg gestapft. Nele seufzte leise und verzog ihre Lippen. Sie hatten, seit die Eltern gestern abgereist waren, stundenlang gebastelt bis keiner mehr Lust darauf gehabt hatte. Nach dem Mittagessen waren sie kurz für eine Schneeballschlacht auf die Terrasse gegangen, aber die war schon nach wenigen Minuten beendet gewesen, weil Amy mit dem Gesicht ins kalte Weiß gestürzt war. Danach hatte sie keine Lust mehr gehabt, draußen zu sein.

Also tummelten sie sich jetzt im Wohnzimmer, wo Nele mit Amy ein Puzzle legte und Sky im Schneidersitz vor dem Fenster saß und mindestens so sehnsüchtig hinausblickte wie Nele.

»Woran denkst du, Sky?«, wollte Nele wissen. »Möchtest du noch mal raus? Oder sollen wir dem Papa ein paar Fotos schicken?«

»Nö, keine Lust«, gab sie zurück, stand auf und fing an, auf dem Sofa zu hüpfen.

»Iss will auch!« Amy sprang auf, fegte dabei das Puzzle vom Tisch und machte das nach, was ihre große Schwester ihr vormachte.

Nele passte auf, dass keine von ihnen stürzte. Gleichzeitig dachte sie, dass die beiden sich besser woanders austoben sollten, als ihre Energie an den Möbeln abzureagieren. Aber sie würde den Teufel tun und Christophs Anweisungen missachten. Außerdem rechnete sie damit, dass vielleicht einmal jemand von seiner Familie vorbeikäme und nach ihnen sah. Das wäre in Ordnung für sie, sie hatte ja schließlich nichts zu verbergen. Schlimm fände sie es nur, wenn Christoph Kameras aufgebaut hätte, um sie aus der Ferne zu beobachten. Es klang abgedreht, aber es gab wenig, was Nele während ihrer Zeit als Nanny noch nicht erlebt hatte. Allerdings schätzte sie Christoph als nicht so ein; wenn es hier Kameras gäbe, hätte er ihr davon erzählt.

Christoph hatte allerdings gewisse Helikoptertendenzen, und sie war sicher, dass er sich ständig sorgte, ob alles in Ordnung war. Deswegen hatte sie damit gerechnet, dass er ein paarmal anrufen und nachfragen würde, was er bisher jedoch nicht getan hatte.

Die Kinder waren beim Hüpfen, als es klingelte.

Vielleicht war das Annika, Nele hatte sie gebeten, ihr noch ein paar Sachen zu bringen, sie hatte gestern die Hälfte vergessen. Sie würde ihre Freundin jedoch nicht hereinbitten, denn das war nicht abgesprochen und käme sicherlich bei ihrem Arbeitgeber nicht gut an. Der war so ja auch schon hysterisch, was Fremde in der Nähe seiner Kinder betraf.

»Ihr zwei, wartet mal bitte hier auf mich und hört kurz auf zu hüpfen, bin gleich wieder da, ja? Ich sehe mal nach, wer an der Tür ist.«

Normalerweise würde Theresia das übernehmen, aber sie war gerade unten im Dorf einkaufen und ein paar Sachen erledigen.

Nele eilte zum Eingang und öffnete die Tür, sie war überrascht, als sie dort nicht Annika, sondern einen fremden Mann entdeckte. Irgendwas kam ihr jedoch bekannt an ihm vor, die Augen erinnerten sie an ....

»Servus«, grüßte der attraktive Mann. Er trug die Montur des hiesigen Skiclubs, das hieß, er arbeitete als Skilehrer. Vermutlich hatte er sich in der Tür geirrt und wollte jetzt einen Kunden abholen.

»Zu wem wollten Sie?«, fragte Nele freundlich.

»Na, zu meinen Nichten! Kann ich reinkommen?« Er grinste und machte Anstalten, an Nele vorbeizuschlüpfen.

»Äh, Moment mal.« Sie stellte sich ihm in den Weg und stützte sich mit einer Hand in den Türrahmen. »Wer sind denn Ihre Nichten?«

Der Mann wirkte kurz überrascht, dann stieß er lachend einen Seufzer aus. »Das wird meinen Bruder freuen, dass du das Chalet so wunderbar verteidigst, während er weg ist. Ich bin Raphael, der Patenonkel. Soll ich dir meinen Ausweis zeigen?« Er grinste und das amüsierte Funkeln in seinen Augen sprach Bände.

Nele konnte endlich eins und eins zusammenzählen. Na klar, der Mann hier, Raphael, war Christophs Bruder. Wow, und er sah mindestens genauso attraktiv und sportlich aus – soweit sie das in seiner winterlichen Aufmachung feststellen konnte. Er wirkte dynamisch und voller Tatendrang. Der größte Unterschied zwischen den Brüdern war auf den ersten Blick allerdings die Unbeschwertheit, die Christoph fehlte. Sie waren jedoch beide charismatisch und verteufelt attraktiv. Warum schlug ihr Herz dann nur bei Christoph höher? Es war typisch für Nele, dass sie – mal wieder – auf den falschen Mann stand.

Deswegen war sie auch schon so lange Single. Sie hatte nicht vor, noch einmal so verletzt zu werden.

»Darf ich reinkommen, oder muss ich hier festfrieren?«, riss Raphael sie aus ihren Gedanken. Er grinste schelmisch.

»Oh, ja, natürlich. Entschuldigung! Kommen Sie rein.«

»Du kannst mich ruhig duzen, so alt bin ich jetzt auch noch nicht.« Er trat an ihr vorbei ins Haus, und Nele schloss die schwere Tür hinter ihm.

Raphael schlüpfte aus seinen Schneestiefeln und hängte seine Jacke an die Türklinke. Er machte sich nicht die Mühe, sie in die Ankleide zu bringen, und Nele hatte nicht vor, hinter dem Mann herzuräumen. Schließlich wurde sie fürs Kinderhüten bezahlt und nicht für Hausarbeit.

Kurz durchzuckte sie der Gedanke, was wäre, wenn er doch nicht der Onkel war.

Nein, jetzt wurde sie schon so paranoid wie der Vater.

Die Kinder! Gute Erinnerung. Hoffentlich war alles in Ordnung mit ihnen. Sie wurde ein wenig nervös deswegen und hoffte, dass er ein bisschen schneller die Schuhe ausziehen könnte.

»Ich bin Nele, Nele Storm. Dann komm doch bitte mit, die beiden sind im Wohnzimmer, das waren sie zumindest, bis du an der Tür geklingelt hast.« Nele marschierte los. Sie grinste zu Raphael hinüber, der mit ihr Schritt hielt.

»Freut mich, Nele. Und den Mädchen geht es gut?«

Sie lachte. »Na, das hoffe ich doch. Sollst du deinem Bruder Bericht erstatten?«

Sie schlug sich die Hand vor den Mund, als sie begriff, was sie da eben von sich gegeben hatte.

Verdammt. Wieso konnte sie nicht einfach die Klappe halten, sondern redete sich direkt um Kopf und Kragen?

Raphael lachte herzhaft, es klang ein bisschen rau, gleichzeitig sehr erfrischend und ehrlich. »Ich kenn dich zwar nicht, aber ich mag dich, Nele. Keine Angst, ich bin kein Spitzel, sondern wollte wirklich einfach meine Nichten besuchen.« Er zwinkerte ihr zu, und Nele kam nicht umhin, sich zu fragen, warum er kein Superstar war wie der große Bruder. Die beiden könnten sich eine Schlacht um den Platz des heißesten Mannes des Universums liefern. Nele könnte nicht voraussagen, wer das Rennen machen würde. Sie waren beide absolute Hingucker und charmant noch dazu.

Aber ihr Herz schlug nur in der Nähe von einem der beiden höher, Raphael war zwar attraktiv, aber er hatte nicht diese einzigartige Wirkung auf Nele wie sein abwesender Bruder.

»Kann ich dir was anbieten?«, fragte sie, ehe sie um die Ecke zum Wohnzimmer bogen.

»Nee, lass mal gut sein, danke.« Raphael tätschelte Neles Schulter, als wären sie alte Bekannte. Seltsamerweise löste er damit genau das Gefühl bei ihr aus. Sie vertraute ihm, und sie mochte ihn. Es war angenehm, dass sie sich in seiner Nähe nicht so befangen und zittrig fühlte wie bei seinem Bruder.

Nele war froh, dass sich Sky und Amy zwar nicht an die Anweisung gehalten hatten, nicht auf dem Sofa zu springen, aber sich wenigstens dabei nichts getan hatten. Als die beiden ihren Onkel entdeckten, kreischten sie freudig auf und hüpften auf ihn zu, direkt in seine ausgebreiteten Arme. Okay, es handelte sich bei Raphael ganz offensichtlich um den echten Onkel und nicht um einen eingeschleusten Kidnapper.

Nele lächelte in sich hinein. Sie freute sich, dass dieser Teil der Familie für die Mädchen Glück und Zuhause bedeutete. »Na, meine Mäuse, wie geht es euch?«, wollte er von ihnen wissen und ließ sich rücklings auf das Sofa fallen. Amy und Sky kletterten auf ihm herum und piesackten ihn. Er ließ es sich gern gefallen und alberte mit ihnen herum.

»Duuuud«, antwortete Amy kichernd, was in ihrer Sprache »gut« heißen sollte. Raphael hielt ihren Fuß fest und kitzelte sie darunter. Die Kleine kreischte auf und lachte sich schlapp, dann war Sky dran, die sich nicht weniger amüsierte. Nach ein paar Minuten waren alle drei außer Atem.

»Na, wer will jetzt eine Erfrischung?«, klinkte Nele sich ein.

Die beiden schrien laut »Ich, ich!«. Lachend machten sie sich auf den Weg in die Küche, wo Amy und Sky Wasser bekamen. »Und du?«, erkundigte Nele sich bei Raphael.

»Nehme ich auch, danke. Und ich kann mir das selbst holen, du brauchst mich nicht zu bedienen. Ich finde es eh noch immer komisch, dass mein Bruder in so einem Palast wohnt.« Er zuckte grinsend die Schultern, bevor er ein Glas aus dem Schrank nahm und sich etwas eingoss.

Nele wusste nicht, was sie darauf erwidern sollte. Sie wollte keine neugierigen Fragen stellen, aber das Schweigen wurde ein wenig unangenehm, also stellte sie sie doch. »Wie ist das so mit einem Star in der Familie?«

Raphael schnalzte mit der Zunge. »Das ist er bei uns nicht, und um ehrlich zu sein, nervt uns das Theater ein bisschen, du weißt schon Bodyguard und dieses Pipapo. Das braucht man hier doch gar nicht.« Er sprach mit diesem wunderbaren Akzent, den sie bei Christoph auch immer so gern hörte.

Amy und Sky hatten einen Keks bekommen, und sie klebten jetzt mit den Nasen am Fenster. Sie waren zum Glück etwas entfernt und interessierten sich nicht für das Gespräch unter Erwachsenen.

Raphael lieferte Nele gerade eine Steilvorlage, aber sie sprang nicht darauf an. Es stand ihr nicht zu, darüber offen zu urteilen, und Christoph hatte sicher seine Gründe. »Er ist in Zürich«, erklärte sie stattdessen für den Fall, dass er es noch nicht wusste.

»Ja, sicher doch. Mit dieser Frau.« Raphael atmete hörbar aus.

Oha. Was Raphael von Summer dachte, war also klar.

Auch das ließ Nele unkommentiert.

Der Bruder leerte sein Glas und öffnete dann den Kühlschrank. »Ich hoffe jedenfalls, dass er nicht wieder auf sie hereinfällt.«

Nele horchte auf. »Ähm, dazu kann ich nichts sagen«, erklärte sie unangenehm berührt.

Raphael nahm sich einen Kernbeißer, ein salamiartiges Würstchen, aus einer Packung und biss herzhaft ab. Dann lehnte er sich kauend mit der Hüfte an die Arbeitsfläche der Küche. »Sollst du auch gar nicht, ich hab nur laut gedacht, entschuldige. Was die hier überhaupt will, kapier ich nicht. Die ist eine Gefahr für die Menschheit.«

Nele kräuselte ihre Nase. Sie war irgendwie froh, dass Raphael ihre Einschätzung teilte. »Wieso? Weil ihre Brüste jederzeit platzen könnten?«

Oje. Jetzt hatte sie es schon wieder getan. Nele hob eine Hand und kicherte. »Sorry, das hab ich nicht gesagt!«

Raphael grinste, dann wurde das Lächeln schwächer. »Schön wäre es. Ich hoffe jedenfalls, dass sie in Zürich bleibt oder sonst wo. Diese Frau bedeutet Ärger.«

»Aber sie ist die Mutter …«, versuchte Nele einzulenken.

Raphael stieß ein Zischen aus. »Das hat sie bisher nicht oft gezeigt, bei der Geburt war sie jedenfalls nicht dabei, sondern hat sich lieber auf irgendeiner Party herumgetrieben.«

Nele runzelte die Stirn. Sie verstand nur Bahnhof.

Er winkte ab. »Vergiss es, Nele. Dass Christoph sich auf den Scheiß mit einer Leihmutter eingelassen hat, habe ich eh nie verstanden, aber das ist zum Glück auch nicht meine Sache. Dass Sky wegen Summers Exzessen beinahe im Krankenhaus gelandet wäre, kann ich ihr jedoch niemals verzeihen, und ich kapiere nicht, warum Christoph sie jetzt wieder an der Backe hat. Man sollte meinen, der Idiot hätte sich oft genug die Finger an der blöden Kuh verbrannt.« Er stöhnte theatralisch und zerzauste sich die Haare. »Mein Gott, entschuldige, ich rege mich nur wieder unnötig darüber auf, was für ein Gutmensch mein Bruder manchmal ist. Dabei bin ich wegen was anderem hier: Ich möchte mit den Mädels rodeln gehen.«

Nele blinzelte. Sie war noch dabei, die Worte zu sortieren, bis sie endlich kapierte, was Raphael eben ausgeplaudert hatte.

Leihmutter?

Wer machte denn so was?

Nele versuchte sich vorzustellen, wie eine fremde Frau ihr Kind austrug, aber es gelang ihr nicht. Sie fand den Gedanken schlichtweg zu absurd. »Hollywood«, murmelte sie kopfschüttelnd vor sich hin.

Raphael schaute finster drein. »Gut jedenfalls, dass er wieder hier wohnt. Christoph hat nicht umsonst das alleinige Sorgerecht, er müsste die blöde Gans ohne vorige Absprache gar nicht erst reinlassen. Und er sollte es auch nicht tun. Tja, zu spät, jetzt wird sie hier wieder alles durcheinanderbringen und am Ende drei Menschen enttäuschen. Wieder und wieder.«

Sein Tonfall verkündete Unheil, und Nele fragte sich, was vorgefallen war, dass Sky beinahe im Krankenhaus gelandet wäre. War Christoph deswegen so übervorsichtig? Nele hatte so viele Fragen und wusste gar nicht, wo sie anfangen sollte oder konnte.

Moment. Hatte Raphael eben etwas von Rodeln gesagt?

»Äh, Raphael?«, hakte Nele nach.

»Ja?«, brummte er.

»Hast du das mit Christoph abgesprochen, also das mit dem Rodeln? Ich habe die Anweisung, nur mit Simon rauszugehen.«

Raphael stopfte sich das letzte Stück Wurst in den Mund, er antwortete kauend. »Vertrau mir, Nele. Es ist okay. Die Rodelbahn ist super, du kannst gern mitkommen. Dann nimmt jeder von uns ein Mädchen auf dem Bob mit. Ich habe zwei mitgebracht, sie lehnen draußen an der Hauswand. Die zwei werden so viel Spaß haben.«

»Wir gehen rodeln?« Sky kam jubelnd herübergelaufen. Amy tapste hinterher und strahlte über das ganze Gesicht.

Die beiden hatten also mitbekommen, was der Onkel vorhatte. Oje, jetzt würde es schwer werden, es ihnen wieder auszureden.

»Genau, los, wo sind eure warmen Klamotten?«, wollte Raphael wissen. »Lauft schnell und holt sie euch.«

Aha, dachte Nele. Der Onkel hatte selbst keine Kinder, er glaubte ernsthaft, dass eine Zwei- und eine Vierjährige sich selbstständig in eine Wintermontur pellen konnten.

Sie war unsicher, ob es wirklich in Ordnung für den Papa war, daher fragte sie lieber noch einmal nach. »Weiß Christoph Bescheid?«

Raphael wirkte leicht genervt. »Du kannst ihn ja anrufen und nachfragen.«

»Ich muss mal Pipi!«, quäkte Amy und stand breitbeinig in der Küche und dann verfärbte sich auch schon ihre rosafarbene Strumpfhose an den Innenseiten der Oberschenkel dunkel.

Nele schnappte sich die Kleine und rannte mit ihr zur Toilette, auch, wenn es bereits zu spät war. »Das ist gar nicht schlimm, Amy, wir holen was Frisches«, beruhigte sie das Mädchen, der das kleine Missgeschick sehr unangenehm war. Und dann würde sie zusehen, dass sie aus dem Haus kamen, ehe noch etwas anderes dazwischenkommen konnte.

~

Das Wetter in Zürich war mittelmäßig bis schlecht. Am Himmel hing eine graue Suppe, und es fegte eisiger Wind durch die Straßen. Da half nicht mal die kitschige Weihnachtsdekoration an nahezu jeder Ecke, an jedem Haus und Laden. Christoph klappte den Kragen seines Wintermantels nach oben und zog sich die schwarze Wollmütze tiefer in die Stirn. Als er in eine Pfütze aus Schneematsch trat, fluchte er. Simon sagte nichts, er blieb jedoch an seiner Seite und behielt die Leute um sie herum im Auge.

Ja, Christoph war schlecht gelaunt, was nicht daran lag, dass seine Termine nicht gut gelaufen waren, für die der Trip hierher nötig geworden war. Das Gegenteil war der Fall. Die Drehorte hatten ihm zugesagt, und die Besprechung mit dem Regisseur war auch ganz aufschlussreich gewesen. Etwas anderes verhagelte ihm die Laune. Oder eher gesagt: jemand. Summer hatte sich – wie er schon fast befürchtet hatte –, gestern Abend in Schale geworfen und sich richtig ins Zeug gelegt. Sie wollte ihn offensichtlich zurückerobern, aber vor allem hatte sie auch seine Kreditkarte glühen lassen. Das war ihm klar geworden, auch ohne das Konto zu checken, da ihre Suite mit Tüten vollgestopft gewesen war. Er hatte sie nur kurz betreten, um sie zum Essen abzuholen. Darauf hatte sie bestanden. Der kurze Blick hatte ihm schon gereicht, ihre Oberflächlichkeit nervte ihn maßlos. Er durfte sich schon glücklich schätzen, dass sie es zugelassen hatte, dass sie zwei von einer Zwischentür getrennte Suiten bezogen. Aber letztlich hatte er genau das gewollt, um sie von seinen Töchtern fernzuhalten. Vermutlich war es dabei jedoch falsch gewesen, ihr so viele Freiheiten zu lassen. Wie auch immer. Bereits beim Dinner hatte sie ihm wieder und wieder schöne Augen gemacht, danach im Lift hatte sie ihn regelrecht bedrängt. Er konnte es nicht anders nennen, seine Ex ging ihm mit ihrem Getue gehörig auf die Eier. Christoph hatte Summers Hände zurück geschoben und sich entschuldigt, als ob es *sein* Fehler wäre, dass sie nicht begriff, dass es aus war zwischen ihnen. Den Schlussstrich hatten sie schon vor Monaten gezogen und eigentlich hatte Christoph geglaubt, dass das auch in ihrem Sinne gewesen war. Nun, womöglich hatte er sich getäuscht und er musste noch einmal sehr deutlich werden, aber heute Morgen hatte er dazu noch keine Gelegenheit gehabt, denn er war früh auf den Beinen und bis jetzt unterwegs gewesen. .

Was ihm nun bevorstand, bereitete ihm leichte Bauchschmerzen. Er musste ein offenes Wort mit ihr sprechen und ihr klarmachen, dass ihre Beziehung endgültig vorbei war. Dass er sie nur noch in seiner Nähe tolerierte, weil sie die Mutter seiner Töchter war. Weil ihm daran gelegen war, dass seine Kinder die Frau kannten, die ihre Eizellen gespendet hatte. Er verzog seinen Mund. Vielleicht war nicht einmal das Grund genug, um den Kontakt aufrechtzuerhalten. Nein, er wusste es ganz bestimmt, sie waren ohne Summer in den letzten Wochen viel besser zurechtgekommen. Summer hatte sich während dieser Zeit auch nicht ein einziges Mal nach ihnen erkundigt. Woher rührte ihr plötzlicher Sinneswandel? Und wollte er das überhaupt verstehen? Da war er sich nicht mehr so sicher. Eigentlich ging es ihm mit jeder Minute mehr gegen den Strich, überhaupt etwas mit ihr regeln zu müssen. Aber sie hatte eine Chance verdient, wenn ihr wirklich an einem Kontakt mit den Mädchen gelegen war, ob das stimmte, musste er nun herausfinden. Nur deshalb hatte er sie nicht direkt wieder weggeschickt. Vielleicht hatte sie es ja in der Trennungszeit endlich begriffen: dass Eltern sich zwar trennen konnten, aber dass die Kinder immer ihre Kinder blieben, auch wenn sie kein Paar mehr waren? Nun, vermutlich war das nur in seiner Vorstellung so, Summer hatte ja noch nie Muttergefühle empfunden und jetzt vermutlich auch nicht. Ihr Besuch musste andere Gründe haben. Wie er es drehte und wendete, er kam zu keinem Schluss, deshalb würde er jetzt das Gespräch suchen.

Christoph kehrte früher ins Hotel zurück, als er Summer am Vormittag per SMS angekündigt hatte. Wenn er Glück hatte, war sie noch gar nicht von ihrem heutigen Shopping-Exzess zurück und er hatte ein paar Minuten für sich, um sich zu überlegen, wie er seine Frage genau formulieren sollte, damit es nicht gleich in einem riesigen Streit ausartete.

Ihm blieb bedauerlicherweise keine Zeit, weiter darüber nachzudenken, denn er wurde in der Lobby von jemandem erkannt, der sofort auf ihn zueilte und ihn um ein Foto bat. Schlagartig war er umringt von Fans.

Christoph lächelte und spielte mit, hier ein Selfie, da ein Selfie. Simon hatte alles im Blick und passte auf. Trotzdem war Christoph erleichtert, als sich die Türen des Lifts etwas später hinter ihm und Simon schlossen und sie in die oberste Etage des Hotels fuhren. Sein Bodyguard war professionell genug, ihn nicht mit Plaudereien zu nerven. Er hatte einen feinen Sinn dafür, wann Christoph Schweigen vorzog. Im umgekehrten Fall konnte er sich mit Simon bestens unterhalten, nur heute wollte Christoph das eben nicht. In seinem Kopf war zu viel los.

»Ich denke, du kannst jetzt gehen, Simon«, meinte Christoph, nachdem sie den Lift verlassen hatten. »Ich melde mich nachher, ehe wir zum Essen gehen.«

»In Ordnung. Bis dann.« Simon nickte ihm zu und verschwand im Zimmer neben der Suite.

Christoph öffnete seine Tür und trat ein; zuerst legte er den Mantel ab und ließ sich rücklings aufs Bett fallen. Er seufzte und starrte an die Decke. Dann hörte er ein Geräusch. Die Verbindungstür war nur angelehnt, es musste von drüben gekommen sein.

Vielleicht war Summer doch schon zurück, obwohl er kaum glauben konnte, dass sie nicht noch in den Boutiquen der Stadt sein Geld ausgab. Christoph stand auf und ging zu der Tür, schob sie auf und trat ein. Das Zimmer war aufgeräumt, die Tüten waren ordentlich gestapelt und arrangiert. Er wusste, dass Summer dafür keine Lorbeeren einstreichen konnte, sondern die Zimmermädchen des Fünf-Sterne-Hauses. Eine Bewegung im Augenwinkel ließ ihn erstarren. Langsam drehte er sich zu Summer, die am Wohnzimmertisch kniete und ein Papierröllchen verschwinden ließ. Dann wischte sie unauffällig mit den Fingern zuerst über die gläserne Tischplatte und ihre Nase.

Mehr musste er nicht wissen.

Christoph blieb äußerlich ruhig, innerlich sah es anders aus. Ganz anders. Eine Mischung aus Entsetzen, Enttäuschung und unfassbarer Wut kochte in ihm hoch. Er ballte die Fäuste und biss die Kiefer zusammen. Summer stand auf, lächelte und kam auf ihn zu, als wäre nichts gewesen. Für wie blöd hielt ihn seine Ex eigentlich?

»Das reicht«, stieß Christoph zwischen zusammengepressten Zähnen hervor und hob seine Hand, um sie zum Stehenbleiben zu bewegen. Er wollte sie anschreien, aber er wusste, dass das nichts bringen würde. So war das nun mal mit Süchtigen.

Summer hielt inne, ihr Lächeln verblasste ein wenig. »Du bist schon da, wie schön«, flötete sie mit klimpernden Wimpern.

»Spar dir dein Getue, Summer. Seit wann kokst du wieder?« Seine Stimme klang kühl. Beherrscht. Er wollte sie noch immer anbrüllen, stattdessen durchbohrte er sie lediglich mit seinem Blick.

Summer wandte sich ab und zupfte einen nicht vorhandenen Fussel von ihrem teuren Kleid. »Was redest du da für einen Unsinn? Ich habe mir etwas notiert, willst du es lesen?«

Sie besaß tatsächlich noch die Frechheit, das Papier aus ihrer Hosentasche zu ziehen, das noch immer zusammengerollt war.

Dass sie nach allem noch immer fest daran glaubte, ihn

wieder und wieder für dumm verkaufen zu können, machte ihn nur noch rasender.

Christoph spürte das Blut in seinen Ohren rauschen. »Es gab eine Zeit, Summer, da dachte ich, ich könnte nicht ohne dich leben. Aber jetzt, jetzt kann ich dich einfach nicht mehr ertragen. Warum bist du hergekommen? Und sag zur Abwechslung einmal die Wahrheit.«

Summer wurde blass. »Du bist unfair, Chrissy.«

»Nenn mich nicht so!«, zischte er.

Sie zeigte keine Regung. »Ich sehne mich nach meinen Kindern, ich vermisse dich. Deswegen bin ich gekommen.«

Er schüttelte den Kopf. »Ich kann dir leider kein Wort glauben. Es ist schlimm für mich zu sehen, dass deine Therapie offenbar erfolglos geblieben ist. So ist das nun mal mit Abhängigen. Traurig, aber schauen wir den Tatsachen ins Gesicht. Deine Kinder interessieren dich nicht, oder warum bist du hier in Zürich und nicht bei ihnen?«

Summer holte Luft, ehe sie antwortete. »Ich bin wegen dir hier.«

»Wie kannst du nur einfach immer weiter lügen? Jetzt sag mir, was willst du von mir?«

Sein Handy gab einen Ton von sich, der signalisierte, dass eine E-Mail eingegangen war. Er schaute nach und las den Text. Er stammte von einem Privatermittler aus Los Angeles. Leider hatten sich seine Befürchtungen bestätigt. Also brauchte er nicht einmal eine Antwort von ihr. Er wusste es auch so: Summer war pleite. Sie hatte bereits ihr Penthouse verloren, das er ihr nach der Trennung gekauft hatte.

Gott, diese Frau widerte ihn an.

Gut, dass er seinen Anwalt schließlich doch noch erreicht hatte, er hatte ihm zu diesem Schritt mit den Nachforschungen geraten. Christoph war einerseits traurig, andererseits ärgerte er sich über seine Naivität. Nach allem hätte er gleich darauf kommen müssen, dass es ihr nie um ihn oder die Mädchen gegangen war. Gleichzeitig freute er sich darüber, dass er immerhin doch noch an das Gute im Menschen glaubte, auch wenn es in diesem Fall nichts nützte.

Nun, bei Summer hatte er seine Lektion endlich gelernt. Er zog sein Scheckheft hervor und starrte sie finster an. »Wie viel muss ich dir geben, damit du uns in Ruhe lässt, Summer? Sind fünf Millionen genug?«

»Ich will kein Geld von dir. Was redest du da?« Sie legte sich eine Hand aufs Dekolleté. Die Geste sollte wohl ausdrücken, wie schockiert sie war. Leider war sie keine besonders gute Schauspielerin mehr, seit sie die Drogen mehr liebte als alles andere. Er wusste jedoch, dass er es damit auf den Punkt getroffen hatte.

»Zehn?« Er biss die Zähne aufeinander und sah, dass sie zittrig Luft holte.

Jackpot.

»Gut. Zehn Millionen, und dann höre ich nie mehr etwas von dir?«

»Einverstanden.«

Christoph lachte zynisch. »Es war dumm von mir zu glauben, du könntest dich geändert haben.«

Es tat noch immer weh, obwohl sein Herz schon vor langer Zeit gebrochen war, aber es stimmte, Summer hatte sich nie wirklich für die Mädchen erwärmen können, und er zweifelte keine Sekunde daran, dass sie sich nie wieder melden würde, jedenfalls nicht um ihretwillen. Er würde sein Bestes geben, um seinen Töchtern eine schöne Kindheit zu gestalten. Summer wollte keine Rolle in ihrem Leben spielen. Außerdem würde er den Teufel tun, eine drogenabhängige Frau wieder in die Nähe seiner Töchter zu lassen. Den Fehler hatte er einmal gemacht und stets bitter bereut. Er war damals gerade noch rechtzeitig gekommen, um Sky davon abzuhalten, das weiße Pulver zu essen, als wäre es Zucker.

Die Erinnerung an diese Szene ließ ihn noch immer erschauern. »Ich will dich nie wiedersehen, Summer. Nie wieder. Solltest du dich doch für deine Töchter interessieren, sind Treffen möglich, allerdings erwarte ich vorher ein Drogenscreening. Du kriegst sie nur zu Gesicht, wenn du clean bist. Mein Anwalt wird alles regeln. Ich denke, damit ist zwischen uns alles gesagt.«

Er machte auf dem Absatz kehrt und schlug die Verbindungstür hinter sich zu. Er war aufgewühlt und konnte kaum klar denken. Er tigerte immer wieder vor dem Fenster auf und ab. Wie sollte er nach dieser Szene noch mit dem Regisseur essen gehen? Er kam nicht dazu, weiter darüber nachzudenken, weil sein Handy bimmelte. Er schaute aufs Display, es war seine Mutter. Christoph atmete kurz durch, ehe er sich dem Telefon widmete. Zwar war er noch immer auf hundertachtzig, aber wusste, dass ein Gespräch mit seiner Mutter dabei helfen würde, sich zumindest ein wenig zu beruhigen, sie kannte die Geschichte und bei ihr konnte er sein Herz ausschütten. Genau wie bei Nele, dachte er, ehe er abhob.

12

*E*twas später waren sie zu viert auf dem Weg zur Rodelbahn. Amy saß auf Neles Schultern und Sky auf Raphaels. Sie sangen Jingle Bells in einer Dauerschleife, so stapften sie über den verschneiten Winterweg durch Oberlech. Es dämmerte, obwohl es erst kurz vor vier war. Die Lichterketten an den Häusern, in den Tannen und über dem Weg gespannt, zauberten eine wunderbare Stimmung und weihnachtliche Atmosphäre. Hie und da zog ein leckerer Duft aus den Hotelküchen in ihre Nasen. Nele atmete die eisige Luft tief in ihre Lungen und freute sich hier zu sein. In Momenten wie diesen liebte sie ihren Job so sehr, dass sie sich niemals vorstellen konnte, etwas anderes zu tun.

Die Mädchen plapperten unentwegt, sie waren schrecklich aufgeregt, und auch Nele musste zugeben, dass sie sich davon ein wenig anstecken ließ. Ein großes Abenteuer wartete auf sie. Nele kannte die Rodelbahn natürlich, sie war schon oft mit Kindern dort gewesen. Sie war jedoch gespannt, wie Amy und Sky gleich reagierten, wenn sie nach unten rasten. Man konnte die Geschwindigkeit gut regulieren, mit diesen kleinen Popo-

Rutschern war das kein Problem. Sie nahm an, dass Christoph seinem Bruder vertraute, und hatte ihn natürlich nicht noch einmal angerufen. Darüber war sie sehr glücklich. Bestimmt wollte der Papa gerade auch nicht belästigt werden, es dürfte ihm allerdings auch schwer genug gefallen sein, seinem Bruder das »Ja« zu erteilen. Stattdessen hatte Nele ein paar Fotos geschickt, die sie vorhin beim Basteln mit dem iPad aufgenommen hatte. Natürlich nutzte sie dafür nicht ihr Privathandy, denn das stand so in ihrem Vertrag: Keine Aufnahmen von den Kindern mit dem eigenen Gerät.

Langsam, aber sicher hatte sie sich an die Schrulligkeiten des Vaters gewöhnt, auch, wenn sie seine Einstellung nach wie vor nicht teilte, was die Privatsphäre betraf. Vielleicht sah sie es auch nur lockerer, weil sie endlich mit den Kindern draußen sein konnte. Ein riesiger Fortschritt, und sie war unendlich erleichtert, dass Christoph das doch noch eingesehen hatte.

»So, jetzt geht's gleich los, Sky, kommst du mit mir?«, wollte Raphael wissen, als er sie am Startpunkt der Rodelbahn neben dem Hotel Montana herunterließ, die Lichter über der Bahn waren gerade eingeschaltet worden, sie hatte bis zweiundzwanzig Uhr geöffnet, aber so lange würden sie garantiert nicht durchhalten. Über ihnen kam eine Gondel aus dem Tal nahezu geräuschlos nach oben. »Damit fahren wir nachher wieder rauf«, erklärte Raphael den beiden mit einem strahlenden Lächeln.

»Ja, ich komm mit dir, Onkel Raphi«, antwortete Sky mit vor Begeisterung glänzenden Augen.

Amy hielt sich an Neles Hand fest, ihre Finger steckten in Fäustlingen, auf dem Kopf trugen beide Kinder Skihelme. Nele wusste nicht, wieso die Mädchen eine komplette Winterausrüstung hatten, wenn der Vater eigentlich gar nicht vorgehabt hatte, mit ihnen rauszugehen. Oder was auch immer, ihr blieb keine Zeit groß darüber zu sinnieren, wie reiche Leute ihr Geld ausgaben, denn Raphael legte direkt los. »Na, komm schon, Nele, sonst wachst ihr noch fest. Juhuuu!«, kreischte Raphael, und Nele sah, dass es keine Show war, er genoss diesen Trip mit seinen Nichten offenkundig sehr. Nele mochte ihn auf Anhieb, und sie spürte, dass man sich auf ihn verlassen könnte. Sie fühlte sich mit ihm und den Kindern gut aufgehoben. Er war ein Kumpeltyp, einer, mit dem man Pferde stehlen könnte. Bestimmt ließ er bei Frauen nichts anbrennen, er kam bestimmt gut bei der Damenwelt an. Vielleicht hatte er ja auch eine Freundin, aber aus irgendeinem Grund glaubte Nele das nicht. Gleichzeitig fragte sie sich, was der andere Bruder hatte, dass ihr Herz bei ihm immer aus dem Takt geriet, es in Raphaels Nähe jedoch gleichmäßig und völlig normal schlug. Dabei wollte sie jetzt nicht darüber sinnieren, sondern den Ausflug mit den Mädchen genießen. »So, dann geht's jetzt los, komm, Amy!« Nele lachte und machte sich mit der Zweijährigen auf dem Schoß bereit, Raphael und Sky zu folgen.

FÜNF FAHRTEN später war Nele erschöpft und die Kinder waren völlig am Ende. Raphael begleitete sie selbstverständlich zurück. Sie betraten das Haus durch den Skikeller und ließen die nassen Sachen der Kinder gleich unten auf der Heizung liegen. Amy war auf dem Rückweg in Neles Armen eingeschlafen, und auch Sky konnte nach der vielen frischen Luft und dem wilden Toben im Schnee kaum noch die Äuglein offen halten. »Soll ich Amy nach oben tragen?«, bot Raphael an.

»Das wäre lieb, danke. Aber ich schaff das auch allein, falls du keine Zeit mehr hast.«

Raphael kommentierte Neles Antwort nicht, stattdessen übernahm er seine Nichte sanft. Nele öffnete die Tür für ihn und tastete nach Skys Hand, sie legte ihre kleinen Fingerchen in ihre, und Neles Herz weitete sich. Die Mädchen vertrauten ihr, und das fühlte sich großartig an.

Es dauerte nicht lange, da hatten sie Amy bettfertig gemacht und Sky noch mit dazu. Die kleine Schwester schlummerte in Papas Bett – nachdem das gestern so gut geklappt hatte, wollte sie heute kein Risiko eingehen – und Sky war nach dem Zähneputzen im Badezimmer auf dem warmen Boden eingenickt. So schnell hatte Nele gar nicht gucken können. Nele hob sie auf ihre Arme und brachte sie zu ihrer Schwester. Sie lächelte und ließ die Nachtlampe an, dann ging sie vorsichtig hinaus und entdeckte Raphael, der auf dem Flur wartete. »So, jetzt mache ich mir auch noch eine heiße Schoki und eine Jause, und dann geht es auch für mich ab in die Heia.«

Raphael ging neben ihr her nach unten. »Das klingt super.«

Nele überlegte, ob das eine Anmache sein sollte oder ob das »super« auf das Abendessen bezogen war.

»Kann ich dir auch was anbieten?«, erkundigte sie sich höflich und entschied, dass er bestimmt nicht mit ihr hatte flirten wollen. »Ich weiß, das klingt komisch, ich meine, es ist ja das Haus deines Bruders ... also, dass ich dir was anbiete, ich meine, ich bin die Angestellte ...«

Raphael winkte mit einer fröhlichen Geste ab. »Ich nehme gern auch eine Schokolade, Nele, das ist doch das Beste nach dem Rodeln.«

Er zwinkerte ihr zu und grinste spitzbübisch, dann entschuldigte er sich kurz, und Nele betrat die Küche allein.

Nele kramte einen Topf und einen Kochlöffel hervor, den sie auf der Herdplatte platzierte. So ganz war sie mit der Technik im Haus nicht vertraut, aber ein bisschen Milch aufkochen würde sie hoffentlich noch hinbekommen. Als Nächstes kippte sie einen knappen Liter Milch hinein – sie hatte ja keine Ahnung, wie viel sich so ein stattlicher Mann wie Raphael genehmigte. Nele hatte ihren Löffel in die Milch getaucht und rührte selig darin herum. Es war so einfach, Kinder glücklich zu machen, dachte Nele zufrieden und fing an, das Kakaopulver in den Schränken zu suchen. Sie hörte Raphaels Schritte auf dem Parkett näher kommen. Als sie sich nach ihm umschaute, fiel ihr die Kinnlade herunter.

In die Küche kam nicht Raphael, sondern sein Bruder.

Und er sah alles andere als amüsiert aus.

Christophs Wangen waren gerötet, seine Lippen waren zusammengepresst und seine Augen sprühten Funken. Er stand nur einen Meter von ihr entfernt und sah so wütend aus, dass Nele sich nicht rühren konnte. Ihr Herz hämmerte wild gegen ihren Brustkorb.

Christoph war zurück.

Einen Tag zu früh.

Und er schien verärgert. Sehr verärgert.

Aber da war noch mehr. In seinen Augen lag ein wilder Glanz, den sie nicht interpretieren konnte. Sie hielt den Atem an. Nele war buchstäblich erstarrt. Ihr Puls raste. Sie brachte nicht einmal ein »guten Abend« zustande.

Etwas lag in der Luft. Sie konnte es nicht greifen, aber es war da. Es knisterte, die Stimmung zwischen ihnen vibrierte. Mit Christophs unerwarteter Präsenz hatte sich die ganze Atmosphäre im Raum aufgeladen. Nele konnte sich das nicht einbilden, er musste es auch spüren. Es war geradezu absurd, wie intensiv diese Empfindungen waren.

Christoph starrte Nele noch immer finster an. »Wo sind die Mädchen?«, zischte er.

Nele blinzelte irritiert, und ihre romantischen Fantasien zerplatzten. »Äh«, stammelte sie, dann räusperte sie sich. »Die beiden sind oben, sie schlafen. Christoph, stimmt was nicht, ist was passiert?«, wollte sie dann ganz ruhig von ihm wissen. Besorgnis war aus ihrem Tonfall zu hören.

Das war die einzig logische Erklärung, die zu seinem merkwürdigen Hereinstürmen passte.

»Ist was *passiert*?«, brüllte er. »Sag du es mir!«

Nele trat schockiert einen Schritt zurück.

Was war ihm denn für eine Laus über die Leber gelaufen? Sie schwieg betreten und konnte ihn nur anstarren, während sie nicht begriff, warum er hier war und warum er sich ihr gegenüber derartig schroff verhielt.

»Ob was los ist, fragst du mich auch noch?«, wiederholte er, leiser, geradezu fassungslos über ihre Frage. Er war blass und stand stocksteif im Raum. Dann unterbrach er den Blickkontakt, trat einen Schritt zurück. Er atmete aus und fuhr sich mit beiden Händen durch die Haare. Eine Geste, die klarmachte, wie aufgebracht er war. Christoph stieß einen geräuschvollen Seufzer aus und blickte dann wieder zu Nele. »Stimmt es, dass du mit den Kindern rodeln warst?«

Nele wollte gerade etwas erwidern, als Raphael in die Küche trat. Er sah auf einmal genauso übel gelaunt aus wie sein älterer Bruder.

»Sag mal, spinnst du, Christoph?«, knurrte Raphael und stellte sich neben Nele. Sie kam sich fehl am Platz vor, aber konnte sich auch nicht rühren. Langsam sickerte die Erkenntnis in ihr Bewusstsein durch, dass Christoph vielleicht doch nicht zugestimmt haben könnte, mit den Kindern rauszugehen. Verdammt, dachte sie, ich hätte ihn doch anrufen sollen.

Zu mehr kam sie nicht, als Christoph weitersprach. »Seid ihr beide verrückt geworden? Wie konntet ihr nur!«, klagte er sie und Raphael an.

Raphael schüttelte verärgert den Kopf. »Hörst du dir eigentlich selbst einmal beim Reden zu? Deine Kinder hatten heute das schönste Erlebnis seit sehr langer Zeit. Sie hatten richtig Spaß, sie waren an der frischen Luft. Sie sind glücklich gewesen,

Christoph. Sie haben sich gefreut. Kinder müssen raus, sie müssen spielen dürfen! Du darfst sie nicht einsperren, bis sie erwachsen sind. Wie stellst du dir das eigentlich vor? Was für Menschen sollen aus ihnen werden, wenn sie in einem goldenen Käfig gehalten werden?« Raphael blieb äußerlich ruhig, aber Nele sah eine Ader an seiner Schläfe pochen, die verriet, dass er nicht weniger aufgebracht war als der Vater der Mädchen.

»Du hast ja keine Ahnung! Das war viel zu gefährlich«, unterbrach Christoph seinen Bruder. Raphaels Argumente perlten einfach von ihm ab, sie erreichten den besorgten Vater nicht.

»Sie haben nicht einen Kratzer abbekommen«, wandte sie vorsichtig ein. »Und selbst wenn, mal ein Pflaster auf eine Wunde zu kleben, gehört doch zum Großwerden dazu. Willst du sie für immer in Watte packen?«

Christophs Blick war eisig, seine Miene versteinert. »Das hat keiner von euch zu entscheiden!«

So wie Christoph aussah, war er zum Morden bereit. Nele fragte sich, wer sie verpetzt hatte, und hielt fortan lieber den Mund. War es vielleicht Theresia gewesen? Monika oder Franz?

Zu mehr Überlegungen kam sie nicht, denn Christoph wandte sich jetzt geradewegs an sie. Sein Blick war vorwurfsvoll, aber auch Enttäuschung konnte sie darin erkennen. Es war mehr als Ärger, das in jedem Fall. Nele schluckte, sie hatte einen dicken Kloß im Hals.

»Und was ist mit dir, Nele? Hatte ich dir nicht deutlich gemacht, was erlaubt ist und was nicht?«, wollte er von ihr wissen. Er reckte sein Kinn etwas nach vorn, unbewusst vermutlich, aber es machte noch deutlicher, wie enttäuscht er von ihr war.

Nele überlegte fieberhaft, was sie vorbringen könnte, ohne Raphael in die Pfanne zu hauen und das kam nicht infrage. Ihr fiel leider nichts Passendes ein. Absolut gar nichts.

Ihr Kopf war komplett leer, gleichzeitig sausten tausend Gedanken durcheinander. Zum Glück sprang Raphael für sie in die Bresche. »Merkst du nicht, wie irre du dich aufführst?«, herrschte Raphael Christoph an. »Ich habe Nele erzählt, dass du es erlaubt hättest. Wenn du also jemanden zusammenstauchen willst, dann mich und nicht sie. Nele hat alles richtig gemacht. Und ich im Übrigen auch, derjenige, der die Dinge falsch bewertet, bist du!«

Christoph erstarrte, er schaute von einem zum anderen, dann blieb sein zorniger Blick erneut an Nele hängen. »Und du hast nicht einmal daran *gedacht,* mich zu kontaktieren, um das zu überprüfen?« Auf einmal klang er erschöpft. Unter seinen Augen lagen dunkle Schatten, er war kreidebleich.

Nele straffte sich. Sie wollte gerade etwas erwidern, aber Raphael kam ihr zuvor. Er ging auf Christoph zu und blieb vor ihm stehen. Raphael tippte seinem Bruder mit dem Finger auf die Brust.

Sie waren wie zwei Gockel, der eine machte sich größer als der andere. Wenn die Situation nicht so unangenehm gewesen wäre, hätte man darüber lachen können. Aber an dieser Szene war nichts lustig. Erschrocken beobachtete sie die beiden, während sie einiges realisierte: Raphael hatte sie angelogen.

Und deshalb war Christoph auch auf sie stinkwütend.

Das zumindest war eindeutig und er hatte natürlich recht, sie hätte sich bei ihm versichern sollen, dass das was Raphael erzählte, auch stimmte.

Vermutlich war Nele ihren Job damit direkt wieder los. Was für ein Mist!

Dabei waren die Mädchen so glücklich gewesen. Das war das, was ihr am meisten leidtat. Das schöne Rodelabenteuer würde sich nun doch nicht wiederholen lassen. Sky und Amy würden untröstlich darüber sein. Und Nele auch. Sie hatte die beiden sehr liebgewonnen.

»Du hast doch nicht mehr alle Latten am Zaun, Christoph! Hörst du dir selbst mal zu? Du benimmst dich wie ein Irrer. Und Nele kann nichts dafür, also lass sie da bitte raus. Sie hat nur das Beste für die Kinder im Sinn, anscheinend willst du das nicht begreifen. Also echt, wenn du deine üble Laune an Nele auslässt, haue ich dir so eine auf die Zwölf, das hat die arme Frau wirklich nicht verdient ... Und jetzt geh mir aus dem Weg, mit dir kann man ja nicht reden!« Raphael ließ seinem Bruder keine Gelegenheit mehr zu antworten. Er wirkte mindestens genauso wütend wie Christoph selbst. Raphael rempelte Christoph mit der Schulter an, der war davon so überrascht, dass er nach hinten zurückwich, um nicht umzufallen. Raphaels energische Schritte entfernten sich schnell, dann krachte die Haustür. Er musste sie mit sehr viel Schwung ins Schloss geworfen haben, wenn man es noch bis in die Küche hören konnte.

Nele rührte sich nicht. Nicht zum ersten Mal in ihrem Leben wünschte sie sich die Fähigkeit, sich unsichtbar machen zu können. Doch so sehr wie jetzt hatte sie sich noch nie danach gesehnt. Nicht einmal, als sie ihren Ex mit ihrer besten Freundin erwischt hatte. Und das sollte was heißen.

Ein zischendes Geräusch unterbrach die aufgeladene Stille in der Küche. Sie überlegte, woher es kam, als sie das Malheur auch schon entdeckte. Die Milch schäumte über und brannte an. Auch das noch.

Ihr lag ein derber Fluch auf den Lippen, aber kein Laut kam hervor. Sie tippte wild auf der elektronischen Anzeige des Induktionsfeldes herum. Weil ihre Finger von der Nervosität eiskalt und klamm waren, erkannte der Sensor sie nicht. Na super!

Christoph war so geistesgegenwärtig und zog den Topf vom Herd, heiße Milch tropfte auf dem Weg zu Boden, bis er ihn in die Spüle schmiss. Das laute Scheppern erschreckte Nele, und sie zuckte zusammen.

»Tut mir leid«, murmelte Christoph, und Nele war nicht klar, worauf sich das bezog.

Auf seine Anschuldigungen? Auf das Geräusch? Auf das Misstrauen?

Der Herd gab ein Piepen von sich. Er schaltete sich von allein ab, weil das Kochfeld erkannte, dass sich kein Topf mehr drauf befand. Wow. Da hätte sie vielleicht auch von selbst darauf kommen können, aber es spielte jetzt keine Rolle mehr. Als ob angebrannte Milch ihr größtes Problem wäre. Schön wäre es.

Nele ging davon aus, dass sie ihre Sachen packen konnte. Dass sie gefeuert war.

Das Traurige daran war, dass es ihr schrecklich leidtat, die Mädchen schon nach so kurzer Zeit wieder verlassen zu müssen. Der Gedanke, sie nicht mehr wiederzusehen, trieb ihr die Tränen in die Augen. Sie ignorierte das Brennen und schaute auf ihre nutzlos herunterhängenden Hände. Sie musste etwas tun. Etwas sagen. Aber was konnte sie schon zu ihrer Verteidigung vorbringen, das nicht lächerlich klang? Ihr fiel nichts ein, was nicht schon in ihrem Kopf lahm und dämlich anmutete.

»Ich wusste es nicht«, murmelte sie schließlich und sah nicht zu ihm auf. »Ich wusste nicht, dass Raphael es nicht mit dir abgesprochen hatte, ich hätte dich anrufen sollen, aber ich wollte nicht unnötig stören.« Sie wollte nicht noch einmal die Enttäuschung und Wut in seinen Augen ertragen müssen. Stattdessen ging sie zum Waschbecken, nahm einen Lappen und fing an, die Herdfläche zu schrubben.

Christoph rührte sich nicht. Sie beobachtete ihn aus dem Augenwinkel, er ließ die Schultern hängen und sah vollkommen ratlos aus. Aber es war viel mehr als nur das. Er wirkte zerrissen und so schrecklich einsam, dass sie ihm nicht einmal wegen seines Ausbruchs böse sein konnte.

Was ihn wohl dazu bewogen hatte, früher zurückzukehren? Nele wollte nicht an seine Frau denken, tat es aber doch. Hatte die Heimreise was mit ihr zu tun? Und wo steckte Summer überhaupt?

Vermutlich kam sie gleich in die Küche gestöckelt und markierte ihr Revier, indem sie Christoph um den Hals fiel oder etwas anderes Widerwärtiges tat, das Nele schon in Gedanken nicht ertragen konnte. Bestimmt war Summer zuerst nach oben gelaufen, um nach ihren Töchtern zu sehen. Nele blinzelte ein paarmal und wischte immer wieder über die angebrannte Milch.

Das hier war alles so absurd. Am schlimmsten war jedoch, dass sie sich am liebsten in Christophs Arme geworfen hätte.

Sie putzte noch energischer, während der Lappen unter ihren Fingern immer heißer wurde. Obwohl der Herd ausgeschaltet war, war Resthitze im Induktionsfeld noch gefährlich. Sie ließ sich davon nicht abhalten, schrubbte immer kräftiger, als ob das etwas daran ändern könnte, dass sie sich in den Hausherrn verliebt hatte. Nele wurde klar, dass egal was sie sich vornehmen oder versuchen würde, sie es niemals schaffen würde, sich von Christoph zu distanzieren. Sie war ihm mit Haut und Haaren verfallen und ihre ganze Professionalität hatte ihr reichlich wenig gebracht, weil sie sich die ganze Zeit selbst belogen hatte. Die Erkenntnis kam so plötzlich und unmittelbar, dass Nele zittrig ausatmete. Sie schloss die Augen und ließ alles kurz sacken.

Auch das noch.

Sie hatte sich in ihn verliebt, verdammt!

Vielleicht hätte sie es kommen sehen können, möglicherweise hatte sie das auch von Anfang an geahnt. Letztlich war das Unausweichliche geschehen, und sie konnte nichts mehr daran ändern.

So dumm und hoffnungslos es auch war, es fühlte sich nicht

nur schlecht an, wenn ihr Herz für ihn höher schlug. Dieses Kribbeln im Bauch ließ sie so lebendig fühlen wie seit Jahren nicht mehr. Dass ihre Verliebtheit einseitig und damit absolut hoffnungslos war, konnte sie Christoph ja wohl kaum vorwerfen.

Wenn sie alt und grau war, würde sie vielleicht ihren Enkelkindern davon erzählen, dass sie einst in einen Star verliebt gewesen war und ihn sogar einmal in einer dunklen Ecke geküsst hatte. Ihr Herz wurde schwer, wenn sie daran dachte, dass er sich vielleicht nicht mehr an sie erinnern würde, aber trotzdem bereute Nele es nicht.

Das hier war kein Märchen, in dem Aschenputtel den Prinzen abbekam. Sie würde nicht mit ihm ins Happy End davonreiten. Das hier war ihr Leben, und in der Realität lief das nun mal anders. In ihrer Welt wurde die Nanny entlassen, wenn sie sich nicht an die Anweisungen der Eltern hielt, und das musste sie akzeptieren. Sie würde keine lahme Verteidigung ihrer Gründe ihn nicht angerufen zu haben vorbringen, denn vielleicht, ganz vielleicht hatte Nele Christoph gar nicht kontaktieren *wollen*. Vermutlich hatte sie Raphael einfach glauben wollen, damit die Mädchen einmal die Gelegenheit bekamen, etwas von der normalen, wundervollen Winterwelt kennenzulernen, ehe sie wieder in ihren schönen Palast zurückkehren mussten.

Die beiden würden von dem Erlebnis zehren, das hoffte Nele zumindest. Und vielleicht sah Christoph es irgendwann ja auch so. Nun, so wie er sich jetzt benahm, standen die Chancen diesbezüglich eher schlecht, aber daran konnte Nele nichts ändern.

Sie konnte nachvollziehen, dass er aufgebracht darüber war, dass sie seine Anweisungen aus Gutgläubigkeit missachtet hatte. Es hätte auch etwas schiefgehen können.

Er mochte seine Gründe haben und es hatte ihr nicht zugestanden, seine Wünsche zu übergehen. Sie hatte es trotzdem getan, weil sie Raphael allzu gerne geglaubt hatte.

Es konnten Minuten vergangen sein, seit das letzte Wort zwischen ihnen gesprochen worden war. Nele hatte das Gefühl für Raum und Zeit verloren. Sie wartete auf das Unvermeidliche: den Rauswurf.

Denn entgegen Raphaels Drohungen glaubte Nele keine Sekunde daran, dass Christoph sie noch einmal in die Nähe seiner Töchter lassen würde. In seinen Augen hatten sie einen schweren Vertrauensbruch begangen, darüber war sie sich im Klaren.

Niedergeschlagen legte Nele den Lappen zurück in die Spüle und drehte sich vorsichtig in seine Richtung. Sein Blick war auf sie gerichtet, und die glühende Intensität, die darin loderte, ließ ihren Atem stocken.

Sie vergaß alles um sich herum. Sie konnte nicht mehr denken, sie konnte sich nicht rühren. Der Sauerstoff im Raum schien verpufft zu sein.

»Wieso hast du mich nicht angerufen?«, wisperte er, sie hörte am Klang seiner rauen Stimme, wie verletzt er war. Er wirkte verzweifelt.

Nele schluckte, sie legte sich eine Hand an die Kuhle am Hals. Sie fühlte sich verletzlich und unsicher. Weil sie ihre Gedanken nicht in Worte fassen konnte, schaute sie ihn stumm an. Christoph kam auf sie zu. Er stand jetzt so dicht vor ihr, dass sie seinen einzigartigen Duft einatmen konnte.

Ihr Herz stolperte, und ihre Knie wurden wachsweich.

Sie hasste es, dass er diese Wirkung auf sie hatte. Sie wollte sich nicht so fühlen, so schwach, so anlehnungsbedürftig. Aber genau das war es, was in ihr vorging. Sie sehnte sich danach, ihren Kopf gegen seine Schulter zu lehnen, die Augen zu schließen und einfach von ihm gehalten zu werden. Sie wusste, in seinen Armen würde sich jeder Ärger, jede Sorge in Nichts auflösen.

Aber das war nun mal nicht ihre Rolle, deswegen rührte sie sich nicht. Nele befeuchtete sich die Lippen und fasste sich ein Herz. »Ich habe wirklich gedacht, es wäre okay für dich. Amy und Sky haben sich so gefreut.« Ein Lächeln stahl sich auf ihr Gesicht, als sie an die Jauchzer der Mädchen zurückdachte, die strahlenden Augen und die Jubelrufe, als sie wieder und wieder den Berg heruntergerodelt waren. »Sie waren unbeschwert wie Kinder sein sollen«, flüsterte Nele. »Die Mädchen waren so fröhlich und ausgelassen. Sie waren glücklich.«

Sie sah seinen Adamsapfel hüpfen, als ob er mit sich rang.

Eine Gänsehaut breitete sich auf ihrem Körper aus, er kam näher.

O Gott.

Für einen Moment glaubte Nele, dass Christoph sie in seine Arme reißen würde, im nächsten hörte sie Schritte auf dem Flur näher kommen, und der intime Augenblick war vorbei.

»Ist alles in Ordnung?«, fragte Simon, während er die Küche betrat, und guckte seinen Boss an. Ja, klar, Simon hatte natürlich mitbekommen, dass sein Chef Hals über Kopf zurückgefahren war, und versicherte sich jetzt, ob etwas vorgefallen war.

Nele schaute auf. Der Gesichtsausdruck des Bodyguards veränderte sich augenblicklich, als der breitschultrige Leibwächter begriff, dass er in einen intimen Moment geplatzt war. Schon wieder.

Christoph ging zurück, er wirkte, als hätte ihm jemand eine Ohrfeige verpasst.

Nele musste sich eingestehen, dass sie vermutlich nicht minder schockiert aussah. Zum Glück gab es hier keinen Spiegel. Hitze brannte in ihren Wangen. Es war offensichtlich, was Simon dachte. Dass er Nele und Christoph bei etwas unterbrochen hatte, was nichts mit der Arbeit zu tun hatte.

Und irgendwie stimmte das ja.

Und auch wieder nicht.

Oder wie sollte man eine Situation beschreiben, in der die Nanny und der Vater der Kinder so nah beieinanderstanden, dass kaum ein Blatt Papier dazwischen passte?

»I-ich wollte gerade gehen und meine Sachen packen«, stieß Nele schließlich hervor.

Simon schaute zu Christoph, der hielt sie an der Schulter fest. »Was hast du gesagt?« Er klang verärgert.

Nele holte tief Luft und straffte ihren Rücken. »Nun, ich nehme an, dass du mich jetzt feuerst, also machen wir es kurz. Ich muss nur noch einmal nach oben und meinen Kram in die Tasche stopfen, dann bin ich weg.« Sie redete so schnell, dass sie vergaß, dabei Luft zu holen. Ihre Lungen brannten. Ihr Herz raste noch immer. Sie fühlte sich elend.

»Simon, bitte lass uns allein«, forderte Christoph, ohne seinen Bodyguard anzusehen.

»Natürlich.« Ohne ein weiteres Wort zog sich der treue Mitarbeiter zurück.

Christoph ging zum Kühlschrank und nahm eine Flasche Wein heraus. Nele schaute ihm mit gerunzelter Stirn hinterher. Als er auch noch zwei Gläser aus dem Schrank zog, blieb ihr der Mund offen stehen. Er würde sie feuern und dann mit seiner Frau darauf trinken? Wo steckte die überhaupt?

Wow. Das hatte sie nicht von ihm erwartet.

»Kommst du bitte mit ins Wohnzimmer? Dort können wir in Ruhe reden«, erklärte Christoph jetzt und sie verstand gar nichts mehr.

Nele verspürte den Impuls, sich umzudrehen, um nachzusehen, ob er wirklich sie meinte. »I-ich soll mitkommen?«, fragte sie auch noch.

Irrte sie sich oder zuckten seine Mundwinkel verräterisch? Was für ein Sinneswandel, sie verstand überhaupt nichts. Im nächsten Moment war der Anflug eines Lächelns schon wieder verschwunden. Sie musste sich getäuscht haben. »Bitte, Nele. Ich glaube, wir müssen ein paar Dinge richtigstellen. Also *ich* muss einiges aufklären.«

Sie zog die Schultern hoch, aber widersprach ihm nicht. »Natürlich. Kein Problem«, erwiderte sie und schaute ihm hinterher. Sie brauchte einen Moment, um nachzudenken. Hieß das, dass er sie nicht entlassen wollte? Sie war verwirrt. Und gleichzeitig freute sie sich. Was er ihr wohl zu sagen hatte? Das und vieles mehr ging ihr durch den Kopf, während sie nachdenklich seine Kehrseite betrachtete, als er aus der Küche verschwand.

13

*C*hristoph schürte das Feuer, als er Neles leise Schritte hinter sich hörte. Stoff raschelte, vermutlich setzte sie sich gerade aufs Sofa. Er konnte sich vorstellen, dass sie sich nicht gemütlich hineinfallen ließ, sondern nur auf der Kante hockte, mit stocksteifem Rücken und großen Augen.

Er bereute, wie hart er sie vorhin angefahren hatte. Es tat ihm leid, dass er nicht aus seiner Haut konnte und immer der Spielverderber sein musste. Wenn auch aus gutem Grund.

Noch immer hatte ihn die Sorge um seine Kinder im Griff, seine Hände zitterten leicht, obwohl er mittlerweile ja wusste, dass es ihnen gut ging. Nachdem seine Mutter ihn in Zürich angerufen hatte, wo sie ihm in einem Nebensatz erzählt hatte, wie viel Spaß die Kinder mit Raphael und Nele auf der Rodelbahn hatten, war er ausgerastet. Er hatte seinen Kram zusammengerafft und war sofort ins Auto gesprungen. Ein Glück war er Summer davor bereits losgeworden – den Rest würde sein Anwalt regeln.

Der Gedanke an seine zukünftige Ex-Ehefrau ließ ihn mit den Zähnen knirschen. Er hätte es wissen müssen, hätte es ahnen können, aber er war anscheinend trotz der langen Vorgeschichte noch immer zu naiv, um ihre Spielchen zu durchschauen. Nun, zumindest damit hatte es jetzt ein Ende. Vielleicht war er deswegen so ausgeflippt, als er nach dem Vorfall in Zürich auch noch damit überrascht worden war, dass Raphael und Nele mit Sky und Amy gegen seine Anweisungen rodeln gegangen waren. Seine Nerven waren nicht gerade dick wie Drahtseile im Moment. Und der Gedanke, dass seine Mädchen ohne Personenschutz draußen unterwegs waren, hatte ihn krank vor Sorge gemacht.

Ihm wurde auch jetzt noch schlecht beim Gedanken daran, was alles hätte passieren können. Gleichzeitig sagte ein Stimmchen in seinem Kopf, dass ja alles gut gegangen war, dass er vielleicht wirklich die Zügel ein wenig locker lassen musste.

Rein logisch betrachtet kapierte er es, aber sein Bauch sagte ihm etwas ganz anderes. Er seufzte leise.

Die Flammen züngelten an den Holzscheiten, fraßen sich durch den Anzünder und loderten hell auf und entfachten ein Feuer. Sofort wurde es behaglich und warm um ihn herum. Nicht, dass es vorher kalt gewesen wäre, aber die Hitze eines Kamins strahlte immer etwas Heimeliges aus, und es war eine der Sachen, die er in Kalifornien wirklich vermisst hatte. Und die wunderbaren Basteleien seiner Kinder waren ihm natürlich auch nicht entgangen, er fand sie ganz wundervoll und erst damit kam hier eine bezaubernde heimelige Weihnachtsatmosphäre auf.

Christoph tat sich schwer damit, seine Ängste loszulassen, das war ihm sehr bewusst, aber er musste einen Weg finden. Denn so ging es nicht weiter. Darüber wollte er mit Nele sprechen, obwohl er noch keine Ahnung hatte, wie er es in Worte fassen konnte, was in ihm vorging.

Christoph atmete tief ein, dann erhob er sich und setzte sich Nele gegenüber. Er öffnete die Weinflasche und goss etwas davon in zwei langstielige Gläser ein. Dabei wusste er nicht mal, ob sie überhaupt Alkohol trank.»Ich finde eure Basteleien wundervoll. Das habt ihr großartig gemacht, vielen Dank, Nele.« Er reichte ihr eines über den Tisch, dabei achtete er darauf, sie nicht zu berühren. In Neles Nähe spürte er seltsame Dinge, die er nicht fühlen sollte oder wollte. Schlimm genug, dass zu all dem Chaos in seinem Leben auch noch dieses Verlangen dazugekommen war. Sehnsucht nach seiner Angestellten.

Es war idiotisch und sicher nur eine Überreaktion auf alles andere, was bei ihm gerade schiefging. Er würde diesem närrischen Begehren jedenfalls keine Nahrung mehr geben, es würde sich dann bestimmt so schnell legen, wie es gekommen war.

Das hoffte er zumindest, denn wenn er sich eines in seinem Leben nicht auch noch leisten konnte, dann eine Affäre mit seiner Nanny. Einer Person, die seine Kinder umsorgte und nicht ihn in seinem Bett. Er wusste, dass Amy und Sky sie liebten, deshalb musste er sich zusammenreißen und sich bei Nele entschuldigen. Er brauchte sie. Ein merkwürdiges Gefühl machte sich in seinem Bauch breit, das er nicht näher definieren konnte, aber es verwirrte ihn zunehmend.

»Hör zu«, fing er daher an und hob sein Glas. »Es tut mir leid, dass ich vorhin so … ein Arsch war. Ich wollte dich nicht anschreien.«

Nele blieb stumm, aber der Blick aus ihren hübschen blaugrauen Augen verriet ihm, dass er sie verletzt hatte. Er bereute seinen Ausraster, aber Worte, die einmal gesagt waren, ließen sich nun mal nicht zurücknehmen. »Kann ich dir erzählen, warum ich so empfindlich reagiere? Das macht es nicht wieder gut, es macht mein Verhalten auch nicht besser, aber zumindest kann ich dir erklären, warum ich um die Sicherheit meiner Kinder so besorgt bin.« Er nahm einen Schluck.

»Bitte. Ich höre gerne zu.« Nele nickte und trank ebenfalls. Er starrte auf ihre Lippen. Das Verlangen, das durch seine Lenden zuckte, erschreckte ihn. Die Intensität war absurd. Christoph wandte den Blick ab und schaute ins Feuer. Er schwieg einen Moment, nippte noch einmal am Grünen Veltliner, dann räusperte er sich. »Ich weiß gar nicht, wo ich anfangen soll. Ich bin ... ich bin, ach, ich weiß auch nicht. Fangen wir einfach mit dem Trip nach Zürich an oder zuerst mit dem plötzlichen Auftauchen meiner Ehefrau.«

Er sah aus dem Augenwinkel, wie Nele bei diesem Wort leicht zusammenzuckte. Christoph wandte sich Nele zu und betrachtete sie mit einer stummen Mischung aus Neugierde und Begehren. Eine merkwürdige Kombination, vor allem deshalb, weil er sich vor wenigen Minuten erst vorgenommen hatte, nicht mehr die attraktive Frau in Nele zu sehen, sondern nur die Nanny. Aber leider war es mit den Vorsätzen allein nicht getan, es schien so, als wolle sein Kopf das zwar verstehen, aber der Rest seines Körpers nicht. Am allerwenigsten sein Herz.

Er trank noch einen weiteren Schluck, als ob das helfen würde – was nicht der Fall war. Christoph stellte sein Glas auf dem Tisch ab und überschlug seine Beine, dann lehnte er sich zurück. Je mehr Abstand zwischen Nele und ihn kam, desto besser.

»Wo war ich?«, sagte er mehr zu sich selbst als zu ihr, dann fiel es ihm wieder ein. »Ach ja, Summer. Nun, um eine lange Geschichte kurz zusammenzufassen: Wir sind getrennt, wir werden es auch bleiben, und sie wird hier nicht mehr auftauchen. Alles, was sie von mir wollte, war mehr Geld. Sie hatte nie Interesse an den Mädchen, leider. Um ehrlich zu sein, war immer ich es, der Kinder wollte. Sie war von Anfang an nicht dafür, hat sich aber schließlich dazu überreden lassen. Aber nur unter der Bedingung, dass sie die Schwangerschaften – ich zitiere – nicht über sich ergehen lassen musste.« Christoph schüttelte den Kopf über die Absurdität dieser Tatsache. Hier, in seiner bodenständigen Heimat, kam es ihm selbst auch irrsinnig vor, damals hatten sie jedoch in Los Angeles gelebt. In der Branche und dem gesamten Umfeld war es durchaus üblich, dass Stars und Sternchen sich ihre Körper nicht von Streifen auf der Haut und Kaiserschnittnarben »verderben« lassen wollten und daher Leihmütter für das Austragen der Babys bezahlten. »Ich habe mich darauf eingelassen, weil ich unbedingt Vater werden wollte, und ich habe es seitdem nicht bereut, keinen einzigen Tag, nicht für eine Sekunde. Man kann mir ethische Vorwürfe machen, aber ich bin trotzdem froh, dass ich eine Leihmutterschaft zugelassen habe. Ich liebe Sky und Amy über alles und bin dankbar, dass es die beiden in meinem Leben gibt.«

»Das weiß ich, und das merkt man auch. Du bist ein sehr guter Vater«, erwiderte Nele, und ein vorsichtiges Lächeln zeigte sich auf ihren Lippen. Beim Namen der Mädchen hatten ihre Augen kurz aufgeleuchtet. Christophs Herz weitete sich ein wenig, weil er wusste, dass Nele ihm die Zuneigung zu seinen Kindern nicht vorspielte. Er merkte, dass sie ihn verstand und vor allem – was das Wichtigste war –, dass sie seine Mädchen gern hatte.

»Nun, ich erspare dir die Details meiner Ehe, das tut hier auch nichts zur Sache. Es ist nur so, dass ich wirklich geglaubt habe, dass Summer endlich begriffen hat, was ihr fehlt, seit wir nach Österreich umgezogen sind. Nur deshalb habe ich zuge-stimmt, dass sie bleiben durfte. Aber wie sich herausgestellt hat, war mein Gedanke naiv und dumm.« Düster schaute er in sein Glas und wieder zu Nele. Er atmete aus, dann fuhr er fort. »Summer ist nicht mehr willkommen, und sie wird sich vermutlich auch nicht häufiger als vielleicht zum Geburtstag der Kinder melden, denn alles, was sie wollte, war Kohle. Und die habe ich ihr gegeben – oder werde sie ihr geben, wenn unsere Anwälte die Verträge aufgesetzt haben. Einer baldigen Scheidung steht damit nichts mehr im Wege, vielleicht sogar noch vor Jahresende. Der Prozess läuft ohnehin schon eine Weile, ist aber leider noch nicht abgeschlossen.«

O Gott. Warum plauderte er diese Details aus? Nele musste ja glauben, dass er …

Egal, es war zu spät, um die Worte zurückzunehmen. Er hatte nicht vorgehabt, ihr zu erklären, dass er bald geschieden sein würde. Trotzdem fühlte es sich gut an, nach allem, was schiefgelaufen war, berichten zu können, dass es mit Summer und ihm endgültig aus war – nur für den Fall, dass Nele etwas anderes geglaubt hatte.

Er sehnte sich nach Geborgenheit, gerade in diesem Augenblick. Aber es durfte nicht sein, schon gar nicht, so lange er nicht geschieden war, deshalb nahm er sich zusammen.

»Raphael hat gesagt, dass Sky beinahe wegen ihr im Krankenhaus gelandet wäre. Warum?«, fragte Nele.

Christoph biss die Zähne zusammen, während er nachdachte, wie er seine Antwort formulieren sollte. Sein Bruder war eine elende Quasselstrippe. Was hatte er sonst noch erzählt? »Nun, das stimmt, Nele. Summer ist kokainsüchtig. Sie hatte vor unserer Abreise eine Therapie angefangen, aber anscheinend ist die erfolglos verlaufen. Jedenfalls, vor etwas mehr als einem Jahr, ich war gerade nicht zu Hause, und Summer hatte sich auf die Fahne geschrieben, dass sie die perfekte Mutter spielen wollte. Leider war sie die nie und wird sie auch nie werden. Statt mit Sky zu spielen, hat sie neben ihr ein paar Lines gezogen. Schlimm genug, aber das war es noch nicht. Sie hat den Stoff neben ihren Spielsachen liegen gelassen und ist dann aus dem Zimmer gegangen. Wäre ich nicht früher als gedacht zurückgekehrt, hätte Sky das Zeug womöglich selbst konsumiert, weil sie es nicht besser wusste. Sky dachte, es wären Süßigkeiten oder was auch immer. Ich kam im letzten Moment und konnte das Schlimmste verhindern, ich bin natürlich trotzdem zum Kinderarzt gerannt und habe sie untersuchen lassen. Zum Glück war alles in Ordnung.«

Christoph erschauderte bei der Erinnerung daran. »Das war dann der berühmte letzte Tropfen, und ich habe mich getrennt und habe die Kinder mitgenommen. Ich Idiot habe bis dahin immer geglaubt, wenn Summer mir versprochen hatte, dass sie sich ändern würde, dass alles besser werden würde. Dabei war sie am Ende doch nicht an mir, nicht an uns interessiert, sie wollte nur das schöne Leben, die teuren Autos, die Reisen, das Geld.«

Christoph nahm noch einen Schluck Wein und schaute nachdenklich in die Flammen. Es war still im Raum, er spürte, dass Nele betroffen von seinen Worten war. Noch ein Punkt für sie, sie war so empathisch und mitfühlend, ohne dabei zu urteilen. Er bewunderte sie dafür, noch ein Grund, warum er sich zu ihr hingezogen fühlte. Ein Scheit knackte und Funken stoben auf.

»Es tut mir schrecklich leid«, murmelte Nele sanft. »Es muss furchtbar gewesen sein.«

»Es ist nichts, was man an die große Glocke hängt, deshalb habe ich vorher nichts gesagt. Ein Glück hat die Presse damals nichts davon mitbekommen, das wäre ein gefundenes Fressen gewesen. Danach war es jedoch nicht schwierig, den Richter davon zu überzeugen, mir das vorläufige Sorgerecht zuzusprechen. Summer hat sich auch nicht großartig darum gekümmert, ob sie die Mädchen sieht oder nicht. Es ist traurig, aber wahr. Diese Frau verspürt keinen Funken Mutterliebe. Nicht einmal einen Hauch.« Er stützte seine Ellenbogen auf die Oberschenkel und vergrub sein Gesicht zwischen den Händen. Es zum ersten Mal so deutlich auszusprechen, tat weh. Es machte ihn fertig und ließ ihn an seinem gesunden Menschenverstand zweifeln. Wie hatte er sich nur in Summer verlieben können?

Aber sie war nicht immer so gewesen. Oder vielleicht doch, und seine Sicht war nur von der buchstäblichen rosaroten Brille getrübt gewesen.

Nun, es war müßig, darüber zu sinnieren. Christoph spürte, wie sich eine Träne aus dem Augenwinkel löste.

Verdammt. Auch das noch.

Er wollte nicht heulen. Schon gar nicht in Neles Gegenwart.

Sie schauten sich für einen Moment an, dann trat sie zu ihm und strich ihm über den Rücken. Eine simple Geste, die doch viel mehr war als das. Christoph konnte sich nicht bewegen, nichts sagen, nichts tun. Ihre Berührung tat so gut. Bei Nele fühlte er sich verstanden, ohne dass er ständig etwas erklären musste. Mit ihr kam er sich nicht mehr so allein und einsam vor. Wenn sie in seiner Nähe war, konnte er mitten im Chaos seines Lebens Hoffnung schöpfen, dass es eines Tages einfacher werden würde.

»So, das war ein Teil der Geschichte«, murmelte er, ohne dabei aufzusehen.

Nele nahm ihre Hand von seinem Rücken, sofort überkam ihn ein Verlustgefühl, und es fröstelte ihn. Er bekam mit, wie sie wieder auf der anderen Seite Platz nahm, als hätte sie gemerkt, dass ihr Verhalten unangebracht gewesen war.

Leider. Christoph würde es nicht zugeben, aber er könnte eine Umarmung vertragen, einen Menschen, der ihm sagte, dass alles wieder gut werden würde, irgendwie, irgendwann. Dabei wusste er nicht einmal, was »gut« für ihn bedeutete. Die Zukunft lag so ungewiss vor ihm wie ein langer dunkler Flur mit vielen verschlossenen Türen, und er hatte keine Ahnung, welche er nehmen sollte.

Christoph schaute auf und rieb sich mit beiden Händen

über das Gesicht. »Entschuldige, Nele, ich bin sonst nicht so rührselig«, machte er den Versuch, seine Schwäche zu erklären.

Sie hob eine Hand und unterbrach ihn sofort. »Es ist okay, Christoph. Bitte, du musst dich nicht rechtfertigen, wenn es dir schlecht geht. Wirklich nicht. Es ist verständlich und sehr menschlich. Es zeigt nur, dass du ein guter Vater bist, einer, der seine Kinder liebt. Das ist etwas Gutes, Christoph, nichts Schlechtes.«

Ihre sanfte Stimme löste ein leises Summen in seiner Magengrube aus, es war, als löste sich etwas von der Starre in ihm, die ihn seit langer Zeit im Griff hatte. »Danke.«

Nun blieb noch ein Puzzlestück, das für Nele klarer machen würde, warum er so auf die Sicherheit seiner Töchter achtete. Er wollte ihr von seinem Stalker erzählen, von den Albträumen, die ihn seitdem immer wieder quälten. Er wollte von den Ängsten berichten, die er wegen seiner Kinder entwickelt hatte, damit sie vielleicht gemeinsam an einem Plan arbeiten würden, wie er loslassen konnte.

Ihm fehlte gerade der Mut. Er durfte nicht noch mehr von sich preisgeben, von seinen dunkelsten Ängsten, die tief in ihm schwelten und doch so offensichtlich dafür sorgten, dass einiges im Argen lag.

Irgendwann würde er es schaffen. Aber nicht mehr heute. Für diesen Tag war es genug. Christoph merkte, wie sich etwas in ihm wieder verschloss. Er richtete sich auf und schaute Nele an. »Kannst du mir verzeihen, dass ich dich angeschrien habe? Ich war schockiert und in Sorge wegen der Mädchen. Meine Paranoia hat mich geleitet. Natürlich solltest du meinem Bruder glauben können, wenn er dir erzählt, dass es in Ordnung geht, wenn ihr einen Ausflug macht. Ich ... ich war ein Idiot.«

Neles Augen weiteten sich, dann trank sie einen Schluck, als könne sie nicht fassen, dass er sich erneut bei ihr entschuldigte. »Das ist okay, und sollte so etwas noch einmal vorkommen, rufe ich dich selbstverständlich an.«

Für einen Moment schwiegen sie und schauten sich in die Augen. Das Flackern des Feuers spiegelte sich auf ihrem Gesicht, sie war wunderschön. Christoph spürte einen schmerzlichen Stich in der Magengrube, aber von jetzt an würde er sich nicht mehr auf irgendwelche Gefühle einlassen, die er vielleicht für Nele zu empfinden glaubte. Nun, bislang war er mit seinem Vorsatz leider nicht sonderlich konsequent gewesen, aber von jetzt an musste er das sein. Er konnte es sich nicht leisten, noch mehr durcheinanderzubringen. Amy und Sky hatten ein stabiles Zuhause verdient und keines, in dem der Vater mit Angestellten anbandelte, während er auf das Scheidungsurteil wartete.

»Danke«, erwiderte er, seine Stimme klang heiser. »Vielleicht ... vielleicht können wir ja daran arbeiten, dass hin und wieder einmal ein Ausflug möglich ist.«

»Wirklich?« Nele schrie beinahe auf vor Glück. Sie hüpfte herum wie ein Kind. »Ähm. Wirklich?«, sagte sie etwas leiser und versuchte ihre Freude im Zaum zu halten. Sie blieb mit einem Strahlen auf dem Gesicht stehen.

Allein dafür wollte er sie küssen.

Aber er durfte nicht. Er musste einen Weg finden sein dämliches Verlangen zu kontrollieren.

Nele war die Nanny, mehr konnte sie nicht für ihn sein.

Das musste er ein für alle Mal begreifen.

Er war kein Heiliger, aber er hatte Prinzipien. Obwohl er nicht den treuen Ehemann spielen musste, konnte er nichts neues anfangen, so lange er nicht wirklich frei war.

Deswegen stand er auf, ehe er doch noch eine Dummheit beging. »Ich bin erschöpft, Nele. Bitte verzeih mir. Ich gehe schlafen. Bitte bleib, es ist schon so spät. Wir reden dann morgen weiter, ja?«

Sie nickte und war im Begriff, ebenfalls aufzustehen. Er wartete ihre Antwort nicht mehr ab und hastete aus dem Zimmer, ehe er es sich doch noch anders überlegte und sie in seine Arme zog, um da weiterzumachen, wo er neulich aufgehört hatte.

NELE SCHAUTE CHRISTOPH NACH. Sie wusste sich keinen Reim auf sein Verhalten zu machen. Es war ihr so vorgekommen, als ob er ein Rollo heruntergelassen hätte, ehe er das Wohnzimmer abrupt verlassen hatte. Sie stand auf und überlegte, ob sie hier übernachten oder in die WG gehen sollte. Aber sie hatte keine Lust auf Fragen ihrer Mitbewohnerinnen und musste sich erst einmal selbst sortieren. Deshalb ließ sie sich wieder aufs Sofa fallen und goss sich einen Schluck Wein nach. Es war ja nicht so, dass sie noch im Dienst wäre, und wenn sie nach den Ereignissen etwas vertragen konnte, dann ein Schlückchen Grünen Veltliner. Der würde ihr vielleicht dabei helfen, sich ein wenig zu entspannen, außerdem schmeckte er köstlich. Natürlich gab es in diesem Haus nur gute Tropfen, alles andere wäre ja wohl auch ein Witz, überlegte sie, sich selbst eine Grimasse schneidend.

Während sie versuchte zu begreifen, was hier gerade vor sich ging, dachte sie immer wieder an Christoph. Wie er wohl seine Kinder begrüßte? Trug er sie zurück in ihre Bettchen oder ließ er sie heute wie üblich bei sich übernachten?

Oje. Das war eine ganz schlechte Idee.

Sie sollte nicht im Zusammenhang mit einem Bett an ihn denken.

Nele verdrehte die Augen über sich selbst und schüttelte den Kopf. Sie musste sich Grenzen setzen. Zum Beispiel durfte sie nicht dem Impuls nachgeben, ihm über den Rücken zu streicheln, egal, wie sehr sie sich auch danach sehnte. Das waren Dinge, die standen ihr nicht zu und die führten nur dazu, dass sie sich noch mehr in ihre dämlichen Gefühlsduseleien verstrickte. Als ob es nicht so schon kompliziert genug wäre.

Das war es. Und wie.

Je näher sie Christoph kennenlernte, desto mehr mochte sie ihn. Dass er sich wegen seiner Kinder so viele Sorgen machte, fand sie sympathisch und auf eine gewisse Weise anziehend. Sie hatte in ihrem Berufsleben sehr viele Väter kennengelernt, die nicht mehr zum Wohlergehen ihrer Kinder beitrugen, als die Rechnungen zu bezahlen. Bei Christoph war es anders, er liebte seine Töchter, und das zeigte Nele, dass er ein emotionaler Mann war. Einer, der viel zu geben hatte.

»Aber nicht an mich«, sagte sie sich, um sich noch einmal daran zu erinnern, dass – egal wie heiß und großartig sie ihn fand – aus ihnen nie mehr werden würde. Er war der Vater der Kinder, die sie zu betreuen hatte.

Als ob sie das nicht schon oft genug mit sich selbst durchgekaut hätte. Nele hob die Augenbrauen und hielt sich an ihrem Glas fest. Es war müßig, sich in diesem Augenblick eine Strategie zurechtlegen zu wollen. Sie würde sehen müssen, wie es weiterging. Denn eins war klar: Sie konnte die Mädchen nicht sich selbst überlassen. Und sie wusste, dass sie die Beste für diesen Job war. Sie konnte ihnen helfen, hier in Lech Fuß zu fassen, und vielleicht ließ sich Christoph wirklich dazu bringen, den Kindern etwas mehr Freiheiten zu geben. Es war ja nicht so, dass Lech ein gefährliches Pflaster war. Viele Stars gingen ein und aus. Sogar die niederländische Königsfamilie machte hier regelmäßig Urlaub. Zufrieden, dass sich zumindest in dieser Richtung eine positive Entwicklung abzeichnete, trank Nele den Rest ihres Weins aus. Sie wollte gerade nach oben gehen, als Simon um die Ecke schaute.

Kontrollierte er sie?

»Simon, hallo, kann ich etwas für dich tun?«, wollte sie wissen und erhob sich.

Er trat näher. Aus Simon wurde sie nicht schlau. Der Bodyguard zeigte keine Regung, obwohl er nicht unfreundlich oder gar unsympathisch war. Aber es war klar, dass er ein Mensch war, der andere noch weniger hinter seine Fassade blicken ließ als Christoph, und das wollte was heißen. Fast hätte sie einen unanständigen Witz über seinen Job gemacht, aber sie ließ es sein. Immerhin wusste sie nicht, ob er Spaß verstand oder nicht.

»Ich habe nur noch mal nach dem Rechten gesehen, Garage, Auto und so weiter.«

»Und, sind alle Schotten dicht?«, witzelte sie schließlich.

Er hob eine Braue. »Du bleibst über Nacht?«

»Was dagegen?«

Simons Miene blieb unbewegt. »Absolut nicht. Ich müsste jetzt die Alarmanlage aktivieren. Also falls du es dir anders überlegst, melde dich kurz bei mir.«

»Das ist jetzt kein unanständiges Angebot oder so?« Nele grinste schief.

Oje. Vielleicht hätte sie das letzte Glas Wein doch nicht trinken sollen. Sie war Alkohol nicht gewohnt und hatte jetzt einen leichten Schwips. Mist. Besser, sie hielt ab sofort die Klappe. Nein, sie sollte sich bei Simon entschuldigen, der konnte ja am wenigsten dafür, dass sie so durcheinander war und nur noch Unsinn redete. „Tut mir leid, ich hatte etwas zu viel Wein, ich habe das nicht so gemeint, wie es vielleicht klang.“

»Schon okay.« Mehr sagte er nicht und betrachtete sie stumm.

Nele hatte den Eindruck, dass ihm noch etwas auf der

Zunge lag, er aber nicht sicher war, ob er es aussprechen sollte oder nicht.

»Ist doch noch etwas?«, wollte Nele wissen, sie konnte es nicht leiden, wenn Menschen mit ihrer Meinung hinter dem Berg hielten.

Simon atmete leise aus, ehe er antwortete. »Pass auf, Nele. Ich weiß nicht, was genau los ist, aber heute war der Chef sehr in Sorge. Ich möchte nur sichergehen, dass hier alles seinen Gang geht, dazu gehört auch, dass sich jeder an die Regeln hält.«

Aha. Das war es also. Der Bodyguard war nicht zufrieden mit dem Rodelausflug. »Ja, ist klar. Habe ich verstanden, es war ein Missverständnis, und das habe ich mit dem Chef geklärt.«

Sie blieb bei seiner Formulierung, aber ihr Tonfall war ein wenig provokativ gewesen, kurz hielt sie den Atem an.

»Bei Wein und einem Feuer«, stellte Simon emotionslos fest, aber es wurde dennoch sehr deutlich, dass er Nele hier etwas unterstellte, was gar nicht stimmte.

Oder doch.

Na ja.

Sie verzog ihre Lippen. Sie würde dem Muskelmann nicht erklären, was in ihr vorging. »Hätte ich Nein sagen sollen? Das mit dem Wein war nicht meine Idee, falls das auch ein Kritikpunkt auf deiner Liste ist«, gab sie zurück und verschränkte die Arme vor der Brust.

Simon hob eine Hand. »Also was du mit Christoph machst oder nicht machst, geht mich nichts an, und da werde ich mich auch nicht einmischen.«

Nele spürte Wut in sich aufsteigen. Er unterstellte ihr hier tatsächlich eine Liebschaft mit Christoph.

Sie wusste nicht, ob sie sich geschmeichelt fühlen oder schockiert darüber sein sollte. Dann fiel ihr wieder ein, dass

Simon sie im *Pfefferkorn* bereits einmal beim Knutschen erwischt hatte.

Scheiße.

Das hatte sie bis eben glatt vergessen. Oder eher verdrängt. Ja, es sah nicht gut für sie aus. Verdammt. Warum es ihr wichtig war, dass es nicht wie eine billige Affäre rüberkam, wusste sie auch nicht. Aber es war so. »Du siehst das falsch, Simon. Christoph hat mir erklärt, warum er so um die Sicherheit der Kinder besorgt ist. Das wollte er in einem entspannten Rahmen tun. Alles andere ist Unsinn, und du solltest aufhören, mir da etwas anhängen zu wollen.«

Simon schüttelte den Kopf. »Ich will dir nichts unterstellen, Nele. Das ist nicht mein Job. Ich will dir nur sagen: Der Chef ist momentan emotional verwirrt.«

Erklären oder warnen? Was sollte das nun wieder heißen: emotional verwirrt?

Nele wurde es zu bunt. »Ich bin wegen der Kinder hier, Simon. Und keine Sorge, ich komme deinem Chef schon nicht zu nahe. Du kannst also aufhören, mich belehren zu wollen.«

»Das möchte ich nicht, Nele. Bestimmt nicht. Mir geht es darum, dass hier niemand im Haus falsche Erwartungen hat.«

Sie nagte an ihrer Unterlippe, ehe sie antwortete. »Danke. Das habe ich begriffen. Gute Nacht.«

Nele überlegte, ob sie die Gläser und die Flasche abräumen sollte, aber das würde ihrem Abgang einen Dämpfer verpassen.

Sie fühlte sich gedemütigt. Vom Bodyguard eine Warnung zu bekommen, sich nicht auf den Boss einzulassen, war wirklich das Blödeste, was ihr passiert war. Darauf hätte sie an diesem Abend gern verzichtet.

Während sie das Wohnzimmer verließ und leise nach oben tapste, dachte sie darüber nach. Leider war ihr klar, dass Simon recht hatte. Trotzdem fand sie, dass es ihm nicht zustand, ihr gut gemeinte Ratschläge zu erteilen. Oder vielleicht auch nicht so gut gemeinte.

Nele schloss ihre Zimmertür hinter sich und ging ins angrenzende Bad. Sie schaltete das Licht an und betrachtete sich im Spiegel. Ihre Wangen waren gerötet, ihre Augen hatten einen seltsamen Glanz. Das konnte sie nicht nur dem Wein zuschreiben. Ein Teil von ihr, ein sehr dämlicher, dachte nämlich schon wieder an Christoph. Daran, dass er nicht weit von ihr in seinem Bett lag.

Sie stöhnte genervt. Dann ließ sie das Wasser laufen und wusch sich das Gesicht eiskalt ab. Leider half das auch nichts gegen ihre Fantasien. Noch während sie sich die Zähne putzte und sich bettfertig machte, wusste sie bereits, dass das eine lange, unruhige Nacht für sie werden würde. Heute war einfach zu viel passiert, das sie verdauen musste. Dabei war sie nicht sicher, ob ihr das überhaupt gelingen konnte.

14

Der Duft von Zimt, gerösteten Nüssen und Keksen hing in der Luft, aus der Musikanlage dudelte *Rudolf, the red-nosed reindeer*. Die letzten Tage waren mit Plätzchenbacken, basteln und dekorieren ausgefüllt gewesen. Es gab kein Zimmer mehr, das nicht auf die ein oder andere Weise verschönert worden war. Christoph hatte sogar erlaubt, dass Nele eine Stunde am Tag mit den Kindern – und Simon – nach draußen gehen durfte. Die Route sprach Nele vorher mit dem Vater ab, ansonsten bekam sie ihn so gut wie nicht zu Gesicht, was sie einerseits bedauerte und gleichzeitig begrüßte. Seit dem Gespräch am Kamin hatte sie jedenfalls kein einziges persönliches Wort mehr mit ihm gewechselt. Es kam ihr so vor, als ob sie das alles vielleicht nur geträumt hätte, als ob sie sich die knisternde Stimmung nur eingebildet hätte.

Vielleicht war er auch einfach klüger als sie.

Oder eben nicht in sie verliebt.

Das war die wahrscheinlichste Antwort auf all ihre Fragen, mit der sie klarkommen musste. Es war daher nur zu begrüßen, dass sich keine weiteren Vertraulichkeiten mehr zwischen ihnen einstellten. So wusste sie zumindest, woran sie war.

Das redete Nele sich jedenfalls ein. Sie saß gerade mit Sky und Amy beim Abendessen in der Küche. Theresia hatte Christophs Lieblingsessen, Spinatknödel, gekocht, aber er aß nicht mit ihnen. Er war zu beschäftigt. Oder er ging ihr aus dem Weg. Vorhin hatte er sie gebeten heute etwas länger zu bleiben, weil er noch arbeiten musste. Diese Woche stand ein Zoom-Meeting mit seiner Filmpartnerin an, und bis dahin wollte er das Drehbuch durchgearbeitet und mit Kommentaren versehen haben. Ihr war es recht, sie war gern hier.

In den vorausgegangenen Tagen hatte er sich, nachdem er mit seinen Mädchen ein wenig gespielt und herumgealbert hatte, lange im Arbeitszimmer vergraben. Und wenn er nicht dort war, schlich er sich aus dem Haus, um Ski fahren zu gehen. Sehr zum Ärger Simons, denn so besorgt der Vater um die Mädchen war, so wenig scherte er sich um sich selbst, wenn es um den Spaß auf der Piste ging.

Hin und wieder hörte Nele Simons Fluchen, wenn er Christoph mal wieder nicht fand und dann feststellte, dass die Skier aus dem Keller fehlten. Innerlich gab sie dem Papa dazu einen Daumen nach oben, hielt aber jeden Kommentar vor Simon zurück. Sie fand es schön, dass Christoph etwas hatte, was ihm Freude bereitete, denn alles in allem sah er nicht gut aus. Er wirkte erschöpft und voller Sorgen.

Ob es Probleme mit der Scheidung gab?

Oder es lag an der Jahreszeit, Weihnachten rückte näher, das Fest der Liebe. Niemand wollte in dieser Zeit wirklich Single sein, aber er hatte ja immerhin seine Familie. Oder trauerte er der Ehe mit Summer doch heftig nach?

Nele wollte sich nicht wieder und wieder in diesen Gedanken verstricken, leider war sie machtlos dagegen.

Während sie in ihrem Essen herumpickte, bekam sie aus dem Augenwinkel mit, wie Amy ihren Becher umkippte. Orangensaft lief über den Tisch und tropfte auf den Boden.

»Mann bist du doof«, schimpfte Sky die Kleine, und Amy fing an zu weinen.

»Sky, das war aber nicht nett von dir. Das kann doch mal passieren. Warte, Amy, ich hole ein Tuch, es ist gar nicht schlimm, Süße.«

Nele putzte das Malheur weg, dann nahm sie die beiden mit nach oben, denn Hunger hatte niemand mehr.

Im Badezimmer hatten sie mittlerweile eine funktionierende Routine entwickelt, Nele ließ die beiden, so gut es ging, selbst machen. Bei den Zähnen putzte Nele selbstverständlich nach, und auch beim Anziehen ging sie zur Hand, wenn es mal hakte.

»Welche Geschichte sollen wir heute lesen?«, wollte Nele wissen, während sie Amy in den Schlafanzug half.

»Frau Holle«, antwortete Sky.

Amy hatte dazu eine andere Meinung. »Sneeweißchen und Rosentot«, gab sie zurück und Nele musste schmunzeln. »Rosenrot«, verbesserte sie die Kleine liebevoll.

»Sag is ja«, meinte Amy zufrieden mit sich und der Welt, das Missgeschick mit dem Saft war glücklicherweise vergessen. Amy war nicht nur die Jüngere, sie war auch die Unbeschwertere der Kinder. Sky hatte mit ihren vier Jahren weitaus mehr vom Stress der Eltern mitbekommen als die Kleine.

Als die Abendroutine im Bad beendet war, stürmten die Mädchen aus dem Bad direkt in Papas Bett. »Heute nicht in euren Zimmern?«, fragte Nele, obwohl sie die Antwort bereits kannte. Sie hielt sich lieber aus seinem Schlafzimmer fern, aber sie wusste, dass es okay für Christoph war, wenn die Schwestern bei ihm ins Bett krabbelten, weil sie nicht allein schlafen wollten.

Sky hüpfte schon auf der großen Matratze herum, und Amy kletterte auch dazu. »Hey, wartet mal, das ist keine gute Idee«, lenkte Nele ein, ließ sie aber doch noch kurz herumspringen, ehe sie einschritt und die Mädchen in die Decken kuschelte.

Nele legte sich zu ihnen und kramte das Märchenbuch hervor, sie schlug Frau Holle auf und fing an zu lesen. »Eine Frau hatte zwei Töchter ...«

»Warum gibt es so viele Mamas, die ihre Kinder nicht mögen?«, wollte Sky wissen. »Die Mutter aus Frau Holle mag nur eine ihrer Töchter. Warum mag unsere Mama uns beide nicht?«

Nele lugte zu Sky, und der traurige Ausdruck in den Augen des Mädchens setzte ihr zu.

Amy hatte ihre Lider bereits geschlossen und atmete langsam und gleichmäßig. Ein Glück, das war keine Diskussion, die der Zweijährigen guttun würde. Sie tat keinem Kind gut, aber Nele war froh, dass Sky endlich einmal etwas aussprach, was sie in ihrem Innersten bewegte. Dass sie mit ihr darüber reden konnte, vielleicht ein wenig von ihrem Schmerz lindern konnte.

Nele war unschlüssig, wie sie reagieren sollte, ohne Grenzen zu überschreiten. Nele legte das Buch weg und strich mit der Hand über Skys Haarschopf, ehe sie antwortete.

CHRISTOPH WAR mit dem Durcharbeiten des Drehbuchs früher fertig geworden, als er geplant hatte. Vielleicht schaffte er es nun doch noch, Sky und Amy gute Nacht zu sagen. Er nahm zwei Stufen auf einmal und eilte nach oben. Im Flur war es still, er hörte kein Kinderlachen, kein Plaudern, er verlangsamte seinen Schritt; falls er doch zu spät kam, wollte er sie nicht aufwecken. Vorsichtig näherte er sich dem Schlafzimmer, er war fast da. Christoph freute sich, seinen Mädchen noch einen Kuss auf die Stirn drücken zu können, in den letzten Tagen war das ein wenig zu kurz gekommen.

Als er Skys traurige Stimme hörte, blieb er stehen. »... warum mag unsere Mama uns beide nicht?«, wollte seine Tochter gerade von Nele wissen.

Sein Magen krampfte sich zusammen, er schloss die Augen und hielt den Atem an.

Decken raschelten, dann antwortete Nele. »O Sky, du bist etwas Besonderes. Und Amy ist auch etwas Besonderes. Ihr seid klug, hübsch und so clever. Ihr seid liebenswert und ihr seid alle beide großartige Kinder.«

»Ich weiß, dass du uns magst. Aber meine Mama hat uns nicht lieb. Ich will wissen, wieso? Papa antwortet mir nie. Kannst du es mir erklären? Ich begreife das nicht.«

Niemand konnte das verstehen, das war ja das Schlimme. Es tat ihm unendlich leid, dass seine Kinder das durchmachen mussten. Sein Herz wurde schwer, er lehnte sich mit der Stirn gegen die kühle Wand. Christoph wusste, dass Sky litt, viel mehr als Amy, die ihre Mutter kaum kannte und sie mehr als entfernte Verwandte betrachtete. Aber Sky war so sensibel und verletzlich, ihr fehlte die Liebe ihrer Mutter. Er wünschte, er hätte ihr diesen Schmerz ersparen können, und leider wusste er bis heute nicht, was er tun könnte, um ihn zu lindern. Darüber zerbrach er sich wieder und wieder den Kopf. Es jetzt so deutlich von Sky zu hören, zerriss ihn schier.

»Ich glaube, deine Mama hat so viel zu tun, und sie weiß, dass dein Papa euch die Liebe für zwei geben kann.«

»Aber andere Kinder haben eine Mama, die für sie da ist. Ich hab das im Fernsehen gesehen. Und Oma war ja auch für Papa da. Warum will meine Mama das nicht? Sind wir keine guten Mädchen? Was mache ich falsch?«

»Ach Sky, Schätzchen. Jede Familie ist anders, und ich kann dir versprechen, dass deine Mama traurig ist, dass sie nicht mehr Zeit für euch hat. Dass sie euch nicht so oft sieht, heißt aber nicht, dass sie euch nicht lieb hat, denn das hat sie ganz bestimmt.«

»Meinst du?«

Er hörte die Hoffnung aus Skys Stimme, und er war unendlich dankbar, dass Nele diese aufmunternden Worte für seine Tochter gefunden hatte. Vielleicht entsprachen sie nicht der Wahrheit, aber manchmal – vor allem in Situationen wie diesen – war es besser, wenn man die Tatsachen für die Kleinen ein wenig erträglicher machte. Es half Sky nicht, wenn man ihr erklärte, dass die Mutter das Problem war und nicht sie. Kinder konnten das nicht begreifen. Wie auch? Ablehnung tat immer weh, egal wie alt man war. Eine Vierjährige sollte nicht darunter leiden, dass die Mutter eine egoistische Person war, die nur an sich selbst dachte und noch dazu drogenabhängig war. Später würde Sky es begreifen, aber nicht in diesem zarten Alter. Wehtun würde es jedoch für immer, das war traurig genug.

»Nein, Schätzchen. Deine Mama hat dich sehr lieb, das weiß ich genau«, bestätigte Nele seiner Tochter noch einmal, um sie zu beruhigen, um ihr ein gutes Gefühl zu vermitteln.

Ein warmes Summen machte sich in seinem Magen breit, das den Schmerz zwar nicht gänzlich vertreiben konnte, ihn aber doch ein wenig dämpfte.

»Hat sie das zu dir gesagt?«, wollte Sky wissen.

»Ich war dabei, als sie es zu dir gesagt hat, erinnerst du dich?«, antwortete Nele sanft.

Sky schwieg, er hoffte, dass es damit für sie halbwegs in Ordnung war. Christoph überlegte, wie er damit umgehen sollte. Er hatte keine Antwort darauf, und er wollte auch nicht von Nele dabei erwischt werden, wie er lauschte – was er nicht vorgehabt hatte. Es war einfach dazu gekommen, und er hatte nicht ins Gespräch platzen wollen. Wenn sie ihn hier entdeckte, würde sie es anders werten. Das wäre nicht gut. Gar nicht gut. Sie würde es falsch interpretieren, und dem musste er vorbeugen und schnell verschwinden, ehe sie etwas mitbekam.

So leise wie möglich entfernte er sich und schlich in die Küche.

Dort wusste er nichts mit sich anzufangen. Er war verwirrt, Skys Sorgen machten ihm zu schaffen. Er hatte natürlich vorher gewusst, dass die Kinder litten, aber es noch einmal so deutlich zu hören tat weh. Sehr weh.

Er setzte sich an den Küchentisch und überlegte, ohne einen klaren Gedanken fassen zu können.

Er musste eine ganze Weile gegrübelt haben, irgendwann tauchte Nele auf und zuckte bei seinem Anblick zusammen. Sie schrie leise auf. »Mein Gott, was machst du hier?«, entfuhr es ihr, sie hielt sich eine Hand aufs Dekolleté.

Ein leises Lächeln schlich sich auf seine Lippen. »Ich wohne hier, schon vergessen?«

Nele war kurz überrascht, er scherzte vermutlich viel zu selten, dann fing sie an zu lachen. »Ja, das ist mir bekannt, du Witzbold, nur warum sitzt du allein in der Küche?«

Er wies mit der Hand auf einen freien Stuhl. »Setz dich doch kurz zu mir, wenn du magst.«

»Oh, oh, habe ich was verbrochen?« Sie grinste, und es sollte vermutlich wie ein Scherz klingen. Als sie bemerkte, dass er nicht lachte, wurde sie schnell wieder ernst. »Entschuldigung«, murmelte sie betreten.

»Nein, nein, Nele. Es ist alles gut«, versuchte er sie zu beruhigen.

»So siehst du nicht aus.« Sie zog eine Grimasse, als hätte sie begriffen, dass sie schon wieder einen blöden Kommentar gemacht hatte. Er fand es erfrischend, dass sie kein Blatt vor den Mund nahm, und lächelte schwach.

»Schon gut, du hast recht. Ich bin ein bisschen nachdenklich, das ist diese blöde Vorweihnachtszeit ...«, wich er aus.

Gott, warum hatte er sie gebeten, sich zu ihm zu setzen, jetzt würde er wieder alles vermasseln. Es war doch gut gelaufen in den letzten Tagen, er hielt lieber die Klappe oder noch besser, er verkrümelte sich. Aber Christoph rührte sich nicht, er brauchte ein wenig Gesellschaft und wollte jetzt nicht allein sein.

»Äh, da gibt es was, das ich noch fragen wollte«, fing sie schließlich an.

»Ja?«

»Es ist natürlich kein Problem, wenn es nicht klappt, aber ich wollte fragen, ob ich das Wochenende am dritten Advent freihaben könnte. Mir ist klar, dass das kurzfristig ist, aber irgendwie habe ich das immer so vor mir hergeschoben, und ich verstehe, wenn es nicht geht ...«

Er unterbrach sie. »Doch, natürlich, du kannst das Wochenende freihaben. Was hast du vor? Wenn ich fragen darf? Du musst mir das natürlich nicht sagen«, fügte er mit klopfendem Herzen hinzu. So viel zum Thema, nicht zu persönlich werden.

Das war ihm ja mal wieder großartig gelungen ...

Nele seufzte. »Es geht um meine Eltern, da ist so eine blöde Familienfeier, zu der ich eigentlich gar nicht gehen möchte, aber muss ... Meine Mutter hat in den letzten Tagen andauernd angerufen und Nachrichten geschickt und ... Na ja, wenn du sagst, dass ich nicht freihaben kann, könnte ich ihr das erklären. Also?«

Er war ein bisschen überrascht, es klang so, als ob sie gar nicht zu der Feier gehen wollte. Christoph entschied, dass Nele das für sich entscheiden musste – er würde ihr keine Steine in den Weg legen.

»Deine Eltern? Das ist ja dann eine lange Reise. Reicht dafür ein Wochenende überhaupt?«, erkundigte er sich.

Sie runzelte die Stirn. »Woher weißt du, wo sie wohnen?«

Verdammt, er konnte ihr ja schlecht sagen, dass er Nachforschungen über sie angestellt hatte. Sie würde das in den falschen Hals bekommen, und da ihr Verhältnis sich gerade erst entspannt hatte, ließ er das lieber sein. Er räusperte sich. »Das, äh, hast du mal erwähnt. Pass auf, Nele, wie wäre es, wenn du meinen Jet nimmst? Ich könnte dich mit den Kindern begleiten, dann sehen sie mal etwas anderes als Berge und Schnee. Also natürlich würden wir nicht zu deinen Eltern mitkommen, aber einen Ausflug in den Norden würde ich mir vorstellen, nach Hamburg vielleicht, da gibt es viel zu sehen. Eine Hafenrundfahrt oder irgendwas Schönes sollte ich dann natürlich mit den Kindern planen.«

In ihrem Bauch kribbelte es. »D-du würdest mich in deinem Jet mitfliegen lassen?« Sie wirkte perplex. Irgendwie süß.

Christoph konnte sich ein Schmunzeln nicht länger verkneifen. »Ja, natürlich, Nele. Wäre das eine Idee? Das würde dir das Theater mit Zugfahren, oder wie auch immer du reisen wolltest, ersparen.«

»Unglaublich, ein Privatjet?«, wiederholte sie noch mal, und er sah am Funkeln in ihren Augen, dass sie die Vorstellung, so exklusiv zu reisen, begeisterte.

Er wollte mehr für sie tun, als nur seinen blöden Jet klarmachen. Der Impuls war so stark, so mächtig, dass er nach Luft schnappte.

Gott, er hatte sich so gut im Griff gehabt in den letzten Tagen. Aber da war er Nele auch aus dem Weg gegangen. Christoph konnte es nicht leugnen, er versuchte es erst gar nicht, er fühlte sich nach wie vor zu ihr hingezogen, und er hatte keine Ahnung, wie er das abstellen sollte. Er wollte sie, aber es war nicht nur das Körperliche, nach dem er sich sehnte. Christoph wollte Nele immerzu um sich haben, weil sie das war, was er brauchte. Mit ihr fühlte er sich lebendig. Das änderte leider nichts an der Tatsache, dass es völlig unangebracht war. Er verstand nicht, warum er sich nicht besser unter Kontrolle hatte. Das war gar nicht typisch für ihn. Normalerweise reagierte er nicht so übersensibel.

»Gibt es Neuigkeiten vom Anwalt?«, fragte Nele nach einem kurzen Schweigen. »Du musst das nicht beantworten, ich wollte auch nicht neugierig sein ...«, fügte sie hastig an.

»Ist schon in Ordnung.« Christoph atmete leise aus und verzog seinen Mund. »Sie versucht auch den letzten Dollar aus mir herauszupressen. Wir kommen trotzdem mit den Verhandlungen voran. Ich peile immer noch Weihnachten für den Scheidungstermin an, das wird sozusagen mein Geschenk an mich selbst: meine Freiheit.«

Nele guckte ihn stumm an. Er konnte nicht erkennen, was in ihr vorging, und das machte ihn nervös. »Natürlich, wenn eine Beziehung vorbei ist, möchte man das auch schriftlich haben. So schnell passiert einem das dann auch nicht noch mal«, kommentierte Nele.

Sprach sie von sich? Er wollte mehr hören, mehr erfahren, aber er ahnte, wohin das führen würde, daher brach er das Thema ab. »Gut, dann ist es abgemacht, ich lasse Simon die Details klären. Freitag bis Sonntag also, ist dir das recht?«

»Ja, klar. Ich passe mich an.«

Christoph lächelte. »Nein, in dem Falle passen *wir* uns an. Ich freue mich darauf. Amy und Sky werden sich bestimmt auch riesig freuen. Hamburg hat einen schönen Zoo, habe ich mal gehört, vielleicht schauen wir uns den an.«

Er war überrascht, dass ihn bei dem Gedanken, mit den Kindern in die Öffentlichkeit zu gehen, nicht der blanke Horror überfiel. Andererseits, vielleicht konnte er auch den kompletten Zoo einfach für ein paar Stunden mieten ... Er behielt den Gedanken für sich, Nele würde das nämlich nicht gutheißen, das war ihm klar.

»Hannover aber auch, den finde ich sogar noch schöner, wenn ich ehrlich bin.«

Er nickte. »Okay, gut, vielleicht hast du ja Ideen, was ich mit den beiden sonst noch unternehmen könnte?«

»Der Serengeti Park ist toll, da kann man mit seinem eigenen Auto fahren, das ist dir vermutlich eh lieber, dann sehen dich Leute nicht sofort. Ich meine nur wegen Promi-Alarm.« Sie malte Gänsefüßchen in die Luft und grinste schief.

Christoph konnte nicht anders, er musste lachen. Es tat gut, sich mit ihr zu unterhalten. »Das klingt super, Nele. Danke, ich mag es, wie viele Ideen du hast. Vielleicht mieten wir uns ein schönes Ferienhäuschen in der Umgebung. Hast du einen Vorschlag?«

Nele prustete und hielt sich den Bauch. »Ne, ich glaube nicht. Alles, was ich kenne, ist bestimmt unter eurem Budget.«

Christoph schmunzelte. »Bin ich wirklich so ein Snob geworden?«

»Frag mal deinen Bruder.« Sie verzog ihr Gesicht.

Sein Gewissen regte sich. Mit Raphael hatte Christoph seit dem Streit nicht gesprochen, vielleicht rief er ihn morgen mal an. Bei ihm musste er sich dringend entschuldigen, seine Mutter lag ihm schon seit Tagen damit in den Ohren. »Ja, das sollte ich wirklich mal tun«, murmelte er. »Gute Nacht, Nele, ich danke dir für das offene Gespräch.«

Hilfe. Wie dämlich das klang. Gestelzt irgendwie. Gar nicht wie er selbst.

Nele schaute ihn mit gerunzelter Stirn an, ihr war es also auch aufgefallen. »Ich, äh, würde dann nach Hause gehen, also in die WG, oder brauchst du mich noch? Simon steht sicher schon in den Startlöchern und wartet, dass er die Alarmanlage anschmeißen kann.«

»Soll ich dich begleiten?«

»Äh, was?« Sie sah aus, als ob sie ein Bus angefahren hätte.

»Ob ich dich nach Hause bringen soll? Ich habe ein Auto in der Garage, und Simon ist im Haus ... falls die Mädchen aufwachen, ich könnte ihm kurz Bescheid geben.«

Nele wirkte unschlüssig, sie fuhr sich nervös durch die Haare. »Also ich weiß nicht, nein. Nein, lieber nicht. Ich komme gut allein klar, aber, äh, danke für das Angebot. Ist wirklich alles okay?«

Es gefiel ihm, wie sie ihn anlächelte. Schüchtern und doch selbstbewusst. Sie kam gut ohne sein Zutun klar, das war offensichtlich. Ein bisschen zu gut vielleicht, überlegte er. Nele brauchte keinen Mann, der ihr die Tür aufhielt, sie brauchte auch keinen Fahrer. Seltsamerweise wünschte er sich immer häufiger, dass er etwas für sie tun könnte, dass er ihr etwas von dem zurückgeben konnte, das sie ihm und seinen Kindern gab.

Wenn er ehrlich zu sich war, war es viel mehr als das. Aber so selbstreflektiert wollte er heute nicht mehr sein.

»Pass auf, Nele, könntest du vielleicht einen Augenblick warten? Es tut mir leid, wenn das kurzfristig ist, aber ich muss noch mal los.«

Nele schaute überrascht zu ihm auf, aber sie fasste sich sofort und schaltete in den Nanny-Modus um. »Sicher, kein Problem. Ich kann bleiben.«

»Du kannst gern hier übernachten, ich weiß nicht, wie lange es dauert.«

Sie nickte. »In Ordnung.«

Er spürte, dass Nele ihn fragen wollte, was er vorhatte, aber nicht indiskret sein wollte. Christoph mochte jetzt nichts erklären, er stand auf. »Danke, Nele, dann bis später, oder morgen. Gute Nacht.«

...

ZEHN MINUTEN darauf stand er vor Raphaels Tür und klopfte. Es brannte Licht, er wohnte hinter dem Haus seiner Eltern. Vor drei Jahren hatte er sich auf dem Grundstück ein eigenes Domizil gebaut. Christoph hatte ihm nicht helfen können, weil er bei einem großen Dreh in den Staaten gewesen war. Es war eiskalt, die Nacht war klar und schön. Am Himmel strahlten die Sterne. Schneekanonen waren auch hier im Dorf zu hören, es wurde für die Hauptsaison, die an Weihnachten begann, vorproduziert. Raphaels Haus war so ziemlich das einzige in der Umgebung, das nicht hübsch dekoriert war, es gab nicht mal eine Lichterkette hinter einem Fenster oder über einer Tür. Ganz anders als bei ihm selbst – dank Nele und den Kindern lebte er jetzt in einem Weihnachtschalet. Obwohl er nie gedacht hätte, dass es ihm wichtig sein könnte, fand er es jetzt richtig schön und gemütlich. Vielleicht sollte er das Nele noch einmal sagen und ihr dafür danken. Sie hatte es in der kurzen Zeit geschafft, aus einem teuren Designer-Chalet ein Zuhause zu machen, in dem es gemütlich und heimelig war. So schief und krumm die Basteleien auch waren, so wunderschön fand er sie, weil seine Mädchen sie gemacht hatten. Und Nele natürlich.

Bei diesen Temperaturen halfen aber auch keine warmen Gedanken, er fröstelte. Christoph fragte sich, warum niemand öffnete. Er klopfte noch mal. Vielleicht war Raphael ja gar nicht zu Hause. Er hätte anrufen sollen. Wissen, dass Christoph hier war, konnte sein Bruder ja wohl kaum. Außerdem war er kein Typ, der einem die Tür nicht öffnete, nur weil er sauer war.

Endlich passierte etwas, im Flur ging Licht an und die Haustür wurde aufgezogen. Raphael wirkte etwas zerzaust, ganz so, als ob er gerade aus dem Bett gekommen wäre. Sein Bruder trug nur ein T-Shirt und eine lockere Jeans. An den

Füßen hatte er nicht mal Socken. Christoph fand das ungewöhnlich, es war erst kurz nach halb neun.

»Was machst du denn hier?«, fragte Raphael und verschränkte die Arme vor der Brust. Es war nicht unbedingt eine ablehnende Haltung, es konnte gut was mit der Kälte hier draußen zu tun haben.

»Servus, Raphael. Ich wollte kurz mit dir reden.«

»Wo hast du denn deinen Wauwau gelassen?«

Christoph verdrehte die Augen, ging aber nicht auf die Spitze ein. »Willst du mich nicht reinbitten?«

Raphael hob eine Braue und rührte sich nicht. Dann begriff Christoph, dass sein Bruder vermutlich nicht allein zu Hause war.

Er grinste. Wenigstens einer, der ein Liebesleben vorweisen konnte. Er sagte nichts dazu.

»Warum bist du hier?«, wollte Raphael wissen.

»Ich wollte mich bei dir entschuldigen. Ich habe mich dämlich aufgeführt.«

Raphael schnalzte mit der Zunge, dann grinste er breit. »Hast du es auch endlich kapiert. Na schön. Und jetzt?«

»Da du mich nicht reinbitten willst, werde ich wieder gehen.«

»Das war alles?«

»Was willst du? Dass ich auf die Knie gehe und dir sage, dass ich es nie wieder tun werde? Das kann ich nicht, und das weißt du. Ich habe Angst um meine Kinder und muss mich erst daran gewöhnen, dass hier alles anders läuft.«

Raphael schwieg einen Moment, dann nickte er. »Na schön, ich verstehe, dass nicht alles so einfach für dich ist, wie ich es mir vorstelle. Wie wäre es, wenn ich die beiden mal mit auf die Skier nehme?«

Christoph schwieg, während es in seinem Bauch rumorte.

Er wollte ja loslassen, aber es war wirklich nicht einfach für ihn nach allem, was gewesen war.

»Zumindest Sky, Christoph. Komm schon, die Kleine hätte einen Riesenspaß dabei, und ich pass schon auf, dass sie niemand klaut.«

Gott, er wünschte sich, er könnte so unbeschwert wie sein Bruder sein. Christophs Magen krampfte sich zusammen. »Lass uns ein andermal darüber reden.«

»Dann ist das ein Ja?«

Christoph gab sich einen Ruck, dann boxte er seinem kleinen Bruder gegen die Brust. »Es ist ein Ja, aber du sprichst es gefälligst mit mir ab, und Simon kommt mit.«

Raphael verdrehte die Augen, aber grinste. »Du hast kein Vertrauen in mich.«

»Doch, das habe ich, trotzdem gibt es viele Verrückte da draußen.«

»Du lebst hier nicht in irgendeinem Ghetto, du bist in Lech.«

»Geh mir nicht auf den Sack, Alter. Kümmere dich lieber um die heiße Braut in deinem Bett. Und vielleicht gehen wir beide demnächst mal auf die Piste, aber bitte die mit Schnee und nicht mit Drinks.«

Raphael grinste breit und entblößte eine Reihe gerader weißer Zähne. »Oh, klar! Sehr gern. Und zu meinem Besuch: Ja, sicher, ich werde mich gut um sie kümmern. Es würde dir vielleicht auch guttun, mal wieder die Nähe einer Frau zu suchen.«

Christoph verdrehte die Augen. Leider hatte er schon jemanden im Sinn, mit dem er es sich vorstellen konnte ... aber das würde nicht passieren. »Gute Nacht, Bruder.«

»Pfiat di, wir sehen uns.«

Christoph drehte sich um und hob die Hand zum Gruß, dann marschierte er über den schneebedeckten Weg zurück zu seinem Auto und fuhr durch den Tunnel wieder nach Oberlech. Er war froh, dass nun wieder alles im Reinen war, und nahm sich vor, wirklich ein bisschen lockerer zu werden. Ob ihm das gelingen würde, stand jedoch auf einem anderen Blatt. Aber wegen der Sehnsucht nach einem halbwegs normalen Leben war er ja erst hergekommen, also musste er auch daran arbeiten, dass er dem näher kam.

15

_N_ele schaute wie gebannt aus dem runden Fenster. Die Welt unter ihnen sah winzig aus. Sie konnte noch immer nicht fassen, dass sie hier wirklich in einem Privatjet unterwegs war. Das war so krass, sie konnte kaum still sitzen.

»Fliegst du zum ersten Mal?«, wollte Sky von ihr wissen, die neben ihr saß.

Die Maschine hatte sechzehn Sitze aus cremefarbenem Leder. Die waren anders angeordnet als in Linienmaschinen, immer zwei waren sich zugerichtet, dazwischen gab es einen kleinen Tisch. Fast wie in einem Zug, nur viel luxuriöser. Als Nele eingestiegen war, hatte sie sich nach einer abgetrennten Kabine umgesehen, in der sich vielleicht ein Bett befand, aber die gab es hier nicht. Ein Glück hatte sie nicht gefragt, denn hier war offensichtlich ihre Fantasie mit ihr durchgegangen – oder sie hatte zu viele Liebesromane gelesen. Da hatten die Millionäre immer einen Jet mit Schlafzimmer, in dem das Paar auf ihrer Reise natürlich ...

O Gott. Ihr wurde heiß. Sie musste aufhören, ständig in Verbindung mit Christoph daran zu denken.

Nur wie sollte das gehen, wenn er ihr hier gegenübersaß – heiß wie eh und je?

Nele spürte Christophs Blick auf sich, aber sie wagte nicht, ihn anzusehen. Außerdem war sie Sky noch eine Antwort schuldig. »Nein, Süße, ich bin schon öfter geflogen, aber noch nie in einem Privatflugzeug.«

Für die Familie war das natürlich normal, sie kannte es gar nicht anders. »Was ist das, Privatflugzeug?«, hakte Sky nach.

»Es gibt Maschinen, in denen fliegen ganz viele Leute zusammen, die sich nicht kennen. Diese hier gehört nur deinem Papa, deshalb heißt das so: privat, da darf kein anderer rein.«

»Ach so.« Die Antwort schien Sky zu genügen, sie widmete sich wieder ihrem Ausmalbild, das vor ihr auf dem Tisch lag.

Amy hatte sich an den Papa gekuschelt und schaute einen Film auf dem iPad.

Die Flugbegleiterin kam zu ihnen und fragte, ob alles recht wäre und ob sie noch etwas bräuchten. Nele schüttelte den Kopf, das war ohnehin alles schon zu surreal, da würde sie ganz bestimmt nicht nach einem Glas Sekt fragen. Sicher gab es hier sowieso nur Champagner. Außerdem war sie im Dienst.

Die Kinder bekamen Orangensaft und Christoph einen Kaffee. »Du möchtest wirklich nichts?«, wollte er von ihr wissen.

»Nein, danke, ich bin wach genug«, gab Nele zurück und beging den Fehler, in seine Augen zu sehen.

Ihr Herz machte einen Satz und in ihrem Bauch flatterten Tausende Schmetterlinge auf. Er hatte diese einzigartige Wirkung auf sie, der sie sich nicht entziehen konnte. Sie würde sich damit abfinden müssen.

»So, dann sag mal, was hast du vor?«, erkundigte er sich, während er in seiner Tasse rührte.

»Heute Abend werde ich mit der Familie essen, und morgen feiert mein Vater seinen Geburtstag. Es ist ein kleines Dorf, außer Bauernhöfen gibt es kaum was, es sind alle eingeladen, schätze ich. Sie feiern im Gasthof, dort gibt es einen Saal, und morgen ist sicher noch viel vorzubereiten.« Nele dachte mit einem Schaudern daran, wer auch dort sein würde.

Ihr Ex.

Das war der Grund, warum sie nicht hatte kommen wollen. Es ließ sich nicht vermeiden, ihm zu begegnen, denn die Mutter seiner Frau war entfernt mit ihrem Vater verwandt, und es gehörte sich nun mal, sie alle einzuladen, wo sie schon im gleichen Ort lebten. Ihre Mama tat es schlichtweg als unsinnig ab, dass Nele auch nach all der Zeit immer noch Probleme damit hatte, den Idioten wiederzusehen. Für Neles Mama war das alles Geschichte, Nele hatte sich nie wirklich von diesem Schlag erholt. »Wenn dich ein Kerl nicht will, dann vergiss ihn, er ist dich nicht wert«, hatte sie mehr als einmal zu ihr gesagt.

Tja, wenn das so einfach wäre.

Nele hatte, als sie mit ihm zusammen war, gedacht, dass er der Eine wäre, mit dem sie für immer zusammenbleiben würde. Dass dem nicht so war, konnte sie mittlerweile verschmerzen, aber nicht die Hinterhältigkeit, mit der sie abserviert worden war. Ganz zu schweigen vom Verhalten ihrer ehemals besten Freundin.

Nein, diese Menschen wollte sie nie wiedersehen, aber diesen einen Abend würde sie überstehen müssen.

Nele merkte, dass Christoph sie noch immer anschaute. Hitze kroch über ihren Hals in ihre Wangen, ihr Gesicht brannte. Er erwartete doch nicht, dass sie mehr erzählte? Über dieses Kapitel ihres Lebens würde sie nicht freiwillig reden, schon gar nicht mit ihm.

»Und ihr, was habt ihr vor?«, erkundigte sie sich, obwohl sie genau wusste, was die drei, äh vier vorhatten.

Simon saß auf einem der hinteren Sitze und war in seine Bücher vertieft. Der Mann schien nichts zu tun, außer diese Familie zu beschützen und zu lernen. Dabei wirkte er auf den ersten Blick gar nicht so langweilig.

Nele schämte sich ein wenig für ihre Gedanken. Was sollten Leute von ihr denken? Sie hatte überhaupt kein eigenes Leben, sie dürfte Simon schon gar nicht in eine Schublade stecken. Er verdiente bestimmt gutes Geld und hatte Pläne für die Zukunft, sonst würde er ja kaum studieren. Zum ersten Mal fragte sie sich, was es wohl war, das ihn so fesselte. Sie würde ihn später einmal fragen.

Christoph grinste. »Du weichst aus, Nele. Aber ist in Ordnung, ich möchte gar nicht neugierig sein. Oder doch, ich möchte. Weißt du, es ist lange her, dass ich Zeit mit normalen Menschen verbracht habe, ich weiß gar nicht mehr, was man so macht. Das klingt jetzt bestimmt dämlich. Vergiss es.«

Christoph schaute aus dem Fenster und wirkte auf einmal nachdenklich.

Sie hatte keine Ahnung, was den Sinneswandel verursacht hatte, daher wusste sie auch nicht, was sie erwidern sollte. »Du kannst ja vorbeikommen, dann siehst du, wie langweilig solche Feiern sind. Da wird hauptsächlich gegessen und getrunken. Viel getrunken.«

Er wandte sich ihr wieder zu und neigte seinen Kopf ein wenig zur Seite. »Ja, vielleicht mache ich das – nur, wer passt dann auf die Mädchen auf?«

Um ein Haar wäre ihre Kinnlade auf den Boden geknallt. Das meinte er doch nicht ernst?

Nele würde in Ohnmacht fallen, wenn ihr Chef – der Superstar – beim Geburtstag ihres Vaters auftauchen würde. Den Auftritt würde garantiert niemand der Gäste vergessen, sie inklusive. Andererseits, sie konnte sich gut vorstellen, dass Christoph sich nicht wohlfühlen würde unter all den Fremden. Er mied Menschen, die er nicht kannte, generell. Wie es wohl in Hollywood gewesen war? Aber da gab es ja viele Reiche und Schöne, alle Grundstücke waren gesichert, man blieb unter sich.

Nein, so ein Leben konnte sich Nele nicht vorstellen.

Und er offenbar ja wohl auch nicht mehr, sonst wäre er nicht hier.

War es möglich, dass Hollywoods Darling sich nach etwas Bodenständigkeit und Normalität sehnte?

Sie wagte es nicht, ihn danach zu fragen, daher sagte sie: »Du bist herzlich willkommen, ich hoffe, das weißt du. Das wäre der Knaller. Meine Mutter würde vermutlich vor Verzückung kaum noch Luft bekommen.«

Christophs Lippen verzogen sich zu einem leisen Lächeln, Nele konnte nicht erkennen, was in ihm vorging.

»Aber ihr habt sicher genug zu tun. Ich hoffe jedenfalls, dass euch der Bauernhof, den ihr gemietet habt, gefällt. Die Ponys sollten ganz lieb sein, und die Mädchen werden einen Heidenspaß haben«, plapperte sie, als er nichts mehr erwiderte.

»Ich muss Pipi«, unterbrach Amy sie, und Nele atmete beinahe erleichtert aus, dass sie dem Gespräch mit Christoph entkam.

»Ich mach das schon«, erklärte sie und nahm Amy an der Hand, um mit ihr zur Toilette zu gehen.

Eiskalter Wind wehte ihnen um die Nase, während Nele die Maschine hinter Christoph und den Kindern verließ. Er balancierte Amy auf dem einen Arm und Sky auf dem anderen. Sie waren dick eingemummelt, er selbst trug nur eine dünne Jacke und sah – wie immer – einfach göttlich aus. Eine Bö fuhr durch seine dunklen Haare und zerzauste sie. O wie gern würde sie einmal mit den Fingern darin wühlen.

Ein wehmütiges Ziehen meldete sich in ihrer Magengrube.

Nele wusste, dass sie auf einem gefährlichen Pfad unterwegs war, weil sie einfach zu oft vergaß, dass er zwar mit ihr plauderte, es aber nichts mehr war als ein Gespräch von Chef zur Angestellten.

Das stimmte so natürlich nicht ganz. Es ging darüber hinaus, wenn er Scherze machte, dass er zum Geburtstag ihres Vaters kommen könnte – aber auch das war vermutlich nur so daher gesagt gewesen. Vielleicht war er doch zu lange in Amerika gewesen und hatte Sitten übernommen, die sie nicht kannte. Man hörte ja oft, dass man da ständig Einladungen und Angebote bekam, die nicht ernst gemeint waren. Das war sicher so was gewesen.

Gut, dass sie das noch kapiert hatte.

Nele zog den Reißverschluss ihrer Jacke weiter nach oben. Das Wetter war ungemütlich, der Himmel war grau. Sie fror bis auf die Knochen. Die Temperaturen waren zwar höher als in Lech, aber die feuchte Luft fühlte sich kälter an. Jetzt wusste sie wieder, warum sie den Winter lieber in den Alpen verbrachte – nicht nur, damit sie ihrem Ex aus dem Weg gehen konnte. Sie liebte Österreich und die Natur dort sehr.

Ich bin froh, wenn ich hier Sonntag wieder in den Flieger steige, dachte sie und hielt sich am Geländer fest, um hinter Christoph nach unten zu gehen.

»Diese blöden Paparazzi«, hörte sie ihn fluchen.

»Was?«, stieß sie hervor und schaute sich um. Dummerweise lief sie weiter und prallte gegen Christophs Rücken. Um nicht zu stürzen, legte sie ihre Hände um seine Taille.

»O Scheiße«, knurrte sie. »Tut mir leid, tut mir leid«, beeilte sie sich zu sagen, als sie merkte, dass sie Wörter in den Mund genommen hatte, die die Kinder nicht unbedingt lernen sollten.

»Seisse, seisse«, wiederholte Amy sofort.

Nele verzog ihre Lippen. »Sorry, Christoph. Kommt nicht mehr vor.«

Sie hatte sich wieder gefangen und er erreichte den Boden als Erster. Er grinste, als er sich zu ihr umdrehte. »Schon in Ordnung. Hast du dir wehgetan?«, fragte er und schaute auf ihre Füße.

Das war schrecklich unangenehm, normalerweise verhielt sie sich nicht so tollpatschig. »Es war nichts. Einfach nur eine kleine Unachtsamkeit.«

»Kann sein, dass es bald ein schönes Foto von uns in der Presse gibt«, scherzte er.

»Weißt du«, antwortete sie. »Mir ist es völlig egal, was andere von mir halten, solange ich selbst weiß, wer ich bin.«

Für einen Augenblick sagte niemand etwas, aber sie sah an seinem Blick, dass er begriff, was sie meinte. Eine seltsame Wärme breitete sich in ihrer Magengrube aus. Dann war der Moment vorbei.

Christoph nickte und schaute zu Simon, der ihnen die Tür zum Auto aufhielt. Jemand hatte bereits einen schwarzen Range Rover vorgefahren, die hinteren Scheiben waren dunkel getönt. »Können wir dich noch nach Hause bringen?«, wollte Christoph wissen und wandte sich an Nele, die ihre Reisetasche über der Schulter trug, während Simon das Gepäck der Familie hinten einlud.

»Das ist nicht nötig«, redete Nele sich heraus und wich seinem Blick aus.

»Bitte, wenn ich es richtig verstanden habe, liegt unsere Bleibe doch in der Nähe?«

»Na ja, zwanzig Minuten ...«

»Sind gar nichts«, unterbrach Christoph sie. »Komm steig ein.«

»Na gut, aber nur, wenn es keine Umstände macht.«

Er war gerade dabei, Amy anzuschnallen. »Nein, im Gegenteil. Ich freue mich zu sehen, wo du aufgewachsen bist.« Es entstand eine kurze Pause. »Das bist du doch, oder?«

»Ähm, ja.« Das kam ihr alles ein bisschen merkwürdig vor, aber sie wusste nicht warum. Sicher spielten ihre Nerven verrückt, nicht einmal ein Geschenk hatte sie für ihren Vater. Der feierte auch noch in seinen Geburtstag hinein, das hieß, sie würde bis Mitternacht bleiben müssen.

Der Abend würde einem Spießrutenlauf gleichkommen, davon war sie überzeugt. Und was sie anziehen sollte, wusste sie auch nicht. Nicht, dass sie viel Auswahl hätte. Gerade fragte sie sich jedoch, womit sie am unauffälligsten bleiben konnte. Ganz in Schwarz, um sich in dunklen Ecken zu verstecken?

Die Idee gefiel ihr, erinnerte sie aber eher an einen Comic als an eine echte Option. Sie vertagte ihre innere Diskussion auf später. Nele half Sky beim Anschnallen im Kindersitz, dann setzte sie sich hinten in die Mitte. Simon steuerte den Wagen, Christoph saß auf dem Beifahrersitz.

Als sie sich schließlich Neles Elternhaus näherten, wurde sie unruhig. Wie sollte sie sich verabschieden? Sie würde vielleicht einfach abwarten, wie Christoph sich verhielt.

Oder nein. Sie würde ihm und den Kindern auf Wiedersehen sagen, wie sie es bei jeder anderen Familie auch tun würde.

»Ist es hier?«, wollte Simon wissen und verlangsamte die Geschwindigkeit.

»Ja, genau, danke.« Das Haus der Eltern hatte sich seit ihrer Kindheit kaum verändert. Es war klein, mit einem spitzen Dach und einem niedlichen Garten, der sehr gepflegt wirkte. Die

Zimmer waren genauso winzig, wie es von außen anmutete. Ein typischer Bau aus den Sechzigern, der mittlerweile zwar modernisiert war, aber sonst nichts vom ursprünglichen Charakter verloren hatte. Nele kletterte an Sky vorbei und stieg aus. »Tschüss, ihr Süßen, dann sehen wir uns am Sonntag wieder. Ich wünsche euch viel Spaß im Tierpark und beim Ponyreiten.«

Sky und Amy plapperten wild drauflos und winkten überschwänglich. Nele lachte, sie wollte gerade die Tür zuschlagen, als Christoph ausstieg und den Wagen umrundete. Das hieß, er blieb am Kofferraum stehen und holte ihre Tasche hervor. Sie hatte das Danke schon auf der Zunge liegen, aber er machte keine Anstalten, sondern lief mit ihrem Gepäck in Richtung Haustür los.

»W-was machst du da?«, stammelte sie und sah, dass er den Klingelknopf drückte, was unnötig war, denn Nele sah, dass jemand im Wohnzimmer gerade den Vorhang fallen ließ. Man hatte also längst mitbekommen, dass sie angekommen war, und ihre Mutter wusste auch, für wen sie arbeitete. Als sie ihr vor einer guten Woche davon berichtet hatte, war sie schon in Schnappatmung verfallen. Dabei war Nele nicht mal sicher, ob sie jemals einen Film gesehen hatte, in dem Christoph mitgespielt hatte.

Ihr Puls schnellte in die Höhe, sie hoffte sehr, dass gleich nichts Peinliches passieren würde wie in etwa: dass ihre Mutter ihm eine Apfelschorle anbot oder etwas in der Richtung.

Sie betete stumm, dass er einfach wieder gehen würde. Warum sie so angespannt war, wusste sie auch nicht ganz genau. Abstellen ließ es sich leider nicht.

Und schon wurde die Haustür aufgerissen, und eine strahlende Mama trat auf die Schwelle. »Hallooo!«, säuselte sie und lächelte in Christophs Richtung.

»Hallo, Mama«, piepste Nele. Sie räusperte sich, das konnte ja wohl nicht wahr sein.

»Servus, Frau Storm«, erwiderte Christoph und streckte ihr die Hand hin.

Neles Mutter schaute auf seine Finger und dann wieder in sein Gesicht. Sie war offenbar nicht sicher, ob man ihn wirklich anfassen konnte.

Nele verkniff sich ein Grinsen, immerhin wusste sie jetzt, woher sie diesen Hang zur Unsicherheit hatte. Christoph ließ sich davon nicht beirren, blieb gut gelaunt und strahlte. Es schien fast, als ob es ihm wirklich wichtig wäre zu sehen, wo seine Nanny herkam.

Nele konnte das nicht einordnen, und sie verwarf alle aufsteigenden Gefühle sofort, denn sie würden sie in die falsche Richtung führen. Sein Verhalten ging nicht über Höflichkeit hinaus, sagte sie sich immer wieder. Es hatte nichts zu bedeuten, er wollte nur nett sein.

Weil sie nicht länger wie ein Ölgötze herumstehen wollte, trat sie neben Christoph und nahm ihm die Tasche aus der Hand; sie musste sie ihm förmlich entreißen. Warum klammerte er sich so daran fest? Er wollte doch wohl nicht noch mit ins Haus kommen? »Danke«, stieß sie hervor, als das Gepäck schließlich mit einem Ruck vor ihrer Brust landete, weil er losgelassen hatte.

Vielleicht war sie ein wenig zu schwungvoll gewesen. Egal, Hauptsache, er brachte sie nicht noch mehr in Verlegenheit.

»Tag, Herr, äh, wie soll ich Sie nennen?«, hörte Nele ihre Mutter jetzt fragen.

Es ging schon los. O Gott.

»Einfach Christoph. Freut mich, Sie kennenzulernen. Jetzt weiß ich, woher Nele ihre hübschen Augen hat, ganz die Mama.«

Nele beobachtete überrascht, wie ihre Mutter errötete. Verlegen blinzelte sie und rückte sich die Frisur gerade. So hatte Nele sie ja noch nie erlebt. Meine Güte. »Danke, ich bin

Greta, Greta Storm, aber das hat Nele Ihnen bestimmt schon alles erzählt«, gab ihre Mama verzückt zurück. »Hätte ich gewusst, dass Sie mitkommen, hätte ich doch etwas vorbereitet ...«

Nele konnte dem ganzen Schauspiel nur stumm folgen, sie musste Christoph immer wieder verstohlen betrachten. Sie hatte es nicht für möglich gehalten, aber er war eben eine Stufe weiter in ihrem Ansehen gestiegen. Dass er auch noch nett zu ihren Eltern, also zu einem Teil davon zumindest, war, überstieg ihre Vorstellungskraft. Er hätte es gar nicht nötig, aber er tat es doch, weil er einfach großartig war. Sie schmolz dahin.

Oje. Das war nicht gut für ihr Herz und gab dem ganzen Hormonchaos nur noch mehr Futter ... Sie atmete langsam ein und wieder aus. »Das ist gar kein Problem, ich wollte auch nur Neles Gepäck ins Haus bringen.« Er wandte sich an sie, und der Glanz in seinen Augen raubte ihr die Luft zum Atmen.

Niemand sollte so gut aussehen dürfen und dabei noch so sympathisch sein. Wie er in den Filmen rüberkam, wurde ihm im wahren Leben nicht gerecht. Er war einfach eine Granate.

Ach du grüne Neune. Sie hatte eben doch nicht etwa geseufzt?

Hoffentlich nicht.

Neles Hände wurden feucht, gut, dass sie die Tasche umklammern konnte. »Dann, äh, sehen wir uns Sonntag? Ich komme direkt zum Flughafen.«

»Nicht, doch, wir holen dich ab, passt es dir gegen sechzehn Uhr?«

»J-ja. Ja, natürlich«, gab sie zurück.

Und dann geschah etwas Unerwartetes, Christoph kam näher und gab ihr ein Küsschen auf die Wange.

Halleluja.

Hatte da eben jemand die Glocken geläutet?

Dabei war sie nicht mal gläubig. Vielleicht drehte sie jetzt endgültig durch. Zumindest war sie kurz davor, denn sein Duft war einfach fantastisch und betörend.

»Schreib mir doch die Adresse, vielleicht schaffe ich es morgen«, flüsterte er in ihr Ohr.

Nele blinzelte, dann löste er sich, zwinkerte ihr zu und verabschiedete sich von der Mama mit einem höflichen Nicken. »Einen schönen Tag noch für Sie, Wiederschauen.«

Nele beobachtete fassungslos, wie dieser Prachtkerl mit langen, geschmeidigen Schritten zum Range Rover zurückging. Eine Minute später bog der Wagen um die Ecke.

Dann war er weg, und Nele konnte sich immer noch nicht rühren. Sie atmete zittrig aus und versuchte, sich zu sammeln.

»Du hast gar nicht gesagt, wie nett dein Chef ist und wie attraktiv«, holte die verzückte Stimme der Mutter Nele aus ihren Gedanken.

Nele wusste nicht, was sie darauf erwidern sollte, daher ließ sie es sein.

»Hallo, Mama«, sagte sie nur, gab ihr einen Kuss auf die Wange und marschierte dann an ihrer Mutter vorbei ins Haus. Dort wehten sie vertraute Gerüche von überallher an. Nele schloss für eine Sekunde die Augen. Der Duft von frisch gebackenem Apfelkuchen und altem Holz löste sofort ein Gefühl von Wärme in ihr aus. Vielleicht würde es ja doch nicht so schlimm werden – solange sie nicht an die morgige Feier dachte, konnte sie das fast glauben.

Das Licht im Saal war leider nicht schummrig genug, um, wie Nele gehofft hatte, mit den Schatten der Wände verschmelzen zu können. Ein Jammer. Sie unterdrückte ein gequältes Stöhnen und klammerte sich an ihrem Wasserglas fest.

Nele hielt es für weise, sich an diesem Abend an alkoholfreie Getränke zu halten. Das Spektakel war auch nüchtern schon schlimm genug, sie glaubte zudem nicht daran, dass ein Rausch ihr den nötigen Filter verschaffen würde, ihren Ex mit seiner Angetrauten ausblenden zu können. Denn sie waren allgegenwärtig und tauchten ständig irgendwo in ihrer Nähe auf. Es war ekelhaft. Dass sie sich gar nicht schämten! Sie fühlte sich durch ihre Unbeschwertheit erst recht beleidigt.

Gerade schwoften sie wieder über die mäßig gefüllte Tanzfläche. Ein Alleinunterhalter stand mit seinem Keyboard in der Ecke und schmetterte einen Malle-Schlager nach dem anderen ins Mikrofon.

Es war schräg, aber die Leute schienen es zu mögen. Tja, auf dem Dorf war sonst halt nicht viel los, da nahm man, was man kriegen konnte.

»Du guckst ja wie sieben Tage Regenwetter«, sprach sie jemand von der Seite an.

Nele schaute ins Gesicht ihres Vaters, er trug sein kariertes Hemd bis zum Ellenbogen aufgekrempelt und lächelte. »Tut mir leid, Papa, ich will dir nicht die Feier verderben.«

Er legte ihr einen Arm um die Schultern. »Lass dir von dem Dösselkopp nicht die Laune verhageln …«

»Er ist es nicht wert, ich weiß«, führte sie den Satz zu Ende und grinste schief.

»Genau, meine Kleine, und jetzt stürz dich mal ins Getümmel.«

Sie verzog ihre Lippen. »Es ist alles gut so, wie es ist, meine Schuhe bringen mich um. Außerdem werde ich freiwillig nicht auf die Tanzfläche gehen, solange *er* da ist.«

Sie musste den Namen nicht aussprechen, ihr Vater wusste ganz gut, wer gemeint war.

»Nicht mal, wenn ich dich um einen Tanz bitte?« Ihr Vater bot ihr den Arm.

Dazu konnte Nele schlecht Nein sagen, und sie wollte es

auch gar nicht. Sie lachte und stellte ihr Glas auf einem Tisch ab, dann stöckelte sie mit ihrem Vater aufs Parkett. Zum Glück spielte der DJ gerade einen ruhigeren Song, zu dem man einigermaßen tanzen konnte.

Ein Schritt links, zwei Schritte rechts, mit dem Vater war es ganz einfach, sich führen zu lassen, er hatte ohnehin nur einen Stil drauf. Nele genoss die Runde mit ihm, es war doch schön, hier zu sein, um seinen großen Tag mit ihm feiern zu können.

Vielleicht hätte sie in den letzten Jahren öfter herkommen sollen, überlegte Nele, während sie in das strahlende Gesicht ihres Vaters blickte. Sie hatte immer nur an das Schlechte gedacht, an das, was verloren war, nicht an das, was sie mochte. Sie hatte eine liebende Familie, Eltern, die sie oft vermissten, ihr ging es genauso. »Ich bin froh, dass ich hier bin«, meinte sie schließlich, und ihr Vater drückte sie ein wenig fester.

Mehr brauchte Nele nicht zu wissen. Gefühlsduselig wurde man bei ihnen im Haus eher selten, seine Geste war erklärend genug. Ohne es zu wollen, wanderte Neles Blick bei der nächsten Tanzrunde mal wieder zum Eingang. Entgegen ihrer Vorsätze, nicht darauf zu hoffen, dass Christoph auftauchte, tat sie es doch. Warum sonst hätte er nach der Adresse fragen sollen, wenn er nicht vorgehabt hatte, herzukommen? Aber bei der Verabschiedung hatte er ja »bis Sonntag« gesagt. Sie war durcheinander und ärgerte sich, dass sie sich doch wünschte, dass er auftauchte.

Nicht jetzt, rief sie sich in Erinnerung. Sie wollte sich nicht den Moment verderben lassen. Christoph war ihr weiß Gott zu nichts verpflichtet. Und sie würde es ihm nicht übel nehmen, wenn er nicht erschien, auf gar keinen Fall. Es wäre auch zu schräg, er passte hier gar nicht hin. Er war ein Superstar, sie eine Landpomeranze.

Je eher sie das akzeptierte, desto besser.

Nele *und* Christoph, das würde es niemals geben.

Eher fror die Hölle zu.

Sie verzog ihre Lippen und trat auch noch ihrem Vater aus Versehen auf den Fuß. »Entschuldige«, murmelte sie vor sich hin.

»Du bist mit den Gedanken ganz woanders«, schlussfolgerte Hans Storm mit leichtem Tadel in der Stimme.

Nele war überrascht, wie gut ihr Vater sie lesen konnte, obwohl sie in den letzten Jahren wenig miteinander zu tun gehabt hatten. »Gar nicht«, log sie und grinste.

Er schüttelte liebevoll lächelnd den Kopf. »Du junges Gemüse solltest mit einem anderen tanzen als mit mir. Sind doch genug Singles da, was ist denn mit Hannes?«

Nele schnappte nach Luft. Hannes war Kartoffelbauer und lebte zwei Straßen weiter, das Dickste an ihm war nicht sein Trecker, sondern sein Bauch. »Bestimmt nicht, Papa. Ich bin gern Single.«

Ja, genau, und Schweine sind grün, dachte sie sarkastisch. Sie war nur so lange allein geblieben, weil sie weder den Richtigen gefunden hatte, noch den Mut gehabt hatte, ihr Herz zu öffnen. Bei Christoph war das von ganz allein passiert. Aber das hier war weder der passende Ort noch die Zeit, um über ihr Alleinsein oder die seltsamen Gefühle für ihren Chef zu plaudern. Zum Glück beendete der DJ gerade das Lied und kündigte eine Pause an.

Endlich mal gutes Timing, überlegte sie und atmete aus. »Ich brauche ein Getränk«, verkündete sie und ließ ihren Vater stehen, ehe er noch mehr unangenehme Fragen stellen konnte. Nele stakste zur Bar, sie hätte auf die hohen Absätze verzichten sollen, ihre Füße taten höllisch weh. Jetzt orderte sie doch ein Bier. Das konnte wohl nicht schaden, getreu dem Motto, was schert mich mein Geschwätz von vor fünf Minuten.

Ein Blick auf die Uhr verriet ihr, dass sie noch eine Stunde aushalten musste, ehe der Geburtstagssong für ihren Papa geschmettert werden würde. Danach konnte sie sich abseilen. Christoph tauchte also garantiert nicht mehr auf. Nele war enttäuscht, obwohl sie keinen Grund dafür hatte.

Sie rollte die Augen. Jetzt dachte sie schon wieder an ihn. Das war langsam nicht mehr auszuhalten.

Aber es stimmte. Sie dachte an Christoph, und sie ärgerte sich über ihn, oder eher über sich selbst. Immerhin hatte er sie um die Details der Feier gebeten, und sie hatte ihm, wie gefordert, die Nachricht mit der Adresse geschickt. Darauf hatte er nur mit einem Smiley und Daumen nach oben geantwortet. Hieß das nicht so viel wie: Ja, ich komme vorbei?

In ihrer Sprache ja, aber was wusste sie schon? Nicht viel, was Hollywood-Stars anging jedenfalls. Nele schnappte sich ihr Glas. Sie trank von ihrem Bier und schlussfolgerte nach einem großen Schluck, dass sie Christoph einfach falsch verstanden hatte.

»Hey, Nele«, laberte sie ein Mann von der Seite an, und sie erstarrte.

Die Stimme kannte sie bedauerlicherweise viel zu gut. Sie gehörte jemandem, mit dem sie nie wieder sprechen wollte. Ihrem Ex. Marcel hatte sich kaum verändert. Leider hatte er keine Glatze bekommen. Dummerweise war er weder fett noch verpickelt, er hatte keinen buckligen Rücken und auch keine dicke Hornbrille auf einer schiefen Nase.

Was er aber hatte, war ein Ehering an der rechten Hand.

Warum musste er sie unbedingt anquatschen? Wie unangenehm. Sie wollte weg. Nele schaute sich, ohne es zu verschleiern, nach einer Fluchtmöglichkeit um. »Hallo«, erwiderte sie dennoch resigniert und starrte sogleich in die Schaumkrone ihres Pils. Sie kam hier nicht raus, nicht vor Mitternacht. Verdammt.

»Gut siehst du aus«, schleimte Marcel, dann bestellte er für sich ein Bier und einen Korn dazu. Ihr Ex hatte die blauen

Ärmel seines Hemdes nach oben gekrempelt, und sie musste mit ein wenig Genugtuung feststellen, dass Christophs Arme deutlich muskulöser und sehniger waren.

Gott, jetzt verglich sie die beiden auch noch miteinander? Wie albern. Es lagen Welten dazwischen. Aber eines hatten sie gemeinsam: Mit keinem würde es eine Zukunft geben.

Gut, mit Marcel wollte sie das auch gar nicht mehr. Das merkte sie gerade sehr deutlich.

Nele war zwar noch immer verletzt, das hatte sich auch nach Jahren nicht gelegt, aber sie trauerte ihm nicht mehr hinterher. Ein Fortschritt. Immerhin.

»Was willst du von mir?«, brummte sie wenig begeistert und schaute ihn herausfordernd an. Sie hatte keine Lust mehr, sich zu verstecken.

»Keine Ahnung.« Marcel zuckte die Schultern und wirkte ein wenig verdutzt. Was hatte er denn gedacht? Dass sie vor Glück dahinschmolz, dass er sich zu einem Gespräch herabließ? Sicher nicht! »Ich, äh, wollte einfach mal kurz mit dir reden und fragen, wie es dir so geht«, stammelte er. Verflogen war die selbstherrliche Arroganz.

»Wo ist denn deine Frau?«, unterbrach sie ihn. Sie konnten diesen Quatsch einfach abkürzen. Zumindest beim Thema Susi konnte Nele sagen, dass sie Schadenfreude in sich verspürte, denn ihre ehemalige beste Freundin trug mittlerweile einen spießigen Haarschnitt, war leicht angetrunken, und ihr zu lautes, gackerndes Lachen war auch lange nicht mehr sexy. Das sollte eigentlich keine Rolle spielen, aber sie wusste, wie viel Wert Marcel auf das perfekte Bild seiner Partnerin legte. Egal. Es *sollte* ihr egal sein, ob sie hübscher war als die Frau, die ihr den Verlobten ausgespannt hatte. Aber sie spürte dennoch einen kleinen Triumph, denn so selbstlos war sie nicht. Nele hatte auch nie behauptet, ein Engel zu sein. Sie hatte den beiden die Pest oder wenigstens eine fiese Geschlechtskrankheit an den Hals gewünscht – was natürlich nicht eingetreten war. Heute war es ihr gleichgültig. Es galt also doch, was man ständig überall hörte: Zeit heilte die meisten Wunden.

Es war offenbar auch bei ihr so, so deutlich wie jetzt hatte sie noch nie gespürt, dass ihr dieser Typ schietegal war.

»Mensch, Nele, ich kann doch kurz mit dir reden, immerhin waren wir mal Freunde.«

Nele lachte humorlos. »Das waren wir nie. Und jetzt sag, was du willst, und dann verschwinde.« Ihre Stimme klang eisig, und sie war froh, dass sie die Stärke fand, diesem Arschloch entgegenzutreten und für sich einzustehen.

»Ich habe gehört, dass du für Chris May arbeitest.«

Sie presste die Lippen aufeinander. Aha, daher wehte also der Wind. Gott, war der Kerl widerlich, er kam nur her, weil er mehr über den Star hören wollte? Wie armselig.

»Und? Jetzt willst du ein Autogramm?«, zischte Nele und hob eine Augenbraue.

»Na ja, ich wollte mal fragen: Wie ist er denn so? Als Mensch, meine ich.«

Nele drehte sich zu Marcel um und betrachtete ihn zum ersten Mal seit langer Zeit ausgiebig und intensiv. Feine Linien waren um seine Augen zu erkennen, ansonsten sah er aus wie früher, ein wenig rundlicher vielleicht. Trotzdem schlug ihr Herz nicht mehr höher, nichts regte sich in ihr, außer Widerwillen. Es war ekelhaft, dass er sich an sie ranwanzte, nur weil sie für einen Star arbeitete und Marcel sensationsgeil war. All die Jahre hatte Marcel sie wie Luft behandelt – nicht, dass man sich oft begegnet wäre – und jetzt das?

Er war es gewesen, der ihre Träume zerstört hatte. Er war es, der sie betrogen hatte. Und jetzt wollte er so tun, als seien sie Freunde? Es war erbärmlich. *Er* war erbärmlich. Sie konnte dankbar sein, dass sie nicht an Susis Stelle war.

»Hast du nichts zu tun auf deinem Dorf? Lies die Bunte,

wenn du dich für Stars interessierst, und hör auf, mir auf den Senkel zu gehen.«

»Aber, Nele?«

Sie hob eine Hand und brachte ihn damit zum Schweigen. »Hör auf. Verschwinde, Marcel. Wir haben uns schon lange nichts mehr zu sagen, und daran wird sich auch nichts mehr ändern. Du bist nur hier, weil meine Eltern höflich sind und nicht solche Arschlöcher wie du. Niemand will dich wirklich hier haben, das kannst du vielleicht mal begreifen. Und jetzt geh mir aus den Augen.«

Er wirkte im ersten Moment überrascht, dann höchst irritiert. Seine Nasenflügel blähten sich, und er atmete schneller. »Du bist ja hochnäsig geworden, Mannomann.«

Nele schnaubte und sagte nichts mehr. Es war ihr egal, was er von ihr dachte. Vollkommen gleichgültig. Das war ein schönes Gefühl.

Weil es sie nicht mehr interessierte, ob und was er zu sagen hatte, drehte sie ihm den Rücken zu und widmete sich ihrem Bier. Lieber glotzte sie die Wand an, als ihren Ex.

Nele lächelte zum ersten Mal an diesem Abend – wenn man mal von dem Tanz mit ihrem Vater absah – und es war echt.

Wenn die Reise hierher eine Sache gebracht hatte, dann die Gewissheit, dass sie langsam, aber sicher über ihren Ex hinweg war. Gut, schnell war das nicht gegangen, aber das spielte keine Rolle mehr. Der Gedanke an Marcel löste keine Wehmut oder Schmerz mehr in ihr aus, sondern nur noch Freude, dass sie nicht an Susis Stelle war.

DIE ZEIT bis Mitternacht verflog nach diesem kleinen Triumph recht schnell. Pünktlich um zwölf sangen die Gäste ihrem Papa ein Ständchen, dann ging die Tür auf, und jemand schob eine riesengroße Torte mit Wunderkerzen herein. Die Menge raunte, staunte und klatschte. Davon hatte Nele gar nichts gewusst. Sie schielte zu ihrer Mama, die schlug sich die Hände vor den Mund und war offenkundig auch nicht informiert gewesen. Woher kam der Kuchen?

In Neles kleiner Umhängetasche brummte es. Sie zog ihr Handy hervor. Es war eine Nachricht von Christoph.

Richte deinem Papa liebe Grüße von mir aus, hab es leider nicht geschafft, Amy hat nach dem Zoobesuch gespuckt – zu viele Süßigkeiten. Ich hoffe, die Torte schmeckt euch. XXX, Christoph

Neles Mund klappte auf.

Von *ihm* kam die Torte?

Und er hatte tatsächlich herkommen wollen? War das eine Entschuldigung?

Und was bedeuteten die drei Kreuze?

So viel wie Küsschen?

Wer benutzte denn heutzutage noch so was und keine Emojis?

Ihr war schrecklich heiß, und ihr Herz pochte wie verrückt.

Nele überlegte, was und ob sie antworten wollte. Nach einem Augenblick entschied sie sich für ein Foto von der Torte mit ihrem Papa, wie er davor stand und strahlte. *Danke*, tippte sie unter das Bild. *Das war eine wunderbare Überraschung. Gute Besserung für Amy.*

Herzchen ja oder nein?

Sie entschied sich dagegen.

Mit zittrigen Fingern schickte sie die Antwort an ihn ab.

Immer wieder guckte sie danach auf das Telefon, aber es blieb stumm.

Ihrem Kopf – oder ihrem Herzen – hatte diese Aktion jedoch neue Nahrung geliefert. Ständig versuchte sie sich einzureden, dass er nur nett sein wollte. Trotzdem war da dieses Stimmchen, das ihr einflüstern wollte, dass er es getan hatte, weil er sie mochte, ein bisschen mehr vielleicht als das. Konnte es sein, dass sie sich das wirklich nur einbildete?

Nele konnte es drehen und wenden, wie sie wollte, aber ganz wurde sie den Gedanken nicht los, dass da vielleicht mehr zwischen ihnen sein könnte. Dass der Kuss womöglich doch nicht so bedeutungslos gewesen war. Aber es gab mindestens genauso viele Gründe, die dagegensprachen. Nun, heute würde sie das Rätsel nicht mehr lösen, und wenn sie klug war, würde sie das auch später nicht versuchen. Unauffällig schlich sie sich von der Feier nach Hause. Noch während sie in ihrem alten Kinderzimmer lag und an die Decke starrte, überlegte sie, was Christoph wohl gerade machte.

16

Es war ein langer Tag gewesen. Ein langes Wochenende, um genau zu sein. Christoph war völlig erledigt, als sie die Tiefgarage unter dem Chalet am Sonntagabend erreichten. Er war während der Reise über viele Schatten gesprungen, um seinen Kindern ein halbwegs normales Leben zu ermöglichen. Was für andere völlig alltäglich war, war für ihn und seine Familie Neuland, und vor allem emotional gesehen lag noch ein langer Weg vor ihm – loszulassen war nicht einfach, es war höllisch schwer.

Christoph war mehr als einmal der kalte Schweiß ausgebrochen, zum Beispiel, als er mit den Kindern im Zoo, er hatte sich mit Basecap und Sonnenbrille vermummt, bei den Giraffen in eine unübersichtliche Menschenmenge geraten war, aber am Ende waren alle glücklich gewesen. Gut, vielleicht hätte er ihnen nicht so viel Zucker erlauben sollen, aber Amy ging es heute wieder gut.

Er atmete dennoch erleichtert aus, als Simon den Motor abstellte, und schaute nach hinten. Amy und Sky waren eingeschlafen, auch Nele war eingenickt.

Seine Nanny sah wirklich süß aus, wie sie ihren Kopf ganz zufrieden gegen den Sitz von Amy lehnte. Sie hatte sich in ihren Schal eingekuschelt und schlummerte selig.

Es tat ihm geradezu leid, dass er sie gleich aufwecken musste, aber er wollte sie natürlich nicht im Auto zurücklassen.

Simon stieg aus und öffnete die Hintertür. Das Licht der Neonröhren in der Tiefgarage verbreitete eine unangenehme, unnatürliche Helligkeit. Normalerweise störte es Christoph nicht, aber heute Abend fand er es viel zu grell.

Er schnallte sich ab und stieg ebenfalls aus. Während er Amy aus ihrem Sitz befreite, flüsterte er leise: »Nele, wach auf, wir sind da.«

Sie reagierte nicht sofort, dann schreckte sie hoch. »Wie, was? O Gott!« Sie setzte sich kerzengerade hin, dann stöhnte sie. »Bin ich eingeschlafen? Verdammt, tut mir leid.«

»Hey«, meinte er sanft. »Es ist okay, wir sind zu Hause.«

Simon schenkte ihm einen seltsamen Blick, den Christoph geflissentlich ignorierte. Sollte Simon doch denken, was er wollte. Christoph nahm Amy hoch, und sein Bodyguard trug Sky, während Nele sich und ihre Knochen sortierte und umständlich aus dem Wagen kletterte.

Simon würde nachher noch einmal nach unten kommen, um das restliche Gepäck zu holen. Wenn er schon müde war, wie musste es dann Simon gehen? Vielleicht sollte Christoph ihm bald einmal einen freien Tag gönnen. Der Kerl beschwerte sich nie, er hatte ihn noch niemals gähnen gesehen oder geistig abwesend. Verrückt. Kein Wunder, dass er mal in einer Spezialeinheit gewesen war, für ihn war das hier vermutlich ein Spaziergang. Was Christoph zu dem Gedanken brachte, dass er selbst den Helden nur spielte, aber in Wirklichkeit keiner war.

Er sollte damit aufhören, das führte zu nichts. Er war müde und konnte nicht mehr klar denken. Nele stand jetzt auch in der Garage und zog ihre Tasche aus dem Kofferraum. Mittlerweile war sie mit allem hier so vertraut, dass sie die Alarmanlage bedienen konnte und die Technik überall im Haus mühelos beherrschte. Christoph hatte sich an sie und ihre Anwesenheit gewöhnt, er wusste, dass er sich auf sie immer verlassen konnte. Es war mehr als ein Gewöhnen, aber daran wollte er jetzt nicht denken.

Fünf Minuten später hatten sie die Kinder in ihre eigenen Betten gelegt, heute wollte Christoph mal eine Nacht allein verbringen. Eine Mütze voll Schlaf, in der er keine Füßchen im Gesicht hatte oder in der Magengrube oder an anderen Stellen, wo es noch mehr wehtat. Er trat aus Amys Zimmer und kam dann auf dem Weg zu seinem an Skys vorbei.

»Ich hole den Rest«, erklärte Simon gerade und verschwand danach lautlos aus dem Obergeschoss. Christoph lugte durch Skys Zimmertür und beobachtete Nele dabei, wie sie die Decke seiner Tochter noch etwas höher zog, dann strich sie ihr sanft über den Kopf.

Es war ein wundervoller Moment. Nele tat dies nicht, weil er zusah, im Gegenteil, sie wirkte völlig abwesend, noch selbst ganz verschlafen und hatte keine Ahnung, dass er sie mit einem Lächeln im Gesicht betrachtete.

Erst jetzt schien sie seine Gegenwart wahrzunehmen. Nele richtete sich auf und schaute ihn aus großen Augen an. Im sanften Schein der Nachttischlampe wirkten ihre Pupillen schwarz, ihre Lippen waren leicht geöffnet.

Sehnsucht regte sich in ihm. Aber da war noch mehr.

Er hätte es nicht für möglich gehalten, so erschöpft, wie er war, aber in seinen Lenden pulsierte Verlangen. Christoph atmete ein wenig schneller und rührte sich nicht.

Nele kam auf ihn zu. »Sie schläft«, flüsterte sie leise und blieb vor ihm stehen.

Es wäre so einfach. So verlockend. Er konnte Neles Wärme spüren, nahm das Prickeln wahr, das sich immer zwischen ihnen einstellte, wenn der eine in der Nähe des anderen war. Es war sinnlos, es zu leugnen. Er begehrte sie, und sie begehrte ihn.

»Bist du zufrieden mit der Reise?«, murmelte er, seine Stimme klang rau.

Nele bejahte und blickte zu ihm auf. »Es war schön, meine Eltern einmal wiederzusehen. Auf gewisse andere Gäste hätte ich gern verzichtet.«

Er wusste, worauf sie anspielte. »Dein Ex ist ein Idiot.«

Nele blinzelte überrascht, aber rührte sich nicht. »Ja, das habe ich auch schon gemerkt«, gab sie leise zurück. »Ich bin froh, dass ich ihn los bin. Mittlerweile frage ich mich, was ich überhaupt mal an ihm fand.«

Christoph wusste genau, was sie meinte, daher nickte er. »Ich fühle mit dir und verstehe dich sehr gut.«

»Wir alle haben eine Vergangenheit, und sie definiert, wer wir heute sind«, murmelte Nele.

Der Klang ihrer Stimme rührte etwas in ihm an, was er nicht genau benennen konnte. Ein Schauder jagte an seinem Rückgrat entlang. Er sollte an ihr vorbeigehen, Sky noch einen Kuss geben und dann selbst ins Bett krabbeln. Allein.

Aber er tat es nicht. Stattdessen war Christophs Blick auf Neles Lippen geheftet. Es kostete ihn seine ganze Beherrschung, die er zu dieser späten Stunde aufbringen konnte, sie nicht in seine Arme zu reißen, um sie noch einmal zu küssen.

Gott, er wollte es so sehr.

Aber er wusste auch, dass sich zwischen ihnen alles änderte, wenn es wieder geschah. Er war kein Dummkopf. Und er war kein Träumer. Vor allem das nicht.

Es gab zu vieles, was gegen die Sehnsucht sprach, die

gerade unendlich erschien. Er spürte, dass Nele es auch fühlte, dass sie ihn so begehrte wie er sie.

Nur leider war das Leben deutlich komplizierter als das. Wenn es so einfach wäre, wenn es nur sie beide gäbe, dann würde er das tun, wovon er träumte. Und noch viel mehr.

Doch die anderen Gründe wogen schwerer.

Christoph biss die Zähne aufeinander, weil das Verlangen trotz allem schmerzte. Er ballte die Hände zu Fäusten, die Nägel gruben sich in seine Handflächen. Er sah vermutlich lächerlich aus, es war ihm egal.

Ein Kuss. Nur ein Kuss. Es war so verlockend.

Aber er wusste, dass es nicht dabei bleiben würde.

Und dass es ihr gegenüber nicht ehrenhaft wäre.

»Es tut mir leid«, flüsterte er und wusste selbst nicht, was genau er damit meinte.

Sie trat einen Schritt zurück. Er sah, wie sie schluckte.

Christoph hob eine Hand und ging wieder auf sie zu. Nele schaute auf seine Finger und dann in seine Augen, zwei stumme Fragen standen darin: Was wird das hier? Was ist das zwischen uns?

Es kam ihm so vor, als würde ein Beben durch ihren Körper wandern.

Er selbst hatte eine Gänsehaut von Kopf bis Fuß, gleichzeitig war ihm unglaublich heiß.

»Ich kann nicht, Nele«, wisperte er und ließ die Hand sinken und ballte sie erneut zur Faust. »Ich wünsche es mir, aber ich kann nicht. Es wäre nicht fair. Ich ertrage das nicht mehr, dass alle um mich herum die Leidtragenden sind. Meine Bekanntheit hat schon so vieles kaputt gemacht. Stell dir vor, wie man mit dir in den Medien umgehen würde. Welche Schlagzeilen die Presse erfindet. Du würdest in einem Käfig eingehen wie ein eingesperrtes Tier, Nele. Ich kann dir das nicht antun. Ich will dir das nicht antun. So behältst du deine Freiheit, wenn du meine Angestellte bist. Du kannst kommen und gehen, ohne Angst haben zu müssen.« Er hielt inne, als er den verletzten Ausdruck in ihren Augen sah.

Nele war getroffen. Sie fühlte sich zurückgewiesen, dabei hatte er genau das Gegenteil erreichen wollen. Er musste sie schützen, denn sie hatte keine Ahnung, was es bedeutete, mit ihm zusammen zu sein.

Christoph schwieg, ihm war elend zumute.

Letztlich war er zu feige zuzugeben, dass er einfach schreckliche Angst hatte, sich Nele gegenüber vollständig zu öffnen. Er war bisher nicht gerade erfolgreich darin gewesen, eine gute Beziehung zu führen, und die Sorge war daher groß, dass er mit einem Fehltritt riskierte, Nele für immer zu verlieren, auch für Amy und Sky. Ihm war bewusst, dass er daran arbeiten musste, indem er seine Vergangenheit aufarbeitete. Nur dann konnte er auch der Vater für seine Kinder sein, der er sein wollte.

»Es ist ja schön, dass du weißt, was ich will und womit ich umgehen kann«, war alles, was sie schroff erwiderte. Sie war wütend, und das stand ihr auch zu. Ihre Augen funkelten wild.

Lust schoss so heftig durch seine Adern, dass ihm schwindelig wurde. Er strich sich durch die Haare. »Nele …«

Sie unterbrach ihn sofort. »Lass es gut sein, Christoph. Vergessen wir das alles. Ich denke, das ist sowieso nur ein Missverständnis.« Sie wich seinem Blick aus, machte einen Bogen um ihn und verschwand dann im Gästezimmer. Die Tür knallte sie so energisch ins Schloss, dass er zusammenzuckte.

Christoph schloss die Augen und seufzte. Es dauerte keine Sekunde, bis er Simons Schritte auf dem Flur hörte.

Vermutlich hatte sein Bodyguard mal wieder viel zu viel mitbekommen. Simon ließ sich nichts anmerken, stellte das

Gepäck vor Christophs Zimmer ab und wünschte ihm noch eine gute Nacht.

In Momenten wie diesen hasste Christoph das, was aus ihm geworden war, aber es ließ sich nicht ändern. Das hier war sein Leben, und er musste damit klarkommen. Weil er wusste, dass er zu aufgebracht war, um einschlafen zu können, tapste er zu Sky, kniete sich vor ihr Bettchen und beobachtete, wie ruhig sie schlummerte, dann schaute er noch einmal nach Amy, auch sie schlief tief und wirkte zufrieden. Irgendwann ging er in sein eigenes Zimmer, die Tür ließ er offen, falls eines der Mädchen aufwachte. Christoph fiel rücklings aufs Bett und starrte die Decke an. Er fühlte sich beschissen. Schuldig und einsam. Eine endlose Nacht wartete auf ihn.

Obwohl er todmüde war, wusste er, dass er kein Auge zubekommen würde. Die Nächte konnten sehr lang werden und leer. Das war das Schlimme mit der Sehnsucht, mit der unbefriedigten Leidenschaft. Sie hielt einen wach, sie trieb ihn um und verwirrte seinen Geist. Christoph wollte sich nicht so fühlen und irgendwie doch.

DIE TAGE bis zum Weihnachtsfest waren mit vielen Aktivitäten gefüllt, dabei ging Christoph Nele, wo er nur konnte, aus dem Weg. Es war ihm unangenehm, was zwischen ihnen vorgefallen war. Mehr als das. Er fürchtete, dass er seine Beherrschung doch noch verlieren könnte, wenn er nicht aufpasste.

Er brauchte einen klaren Kopf, deshalb schmiss er sich in seine Skimontur und verkrümelte sich aus dem Haus. Simon war mit Nele und den Kindern auf einem Spaziergang, er müsste also gar nicht um die Ecken schleichen, aber er hatte es sich so angewöhnt.

Wenig später trat er aus dem Skikeller und stieg in seine

Bindung. Das Wetter war traumhaft, keine Wolke trübte den eisblauen Winterhimmel über ihm. Er lächelte in sich hinein, klappte das Visier seines Helmes herunter und jagte über die Pisten, bis seine Oberschenkel brannten und er nicht mehr konnte. Er versuchte seine Sehnsüchte zu verdrängen, aber egal was er machte, es wurde nur schlimmer.

17

Am Weihnachtstag erwartete Christoph eine freudige Überraschung: Er war ein freier Mann. Christoph hatte es endlich schwarz auf weiß vor sich auf dem Schreibtisch liegen. Die Scheidung war jetzt offiziell und rechtskräftig.

Das kam keinen Tag zu früh, überlegte er und stand auf. Er ging rastlos vor dem Fenster auf und ab. Ein Lächeln lag auf seinen Lippen, es hing auch eine gehörige Portion Wehmut über ihm. Das Ende seiner Ehe bedeutete für ihn gleichzeitig eine bittere Niederlage, auch wenn er unendlich froh war, dass es endlich vorbei war.

Trotzdem, als er Summer am Strand von Hawaii das Jawort gegeben hatte, hatte er es ernst gemeint, als er gesagt hatte, in guten wie in schlechten Zeiten, bis der Tod sie scheidet. Er hatte vorgehabt, sie für immer zu lieben.

Dass »für immer« nach sechs Jahren vorbei sein würde, hatte er damals nicht kommen sehen.

Zum Glück vielleicht.

Er wollte nicht länger über die Vergangenheit nachdenken, sondern nach vorn blicken. Ob es unangebracht war, eine

Flasche Champagner zu öffnen? Allein hatte er darauf auch keine Lust, außerdem war heute Heiligabend. Es gab später sicher ausreichend Gelegenheit zu feiern. Er wusste nicht, ob er die Neuigkeiten heute noch vor seiner Familie verkünden wollte. Seine Mama war streng katholisch, und für sie bedeutete die Scheidung – so sehr sie auch zustimmte, dass es sein musste – gleichzeitig auch etwas sehr Schlimmes: Christoph würde nie mehr kirchlich heiraten können.

Ihm selbst war das nicht so wichtig, er konnte sich momentan nicht vorstellen, überhaupt noch einmal einen so großen Schritt wie diesen zu wagen. Das musste er auch nicht, denn es gab keine geeignete Kandidatin dafür.

Lügner, schrie eine Stimme in seinem Kopf.

Christoph rieb sich über die Stirn. Er musste aufhören, an Nele zu denken. In den letzten Tagen war er ihr erfolgreich aus dem Weg gegangen, und er hoffte, dass sich diese bescheuerte Schwärmerei bald wieder legen würde.

Er war es seinen Kindern schuldig, dass er aufhörte, mit seinem Schwanz zu denken.

Der Gedanke half ihm, sich aufs Wesentliche zu konzentrieren. Er stemmte die Hände in die Hüften und schaute in die Ferne aus dem Fenster. Über die Piste wedelten heute nicht so viele Skifahrer wie sonst, manche der Urlauber hatten an Heiligabend auch schon tagsüber Programm. Der Himmel war von einigen Wolken überzogen, hie und da blitzte die Sonne durch. Gestern hatte es Neuschnee gegeben, die Tannen waren über und über davon bedeckt, auf den Dächern der Häuser lag ein guter Meter Schnee. Die Berggipfel sahen wundervoll gezuckert aus. Christoph merkte, wie sich sein Puls beruhigte. Im Raum roch es nach Zirbenholz, das überall im Chalet verbaut war. Es war bekannt für seine positive Wirkung auf den menschlichen Organismus, aber Christoph war davon überzeugt, dass er sich auch ohne das besondere Holz in seiner

Heimat wohlfühlen würde. Er liebte es, wieder hier zu sein, und alles andere würde er auch in den Griff bekommen.

Einen wichtigen Schritt hatte er heute hinter sich gebracht, er musste es Amy und Sky noch erzählen, aber nicht an diesem Tag, denn für sie würde sich wenig bis gar nichts ändern. Summer hatte sich seit Zürich nicht mehr gemeldet. Das war typisch für sie. Sie hatte bekommen, was sie wollte, jetzt saß sie vermutlich am Strand von St. Barth und suchte einen neuen Promi, dem sie sich an die Fersen heften konnte.

Er wünschte ihr viel Glück dabei, und das meinte er ehrlich. Er war zwar traurig, dass seine Ehe gescheitert war, aber er hatte Summer immerhin die zwei Mädchen zu verdanken. Ihm war daran gelegen, dass die Mutter seiner Kinder mit ihrem eigenen Leben klarkam. Nur dann bestand die geringe Möglichkeit, dass sie sich irgendwann doch für Amy und Sky interessierte. Und wenn nicht, konnte er auch nichts daran ändern, das hatte er endlich begriffen. Es lag nicht in seiner Hand.

Christoph schaute auf seine Armbanduhr. Es war kurz nach drei. Er hatte Nele über Theresia ausrichten lassen, dass die Kinder bis fünfzehn Uhr ihre Weihnachtsgarderobe anlegen sollten. Seine Mutter hatte den beiden vorgestern hübsche Kleidchen mit weißen Strumpfhosen und Ballerinas gebracht – als ob sie nicht genug Klamotten hätten. Egal, er lächelte und freute sich auf den Abend mit seiner Familie. Christoph ging zu seinem Schreibtisch und holte ein Geschenk heraus, dann machte er sich auf den Weg.

Während er den Flur entlangschlenderte, erschnupperte er den Duft frisch gebackener Kekse. Er hörte Kinderstimmen und Weihnachtsmusik aus der Küche. Ehe er dort nach ihnen sah, legte er das Geschenk unter den üppig geschmückten Baum. Es roch herrlich, die Nadeln der Tanne verströmten ein einzigartiges Aroma. Die Kinder hatten sich wirklich ausgetobt, das musste man ihnen lassen. Zuckerstangen, selbst gebackene Keksmännchen, goldene, rote und grüne Kugeln zierten die Zweige und eine Lichterkette. Hier ging Sicherheit vor Tradition, darauf hatte er bestanden. In einem Haus, in dem so viel Holz verbaut war, konnte man diesbezüglich kein Risiko eingehen. Es sah auch ohne echte Kerzen wunderschön aus.

Christoph musste zugeben, dass er gerührt war. Das erste Weihnachten mit den Kindern im neuen Heim. Dass es hier so heimelig und schön geworden war, hatte er zu einem großen Teil Nele zu verdanken, die mit ihrem unermüdlichen Bastelgeist mit den Kindern im ganzen Chalet für Stimmung gesorgt hatte.

Er rieb sich über die Augen, er musste ein Staubkorn hineinbekommen haben, dann machte er sich auf den Weg in die Küche. Er hatte schon vorhin, ehe er den Brief der Behörde geöffnet hatte, seinen Smoking angezogen. In seiner Familie schmiss man sich in Schale, normalerweise gingen sie auch gemeinsam in die Kirche – seine Mutter hatte aber heuer akzeptiert, dass sein Auftauchen nur für Trubel anstatt Weihnachtsstimmung sorgen würde. So würden sie zu Hause eine kleine eigene Messe abhalten, das war ihr nun mal wichtig, und er wollte, dass seine Mama auch glücklich war.

Wenn es den Menschen in seinem Umfeld gut ging, war er selbst zufrieden. Seine Lieben hatten wegen seiner Berühmtheit schon genügend Nachteile. Das sahen seine Fans und die Klatschblattleser natürlich nicht, die ließen sich gern vom Geld blenden. Aber er wusste es besser. Berühmt zu sein, konnte ein Kreuz sein.

»PASS AUF, dass du dich nicht bekleckerst«, warnte Nele Sky, die unbedingt einen Joghurt haben wollte. Dabei hatte Nele den beiden extra, bevor sie sie umgezogen hatte, noch etwas zu essen gegeben.

Aber so war das nun mal mit Kindern, denen war es egal, was sie anhatten – wenn der Magen knurrte, konnten sie nicht warten. Trotzdem hoffte Nele, dass Sky nicht gleich mit einem befleckten Kleidchen hier sitzen würde.

Sie hörte Schritte auf dem Parkett, das war ungewöhnlich, normalerweise trug niemand im Haus Schuhe. Sie richtete sich auf, und es verschlug ihr buchstäblich den Atem, als sie Christoph sah, der gerade in die Küche trat.

Sie hörte die Engel singen.

Oder zumindest kam es ihr so vor.

Es war unglaublich, wie heiß dieser Mann aussah. In einem Smoking hatte sie ihn noch nie gesehen.

Nun, das stimmte nicht ganz, sie hatte ihn natürlich schon ein paarmal gegoogelt – ja, das hatte krankhafte Tendenzen, sie würde es niemandem verraten –, aber auf einem Foto kam nicht mal ansatzweise rüber, wie attraktiv der Kerl war.

Seine breiten Schultern wurden durch den perfekt sitzenden Smoking bestens zur Geltung gebracht. Sein leicht gebräunter Teint hob sich vom strahlend weißen Hemd ab. Das Satinrevers glänzte im Licht. Christophs Blick fand ihren, und das Funkeln in seinen Augen ließ ihre Knie vollends weich werden.

Nele musste sich dazu zwingen, weiterzuatmen. Sie schloss ihren Mund, der, wie sie leider bemerkt hatte, offen gestanden hatte.

»Da seid ihr ja«, begrüßte er seine Kinder und ging zu ihnen. »Hübsch seht ihr aus, das hat Oma gut gemacht, oder?«

Sky nickte und ein Tropfen Joghurt landete nun doch auf ihrer Brust.

Nele verzog ihre Lippen und holte ein Tuch.

Christoph zuckte nur die Schultern, er schien es nicht

schlimm zu finden. Aber er ging auch nicht zur Seite. Nele musste sich förmlich an ihm vorbeiquetschen, um Sky zu erreichen, dabei beging sie den Fehler zu atmen.

Himmel, er roch so gut.

Es war gemein. Alles an ihm war einfach großartig.

Nun, bis auf die Tatsache, dass er ihr Chef war. Und natürlich, dass er der offiziell heißeste Schauspieler der Welt war.

Sie würde sich davon jetzt nicht beeindrucken lassen, nahm sie sich vor. Er war ein Mann wie jeder andere.

Egal, wie oft sie sich das sagen würde, sie würde es niemals glauben, weil es einfach nicht stimmte. Sie allerdings war bestenfalls Durchschnitt. Eine sechseinhalb vielleicht, wenn sie einen guten Tag hatte.

Nele atmete leise aus. »So, meine Süße, jetzt bist du wieder fein.«

Hastig entfernte sie sich und half Amy beim Trinken, ein Kleid voller Flecken genügte. Nele war gespannt, was am heutigen Tag noch anstand. Theresia war vorhin schon gegangen, Nele nahm an, dass Christoph heute selbst kochte. Immerhin war Weihnachten, das Haus glänzte und war wunderbar geschmückt. Sicher kam seine Familie gleich ins Chalet, und sie feierten alle gemeinsam. Sie würde die Kinder dann ins Bett bringen, damit er noch mit seinen Lieben Zeit verbringen konnte, und sich bis dahin im Hintergrund halten. Das war sie gewohnt, damit kam sie gut klar. Solange sie ihre Pflichten als Nanny erledigen konnte, hatte sie keine Probleme mit ihrem Selbstvertrauen, sie wusste, dass sie gut in ihrem Job war.

»Wann können wir bei Nele schlafen, Papa?«

Nele wagte nicht aufzusehen, in den letzten Tagen hatte Sky öfter mal geäußert, dass sie mit ihr im Gästezimmer übernachten wollten. Eine Pyjamaparty wollte Sky mit ihr feiern, einen Mädchenabend. Vermutlich hatte sie so was im Fernsehen gesehen. Nele fand die Idee niedlich, aber sie hatte sich nicht getraut, es Christoph vorzuschlagen – außerdem hatte sie ihn kaum zu Gesicht bekommen.

»Heute nicht, meine Liebe«, antwortete Christoph und küsste sie auf den Scheitel. »Ein andermal. Wir fahren jetzt zur Oma, die hat mich eben angerufen und gesagt, dass das Christkind schon Geschenke unter den Baum gelegt hat.«

»Was? Jetzt schon? Kommt Nele nicht mit?«, fragte Sky mit großen Augen.

»Nein, Schatz. Nele hat heute Abend frei«, erklärte der Papa sanft.

»Das finde ich aber blöd!«, erwiderte seine Tochter, was Nele einen Stich versetzte, denn Christoph wich ihrem Blick aus. Für ihn schien damit alles erledigt.

Aus Pflichtgefühl fügte Nele an: »Sky, Mäuschen, heute Abend habe ich etwas anderes vor, ihr habt ganz bestimmt auch ohne mich Spaß.«

Ihre Kehle wurde eng, denn tatsächlich hatte sie sich ausgemalt, wie das Fest mit der kleinen Familie wohl werden würde.

Sky wirkte kurz irritiert, dann war die Vorfreude auf die nahende Bescherung aber größer. »Können wir jetzt zu Oma fahren? Ich will doch das Christkind nicht verpassen!«

Amy wollte aus ihrem Hochstuhl klettern, Nele half ihr dabei und setzte sie sicher auf dem Boden ab. »Gesenkeeeee!«, rief die Kleine und eilte der Schwester hinterher, die vermutlich schon dabei war, sich einen Anorak aus dem Schrank zu ziehen.

Nele trat verlegen von einem Fuß auf den anderen.

Sie spürte Christophs Blick auf sich, deshalb hob sie ihr Kinn an. »Ich wünsche dir frohe Weihnachten, Nele.« Für einen Moment glaubte sie, dass er sie umarmen wollte, aber er rührte sich nicht. Ein Muskel zuckte an seinem Kiefer, in seinen Augen lag ein seltsamer Glanz.

Ihr Herz flatterte merkwürdig, während sie ihre Hände faltete, weil sie einfach nicht wusste, wohin damit. »Frohe Weihnachten. Morgen dann wie immer?«

Es war erbärmlich, aber Neles gute Stimmung war dahin. Für sie bedeutete der freie Abend, dass sie allein in der WG hocken würde. Ihre Freundinnen mussten natürlich arbeiten. So hatte sie sich das nicht vorgestellt. Beim besten Willen nicht.

Aber das behielt sie für sich.

Christoph betrachtete sie mit einer Mischung aus Sorge und Neugierde.

Sie hasste es, dass er anscheinend genau wusste, was in ihr vorging. »Du kannst es dir hier gut gehen lassen«, meinte er sanft und seine Stimme löste eine Gänsehaut auf ihrem ganzen Körper aus.

»Nein, danke. Das ist nicht nötig.«

Er zögerte, dann nickte er, als ob er entschieden hätte, nicht zu sagen, was ihm auf der Zunge lag. Stattdessen erklärte er: »Ehe du gehst, schau doch bitte ins Wohnzimmer. Ich glaube, das Christkind hat dort etwas für dich unter den Baum gelegt.«

Nele blinzelte. Ja, sie hatte was für Amy und Sky besorgt, sie hatte beabsichtigt, es den Mädchen vor dem Schlafengehen zu geben. Damals hatte sie ja noch nichts von den Plänen der Familie gewusst.

Aber ein Geschenk für sie?

Das kam überraschend.

Ein Kribbeln durchlief ihren Körper, gleichzeitig ärgerte sie sich, dass sie sich davon beeindrucken ließ. Mehr noch, dass sie sich darüber freute, weil sie es natürlich falsch interpretierte.

Nele bekam oft Geschenke von den Familien. Es hatte nichts zu bedeuten.

Es sei denn … es war etwas Persönliches.

Scheiße. Jetzt war sie doch aufgeregt. Sie würde es sofort aufreißen, wenn er das Haus verlassen hatte.

Und sie hatte nichts für ihn.

Aber was sollte man einem Superstar auch schenken?

Eine gebastelte Karte? Einen geklöppelten Teppich? Einen gestrickten Schal?

Selbst wenn sie in der Richtung talentiert gewesen wäre – was sie nicht war –, hätte es sich komisch angefühlt. Und jetzt stand sie mit leeren Händen da. Na super.

»Danke«, murmelte sie und schaute auf ihre Füße.

Konnte er nicht einfach gehen? Die Situation war höllisch unangenehm. Und dann war da auch noch dieses verdammte Kribbeln.

»Frohe Weihnachten«, wiederholte er noch einmal.

Sie hörte, wie sich seine Schritte entfernten. Nele rührte sich nicht, bis es still im Haus war.

Sie war allein. Alle waren ausgeflogen.

Nele setzte sich mit hängenden Schultern an den Küchentisch. Sie fühlte sich seltsam leer, und gleichzeitig war sie neugierig.

Mit einem Seufzen erhob sie sich wieder. »Also gut, dann schauen wir mal.«

Sie hatte keine Ahnung, was das Geschenk sein könnte. Von einem sauteuren Designerteil bis hin zu einer Schachtel Pralinen zog sie alles in Betracht.

Wenn sie ehrlich war, dann hätte sie am liebsten Süßigkeiten. Damit könnte sie heute Abend ihren Kummer vertreiben. Schokolade half am besten gegen Einsamkeit. Oder Marillenkuchen, aber die Bäckerei hatte jetzt vielleicht schon geschlossen. Eventuell stattete sie der nachher noch auf gut Glück einen Besuch ab.

Während Nele ins Wohnzimmer tapste, pustete sie sich ihren Pony aus dem Gesicht.

Unter dem Baum lag ein mittelgroßes Geschenk, das aussah, als hätte es jemand verpackt, der keine Ahnung davon hatte. Das Papier war teilweise zerknittert und an einer Stelle zerrissen und mit vielen Tesastreifen geklebt. Irgendwie süß.

Nele setzte sich im Schneidersitz auf den Boden und betrachtete das Ding. »Eine Nanny unterm Weihnachtsbaum«, murmelte sie halb amüsiert, halb traurig vor sich hin. »Frohe Weihnachten, Nele«, wünschte sie sich selbst.

Dann hob sie das Paket an und öffnete es langsam. Zeit hatte sie schließlich genug. Aber auch das dauerte nicht lange, kurz darauf hielt sie ein Kleidungsstück in den Händen. Es war groß.

Nele stand auf und hielt es in die Luft.

»Unglaublich«, stieß sie mit einem Lacher hervor. »So was Hässliches hab ich ja noch nie gesehen.«

Christoph hatte ihr einen Weihnachts-Onesie geschenkt, einen Overall aus einem angenehmen Stoff, sie schätzte, dass er einen Seidenanteil hatte. Darauf waren ganz viele Rentiere mit roter Nase, und die Kapuze hatte einen roten Bommel.

Sie hatte vieles im Sinn gehabt. Einen Pullover, eine Jacke, Handschuhe, das war das, was die Familien ihr üblicherweise unter den Baum legten, aber das?

Irgendwie fand sie es witzig und gleichzeitig abscheulich.

Nein, wenn sie ehrlich war, sie liebte das Teil jetzt schon!

Erst jetzt bemerkte sie die Karte, die noch dabei lag.

Nele setzte sich wieder vor den Baum und fing an zu lesen.

Liebe Nele,

es fällt mir schwer, das aufzuschreiben, was mir durch den Kopf geht. Du hast keine Ahnung, wie viele Zettel ich schon verbraucht habe, weil ich immer wieder von vorn anfangen muss. Am besten ist es sicherlich, wenn ich mich kurzfasse, dabei gibt es doch so viel zu sagen.

Du bist erst seit Kurzem ein Teil unserer Familie, und ja, ich sage das absichtlich so. Sky und Amy lieben dich. Du bist für die beiden eine unsagbar wichtige Bezugsperson geworden, auf die sie sich mit ganzem Herzen verlassen können. Dafür möchte ich dir danken. Du bist ein wunderbarer Mensch, und wir sind froh, dass wir dich gefunden haben.

Frohe Weihnachten von

Amy, Sky und Christoph

Ihre Kehle wurde eng und Tränen schossen ihr in die Augen, gleichzeitig freute sie sich.

Das hier war einerseits wunderschön, andererseits hätte er ihr nicht deutlicher mitteilen können, als was er sie sah und immer sehen würde: Eine Person, die seine Kinder betreute.

Ihre Kehle wurde eng und hinter ihren Augen brannten Tränen. Sie wollte nicht weinen, sie wollte nicht traurig sein. Sie war nur so gefühlsduselig, weil Weihnachten war, weil sie allein unterm Baum saß, während alle anderen Menschen irgendwo gemeinsam feierten.

Sie wusste, dass das so nicht stimmte, dass es viele einsame Leute da draußen gab. Trotzdem fühlte es sich für sie so an. Da half auch das Geschenk nichts.

Du hast es dir doch so ausgesucht. Ja, das hatte sie, Herz und Kopf waren sich leider mal wieder nicht einig.

Nele stand auf und packte ihren Onesie ein, sie würde jetzt gehen, dann schaffte sie es noch in die Bäckerei. Kuchen würde helfen.

Der war verlässlich.

Und süß.

Und immer verfügbar – nur manchmal kaufte einem jemand das letzte Stück vor der Nase weg, aber das würde heute nicht passieren, denn Christoph war anderweitig beschäftigt.

Nele machte sich auf den Nachhauseweg – die Bäckerei hatte natürlich schon zu. In der WG traf Nele noch auf Annika und Klara, die im Begriff waren, zu ihren Jobs aufzubrechen.

»Hey, was machst du denn hier? Ist was passiert?«, wollte Annika wissen, während sie sich die Wimpern tuschte.

Nele schmiss ihr Geschenk in ihr Zimmer und schloss dann die Tür, damit die beiden es nicht sahen. »Nö, alles bestens, sie feiern heute bei der Oma, da brauchen sie mich nicht.«

Klara hob eine Braue und beäugte ihre Freundin intensiv, ehe sie fragte: »Er hat dich gefeuert, oder?«

Nele stöhnte auf. »Was, nein? Wieso sollte er? Chillt mal, Leute! Es ist alles bestens, ich habe endlich mal einen freien Abend, und den werde ich genießen! Wo ist der Wein?« Sie tapste zum Kühlschrank und zog ihn auf.

Nele merkte, dass die beiden einen Blick miteinander austauschten. »Du trinkst sonst nie allein. Es muss also was passiert sein«, schlussfolgerte Klara.

Nele zog eine Flasche aus der Tür und drehte den Verschluss auf. Da sie keine Weingläser besaßen, musste es ein Wasserglas tun. »Prost, wollt ihr auch? Frohe Weihnachten.«

»Süße, du kannst mit uns sprechen!«, erklärte Annika und legte die Wimperntusche weg.

»Es ist alles gut! Was habt ihr denn?« Nele hatte den beiden noch immer nichts vom Kuss erzählt, und sie hatte nicht vor, heute etwas daran zu ändern. Auf ein »*Wir haben es dir doch gesagt*« hatte sie keine Lust.

»Du bist aufgewühlt, das sehen wir dir an.« Klara guckte sie mitfühlend an. »Nun sag schon.«

Nele seufzte und setzte sich mit ihrem Wein an den Küchentisch. »Wer ist an Weihnachten denn gern allein?« Das zumindest war nicht gelogen. »Ich bin einfach müde und leer.«

Auch das stimmte.

Klara nahm einen Schluck aus ihrem Glas. »Du kannst meinen Job übernehmen, wenn du dich langweilst«, bot sie mit einem Augenzwinkern an.

»Nee, lass mal«, erwiderte Nele und musste nun doch grinsen. »Ich lege mich mit dem Computer ins Bett und streame kitschige Filme, dazu lasse ich mich volllaufen.«

Annika gluckste. »Du hast wohl zu viele romantische Komödien gesehen, bei denen ist es auch so, dass der männliche Held immer genau dann auftaucht, wenn sie zerrupft und in Jogginghose abhängt.«

Nele schüttelte den Kopf. »Tja, das wird hier nicht passieren, in meiner Geschichte existiert nämlich kein Held.« Dabei malte sie Gänsefüßchen in die Luft. »Ich bin einfach nur ein einsamer Single, also kann ich zu Hause so scheiße aussehen, wie ich will.«

Klara hob einen Daumen. »Ein bisschen neidisch bin ich ja schon, ich bin schwer versucht, Tammy anzurufen und ihr mitzuteilen, dass ich krank bin, dann können wir zusammen Wein trinken und Liebesfilme bis zum Abwinken glotzen.«

Nele wusste, dass Klara nicht zögern würde, wenn sie einen Pieps sagte. Aber es war nicht nötig, sie würde schon klarkommen. Sie brauchte niemanden, der Händchen hielt. Nele war froh, dass sie endlich kapiert hatte, wo ihr Platz war.

»Ihr seid süß«, erklärte sie und stand auf. »Los! Gruppenumarmung!«

CHRISTOPH SASS im dunklen Schlafzimmer auf seinem Bett. Amy und Sky schliefen neben ihm. Es war ein langer Abend gewesen, aber auch ein wunderschöner. Sie hatten gesungen, gelacht und viel gegessen, bis den Mädchen irgendwann die Puste ausgegangen war und er mit Simon nach Hause gefahren war.

Er hielt sein Handy in der Hand und dachte an Nele. Er hatte gespürt, wie vor den Kopf gestoßen sie gewesen war. Kurz hatte er daran gedacht, sie zu seiner Familie mitzunehmen –

aber das hätte eine Grenze überschritten, die gefährlich war. Es war klar, dass er kein Kindermädchen brauchte, wenn er zu Oma und Opa zum Essen ging. Aber er hatte sie dabeihaben wollen, aus den falschen Gründen.

Christoph seufzte. Auch jetzt sehnte er sich nach ihr und hoffte, dass es ihr gut ging.

Hast du schon ausgepackt?, schrieb er schließlich und schickte die Nachricht ab, ohne noch einmal darüber nach-zudenken.

Vielleicht hätte er das nicht tun sollen.

Es war unsinnig, er wusste, dass es zu nichts Gutem führte.

Er konnte nicht mal dem Alkohol die Schuld geben, denn er hatte nur ein wenig am Rotwein genippt.

Sein erster Impuls war zu schreiben: Du hast mir heute Abend gefehlt.

Zum Glück hatte er das nicht getan, denn manchmal behielt man die Wahrheit besser für sich.

Christoph kletterte aus dem Bett und trat ans Fenster. Der Schnee leuchtete in der Nacht, die Lichter aus dem Dorf konnte er bis hier oben erkennen. Ansonsten war es dunkel, nur die Sterne strahlten über den Bergen und der volle Mond.

Christoph lehnte seine Stirn gegen das kühle Glas und schloss die Augen. Er musste die Sache realistisch betrachten. Noch einmal, obwohl er das bereits tausendmal getan hatte.

Er fühlte sich zu Nele hingezogen, er begehrte sie.

Aber konnte er dafür alles riskieren? Sky und Amy würden einen weiteren Verlust nicht verkraften, falls es mit Nele doch nicht gut ging.

Es gab in seinem Umfeld genügend Beispiele, die genau so angefangen hatten. Der einsame Vater vögelte die Nanny. Und dann? Was kam danach?

Jeder wusste, wie so eine Geschichte ausging. Und das hatte Nele nicht verdient.

Aus Respekt ihr gegenüber musste er aufhören, sie anzuhimmeln, sie zu wollen.

Er musste auf andere Gedanken kommen. Die Frage war,
wie ihm das gelingen sollte.

Er brauchte Ablenkung. So viel war klar.

Christoph hatte in den letzten Wochen unzählige Einladungen ausgeschlagen, weil er für seine Kinder hatte da sein
wollen, weil er in ihrer Nähe hatte bleiben wollen, bis sie sich
an die neue Umgebung gewöhnt hatten.

Den beiden ging es gut, sie schienen so glücklich und
zufrieden wie lange nicht. Vielleicht noch nie. Diese Ausrede,
am gesellschaftlichen Leben nicht mehr teilzunehmen, konnte
er also getrost sein lassen.

Vielleicht hatte ihm das Zuhausehocken einfach nicht
gutgetan. Wohin es ihn geführt hatte, sah man ja. Er schmach-
tete das Kindermädchen an. Wie erbärmlich war das denn?

Er würde Nele nicht ausnutzen, so viel stand fest.

Er würde sie nicht zu einem Lustobjekt degradieren.

Was er brauchte, war Zerstreuung, und die würde er sich
holen.

Froh, einen Entschluss gefasst zu haben, ging er wieder ins
Bett. Sein Handy legte er mit dem Display nach unten auf den
Nachttisch, Nele hatte nicht geantwortet, und er würde nicht
mehr schreiben. Ab sofort würde er sich nur noch professionell
verhalten, das schloss private Nachrichten an das Kindermädchen aus.

18

Heute war Silvester. Noch so ein Feiertag, den Nele nicht leiden konnte. Sie hoffte, dass er einfach bald vorbei sein würde. Nele hatte keine guten Vorsätze zu fassen – jedenfalls keinen einzigen, den sie einhalten konnte.

Und auf Schokolade und Kuchen konnte sie in ihrer jetzigen Verfassung auch nicht verzichten. Nele schnaubte leise und konzentrierte sich dann wieder darauf, die Klamotten der Kinder zusammenzusuchen, sie wollten gleich los. Christoph hatte zu ihrer großen Überraschung erlaubt, dass Nele mit Simon und den beiden auf die kleine Piste hinter dem Hotel Montana gehen durfte, dort wollte Raphael mit Amy und Sky das Skifahren üben.

Wo der Herr Papa sich in der Zeit herumtrieb, war ungewiss. Christoph war seit Weihnachten jeden Abend feiern gewesen und immer spät nach Hause gekommen. Oft schien er auch betrunken gewesen zu sein, so laut, wie er herumgepoltert hatte. Wenigstens war er allein zurückgekommen und hatte keinen Frauenbesuch mitgebracht, aber das musste nichts heißen.

Theresia hatte beim Kochen neulich nebenbei fallen gelassen, dass die offizielle Bestätigung der Scheidung seit Weihnachten im Haus war, und dann hatten auch schon die Käseblätter darüber berichtet – online wie offline. Seitdem ließ er es krachen. Und wie. Sogar seine Paranoia schien sich daraufhin ein wenig verflüchtigt zu haben, obwohl Simon ihn weiterhin zu den meisten Partys begleitete und auch wieder nachhause brachte, soweit Nele es mitbekam.

Seitdem schmissen sich ihm die Frauen garantiert reihenweise an den Hals.

Widerlich. Ihr wurde beinahe schlecht.

Vor allem hatte sie nicht geglaubt, dass er *so* ein Kerl wäre.

Das zeigte nur mal wieder deutlich, was für einen lausigen Geschmack sie hatte und wie schlecht ihre Männerkenntnis generell war. Nichts gelernt, würde Mama sagen.

»Egal«, sagte Nele sich, »nicht meine Baustelle.« Christoph konnte tun und lassen, was er wollte, sie würde nichts kommentieren. Damit fuhr sie am besten.

Verdrängen funktionierte, was ihn betraf, hervorragend, seit sie endlich kapiert hatte, was Sache war. Er hatte kein Interesse an ihr.

Christoph hatte es nicht mal nötig gehabt, ihr persönlich von der Scheidung zu berichten.

Das hatte Nele getroffen. Aber dann hatte sie sich die Frage gestellt, warum sie überhaupt erwartete, dass er es ihr erzählte.

Endlich hatte sie auch das kapiert: Sie war nur die Nanny, er hatte es nicht nötig, ihr überhaupt etwas aus seinem Privatleben zu berichten, was nicht die Kinder betraf.

Nele hatte endlich verinnerlicht, wo ihr Platz war, daher brauchte sie keine Vorsätze fürs neue Jahr zu fassen. Alles war gut, wie es war.

Sie umsorgte die Kinder und bekam sehr gutes Geld dafür. Sie konnte sich glücklich schätzen.

Sie war so in Gedanken vertieft, dass sie zusammenzuckte, als ihr Handy urplötzlich bimmelte.

»Hallo, Liebes«, begrüßte ihre Mutter sie. »Ich wollte dir noch schnell alles Gute mit auf den Weg geben, heute Abend bist du ja sicher beschäftigt.«

Sie plauderten kurz, bis die Mama zum Punkt kam. »Hör mal, ich habe deine Bewerbungsunterlagen abgegeben, und du hast ein Jobangebot.«

»Äh, was?! Bist du verrückt?«, platzte es aus Nele heraus. »Wie kommst du denn dazu? Und über welchen Job reden wir überhaupt?« Neles Herz überschlug sich.

»Ich hatte das Gefühl, dass es dir zu Hause gefallen hat«, wandte ihre Mutter ein.

Das stimmte. Aber gab ihrer Mutter noch lange nicht das Recht, über Neles Kopf hinweg zu handeln. »Mama!«, fing sie an, aber die unterbrach sie direkt.

»Du könntest im Februar im Kindergarten anfangen, du leitest deine eigene Gruppe, es ist ein offenes Konzept, du hättest die pädagogische Leitung im inklusiven Bereich ... Na, wie klingt das?«

Ein fester Job, geregelte Uhrzeiten, nicht mehr ständig auf Abruf zu sein? Das klang in der Tat nicht so übel. Aber ... Sie hatte Verpflichtungen. Und wollte sie überhaupt aus Lech weg?

»Da muss ich erst mal drüber nachdenken! Du kannst mich doch nicht einfach so damit überfallen. Und wie kommst du überhaupt an meine Bewerbungsunterlagen?« Sie konnte sich nicht erinnern, in den letzten Jahren welche verfasst zu haben.

»Die habe ich zusammengestellt und in die Kita gebracht, ist ja nicht so, dass ich nicht wüsste, was du bisher gemacht hast, und deine Zeugnisse sind ja auch alle noch bei uns im Ordner...«

Nele schnaubte. »Bitte erspar mir die Details, Mama. Du kannst nicht so mit der Tür ins Haus fallen, du weißt ja auch, dass ich bereits einen Job habe, oder? Den kann ich nicht einfach sausen lassen, und das will ich auch gar nicht.«

Eine kurze Pause entstand, und Nele merkte, dass sie beim Gedanken, die drei – ihre beiden Schützlinge und deren Vater – zu verlassen, sehr traurig wurde. Andererseits, irgendwann würde der Tag so oder so kommen ... Sobald die Wintersaison vorbei war, hatte die Oma Zeit für ihre Enkel, dann würde Nele hier überflüssig sein.

»Okay, mein Schatz, ich kann natürlich verstehen, dass du lieber für den attraktiven Schauspieler arbeitest, aber der Winter ist ja auch irgendwann mal zu Ende, und was kommt dann?«

Hilfe, konnte ihre Mutter jetzt auch noch Gedanken lesen? Das war ja zum Fürchten.

Nele atmete leise aus. Natürlich hatte ihre Mama recht. Wenn Nele klug war, dann würde sie sich eine Option offen halten. Den Traum vom Häuschen auf einer einsamen Insel würde sie so bald sowieso nicht realisieren können, bis dahin fehlte ihr noch eine Stange Geld, und ihren Lebensunterhalt musste sie irgendwie finanzieren. Sie ärgerte sich darüber, dass sie für eine Weile davon geträumt hatte, ihre Zukunft mit den Kindern und Christoph zu verbringen, zum Glück hatte sie rechtzeitig kapiert, dass das nur ein Hirngespinst gewesen war.

Wenn sie ehrlich war, dann war sie langsam, aber sicher an dem Punkt angelangt, an dem sie keine Lust mehr hatte, sich im Sommer immer wieder etwas anderes zu suchen. Eine feste Arbeitsstelle wäre daher vielleicht nicht verkehrt. »Ich denke darüber nach, Mama. Danke. Aber ich kann jetzt nicht darüber reden, ich habe zu tun, ich bin im Dienst ...«

»Ach so, na, das verstehe ich. Aber es freut mich, wenn du es überhaupt in Betracht ziehst. Wir werden ja auch nicht jünger und vermissen dich. Dann also bis bald ... und guten Rutsch!«

»Ja, euch auch. Kommt gut ins neue Jahr.« Nele steckte ihr Handy weg und rief die Mädchen zu sich. Die kamen kurz darauf lachend auf Simons Rücken angeritten, was irgendwie witzig aussah. So steif der Bodyguard sich Nele gegenüber auch gab, so gutherzig war er bei den Kindern.

»Sag mal, Simon, was liest du da eigentlich immer?«, erkundigte Nele sich vorsichtig. Womöglich überschritt sie damit eine Grenze, aber sie hasste es, dass er immer so reserviert ihr gegenüber war.

Er guckte komisch, dann kletterten die Mädchen von seinem Rücken und er richtete sich auf. »Ich studiere. Der Job als Bodyguard ist zwar ertragreich, aber für immer wollte ich nicht in diesem Business bleiben – man hat einfach kein eigenes Leben.«

Nele nickte. »Das ist klug. Ich finde es großartig, dass du das neben all den Pflichten auch noch schaffst.«

Simon war dieses Gespräch sichtlich unangenehm, er hatte offenbar nicht vor, es weiter zu vertiefen, denn er stand auf und antwortete nicht.

Auch gut, dachte sie und zuckte die Schultern. Sie musste nicht mit ihm befreundet sein.

Eine Stunde später standen sie in Oberlech am Kinder-Übungshügel. Raphael machte seinen Job super, aber Amy hatte schon nach kurzer Zeit keine Lust mehr, auf den wackeligen Brettern zu stehen. Sie war auch erst zwei. Sie spielte lieber mit Nele im Schnee, während der Onkel sich mit Sky vergnügte.

Simon stand, mit verspiegelter Sonnenbrille und verschränkten Armen, am oberen Ende des Baby-Lifts und passte auf, dass sich kein Bösewicht näherte. Nele schmunzelte. Der Kerl erfüllte echt einige Klischees.

Es war nicht viel los auf dem kurzen Hang, die meisten Leute waren vermutlich schon in ihren Quartieren und bereiteten sich auf die lange Nacht vor. Nele war sich sicher, dass ihre beiden Schützlinge vor Mitternacht einschlafen würden, obwohl sie fest vorhatten, das Feuerwerk vom Chalet aus anzugucken. Man würde sehen. Nach der vielen frischen Luft fielen ihnen bestimmt zeitig die Augen zu.

Der Vater würde jedenfalls nicht anwesend sein, das hatte er Nele vorhin noch im Vorbeigehen zugerufen. Er hatte sie dabei keines Blickes gewürdigt.

Sie wollte sich darüber nicht ärgern, tat es aber doch.

Nele schob den verletzten Stolz beiseite und konzentrierte sich auf Amy, gleichzeitig bemerkte sie, wie ein Skifahrer durch die Häuser den Berg herunter auf sie zukam. Er bremste in sicherer Entfernung vor Amy.

Oha. Den Helm kannte Nele.

Den Mann auch.

Es war Christoph. Er atmete heftig, als hätte er zuvor mächtig Gas gegeben. Eines musste man ihm lassen, er gab auch auf Skiern eine gute Figur ab.

»Hallo, meine Süße«, grüßte er seine Tochter und schob dabei das Visier nach oben. »Hast du Spaß?« Er öffnete die Bindungen mit seinem Skistock und kraxelte von den Brettern.

Amy nickte und hob ihren Handschuh, vermutlich sollte das ein Daumen nach oben werden, was man wegen der Fäustlinge nicht ganz erkennen konnte. »Hastu Sky gesehen?« Sie zeigte mit dem Handschuh zu ihrer Schwester, die gerade mit dem Onkel nach unten eierte. Raphael hatte das Mädchen zwischen seine Beine genommen und half ihr, auf den eigenen Skiern zu stehen.

»Super, das ist ja wunderbar! Ich wollte mal gucken, wie es bei euch läuft. Oh, da drüben ist ja auch Simon, und der freut sich gar nicht, mich zu sehen.« Christoph zwinkerte Amy zu und ignorierte Nele.

Was für ein Arsch.

Zu Neles Überraschung setzte er sich zu ihnen in den Schnee und half Amy beim Schneemannbauen.

Eine Weile sagte niemand etwas, Nele fühlte sich unbehaglich. Musste er unbedingt hier auftauchen?

»Wenn ich mit euch im Schnee sitze, fühle ich mich frei, aber ich weiß, dass es nicht so ist. Manchmal wünschte ich, ich könnte Hollywood und den Trubel einfach hinter mir lassen …«

Wie kam er denn jetzt darauf?

Nele war sicher, dass er nicht mit seiner Tochter sprach. Ihr Herz fing sofort an zu rasen. Leider.

»Warum tust du es dann nicht?«, war alles, was ihr dazu einfiel. Ihre Stimme klang ein wenig atemlos. »Keiner zwingt dich dazu, in diesen Millionenproduktionen mitzuspielen.«

Christoph hielt inne und suchte Neles Blick. Es kam ihr so vor, als hätte er diesen Gedanken nie gehabt, als wäre das eine völlig neue Option für ihn.

Er blieb noch ein paar Minuten, aber sprach Nele nicht mehr an. Er war auf einmal wieder die personifizierte Auster, und Nele versuchte erst gar nicht, irgendwelche Schlüsse daraus zu ziehen. Der Mann war ein Buch mit dreitausend Siegeln für sie.

Sie hoffte nach seinem hastigen Abgang jedenfalls, dass er nachher unterwegs sein würde, wenn sie mit den Kindern zurückkehrte. Sie hatte keine Lust, dabei zuzusehen, wie er – mit Smoking und Lackschuhen – auf die Feierpiste zur nächsten Glamour-Party verschwand. Da nützte nicht mal der Gedanke, dass er Simon dabeihatte. Dass das den Herrn nicht davon abhielt, Frauen zu küssen, wusste sie aus eigener Erfahrung.

Nele atmete leise aus. Gott, sie hasste diese Eifersucht.

CHRISTOPH STAND mit einem Whiskyglas in der Ecke und schaute sich gelangweilt um. Er hatte aufgehört, die Partys zu zählen, die er in den letzten Tagen besucht hatte. Und obwohl sich heute alle sehr große Mühe gaben, ausgelassen zu feiern, erreichte ihn dieser Funke der Freude nicht. Er schaute auf die Uhr, noch eine halbe Stunde bis Mitternacht. Nicht mal die Drinks schmeckten ihm heute, er hatte keinen angerührt, sondern hielt sich nur daran fest, damit man ihm kleine blöden Fragen stellte.

»Na, wie gefällt dir unsere kleine Privatparty?«, fragte ihn Gabriel Landish.

Er war mit dem blonden Briten nur oberflächlich bekannt, nachdem sie vor einigen Jahren zusammen in einem Film gespielt hatten.

»Sehr gut, ihr wisst einfach, wie man feiert«, log Christoph und prostete ihm zu.

»Keine Frau dabei, die dir zusagt? Wie man hört, bist du wieder auf dem Markt?«

Gott, wie Christoph Sätze wie diese hasste. Als ob er ein Stück Vieh wäre.

Er lächelte dennoch. »Würde ich so nicht sagen, es gibt bereits zwei Damen in meinem Leben, die derzeit meine volle Aufmerksamkeit benötigen.«

»Ach ja? Gleich zwei?« Gabriel grinste anzüglich. »Du glücklicher, wo sind sie?«

Meine Güte, der Typ kapierte auch gar nichts. Christoph hingegen begriff in dieser Sekunde eine Sache: Er war am falschen Ort.

Er sollte und wollte diesen Jahreswechsel mit Menschen begehen, die ihm etwas bedeuteten.

Natürlich war er sich bewusst, dass Amy und Sky vermutlich schon eingeschlafen waren. Und wenn er endlich ehrlich war, dann würde er zugeben, dass er bei Nele sein wollte – auch wenn er in den letzten Tagen alles dafür getan hatte, dass es anders auf sie wirken musste.

Er war ein erbärmlicher Lügner.

Ein Heuchler.

Und er hatte genug davon.

Christoph klopfte Gabriel auf die Schulter. »Danke, mein Lieber, das ist eine gute Erinnerung. Wir sehen uns.« Damit ließ er den Briten stehen. Auf dem Weg nach draußen schnappte er sich Simon.

Sein Bodyguard stellte keine dummen Fragen und gab Gas, damit sie es rechtzeitig bis Mitternacht schafften. »Du hast den Rest des Abends frei«, erklärte Christoph seinem Vertrauten und hoffte, dass er die Botschaft kapierte: Komm mir nicht in die Quere!

Christoph warf seinen Mantel achtlos auf den Boden und machte sich dann auf die Suche nach Nele und den Kindern.

Im Wohnzimmer brannte kein Licht, also setzte er seinen Weg nach oben fort.

Sein Herz klopfte wie verrückt, als er zwei Stufen auf einmal nahm. Es war still im Haus.

Christoph erreichte sein Schlafzimmer, aber dort war niemand. In den Kinderzimmern auch nicht.

Für einen Moment überfiel ihn Panik, hektisch guckte er sich um. Dann entdeckte er einen Lichtschein aus Neles Zimmer und atmete erleichtert aus. Langsam wanderten seine Mundwinkel nach oben, während sich sein Herz weitete, und er begriff, was los war: Die Mädchen feierten heute ihre Übernachtungsparty. Sie liebten Nele.

Und er liebte Nele auch.

Er wollte sich nichts mehr vormachen. Das hatte er lange genug getan.

Christoph ging weiter, ehe ihn der Mut verließ. Die Tür war nur angelehnt, also schob er sie vorsichtig auf.

Sky und Amy lagen eingekuschelt in Neles Bett. Nele saß auf einem Stuhl und las ein Buch. Als sie ihn erblickte, sackte ihr der Magen in die Kniekehlen.

»Was machst du hier?« Sie sprang auf die Beine.

Er musste grinsen, als er erkannte, was sie trug: sein Weihnachtsgeschenk.

»Du hast mir nie geantwortet«, flüsterte er und betrachtete das bunte Kleidungsstück mit einem Lächeln.

»Worauf?« Sie klang atemlos.

»Ob du es ausgepackt hast«, fuhr er mit rauer Stimme fort.

Nele kam auf ihn zu, sein Puls schnellte in die Höhe.

»Wie du siehst ...« Sie drehte sich einmal im Kreis und grinste.

»Komm ...«, bat er sie leise.

Christoph trat auf den Flur, und Nele folgte ihm, sie schloss die Tür leise hinter sich, damit die Kinder nicht aufwachten.

»Was machst du hier?«, wiederholte sie ihre Frage. Ihre Stimme bebte kaum merklich, aber ihm fiel es dennoch auf, denn er kannte sie mittlerweile sehr gut.

Aber noch lange nicht gut genug.

Es lag nicht einmal ein Meter zwischen ihnen, sein Atem kam schneller. »Denkst du auch manchmal daran, wie es wäre ...?«, flüsterte er heiser.

Neles Lippen waren geöffnet.

Sie atmete langsam aus. »Die ganze Zeit.«

Christophs Magen zog sich sehnsüchtig zusammen. Mit seiner Beherrschung war es vorbei. Er legte seine Hände auf Neles Wangen und küsste sie fordernd. Nach all der Zeit, in der er versucht hatte, sich gegen das Verlangen zu wehren, konnte er sich jetzt nicht mehr zurückhalten. Ihr schien es ähnlich zu ergehen. Sie brauchten keine Worte, ihre Körper verstanden sich blind.

Christoph keuchte, als sie ihre Hüften an seinen rieb, und hielt sie noch fester an sich gepresst.

Nele stöhnte in seinen Mund und löschte damit auch den letzten Funken Zurückhaltung in ihm aus. Seine Zunge fand ihre, sie schmeckte köstlich. Ihr Körper war weich, wo seiner hart war. Sie bog sich ihm entgegen und krallte sich an ihm fest.

Dieser Kuss war nicht von dieser Welt, er ließ alles um sie herum verblassen. Nele zerrte an seinem Jackett, während sie sich unter tausend Küssen zu seinem Schlafzimmer bewegten. Ein Kleidungsstück nach dem anderen fiel zu Boden.

»Wir sollten das nicht tun«, brummte er und kickte die Tür mit dem Fuß zu. Ein leises Klicken ertönte. Sie waren allein.

»Ja, du hast recht«, wisperte Nele.

Für einen atemlosen Moment schauten sie sich tief in die Augen, das brennende Verlangen, das er darin erkannte, raubte ihm auch noch den letzten Funken Verstand.

»Soll ich aufhören?«, fragte er und lehnte seine Stirn gegen ihre, sein Brustkorb hob und senkte sich schnell.

»Auf gar keinen Fall«, gab sie mit einem Seufzen zurück und presste ihre Lippen auf seine, um da weiterzumachen, wo sie eben haltgemacht hatten.

Unter dem Onesie trug Nele weiße Spitzenunterwäsche. Er liebte es, wie natürlich, wie wunderbar sie war. Sie hatte perfekt geformte Brüste, schneeweiße Haut und herrlich gerundete Hüften.

Christoph wollte sich Zeit lassen, jeden Zentimeter ihres Körpers erkunden.

Aber er ahnte, dass es kein besonders ausgedehntes

Vergnügen werden würde. Zu lange hatte er sich nach ihren Berührungen, ihren Kurven und ihrer Nähe gesehnt. Sie streifte ihm das Hemd vom Oberkörper, dann nestelte sie an seiner Hose, bis auch die zu Boden fiel.

Der eindeutige Beweis seiner Erregung zeichnete sich deutlich unter seinen Boxershorts ab.

Vorsichtig bettete er Nele unter sich und lächelte. »Du hast keine Ahnung, wie oft ich mir genau das vorgestellt habe.«

»Ich auch«, flüsterte Nele.

Ihre Augen funkelten, ihre Wangen waren gerötet, die Lippen leuchteten rot und geschwollen von seinen Küssen. Sie hatte nie schöner ausgesehen.

In diesem Moment begann das Feuerwerk zum Jahreswechsel. Das Knallen war zum Glück nicht sehr laut, da Christoph etwas abseits wohnte. Und er hatte auch nicht vor, nach draußen zu gehen, um es anzusehen, er hatte etwas viel Besseres vor ....

»Frohes neues Jahr«, murmelte er an ihren sinnlichen Lippen. Nele legte ihre Hände in seinen Nacken und zog ihn zu sich herunter, um ihn erneut zu küssen.

Christoph schob seine Hand zwischen ihre Schenkel. Nele erschauderte und seufzte seinen Namen.

Zwischen ihnen war noch viel zu viel Stoff, deshalb befreite er sie von Höschen und BH, zuletzt fielen auch seine Shorts.

»Zeig mir, was dir gefällt«, raunte er an ihren Lippen und zupfte zärtlich daran mit seinen Zähnen. Sie holte zittrig Luft.

Nele nahm seine Hand und führte sie zu ihrer intimsten Stelle. »Hier«, wisperte sie.

Ein Laut der Zufriedenheit schlich sich aus seinem Mund. Sein Begehren wuchs, als er spürte, wie bereit sie für ihn war. »Ich will dich«, flüsterte sie.

Christoph unterdrückte ein Stöhnen. Himmel, er hatte noch nicht einmal richtig angefangen und war schon kurz davor zu kommen. Aber ehe das geschah, würde er für ihr Vergnügen sorgen. Er grinste anzüglich und bedeckte Neles Hals, ihre Schlüsselbeine und ihre Brüste mit tausend Küssen, während seine Hände ihre Kurven erkundeten. So arbeitete er sich langsam vor. Nele zitterte vor Lust. Er liebte es, wie intensiv sie auf seine Zärtlichkeiten reagierte. Er küsste ihren Bauchnabel und setzte seine Entdeckungstour weiter fort. Ihre Atmung beschleunigte sich, als er seine Zunge um ihr Zentrum der Lust kreisen ließ.

Es dauerte nicht lange, bis Nele sich unter ihm wand. Sie krallte ihre Hände in sein Haar und ihr Atem kam unregelmäßig. Er brachte sie überraschend schnell zum Höhepunkt. Christoph kostete ihren Orgasmus aus, um ein Haar wäre er mit ihr gekommen – wie ein Teenager.

Er verschwendete keinen weiteren Gedanken daran, denn Nele schien keine lange Erholungspause zu benötigen. Sie richtete sich auf, schob ihn sanft aber bestimmt zurück und lächelte dabei sinnlich. Ihre Augen glänzten, ihre Wangen waren gerötet. Rosa hoben sich ihre aufgerichteten Brustwarzen von ihrer weißen Haut ab. Sie war eine Göttin. Sie war sein.

»Du bist wunderschön«, flüsterte er.

Nele ging nicht darauf ein, sondern ließ ihre Hände über seinen Körper gleiten. Christoph sog scharf die Luft ein und jeder Muskel spannte sich an. Als sie seine Erektion umfasste und sich zwischen seine Schenkel kniete, flehte er um Gnade. Er erntete ein heiseres Lachen, und dann blieb ihm die Luft weg.

Halleluja! Er presste die Kiefer zusammen und krallte sich im Laken fest, während er ihre Zärtlichkeiten empfing, die ihn in den siebten Himmel trieben. Lust pulsierte durch seine Adern, er atmete gepresst. Immer wieder umkreise sie die Spitze seiner Erektion mit der Zunge und saugte daran, während ihre Hände in einem schneller werdenden Rhythmus auf und ab glitten.

»Gott«, stieß er hervor und schob Nele bestimmt von sich.

Um ein Haar ...

Das wäre beinahe schiefgegangen.

Er brauchte einen Augenblick, keuchend und nicht in der Lage zu sprechen, kramte er im Nachttisch nach einem Kondom. Natürlich fand er keine – seit er hier eingezogen war, hatte er mit niemandem Sex gehabt.

»Schon in Ordnung, ich nehme die Pille«, erklärte Nele mit einem schüchternen Lächeln. »Es sei denn ...«

»Nein, ist okay, ich bin ... sauber.«

Scheiße, das Gespräch war unangenehm. Er wollte ihr erklären, dass er seit Summer mit niemandem geschlafen hatte – und selbst das war Ewigkeiten her. Sein Liebesleben war in den letzten Monaten in etwa so aufregend gewesen wie das des Dalai Lama ...

Aber das behielt er lieber für sich, auch, weil er die wundervolle Stimmung nicht mit Gequatsche über seine Ex verderben wollte.

Nele lächelte einladend und neigte ihren Kopf ein wenig zur Seite. Christoph zögerte nicht, sondern küsste sie leidenschaftlich, während er sie zart ins Kissen drückte. Er schob seine Finger zwischen ihre Schenkel, sie war nass und bereit für ihn.

Langsam ließ er sich in ihre Hitze gleiten. Für einen Moment rührte er sich nicht, um ihnen Zeit zu geben, sich aneinander zu gewöhnen. Es fühlte sich so gut an. So perfekt.

Viel besser, als er es sich in seinen schlaflosen Nächten ausgemalt hatte.

Nele umfasste seinen Hintern mit ihren Händen und ließ ihre Hüften unter seinen kreisen. Sie war ungeduldig, und er liebte es. Christoph stöhnte und zog sich langsam aus ihr zurück, um sofort wieder in sie zu gleiten.

Nele biss sich auf die Unterlippe und seufzte leise.

Er liebte jeden Atemzug mit ihr. Jede Sekunde.

»Nele ...«, wisperte er und wusste doch nicht, was er sagen sollte, ohne dass es schmalzig und übertrieben klang. Deswegen hielt er die Klappe und küsste sie, während er sein Becken in einem wiederkehrenden Rhythmus bewegte.

Neles Atmung beschleunigte sich, jede Faser seines Körpers wirkte zum Zerreißen gespannt. Ihre Haut war schweißbedeckt, sie waren eine Einheit. Immer schneller, immer intensiver liebten sie sich, bis er es nicht mehr aufhalten konnte. Er keuchte ihren Namen und gab sich den Empfindungen hin. Seine Hüften zuckten unkontrolliert, und erleichtert nahm er wahr, dass er Nele mit sich über die Klippe riss.

Er spürte ihre Nägel in seinem Rücken, merkte, wie sich ihre inneren Muskeln um seinen Schwanz zusammenzogen. Christoph ließ sich mit ihr fallen, sie wurden eins und ihre Herzen schlugen im gleichen Takt.

19

---

*N*ele lag an Christophs Schulter gebettet, ihre Hand ruhte auf seinem Bauch. Es war herrlich still im Haus, nur ihrer beider gleichmäßiger Atem war zu hören. Sie glaubte, dass er womöglich eingeschlafen war. Aber dann küsste er ihren Scheitel und murmelte: »Das war unglaublich. Du bist unglaublich.«

Sie lächelte und fühlte sich geschmeichelt. Nele hatte es geschafft, sich keine Gedanken darüber zu machen, mit wem sie da im Bett gelandet war. Das war spätestens jetzt vorbei. Sie war froh, dass nur die Nachttischlampe angeschaltet war, ansonsten hätte er vielleicht bemerkt, dass ihre Wangen vor Verlegenheit brannten.

Der Sex mit ihm war der Wahnsinn gewesen!

»Du bist ja doch noch wach«, bemerkte sie amüsiert und gleichzeitig schüchtern.

Christoph gluckste und zog sie fester an seinen athletischen Körper. »Das bin ich, Nele. Geht es dir gut?« Seine Stimme klang doch ein wenig schläfrig.

»Sehr gut, und dir?«, wollte sie wissen. Sie wusste sonst nicht, was sie sagen sollte.

»Ich habe mich selten so wohlgefühlt«, hörte sie ihn sagen und entfachte damit pures Glück in ihr. Ihr Herz ging auf, sie wusste jedoch nicht, was sie darauf erwidern sollte, also schwieg sie.

»Ich bin froh, dass ich früher nach Hause gekommen bin«, verriet er ihr, während seine Finger über ihren Arm strichen.

»War die Party so lahm?«, neckte sie ihn.

»Ich hasse Partys, und meine Versuche in den letzten Tagen, mich von dir abzulenken, waren allesamt nicht erfolgreich.«

Nele verstand nicht ganz, was er damit ausdrücken wollte, aber traute sich auch nicht näher nachzufragen. Sie schmiegte sich stattdessen zufrieden an ihn und genoss die Wärme seines wundervollen Körpers. Er roch so gut, sie liebte seinen einzigartigen Duft.

»Schade, dass du die Mädchen verpasst hast, sie haben sich tapfer wach gehalten«, meinte sie amüsiert. »Es war niedlich, wie sie schließlich vor Müdigkeit nicht mehr die Augen haben offen halten können.«

»Ich bin froh, dass sie schon geschlafen haben, Nele.«

Ihr Herz machte einen freudigen Hüpfer. »Ich auch«, wisperte sie.

»Weißt du, warum ich mich ständig um sie sorge?«

Nele hörte die Ernsthaftigkeit und das Zögern in seiner Stimme. Woher kam der plötzliche Sinneswandel? Sie hielt den Atem an. »Erzähl es mir«, machte sie ihm Mut.

Sie fürchtete, dass sie noch mehr Geschichten über Summer zu hören bekommen würde, aber wenn er das Bedürfnis hatte, das loszuwerden, dann war sie froh, wenn er es sich von der Seele redete. Das bedeutete nur, dass sie ihm wichtig war. Sie spürte es, sie hoffte es.

»Ich weiß, du denkst bestimmt, dass ich so ein Helikopter-

Daddy bin – und irgendwie stimmt das ja auch. Ich habe mein Verhalten sehr lange nicht reflektiert betrachten können. Jetzt kann ich es nicht mehr verdrängen, weil es anfängt, meine Kinder zu beeinflussen, und die haben schon genug Ballast zu tragen, mit dem sie klarkommen müssen.«

Er schnaufte aus und streichelte Neles Schulter, während er fortfuhr. »Vor einigen Jahren gab es einen Stalker in meinem Leben. Zuerst war es nur nervig, ich habe auch nicht verstanden, warum diese Person so viel über mich wusste, ständig an Orten auftauchte, an denen ich mich aufhielt. Aber das Zufällige schlug um in Wahnsinn, und eines Tages ging dieser Stalker schließlich mit einem Messer auf mich los.«

Nele sog scharf die Luft ein und richtete sich im Bett auf. »Was? O Gott!«

Christophs Kiefer waren angespannt, es war sogar im schwachen Licht zu erkennen, dass er blass geworden war. Er suchte ihre Hand und verschränkte die Finger mit ihren. »Es ist nichts passiert, zum Glück. Aber … um ein Haar wäre es anders ausgegangen.« Er holte zittrig Luft. »Zunächst hatte ich die Sache ganz gut weggesteckt, aber seit ich Kinder habe, begleitet mich diese schreckliche Angst, dass ihnen etwas zustoßen könnte – das … Ich könnte es nicht ertragen, Nele. Ich möchte meine Babys doch nur beschützen. Ich weiß, dass ich loslassen muss, und ich arbeite auch an mir – aber es gibt Grenzen. Sie leben durch mich mit einer gewissen Gefahr, das muss ich akzeptieren. Auch wenn mir klar ist, dass Lech ein relativ sicherer Ort ist. Trotzdem … so ganz kann ich mich nicht davon befreien, dass überall das Böse lauern könnte.«

Nele legte eine Hand an seine Wange. »Aber natürlich! Das verstehe ich. O Gott, wie schrecklich es für dich gewesen sein muss, es tut mir so leid!«

Christoph lächelte schwach, dann zog er sie wieder in seine Arme. »Ich finde es wunderschön, dass ich mit dir über alles reden kann. Du verurteilst mich nicht, dafür bin ich dir dankbar. Vielleicht muss ich einmal mit jemandem darüber sprechen und mir Hilfe holen.«

»Ein Therapeut?«

Er zuckte die Schultern. »Ja, genau. Ich weiß manchmal nicht mehr, was ist übertriebene Panik und was ist normal. Ich bin unsicher, wie ich reagieren *sollte*, verstehst du?«

»Eine gewisse Sorge ist, denke ich, völlig okay, alle Eltern machen sich Gedanken, ob mit ihren Kindern auch alles in Ordnung ist, aber wenn die Angst dein Leben bestimmt, dann … Ja, vielleicht ist das mit dem Seelenklempner eine gute Idee.«

»Du denkst nicht, dass ich verrückt bin?«

Nele lächelte ihm zu. »Nein, im Gegenteil, ich finde, du bist ein wunderbarer Vater, und die Mädchen wissen das auch. Es ist gut, dass du dir Sorgen machst – und den Rest bekommst du wieder hin.«

»Danke«, war alles, was er darauf erwiderte. Für eine Weile lagen sie sich schweigend in den Armen. Es war vertraut und friedlich. Als ob sie sich schon seit langer Zeit kennen würden, Worte waren nicht nötig.

Nele wurde schläfrig, sie verschwendete zur Abwechslung endlich einmal keine Gedanken an das, was noch kommen könnte. Sie genoss es, bei ihm zu sein. Mit ihm zusammen zu sein. »Es ist schön mit dir«, flüsterte sie müde.

»Das finde ich auch.«

Nele merkte, dass er sich versteifte. Es fühlte sich an, als ob er sich von ihr entfernen würde. Sie verstand nicht, was sie Falsches gesagt oder getan hatte.

»Was ist?«, wollte sie wissen.

»Ich habe an die Mädchen gedacht. Was, wenn sie aufwachen?«

Natürlich dachte er an sie, es war normal, dass er sich Gedanken darüber machte.

Nele erwiderte nichts, aber sie wusste, worauf er hinauswollte. Sie könnten zu ihm ins Bett krabbeln und Nele und ihn zusammen »erwischen«. Es würde sogar bei einer Vierjährigen Fragen aufwerfen, was die Nanny bei dem Papa zu suchen hatte.

Weil Nele keine Idee hatte, was sie Kluges erwidern oder tun sollte, wartete sie ab. Sie ahnte, dass gleich noch etwas kommen würde.

»Wäre es okay, wenn ich die beiden in mein Bett bringe? Dann hättest du auch deins wieder für dich ...«

Eine eiskalte Dusche hätte nicht effektvoller sein können. Nele war zu perplex, um darauf zu antworten, schließlich rang sie sich ein: »Sicher doch«, ab. Es klang selbst in ihren Ohren mäßig enthusiastisch.

Christoph schien es nicht wahrzunehmen oder es war ihm egal. Er war bereits aus dem Bett geschlüpft und zog sich die Shorts wieder an. Danach holte er sich ein T-Shirt aus dem Ankleidezimmer. Beim Hinausgehen drückte er Nele eine Art Abschiedskuss, der sich falsch und gezwungen anfühlte, auf die Stirn, dann war sie allein in seinem Schlafzimmer.

Nele fühlte sich gedemütigt. Sie sammelte ihre Klamotten ein und zog sich wieder an, dann folgte sie Christoph in ihr eigenes Zimmer, wo er die Kinder abholte.

Er trug Sky an ihr vorbei. Nele entschied sich dafür, Amy nach drüben zu bringen, weil sie nicht dumm herumstehen wollte. Das zweijährige Mädchen seufzte leise, als Nele sie aus den kuscheligen Decken hob, aber sie schlief weiter.

Als Christophs Kinder schließlich in seinem Bett lagen, war Neles Anwesenheit überflüssig. Sie hielt sich auch nicht lange auf, weil sie nicht das fünfte Rad am Wagen in seinem Schlafzimmer sein würde –, es war offensichtlich, dass er sie nicht hier haben wollte.

»Gute Nacht«, flüsterte sie, ohne Christoph dabei anzusehen. Sie spürte, dass ihm noch etwas auf dem Herzen lag. Sie mochte es nicht hören, auf gar keinen Fall. Es war sicher nur eine lahme Entschuldigung, mit der er rechtzufertigen zu versuchte, warum er mit ihr im Bett gelandet war. Zu gut erinnerte sie sich an die Bemerkung, dass der Kuss nichts bedeutet hatte – so etwas wollte sie über den besten Sex ihres Lebens garantiert nicht hören.

Nele wandte sich ab und ging. Vielleicht interpretierte sie sein Verhalten auch falsch. Es war durchaus möglich, dass es ihm nur darum ging, die Mädchen vor seltsamen Überraschungen in der Neujahrsnacht zu bewahren.

Tief in ihrem Inneren ahnte sie, dass mehr dahintersteckte. Dass etwas anderes der Grund für seinen plötzlichen Sinneswandel war. Es tat weh, aber sie wollte sich auch nichts vormachen. Nele gähnte und schob das alles weit von sich. Dafür war sie zu müde und zu aufgewühlt.

Auch am nächsten Morgen hatte sie keine Antworten auf ihre vielen Fragen gefunden. Sie hatte nach langem Hin-und-her-Wälzen in der Früh jedoch beschlossen abzuwarten, wie Christoph ihr gegenüber reagierte, ehe sie etwas sagte oder tat. Es lag auf der Hand, dass Christoph womöglich nicht das Gleiche für sie empfand wie sie für ihn. Dass es für ihn eben doch nur Sex gewesen war. Der Gedanke tat höllisch weh.

Ihre Zweifel brachten sie beinahe um, aber sie riss sich am Riemen und nahm sich vor, jetzt nicht die Nerven zu verlieren.

Nele war sich bewusst, dass ihr Selbstvertrauen seit der Geschichte mit Marcel gelitten hatte, sie wollte sich deswegen nicht ins Hemd machen. Vielleicht gab es eine logische Erklärung. Die Chance würde sie Christoph geben.

Er würde ihr bestimmt klarmachen, wie er die Sache sah. Sie könnte zudem sehr gut nachvollziehen, dass er nach der gescheiterten Ehe mit Summer mehr Zeit brauchte, um die Kinder mit einer neuen Frau in seinem Leben zu konfrontieren.

Gott, so weit waren sie noch lange nicht. Sie schnitt sich selbst eine Grimasse.

Nele schwang sich müde aus dem Bett auf und machte sich für den Tag bereit. Auch wenn es letzte Nacht spät gewesen war, so musste sie davon ausgehen, dass ihr Typ ab zehn Uhr – wie üblich – gefragt war. Ganz wohl fühlte sie sich bei dem Gedanken, einfach zur Tagesordnung überzugehen und auf seine Kinder aufzupassen, nicht. Immerhin hatte sie eine sehr ernst zu nehmende Grenze überschritten und mit dem Vater ihrer Schützlinge geschlafen.

Vielleicht hätte sie das nicht tun sollen.

Das, was sich in der letzten Nacht perfekt und richtig angefühlt hatte, erschien ihr heute bei Tageslicht naiv und leichtsinnig. Sie wusste nicht, was sie denken oder hoffen sollte.

Nele drehte das Wasser in der Dusche auf, zog sich aus und stellte sich unter den heißen Strahl. Sie schloss die Augen mit einem Seufzen.

Eine halbe Stunde später traf sie in der Küche ein, Christoph war nicht hier, dafür saßen Sky und Amy mit Theresia am Tisch und plapperten über das verpasste Silvesterfeuerwerk.

Nele rang sich ein Lächeln ab und versuchte sich ihre Enttäuschung über die Abwesenheit des Vaters nicht anmerken zu lassen, aber ihr Mut sank.

Er ging ihr aus dem Weg.

Diese Botschaft war eindeutig: Er bereute den Sex.

Oder schlimmer: Es war ihm egal, er hatte sie nur benutzt. Es passte so gar nicht zu dem, wie sie ihn kennengelernt hatte, aber was wusste sie schon, wie Männer dachten. Herzlich wenig. Und bislang hatte sie oft genug danebengelegen. Nele rang sich ein Lächeln ab, es fühlte sich falsch an.

»Guten Morgen, Mädchen! Frohes neues Jahr, ihr Süßen.

Was machen wir heute? Habt ihr schon eine Idee?«, wollte sie von den Schwestern wissen.

»Die Oma holt uns nachher ab, das hat sie eben am Telefon gesagt«, erklärte Sky und trank einen Schluck von ihrem Kakao.

Theresia nickte. »Die Oma kommt aber erst zum Mittag, bis dahin habt ihr noch ein wenig Zeit.« Sie lächelte. »Frohes Neues, Nele. Magst du nichts frühstücken?«

Nele schüttelte den Kopf. »Nein, danke.« Sie würde ihr nicht sagen, dass sie viel zu aufgewühlt war, um etwas essen zu können. »Aber einen Kaffee nehme ich gern.«

Während Nele ihren Wachmacher trank, beendeten Sky und Amy ihr Frühstück. Dabei diskutierten sie, was sie bis zum Eintreffen der Oma unternehmen könnten.

Die drei verbrachten den übrigen Vormittag schließlich im Spielzimmer, wo sie Puppen an- und wieder umkleideten. Kurz vor zwölf schneite Simon bei ihnen herein, um die Mädchen abzuholen.

»Frohes Neues, Nele«, begrüßte er sie, und Nele merkte gleich, dass ihm noch mehr auf der Zunge lag. Er zögerte, und Nele fragte sich, was ihn umtrieb.

Hatte Simon etwas mitbekommen?

Was hatte Christoph zu ihm gesagt? Das brachte Nele wieder zu dem Punkt: Wo steckte Christoph überhaupt? Im Arbeitszimmer war er nicht. Dort war sie vorhin »zufällig« mit den Mädchen vorbeigekommen, und es war leer gewesen. Es hatte den Anschein, dass er ihr tatsächlich aus dem Weg ging. Vielleicht würde es also gar kein Gespräch über die letzte Nacht geben – weil es für ihn nicht erwähnenswert war.

Nele wurde schlecht. In ihrem Magen rumorte es. Sollte sie sich so in ihm getäuscht haben?

»Frohes Neues«, gab sie zurück und lächelte schwach. Es fühlte sich verzerrt an, aber sie hoffte, dass Simon es nicht bemerkte.

Leider betrachtete er sie so intensiv und ausgiebig, dass Nele unangenehm heiß wurde.

Aha, er wusste also, was los war.

Nele stand auf und strich sich die Falten ihres Shirts glatt. »So, Mädchen, jetzt geht's zur Oma.«

»Die ist schon da und wartet im Wohnzimmer auf euch«, erklärte Simon freundlich.

Amy und Sky jubelten, und ehe Nele sich versah, waren die beiden schon losgelaufen. »Ich muss hinterher«, erklärte sie Simon und wich seinem Röntgenblick aus. »Wo ist überhaupt dein Chef?«

Scheiße. Wieso hatte sie sich das nicht verkneifen können?

Das klang ganz so, als ob sie ihm hinterherspionierte wie eine eifersüchtige Geliebte.

Verdammt.

Simon blinzelte, dann hob er eine Braue. »Vermutlich hat er sich zum Skifahren rausgeschlichen, ich kann ihm das ja schlecht verbieten.«

Simon wirkte nicht glücklich über diese Tatsache, Nele kannte das schon und konnte es gut nachvollziehen. Für Simon musste es sich komisch anfühlen, dass sein Boss übertrieben auf die Kinder achtgab, aber kein Problem damit hatte, selbst auf der Piste allein unterwegs zu sein. Wusste Simon von der Sache mit dem Stalker? Sie wagte nicht, danach zu fragen, denn falls Christoph Simon nichts erzählt hatte, wollte nicht sie es sein, die es ausplauderte. »Ach so, ja«, murmelte sie nur, während sich die Gedanken in ihrem Kopf drehten. Sie setzte sich in Bewegung, um die Schwestern zu verfolgen.

»Nele?«

Sie blieb stehen. »Ja?«

»Ich hoffe, du weißt, dass ich die Nachforschungen über dich vor Arbeitsantritt sehr diskret angestellt habe. Ich hoffe, du weißt auch, dass ich dir nie zu nahetreten wollte. Manchmal gehört so was einfach zu meinem Job. Du bist nicht sauer, nein?«

Nachforschungen? Sie verstand nur Bahnhof. Vermutlich stand ihr das auch genau so ins Gesicht geschrieben, denn Simon guckte skeptisch, dann klatschte er sich die Hand gegen die Stirn. »Scheiße, ich bin so blöd. Er hat dir gar nichts darüber gesagt, oder? Gott, ich dachte, jetzt ... Also ... nachdem ihr ... « Er kam aus dem Stottern gar nicht mehr heraus.

Nele hob eine Braue. »Was gesagt?« Sie kniff die Augen misstrauisch zusammen und durchbohrte Simon mit ihrem Blick.

Der Bodyguard trat von einem Fuß auf den anderen. »Wenn jemand hier neu anfängt, ist es üblich, dass wir einen kurzen Backgroundcheck machen – aus Sicherheitsgründen.«

Nele begriff allmählich, worauf er hinauswollte. Ihr Puls schnellte in die Höhe. Sie ärgerte sich. »Das habt ihr bei mir also auch so gehandhabt?«

Simon nickte.

Ihr wurde nun auch endlich klar, dass das der Grund gewesen war, warum Christoph so viel über sie gewusst hatte. Alles über die Sache mit Marcel, wo ihre Eltern lebten ... Ihr wurde schlecht.

»Es gehört einfach dazu, Nele.« Simon wirkte bedrückt.

»Und warum sagst du mir das jetzt?« Ihr Herz schlug Kapriolen, dabei ahnte sie es bereits. Simon hatte mitbekommen, dass sie mit Christoph geschlafen hatte.

»Ich dachte, weil du ... weil ... Okay, das geht mich nichts an. Aber ich hatte letztens das Gefühl, dass du sauer auf mich bist, weil ich manchmal Dinge tun muss, die zu meinem Job gehören – und das wollte ich klarstellen, Nele. Was ich tue oder nicht tue, hat nichts mit dir als Mensch zu tun. Nur weil ich dich in Ordnung finde, habe ich dich neulich vor Christoph gewarnt, ich habe bei anderen Arbeitgebern einfach schon zu oft gesehen, wie solche Geschichten enden – und die Nanny war dabei selten die Gewinnerin. Ich überschreite damit garantiert alle Grenzen, die es gibt, aber ... Ich wollte es einfach loswerden, weil ich das Gefühl hatte, dass du schon eine Menge durchgemacht hast.«

Nele schluckte. War das jetzt eine versteckte Botschaft, um ihr klarzumachen, dass Christoph niemals etwas anderes von ihr wollen würde als Sex? Hatte der Boss mit ihm darüber gesprochen? War das schon mal vorgekommen? Es klang beinahe so.

Nein, bremste sie sich, ehe sie etwas aussprach, oder tat, was sie bereuen würde.

Sie würde sich nicht verunsichern lassen.

»Danke, dass du es mir gesagt hast«, erklärte sie ruhig. »Ich muss jetzt zu den Mädchen, sie anziehen ...« Damit ließ sie ihn stehen.

CHRISTOPHS GESICHT TAT HÖLLISCH WEH. Wie hatte er nur so dumm sein können. Er hatte nicht aufgepasst und war dann gestürzt, jetzt sah er vermutlich aus wie ein Schlägertyp – zumindest fühlte sich sein Gesicht so an. Christoph biss die Zähne aufeinander und ließ sich genervt auf die Sitzbank im Keller fallen. Er zog die Skischuhe aus und machte sich dann auf den Weg nach oben. Als ob sein Tag nicht schon blöd genug gewesen wäre – er hatte kein Auge zugetan, weil er nicht wusste, was er tun sollte.

Er bereute nicht, dass er mit Nele geschlafen hatte. Und irgendwie doch. Es hatte alles zwischen ihnen verändert.

Im Flur hörte er Schritte. Es war Nele.

Er freute sich, sie zu sehen, gleichzeitig wusste er nicht, was er sagen sollte. Es war kompliziert.

»Christoph!«, stieß sie überrascht hervor. »O Gott, was ist mit deinem Gesicht passiert?«

Es war ihm unangenehm, nicht nur, dass er offenbar zu blöd war, einen Berg herunterzufahren. Vor allem fürchtete er sich vor den Konsequenzen der letzten Nacht. Er wollte Nele nicht verlieren, aber er konnte ihr auch nichts versprechen oder anbieten. Er wusste nicht, was er tun sollte. »Nicht der Rede wert!«, wich er aus und wünschte sich an einen anderen Ort.

»Du blutest ja.«

Sie stand so dicht vor ihm, dass er ihren zarten Duft wahrnahm. Sie roch so gut. Er wollte sie in seine Arme ziehen, sie halten, sie an sich drücken. Sie noch einmal lieben.

Aber so einfach war das nicht, das hatte er schon in der Nacht begriffen, als sie sich nach dem Sex an ihn geschmiegt hatte. Sie hatte mehr verdient, als er ihr geben konnte.

All seine Zweifel und Bedenken waren mit einem Schlag zurückgekehrt. Und heute fühlte er sich schäbig, weil es nicht fair ihr gegenüber war.

Vorsichtig berührten Neles Finger sein Gesicht, er zuckte vor Schmerz zusammen. »Autsch!«

»Tut mir leid, das muss gereinigt werden. Und vielleicht muss die Wunde am Kinn auch genäht werden, du willst ja nicht eine Narbe in deinem Millionengesicht davontragen.« Sie grinste.

Als sie bemerkte, dass er nicht darauf einging, verblasste ihr Lächeln.

Nele räusperte sich. Sie wollte ihre Finger wegziehen, aber er war schneller, er hielt ihre Hand fest.

Für einen Moment sagte niemand etwas, sie schauten sich tief in die Augen.

Das Verlangen, das Knistern, die Sehnsucht, die zwischen ihnen aufloderte, ließ sich weder leugnen oder unterdrücken. Das, was er mit Nele erlebte, war einzigartig, so etwas hatte er niemals zuvor gespürt. Noch nie hatte er dieses heftige Herzklopfen verspürt, das ihn in Neles Nähe durcheinanderbrachte.

»Nele«, wisperte er und küsste jeden Fingerknöchel, ohne sie dabei aus den Augen zu lassen.

Sie atmete leise aus, und sein Herz zog sich sehnsüchtig zusammen.

Obwohl sein Gesicht höllisch wehtat, hatte er das längst vergessen. Alles, was für ihn zählte, war ihre Nähe. Sie mussten es hinbekommen, sie mussten.

Über das Wie würde er sich später Gedanken machen.

Er wollte sie gerade mit sich nach oben ziehen, als ein Mann seinen Namen durchs Chalet rief.

Raphael, schoss es ihm durch den Kopf. Verdammt.

Sein Bruder hätte keinen blöderen Zeitpunkt für einen spontanen Neujahrsbesuch wählen können als diesen.

Das hieß, fünfzehn Minuten später wäre noch peinlicher gewesen. Denn er war im Begriff gewesen, Nele erneut in sein Bett zu zerren. In ihrer Nähe konnte er keinen klaren Gedanken fassen, regelmäßig verlor er die Kontrolle.

Christoph schüttelte den Gedanken ab und ließ Neles Hand los.

»Ich komme«, rief er und drehte sich um. Da trat auch schon Raphael um die Ecke.

Er trug eine Jeans und ein kariertes Hemd, er sah ein wenig verkatert aus, aber strahlte wie immer. Sein Bruder schien zum Glück nicht zu begreifen, dass er in eine intime Szene geplatzt war. Christoph atmete leise aus und wagte nicht, Nele anzusehen, aber er merkte, dass er sie erneut vor den Kopf gestoßen hatte, weil er vor Raphael so getan hatte, als sei nichts zwischen ihnen. Christoph war sehr wohl bewusst, wie der »Rauswurf« aus seinem Schlafzimmer auf sie gewirkt haben musste – aber er war nach dem Sex in Panik ausgebrochen. Er hatte mit der Nanny geschlafen! Und er hatte es noch einmal tun wollen …

»Hi, Nele, frohes Neues!« Raphael gab Nele ein Küsschen hier und da auf die Wange. Dann erst nahm Raphael das verschrammte Gesicht seines Bruders wahr. »Ach du Scheiße, wer hat dich denn verprügelt? Nele, hast du so eine Linke?« Raphael lachte spitzbübisch.

Christoph verspürte das Bedürfnis, seinem kleinen Bruder das dämliche Grinsen aus dem Gesicht zu wischen, aber er ließ es natürlich sein. Raphael konnte ja nichts dafür, dass er selbst so ein Idiot war – und seinen Schwanz nicht unter Kontrolle hatte.

»Ich, äh, hole mal etwas Eis«, redete sich Nele heraus und ließ die beiden stehen.

Christoph fuhr sich durch die Haare. »Was verschafft mir die Ehre?«, wollte er von seinem Bruder wissen, während er Raphael ins Wohnzimmer bugsierte.

»Man wird doch noch mal vorbeikommen dürfen? Ich hab dich gestern Abend auf der Party vermisst, auf einmal warst du weg. Und … was ist mit deinem Gesicht passiert?«

Christoph überlegte, ob er lügen oder bei der Wahrheit bleiben sollte. Wenn er Raphael erzählte, dass er beim Skifahren gestürzt war, war ihm der Spott und Hohn in den nächsten Jahren sicher.

Er öffnete gerade seine Lippen, als Nele mit einem Eisbeutel zurückkehrte. Sie reichte ihn Christoph. Als sich ihre Fingerspitzen berührten, durchzuckte ihn heftige Sehnsucht. Nele wich seinem Blick aus. »Wenn du mich nicht brauchst, würde ich …«

»Kein Problem, den Rest bekomme ich heute selbst hin.«

Verdammt. Er hatte schon wieder das Falsche gesagt. Dabei wollte er ihr erklären, was in ihm vor sich ging, aber er hatte keine Ahnung wie ... Mist.

Nele wirkte getroffen, in der nächsten Sekunde lächelte sie wieder. Aber er kannte sie lange genug, um zu begreifen, dass er sie verletzt hatte, indem er sie wegschickte. Schon wieder.

Christoph war überfordert, außerdem dröhnte sein Schädel. Er hielt sich das Eis ans Kinn.

Nele verabschiedete sich von Raphael, dann verließ sie das Wohnzimmer.

Christoph musste mit ihr reden, einiges klarstellen, dabei wusste er selbst nicht einmal was genau. Er war noch nie in einer ähnlichen Situation und hatte keinen blassen Schimmer, was er sagen oder tun sollte. Eins war jedenfalls klar: Er musste Raphael loswerden. Und zwar schnell.

20

*N*ele war stocksauer. Sich so behandeln zu lassen, hatte sie nicht nötig.

Und dass sie bei Christophs Anblick sofort wieder weich geworden war, regte sie noch mehr auf. Sie hasste es, dass sie ihre Hormone nicht im Griff hatte. Aber dagegen ließ sich etwas tun, und zwar sofort.

Nele stopfte ihre Sachen in eine Tasche, während sie sich überlegte, was sie Christoph alles an den Kopf werfen würde, ehe sie kündigte. Kurz darauf war sie wieder auf dem Weg nach unten, bis ihr einfiel, dass er ja noch Besuch hatte.

Mist.

Vor Raphael würde sie keine Szene machen.

Eigentlich wollte sie überhaupt nicht hysterisch herum-schreien, deshalb blieb sie kurz stehen und atmete durch. Sie würde ihm nüchtern erklären, dass sie keine Lust hatte, sich mies behandeln zu lassen, dass sie sich mehr wert war. Dass er sie nachts wegen der Kinder weggeschickt hatte, konnte sie gerade noch verstehen. Aber dass er vor Raphael so getan hatte, als wäre nichts zwischen ihnen, hatte sie tief verletzt. Und sie dann auch noch wegzuschicken? Das war zu viel gewesen. Viel zu viel.

Der Eindruck, dass Christoph sie nur benutzt hatte festigte sich. Und dass er Simon als Spitzel auf sie angesetzt hatte, war einfach unverzeihlich. Selbst wenn man es mit seiner Angst erklären könnte, hätte er längst die Gelegenheit gehabt, sie darüber zu informieren.

Wer machte denn so was?

Nur jemand, der wirklich paranoid war.

Nele verzog ihre Lippen und zögerte. Sie konnte aber schlecht die ganze Zeit hier stehen und darauf warten, dass Raphael wieder ging. Vielleicht sollte sie einfach nach Hause laufen und eine Nacht darüber schlafen, ehe sie eine Entscheidung traf. Wut war ein schlechter Ratgeber.

Aber das wollte sie nicht, auch, weil sie ahnte, dass sich dann wieder dieser verdammte rosarote Schleier über alles legen würde.

So war das nun mal, wenn man verknallt war. Sie würde irgendwelche Entschuldigungen finden und Christoph verzeihen, selbst wenn der nicht mal wusste, dass es etwas gab, was zu vergeben war. Sie wollte nicht die Geliebte in der Nacht sein, von der niemand erfahren durfte. Sie hatte auch etwas gegen dieses Machtgefälle, sie konnte nur als Verliererin aus dieser Sache hervorgehen – es sei denn, sie beendete es, und zwar sofort.

Und genau das würde sie tun.

Jetzt oder nie, schoss es ihr durch den Kopf, als sie Stimmen hörte und sich entfernende Schritte.

Nele atmete erneut tief durch, dann fiel ihr ein, dass sie ihr Gepäck oben im Gästezimmer gelassen hatte. Besser, sie nahm gleich alles mit nach unten, um schnellstmöglich aus dem Chalet verschwinden zu können.

Sie fürchtete sich vor der Konfrontation, aber es musste sein.

Nele wollte nicht länger in diesem Haus bleiben, und sie wusste nicht, ob sie wiederkommen würde. Das hing ganz von Christophs Reaktion ab, denn – da musste sie sich nichts vormachen – insgeheim hoffte sie natürlich, dass er eine Erklärung parat hätte und dass es doch ein Happy End für sie geben würde. Nele verdrängte die Gedanken an Sky und Amy. Sie musste jetzt ein einziges Mal an sich und ihr eigenes Seelenheil denken.

Nele hatte sich nach der Sache mit Marcel eines geschworen: Sie würde sich nicht mehr von einem Mann schlecht behandeln lassen. Dieser Grundsatz beinhaltete auch einen international anerkannten Star. Christoph musste sich äußern, was das zwischen ihnen war.

Es war gut möglich, dass er den Sex als einmalige Sache betrachtete, vielleicht würde er sich auch auf eine Affäre einlassen. Aber Nele wollte das nicht. Auf gar keinen Fall.

Nicht nur Simon hatte viele Geschichten dieser Art gehört, Nele war nicht auf den Kopf gefallen. Dass sie sich trotzdem ausgerechnet in ihren Chef verliebt hatte, war einfach dämlich aber nich tmehr zu ändern.

NELE KEHRTE mit wild klopfendem Herzen in den Wohnbereich zurück, hier war es still. Verflucht, wo steckte der Kerl? Christoph konnte ja wohl nicht schon wieder verschwunden sein. Sie hörte ein Geräusch, stellte ihre Tasche ab und machte sich auf den Weg zum Arbeitszimmer. Sie hielt kurz inne, dann trat sie ein.

Christoph telefonierte. Als er sie sah, stockte er kurz, aber er legte nicht auf.

Nele wusste, dass es ihr als Angestellte nicht zustand, ihn zu unterbrechen. Aber in diesem Moment war sie nicht als Mitarbeiterin hier. Deswegen rührte sie sich nicht von der Stelle und starrte ihn finster an.

»Ich muss mit dir reden«, erklärte sie direkt.

Christoph winkte ab.

Als ob sie eine lästige Fliege wäre, schoss es ihr durch den Kopf.

Wut braute sich in ihrem Magen zusammen, sie biss die Zähne aufeinander und holte tief Luft. Vielleicht war ihre Reaktion übertrieben, ihr Verhalten unhöflich, aber das war ihr jetzt egal. Nele hatte in ihrem Leben genug mitgemacht, oft genug stillgehalten, wenn es nötig gewesen wäre, den Mund aufzumachen.

Damit war jetzt Schluss. Ein für alle Mal.

Christophs Brauen zogen sich zusammen, es war ihm deutlich anzusehen, dass es ihm missfiel, gestört zu werden.

Nele verschränkte die Arme vor der Brust und fixierte ihn mit ihrem finsteren Blick. »Ich werde warten.«

Er legte eine Hand auf den Hörer. »Was, glaubst du, tust du da?«

»Und du?«

»Ich telefoniere.«

»Das sehe ich. Dann leg auf«, forderte sie.

Christophs Mund klappte auf, er beendete das Telefonat aber tatsächlich. »Was soll das?« Er knallte sein Handy auf den Tisch.

Nele zuckte nicht mit der Wimper. »Wie kommst du dazu, mir nachzuspionieren? Was hast du alles herausgefunden? Hat es Spaß gemacht, in meinem Leben herumzuwühlen?«, brüllte sie los. Auf einmal platzte alles aus ihr hervor, was sich in den letzten Wochen angestaut hatte. Ihr war klar, dass sie womöglich überreagierte, aber sie hatte die Kontrolle über sich und ihre Emotionen verloren und gerade war es ihr auch egal. Ihre Knie fingen an zu zittern.

Christoph blinzelte. Es wirkte überrascht. Es dauerte einen Moment, dann fasste er sich. »Woher ...«

Sie unterbrach ihn mit einer ungeduldigen Geste. »Das spielt keine Rolle! Aber es spielt eine Rolle, dass du es mir nicht gesagt hast – nicht nach ...« Sie konnte den Satz nicht beenden. Es nicht aussprechen, aber sie musste es tun. Auf einmal war da ein Riesenkloß in ihrem Hals, der auch nach mehrmaligem Schlucken nicht verschwinden wollte.

Die Wut war verpufft. Sie war auch nicht der Typ dafür, so was lange durchzuhalten. Kurz fragte sie sich, ob es ihr peinlich sein sollte. Dann dachte sie an das Gefühl zurück, als sie erfahren hatte, dass Christoph sie ausspioniert hatte, und daran, als er sie gestern aus seinem Schlafzimmer geworfen hatte.

Sie war sich mehr wert, erinnerte sie sich stumm an ihre Vorsätze.

Nele straffte ihre Schultern. »Hast du dazu also nichts zu sagen?«

Christophs Kiefer mahlten. »Willst du dich jetzt darüber aufregen, dass ich überprüfen lasse, wer für mich arbeitet?«

Nele schnaufte aus. »Nein, aber ich bin wütend, dass du es mir nicht erzählt hast! Ich hätte ja vielleicht nichts dagegen gehabt. Wer gibt dir das Recht, dich so zu verhalten? Ach ja, ich vergaß. Du bist der berühmte Chris May, du kannst dir anscheinend nehmen, wonach dir der Sinn steht, und alle müssen klein beigeben!«

Nele merkte, dass sie ihn verletzt hatte, noch ehe der Satz im Raum verklungen war. Seine Miene verschloss sich, und sie hatte keine Ahnung, was hinter seiner Stirn vor sich ging. Er schwieg und schaute sie stumm an.

Die Stille im Raum wurde ohrenbetäubend und lastete schwer auf ihr.

Nele fasste sich ein Herz, denn es war noch lange nicht alles gesagt. Sie würde nicht den Kopf einziehen, es reichte. Ein für alle Mal.

Und wenn das das Ende war, dann würde sie es mit Fassung tragen, denn ihr Stolz war alles, was sie nach den letzten Wochen in diesem Haus noch hatte.

»Du hättest es mir sagen müssen«, flüsterte sie. Sie wusste selbst nicht, warum sie so leise geworden war. Alle Kraft war aus ihr geflossen.

Christoph rieb sich über das Kinn. »Mir war nicht bewusst, dass das ein Problem sein könnte.«

Nele schüttelte den Kopf. »Gut. Haken wir das ab und kommen gleich zum nächsten Thema. Was bin ich für dich?«

Er machte große Augen. »Geht es ein bisschen konkreter?«

Sie lachte humorlos. »Du weißt genau, was ich meine.«

Ihr Puls raste, sie hörte das Blut in ihren Ohren rauschen. Sie fürchtete sich vor dem, was kommen musste. Besser, sie hörte es gleich. Wehtun würde es so oder so ...

Aber Christoph schwieg, er hatte nicht mal den Mumm, ihr zu sagen, dass er außer Sex nichts von ihr gewollt hatte.

»Ich verstehe schon, Christoph. Tagsüber soll ich die Nanny für dich spielen und nachts deine Hure.«

Er sah aus, als ob sie ihm einen Kinnhaken verpasst hätte. Alle Farbe wich aus seinem Gesicht. »Nein, so ist es nicht«, flüsterte er. Seine Stimme bebte.

Nele wusste nicht, was sie glauben sollte, und dass er weiter nichts mehr zu sagen hatte, trug nicht gerade dazu bei, dass sie sich besser fühlte. Sie räusperte sich und hob ihr Kinn. »Das wäre jetzt der Moment, an dem du mir erklären könntest, dass das alles ein Missverständnis ist, dass es dir leidtut, dass du auf meinen

Gefühlen herumgetrampelt bist.« Sie holte tief Luft und der Schmerz in ihrer Brust zerriss sie förmlich. »Da das nicht der Fall ist, nehme ich an, dass ich recht habe: dass es für dich nur Sex war.«

Christoph sagte keinen Ton, ein Muskel an seiner Wange zuckte.

Nele wartete und hoffte.

Aber er sagte nichts, bis er schließlich den Blick senkte und sagte: »Bitte geh.«

Sie konnte nicht fassen, was hier geschah. Ihr wurde schlecht. Christoph wollte sie nicht in seinem Leben. Nele schluckte und das Brennen hinter ihren Augen wurde schier unerträglich. »Natürlich. Das werde ich. Ich habe es begriffen. Zu spät, leider. Weil ich dumm bin. Aber das ist nicht dein Problem, Christoph. Ich werde jetzt verschwinden und nicht wiederkommen. Es tut mir leid, dass das alles so endet – aber es geht nicht anders. Du musst dir eine andere Nanny suchen.«

Sie spürte erneut bittere Tränen in sich aufsteigen, aber sie würde nicht vor ihm weinen.

»Nele ...«, fing er an, aber sie konnte nicht länger bleiben und rauschte aus dem Zimmer.

Keine einzige Sekunde würde sie mehr in diesem Haus verweilen.

Nele stürzte aus seinem Büro und war froh, dass sie ihre Tasche schon bereitgestellt hatte. Auf dem Weg nach draußen lief sie Simon in die Arme.

»'tschuldigung«, murmelte sie, ohne ihn dabei anzusehen.

Die Mädchen rannten an ihr vorbei und riefen nach dem Papa.

Neles Herz wurde schwer, sie würde sie vermissen. Aber es ging nicht anders.

Wenn sie sich selbst nicht verlieren wollte, musste sie hier und jetzt mit allem Schluss machen.

»Was ist los?«, wollte Simon wissen.

Nele schnaubte und funkelte ihn an. »Als ob du das nicht wüsstest, da du ja alles so schön vorausgesehen hast, kann ich dir auch gleich sagen: Du kannst dir das Spionieren sparen. Ich habe ein Jobangebot in meiner Heimat, und das werde ich auch annehmen. Und jetzt lass mich durch, meine Tätigkeit in diesem Hause ist ab sofort beendet.«

»Weiß Christoph das?« Simon wirkte betroffen.

»Darauf kannst du wetten. Und jetzt lass mich durch!«

Simon trat zur Seite, und Nele rannte mit ihren Sachen aus dem Chalet.

Sie schaffte es, erst zu heulen, als sie die Schwelle zur WG übertrat.

Annika und Klara waren nicht zu Hause, sie war froh, niemandem etwas erklären zu müssen. Nele verkroch sich im Bett und zog sich die Decke über den Kopf.

Sie hätte es wissen müssen!

Nun war es zu spät. Ihr Herz war ein zweites Mal gebrochen, nur dieses Mal fühlte es sich viel schlimmer an. Davon würde sie sich nie mehr erholen, etwas in ihr war zerbrochen.

21

Christoph saß mit seinen Töchtern im Schnee und baute ein Iglu in der schwachen Wintersonne. Er war nicht wirklich bei der Sache, sie kamen nicht gut voran, aber das spielte keine Rolle.

Überhaupt kam ihm alles unwichtig und nebensächlich vor, seit Nele gestern davongelaufen war. Er vermisste sie, aber er wusste, dass es besser so war.

Seine Kehle schnürte sich zu.

»Papa, wo ist Nele?«, wollte Sky von ihm wissen.

Amy turnte gerade neben ihm auf einem Schneehaufen herum, dabei sang sie leise Jingle Bells. Er lächelte traurig und behielt für sich, dass Weihnachten längst vorbei war.

Christoph erstarrte. Er musste dieses Gespräch mit ihnen führen, ihnen erklären, dass Nele nicht wiederkommen würde. Er konnte nicht darüber sprechen, noch nicht, er wusste auch nicht, was er ihnen sagen sollte. Er hatte Angst, dass die Kinder es auf sich beziehen würden. Die beiden konnten nichts dafür, dass er ständig Fehler machte.

Er räusperte sich.

»Ich mag sie«, erklärte Sky in ihre Arbeit vertieft. »Oma hat gefragt, ob sie unsere neue Mama wird.«

Christoph schüttelte den Kopf. Mit seiner Mutter würde er ein Hühnchen rupfen müssen. Und wie war es überhaupt möglich, dass sie eine Ahnung hatte? Oder war das nur so dahingesagt gewesen?

Egal, sagte er sich. Es spielte keine Rolle. Nicht mehr.

Der Gedanke setzte ihm mehr zu, als er es je für möglich gehalten hatte. Er fühlte sich, als hätte ihm jemand einen Betonklotz auf die Brust gelegt.

»Und? Wird sie?«, hakte Sky nach.

Christoph atmete leise aus. Er wollte seine Tochter nicht anlügen, er musste das Thema irgendwie auf etwas anderes bringen, er wusste nur nicht worauf.

»Ich finde Omas Idee gut«, fuhr Sky fort und setzte ihren Schneeklotz auf die bereits gebaute Mauer. »Ich mag Nele, ich mag sie sehr.«

Er wollte ihr erklären, dass Nele als neue Mama nicht infrage kam, dass sie nicht mehr wiederkommen würde. Aber er ließ es sein, denn Simon kam gerade aus dem Haus zu ihnen herübergelaufen. Er wirkte zerknirscht. Natürlich hatte er mitbekommen, dass der Haussegen schief hing.

»Was gibt es?«, wollte Christoph von seinem Bodyguard wissen.

»Hast du eine Minute?«

Christoph stand auf und furchte die Stirn. Er ging zwei Schritte zur Seite. »Was ist los?«, fragte er mit gedämpfter Stimme. »Stimmt was nicht?«

Simon ließ die Schultern hängen. »Ich fürchte, ich habe da einiges durcheinandergebracht.«

»Was meinst du?«

»Ich habe Nele gesagt, dass ich über sie Nachforschungen

angestellt habe, ich glaube, deshalb ist sie davongelaufen. Es tut mir leid, hätte ich gewusst …«

»Hör auf«, unterbrach Christoph ihn. »Du kannst nichts dafür, ich bin derjenige, der das vermasselt hat. Wir werden auch ohne sie klarkommen. Wir müssen.«

Simon schluckte. »Dann weißt du, dass sie den Job in ihrer Heimat annehmen wird?«

Christoph taumelte einen Schritt zurück, als hätte Simon ihm einen Tritt in den Solarplexus verpasst. »Was? Was sagst du da?«

»Sie hat es mir gestern an den Kopf geworfen, ehe sie davongelaufen ist. Sie meinte, ich könnte mir das Spionieren sparen, sie würde das Jobangebot annehmen.«

Wieso hatte er gar nichts davon mitbekommen? Wieso hatte sie nichts gesagt? Er war enttäuscht und wütend zugleich. Hatte sie nie vorgehabt, bis zum Ende der Saison bei ihnen zu bleiben?

»War sonst noch etwas?«, brummte er in Simons Richtung.

»Nein. Nein, das war alles.«

»Dann kannst du gehen, ich brauche dich heute nicht mehr.« Abwesend setzte er sich wieder zu Sky und Amy, die gerade dabei waren, Schneeengel zu machen. Zum Glück war Sky abgelenkt. Hoffentlich würde sie so schnell nicht auf das Thema Nele zurückkommen. Was sollte er seinen Kindern nur sagen?

»HEUTE GIBT ES SPINATKNÖDEL«, erklärte die gute Seele des Hauses zur Abendbrotzeit.

Christoph konnte sich nicht dafür begeistern. »Mhm«, machte er nur und half den Mädchen beim Händewaschen.

»Keinen Hunger?«, wollte Theresia wissen.

»Nicht wirklich«, gab Christoph müde zurück.

»Ja, ja, Liebe schlägt einem auf den Magen.«

Christoph hielt die Luft an. War es denn so offensichtlich? »Was meinst du?«

Theresia hob eine Braue. »Es geht mich nichts an.«

»Das kannst du nicht machen, erst Hü und dann nicht Hott sagen.«

Theresia seufzte leise, dann ließ sie einen weiteren Knödel ins heiße Wasser fallen. »Du solltest Nele erklären, was in dir vorgeht.«

Er sagte nichts, sondern verschränkte die Arme vor der Brust.

»Im Leben gibt's keine Garantie. Eine schlechte Erfahrung heißt noch lange nicht, dass alles andere auch schiefgeht«, fuhr Theresia fort.

Sie hatte ja keine Ahnung – es hing viel mehr daran als nur sein Herz. »Wenn es so einfach wäre«, brummte er.

»O doch, das ist es im Grunde schon.«

»Ach ja?«

Theresia legte sich eine Hand aufs Herz. »Wenn's da drin passt, ergibt sich auch der Rest. Das Mädel ist eine ehrliche Haut, die ist aufrichtig und loyal, und ich wette, dass du sie grad schon mächtig vermisst.«

Verdammt. Sogar seine Haushälterin konnte in ihm lesen wie in einem offenen Buch, das war ja kaum zu fassen. »Und wenn es so wäre, was sollte ich dann jetzt tun? Sie ist offensichtlich nicht mehr hier ...«

Theresia schnalzte mit der Zunge, während ein weiterer Knödel von ihrer Handfläche ins Wasser rollte. »Ja, Herrgott noch a mal. Es ist ja nicht so, dass Nele auf dem Mond leben würde. Wenn's mit dem Gefühl stimmt auf beiden Seiten, kann man für alles eine Lösung finden. Ich würd'sie nicht so einfach gehen lassen.«

Er war sich nicht so sicher, ob Nele überhaupt mit ihm sprechen würde. Ihre Äußerungen waren eindeutig gewesen, aber das wusste Theresia ja nicht. Er atmete leise aus.

Theresia gab ihm einen Klaps auf den Oberarm. »Nun lauf schon, und hol sie dir zurück.«

»Und hast du auch einen Vorschlag, wie ich das anstellen soll? Ich habe ziemlichen Mist gebaut.«

Theresia lächelte versonnen und zwinkerte ihm dann zu. »Damit können wir Frauen schon umgehen. Hauptsache, es gibt eine Entschuldigung! Und – viel Kitsch. Da stehen wir drauf.«

»Was soll das heißen?«

»Ja, wennsd mi fragst, dann bestell einen Laster rote Rosen und kipp ihn ihr vor die Tür.«

Christoph konnte nicht anders, er musste lächeln. »Und ich soll mich mit dazu liefern lassen?«

»Na, des bleibt dir überlassen, Christoph. War nur ein Tipp meinerseits.«

»Und die Mädchen?«

»Ich werd' heut einfach ein paar Überstunden machen ...«

Christoph blinzelte, dann umarmte er Theresia. Die Gute war zu perplex, um darauf etwas zu sagen. Schließlich lachte sie und holte einen Kochlöffel aus der Schublade. »Nun geh schon. Wird ja keiner jünger von uns ...«

Christoph verschanzte sich in seinem Arbeitszimmer und verteilte einige Aufgaben an Simon. Der Bodyguard war froh, dass er etwas zu einer möglichen Versöhnung beitragen konnte, und legte direkt los ...

TAUSEND JAHRE TRAUER und keinen Tag weniger, bemitleidete Nele sich selbst, während sie auf ihrem Bett saß und Christophs

Weihnachtsgeschenk mit einer Schere in winzige Stofffetzen verwandelte. Ihre Haare waren leicht feucht, sie duftete nach Rosenöl. Annika und Klara hatten sie dazu gezwungen, an Tag zwei nach dem Rest ihres Lebens etwas für sich zu tun. »Das wird dir helfen«, hatten sie zu ihr gesagt und sie in die Wanne gesteckt.

Nele hatte sich nicht gewehrt, ihr war sowieso alles egal. Sie wollte nur noch eines: sich in ihrem Selbstmitleid suhlen. Dabei half es, diesen blöden Rentieranzug in Fetzen zu verarbeiten.

Es war bereits dunkel draußen, das Licht in ihrem Zimmer war ebenfalls gedämpft. Aus dem Handylautsprecher dudelte die Herzschmerz-Playlist und Nele ging voll darin auf.

Leichter Schneefall hatte eingesetzt, sie sah die weißen Flocken vor ihrem Fenster tanzen.

Nele überlegte, wann sie ihre Mutter anrufen sollte. Morgen vielleicht.

Sie hatte nicht die nötige Kraft, sich jetzt mit ihrer beruflichen Zukunft auseinanderzusetzen.

Außerdem vermisste sie die Kinder.

Und Christoph.

Es war schrecklich.

Nele schniefte, eine Träne löste sich aus dem Augenwinkel und platschte auf den Bettüberzug. »Ich hasse mein Leben«, murmelte sie und schnitt den Stoff noch energischer klein.

An ihrem Fenster tauchten zwei Scheinwerfer in der Ferne auf, sie glaubte, einen Dieselmotor zu hören.

Sicher nur Einbildung, oder die Pistenraupe hatte sich verfahren.

Der Gedanke entlockte ihr ein schiefes Lächeln. Als ob sich jemand zu ihr verirren würde. Wohl kaum.

Nele seufzte und setzte ihre Arbeit fort. Sie war gerade dabei, einem weiteren Rentier den Kopf abzuschneiden, als ihre Zimmertür aufging und Klara eintrat. Ihre Wangen waren gerötet, ihre Augen funkelten.

»Was ist? Hat der Papst verkündet, dass er sexsüchtig ist?«

Klara kicherte. »Schön, dass du deinen Humor nicht verloren hast, aber, Nele?«

»Ja?« Sie hob müde den Kopf.

»Du solltest mal rausgehen und dir *das* ansehen.«

»Was ansehen?«, wiederholte sie wenig motiviert.

Klara stellte sich neben ihr Bett und zupfte an Neles Shirt. »Geh schon ... und ... zieh dir einen sauberen Pullover an.«

Nele sah, dass sie einen großen Fleck auf ihrer Brust hatte. Der musste vom Schokoladeneis stammen, das sie sich zum Frühstück und auch zum Mittagessen reingezogen hatte. Sie wusste zwar nicht, was Klara von ihr wollte, aber da sie keine Anstalten machte, aus ihrer Trauerhöhle zu verschwinden, tat sie ihr den Gefallen und ersetzte das schmutzige Longsleeve gegen einen Rollkragenpullover. Der war ohnehin viel kuscheliger und gemütlicher.

»Na los!« Klara schob sie aus dem Zimmer und stellte ihr noch Stiefel auf den Fußabtreter.

Nele furchte die Stirn, sie hatte keine Ahnung, was hier vor sich ging. Annika kam gerade aus dem Bad, sie hatte ein Handtuch um die nassen Haare gewickelt. »Was ist los?«, wollte sie wissen.

Klara grinste breit. »Das werden wir gleich erfahren.«

Nele wusste nichts mit diesen kryptischen Äußerungen anzufangen, also öffnete sie die Tür und ging hinaus in die Dunkelheit.

Aber da war keine Dunkelheit.

Vor ihrer Tür steckten mindestens ein Dutzend Fackeln im Schnee, außerdem war alles auf dem Boden rot.

Moment mal.

Waren das Rosenblätter?

Nele erstarrte und legte, wie so oft, wenn sie nervös war, eine Hand auf die Kuhle an ihrem Hals. Irgendwas war komisch.

Ja, das waren tatsächlich Rosenblätter.

Sie schaute sich um, aber entdeckte niemanden. »Ist bestimmt nicht für mich«, brummte sie und wollte gerade wieder reingehen, als jemand aus dem Schatten trat.

Ein Mann, den sie kannte.

Ihr Herz blieb stehen, um dann in doppeltem Tempo weiterzuschlagen.

»Christoph?« Ihr Mund klappte auf.

Er war es leibhaftig.

Und was für einen Eindruck er machte, in seinen dunklen Jeans und dem kurzen Anorak.

Es war gemein, dass er, egal was er tat, wie ein Gott aussah!

Was wollte er hier?

Ihr wurde schwindelig. Ihre Knie schlotterten.

Sie musste sich kurz daran erinnern, dass sie sauer auf ihn war.

Verletzt.

Das war leicht zu vergessen, wenn sie sich ihm so unverhofft gegenübersah.

Christoph blieb einen guten Meter von ihr entfernt auf den Rosenblättern stehen. Er streckte eine Hand nach ihr aus. Ein nervöses Lächeln umspielte seinen sinnlichen Mund. »Nele«, fing er an. Seine Stimme klang rau.

Sie schaute auf seine Finger und dann wieder in sein Gesicht.

Klara – oder Annika – schubste sie. Nele stolperte einen Schritt nach vorn, dann stand sie plötzlich bei Christoph.

Nele drehte sich um. »Könnt ihr uns einen Augenblick allein lassen?«

Klara verzog ihre Lippen. »Mann, immer wenn es spannend wird!«

Annika lachte, dann zog sie Klara mit sich nach drinnen und schloss die Tür.

Auf einmal waren sie allein, aber Nele wusste, dass die beiden sich vermutlich die Nasen am Fenster plattdrückten, aber das spielte gerade keine Rolle mehr. Christoph stand vor ihr und sie war gespannt, was er ihr zu sagen hatte.

»Was machst du hier?«, wollte sie von ihm wissen.

Christoph kam näher und nahm ihre Hand. »Ich bin hier, um mich zu entschuldigen, Nele.«

Ihr Herz raste. Sie konnte nichts tun, als ihn anzustarren. Sie war in seiner Nähe wie hypnotisiert. Und er duftete so gut.

In ihrem Bauch kribbelte es, sie bekam eine Gänsehaut. »Wenn du hier bist, um mich dazu zu bringen, wieder für dich zu arbeiten, dann ...«

»Du kannst mir alles, was du willst, an den Kopf werfen, denn ich weiß, ich habe jedes einzelne böse Wort verdient. Aber, Nele, darf ich dich kurz entführen?«

Sie hörte Glöckchen näher kommen, auf einmal sah sie es auch. Zwei Kaltblüter zogen einen Schlitten hinter sich her. Nele schluckte. »Ist das ...«

»Eine Schlittenfahrt, ja, wenn du bereit bist, mit mir zu kommen. Hättest du Lust?«

Schmetterlinge flogen in ihrem Bauch auf. Natürlich wollte sie.

Das änderte aber nichts daran, dass sie immer noch sauer auf ihn war, deshalb zögerte sie.

»Bitte, Nele. Hör mich an; wenn du mich danach nie mehr wiedersehen willst, lasse ich dich in Ruhe.«

Ihr Herz zog sich zusammen.

»Na schön«, antwortete sie und blickte zu ihm auf. »Aber

nur, weil ich Pferde liebe und schon immer wie im Märchen herumkutschiert werden wollte.«

Christoph grinste und reichte ihr seine Hand. »Dann, darf ich bitten?«

Der Kutscher sprang vom Bock und öffnete die Tür, er half Nele und Christoph hinauf. Sie deckten sich mit Schaffellen zu und Christoph legte einen Arm um ihre Schulter. »Ist das okay?«, murmelte er unsicher.

Sie nickte, plötzlich ganz verlegen.

O Gott. Es fühlte sich so gut an, neben ihm zu sitzen. So richtig.

»Wo sind die Kinder?«, wollte sie wissen.

»Theresia macht ein paar Überstunden.«

»Ah, gut ...«

Der Kutscher trieb die Pferde zu einem leichten Trab an, die Glöckchen bimmelten, es war herrlich.

Ihrer beider Atem hinterließ kleine weiße Wölkchen in der eisigen Abendluft. Ihr war kein bisschen kalt. Für eine Weile fuhren sie schweigend, aber es war nicht unangenehm. Im Gegenteil. Nele fühlte sich wohl bei ihm, mit ihm. So, als ob sie schon seit Urzeiten zusammen wären, und nicht, als ob sie sich vor Kurzem im Streit getrennt hätten.

Irgendwann räusperte sich Christoph. »Es tut mir leid, wie ich mich benommen habe, und das soll mein Verhalten nicht entschuldigen. Es war dir gegenüber nicht fair, aber ich wusste einfach nicht, wie ich beschreiben sollte, was in mir vorging. Erst habe ich nicht kapiert, warum ich ständig an dich denken musste, warum ich mich in deiner Nähe wie ein verliebter Idiot aufführe, bis ich kapiert habe, dass genau das der Punkt ist, Nele. Ich habe mich in dich verliebt. Ich liebe dich. Ich liebe dich wie verrückt. Es klingt sicher komisch, weil wir uns noch nicht lange kennen, aber Zeit spielt bei Gefühlen keine Rolle. Nur eines weiß ich ganz sicher, ich möchte keinen einzigen Tag mehr ohne dich verbringen. Und ... ich hoffe, dass es dir genauso geht.«

Sie konnte nicht glauben, was sie da hörte. Sie blinzelte ein paarmal und atmete schneller. Es war das, was sie sich erträumt und tausendmal ausgemalt hatte.

Er war gekommen, ihretwegen. Weil er sie liebte.

Nele konnte gar nicht fassen, was hier gerade passierte. Ihre Träume schienen wahr zu werden. Ihr war heiß und kalt zugleich, ihr Puls raste.

Christoph nahm ihr Gesicht zwischen seine Hände. »Ich liebe dich, Nele. Kannst du dir vorstellen, mit mir zusammen zu sein?«

Sie lächelte, und das Glücksgefühl, das sich in ihr breitmachte, ließ sie auf einer Wolke schweben.

»O Gott«, stieß sie hervor.

»Ist das ein gutes oder ein schlechtes O Gott?«, wollte er mit einem unsicheren Grinsen wissen. »Magst du mich auch ein bisschen?«

Nele lächelte und legte ihre Hände um seine Taille. »Ich mag dich sehr«, flüsterte sie.

»Du hast keine Ahnung, wie glücklich mich deine Antwort macht.« Dann verschloss er ihren Mund mit seinem. Dieser Kuss war so gefühlvoll und sehnsüchtig, dass Nele alles andere vergaß.

Irgendwann löste er sich atemlos von ihr. »Hast du Lust, die Mädchen abzuholen?«

»Unbedingt!« Nele freute sich sehr, sie kam aus dem Strahlen gar nicht mehr heraus. »Ich fasse es nicht, dass du wirklich gekommen bist.«

Die Pferde trabten, es fing an zu schneien. Die Berggipfel leuchteten weiß in der Nacht. Die Glöckchen bimmelten, es duftete ganz leicht nach Heu. »Es ist perfekt«, murmelte sie.

»Was meinst du?«

»Ich meine das alles hier, das, was ich fühle, das, was ich erlebe. Du und die Kinder, ihr seid mein Märchen.«

»Und unsere Geschichte beginnt erst mit dem Happy End.«

»Das hast du schön gesagt«, erwiderte sie und verschloss seine Lippen mit einem zärtlichen Kuss. Von jetzt an würden sie ihren Lebensweg zu viert gehen und sie freute sich auf jeden Schritt davon.

EPILOG

*E*inige Monate später
    Kerzen flackerten in hohen Glaszylindern, vor ihnen standen zwei Gläser Rotwein auf dem Tisch. Eine leichte Abendbrise wehte über Nele und Christoph hinweg. Amy und Sky waren, nachdem Nele ihnen eine Geschichte mit Christoph vorgelesen hatten, eingeschlafen. Jetzt genossen sie den lauen Sommerabend in den Bergen in trauter Zweisamkeit. Nele war glücklich, und sie wusste, Christoph und die Mädchen waren es auch. Noch immer kam es ihr manchmal unwirklich vor, dass aus ihrer Vorstellung vom einsamen Sommerhaus mit einem Esel im Garten in so kurzer Zeit eine richtige, wunderbare Familie geworden war. Endlich hatte sie all das in ihrem Leben, von dem sie sich nicht mehr erlaubt hatte zu träumen. Nele würde dieses gemeinsame Glück festhalten, und sie war jeden Tag dankbar dafür, dass Christoph seine Ängste überwunden hatte und seinem Herz gefolgt war.

    Vor einigen Tagen waren sie von einem längeren Dreh zurückgekehrt, sie hatte ihn mit den Kindern begleitet. Es war großartig, mit den Mädchen und Christoph gemeinsam die

Welt zu bereisen, aber es war noch schöner, zu Hause zu sein. Simon ging nun eigene Wege, einen Bodyguard brauchten sie nur noch für größere Reisen.

Nele liebte das Leben mit den Kindern und ihrem Papa, gleichzeitig freute sie sich auf die weiteren Semester ihres Fernstudiums, zu dem sie sich kürzlich angemeldet hatte. Sie studierte Sozialwissenschaften und Psychologie, sie träumte davon, Eltern bei ihrem eigenen Weg zu unterstützen, eine erfüllte Beziehung zu führen und gleichzeitig für die Kinder da zu sein, oder auch in der Problematik, Beruf und Familie unter einen Hut zu bringen. So konnte sie selbst unabhängig bleiben und doch ihre Träume verfolgen.

Nele kuschelte sich an seinen Körper, hin und wieder hatten Klara oder Annika auf die Mädchen aufgepasst, aber nur sehr selten. Am liebsten verbrachten sie die Zeit gemeinsam. »Es ist so schön, dass wir wieder zu Hause sind.«

»Das finde ich auch.« Er ließ seine Finger unter ihren Pullover gleiten. Nele sog scharf die Luft ein. »Du machst mich wahnsinnig, wenn du das machst.«

Er gluckste. »Gut, sehr gut, meine Liebe. Du mich nämlich auch.«

Für einen Moment sagte niemand etwas, Nele genoss die Empfindungen, die seine Berührungen in ihr auslösten.

»Ich muss dir noch etwas sagen«, sprach Christoph weiter.

»Ja? Das klingt ja ernst. Ist alles okay?«

Er lachte leise, kehlig und dunkel. Sie liebte dieses Geräusch aus seiner Kehle. »O ja. Ich habe gerade ein Angebot abgelehnt.«

»Welches?« Sie wusste, dass er unzählige erhalten hatte. Seine Karriere lief großartig, es schien, als wäre sein Marktwert mit dem Wegzug aus dem Sonnenstaat Kalifornien noch um einiges gestiegen. Nele hatte sich langsam, aber sicher daran gewöhnt, dass sie mit einem Star liiert war. Zu Hause war er das auch nicht für sie. Christoph war zum Glück mehr als auf dem Teppich geblieben und seit er eine Therapie angefangen hatte, auch nicht mehr so ängstlich und überbesorgt wie noch vor einigen Monaten. Sie hatte es sich Anfang Januar, als er ihr seine Liebe gestanden hatte, noch nicht auszumalen gewagt, wie wunderbar es sein könnte, mit jemandem zusammen zu sein, der ihr so viel gab, ohne etwas von ihr zu erwarten. Christoph war der selbstloseste Kerl, dem sie je begegnet war, und Nele konnte auch heute manchmal noch nicht fassen, in welchem Märchen sie mit ihm und den Mädchen leben durfte. Dabei unterstützte er sie bei ihren eigenen Zielen und Träumen, das war mehr wert als alles andere.

Sie war gespannt, was er ihr mitteilen wollte, und hielt kurz den Atem an, als er die Lippen öffnete.

»Ab sofort spiele ich nicht mehr in Hollywood-Blockbustern mit. Dafür werde ich eine Serie drehen, die in Österreich spielt.«

Nele beugte sich zu ihm. »Was?«

»Ja, du hast schon richtig gehört. Ich habe keine Lust mehr, dauernd weg zu sein. Und schon gar nicht für mehrere Monate.«

Sie war baff. Christophs Hände streichelten ihren Bauchnabel. Nele lachte und wand sich. »Das kitzelt, hör auf.«

»Na gut.« Er ließ seine Finger auf ihrer warmen Haut ruhen.

»Also, noch mal langsam zum Mitschreiben. Du hast vor, bei einer österreichischen Produktion zuzusagen?«

»Jawohl, genau das.«

»Heftig. Und was wird das? Gibst du dann den sexy Bergbauern?«

Nele ließ ihre Hände weiter nach oben von seinen Oberschenkeln zu seinem Schritt wandern. »Das könnte ich mir gut vorstellen.«

Er sog scharf die Luft ein und hielt sie fest. »Schon wieder?«

Sie grinste und richtete sich auf. »Sag bloß, du hast was dagegen? Die Kinder übernachten bei deinen Eltern – wir haben sturmfreie Bude.« Sie schürzte die Lippen und neigte ihren Kopf zur Seite.

Christophs Blick verdunkelte sich, er zog sie auf seinen Schoß. Nele spürte, wie angetan er von ihrer Idee war. »Du hast mich überzeugt.« Er beugte sich nach vorn und küsste sie leidenschaftlich. Nele seufzte leise in seinen Mund. »Bring mich nach oben«, raunte sie an seinem Hals und knabberte an seinem Ohrläppchen.

Christoph erschauderte leicht, dann stand er auf. Er trug sie, ganz mühelos, mit langen Schritten ins Haus. Nele legte ihre Hände um seinen Nacken und kicherte. »Mein Gott, ich liebe es, wenn du das tust.«

Er nahm zwei Stufen auf einmal. »Und ich liebe dich, Nele! Jeden Tag ein bisschen mehr.«

Er brachte sie in ihr Schlafzimmer und kickte die Tür ins Schloss. Mit Christoph wurde es nie langweilig, sie entdeckte jeden Tag neues an ihm. Nele war privat endlich da angekommen, wonach sie sich immer gesehnt hatte. An der Seite eines liebevollen Mannes, der sie in ihrem Tun unterstützte und sie dabei anbetete, als sei sie die Göttin und nicht er. Sie lächelte und hielt inne. »Und ich liebe dich, weißt du das?«

Christoph grinste. »Ich kann es nicht oft genug hören, mein Herz.«

Nele verschloss seine Lippen mit ihren, und während sie anfing, ihn auszukleiden, überlegte sie, was das Leben noch alles für sie bereithalten würde. Sie freute sich auf die Zukunft und alles, was sie mit sich brachte. Nele wusste, mit Christoph an ihrer Seite würde sie alles meistern.

KOSTENLOSES EBOOK IM NEWSLETTER

Vielen Dank, dass du mein Buch gekauft und gelesen hast. Wenn es dir gefallen hat, freue ich mich über Feedback, sei es als Rezension oder als Beitrag in den sozialen Medien.

Wenn du keine Neuerscheinung mehr verpassen und ein kostenloses E-Book von mir lesen möchtest, das es nicht im Handel gibt, melde dich gleich zu meinem Newsletter an.

Du findest mich bei Instagram, Facebook oder auf meiner Website. Wenn du Lust hast, dich mit gleichgesinnten Lesern und Leserinnen auszutauschen, kommt gern in meine private Facebook-Gruppe. Hier sprechen wir über Bücher – nicht nur über meine...

Alles Liebe,
deine Karin

ÜBER DIE AUTORIN

Karin Lindberg war zehn Jahre in den Chefetagen internationaler Konzerne tätig, doch sobald ihr erster Roman veröffentlicht war, reichte sie ihre Kündigung ein, um jede freie Minute zu schreiben. Sie erschafft mit Begeisterung starke Heldinnen und attraktive Helden, legt ihnen Steine in den Weg und lässt sie am Ende doch ihr Happy End erleben. Ihre Fans begeistert sie mit Geschichten voller Humor, aber vor allem mit ihrem Gespür für große emotionale Momente. Karin ist eine der erfolgreichsten Autorinnen Deutschlands, regelmäßig landen ihre Titel weit oben in den Bestsellerlisten. Die Autorin lebt mit ihrer Familie vor den Toren Hamburgs. Inzwischen hat sie mehr als vierzig Romane veröffentlicht, die weit über eine Million Mal verkauft wurden.